U0648551

对我来说，
爱这个世界很难，
但是爱那个让我和世界
产生关联的人或物，
就会容易许多。

温泉水星，

真好，那段无人分享的回忆，终于有了停泊的港口。它和细心叠好的星星、随风摇曳的梧桐树一起，被收藏在世间唯一的博物馆里。

你好，这种情况持续多久了

温泉笨蛋 著

湖南文艺出版社
HUNAN LITERATURE AND ART PUBLISHING HOUSE

博集天卷
CS·BOOKY

在昏沉又温柔的日光里，所有风景都晕染上了淡金色的光芒，光芒唯独盖不住眼前之人明亮、真挚的眼眸。

"你好，我叫霍燃。"

目 录
Contents

第一章　你好　001

第二章　网友　021

第三章　周末　043

第四章　擦肩　059

第五章　春日　079

第六章　醉酒　103

第七章　好的　121

第八章　电影　141

第九章　命运　159

第十章　相见　187

你 好 ， 这 种 情 况 持 续 多 久 了

第十一章　朋友　203

第十二章　心墙　227

第十三章　搬家　257

第十四章　交汇　287

番外　一种过去　321

被人等待的感觉很好。

陶知越觉得自己会永远记住这个瞬间。

有一个人站在那里，好像已经等了他很久很久。

你 好

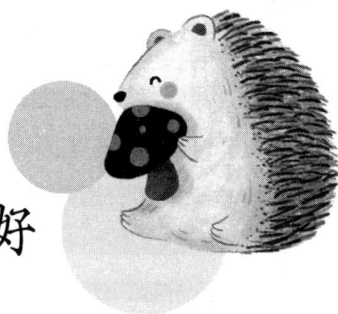

那边显示"正在输入中"，
输入了好一会儿，才发来消息。

陶医生，你真是个好人。 HR

智新游戏公司，下午五点五十八分。

陶知越再次检查了一遍今天写好的代码，顺手点开"铛铛"上堆积的新消息。

策划－王恒：可以，没有任何问题，陶哥真牛。

策划－王恒：[今天也是找不到 bug^① 的一天呢 .jpg^②]

前端－陶知越：好的，那我下班了。

两分钟很快过去，六点一到，陶知越就关掉电脑，扣好水杯的盖子，拿起桌上的购物袋，愉快地打卡下班了。

坐在隔壁的程序员薛华灿诧异地看向他："小陶，你要走了？"

陶知越微笑道："对啊，再晚超市就没菜卖了。"

"晚上要发包啊，你不在怎么弄？"薛华灿皱起眉头。

陶知越保持耐心："我负责的部分都确认过了，跟你们在做的模块也没关联，没我的事了啊！"

薛华灿的眉头皱得更紧了："这次发包时间很紧，还有不少功能要改，留下加个班，我把新增的需求发给你——"

---

① 故障，缺陷。
② 一种图片格式。

陶知越打断了他的话，表情很疑惑："时间很紧吗？我怎么看到你下午在D站刷视频……"

薛华灿："喀！我那是在学习别人做的界面！"

于是，陶知越充满"鼓励"地看向他："你真努力，足足学习了大半个下午，那你一定对要改的功能有想法了吧？"

薛华灿只能顺杆嘴硬："当……当然了。"

"那你加油，拜拜。"

陶知越不给他继续说话的机会，转身扬长而去，留下一个潇洒的背影。

不远处看热闹的其他员工忍不住发出了羡慕的声音。

"甩活王终于碰上对手了。唉，真羡慕小陶啊！才来不到两个月就这么刚，连发包都不加班。"

"你要是他，你也行。人家代码写得又快又好，还不返工，一个顶仨。听说他不去大厂就是因为不想加班。他来了以后，我看主程老李的头发都不怎么掉了。之前老李天天抓着HR①问有没有人能来面试，培训班出来的那种都不放过。"

"我听说的版本怎么是他跟郭总早就认识了，不然也不至于来我们公司做这种破游戏啊！算了，不重要……说到头发，我真的好想问小陶用的是哪款洗发水啊，隔壁公司美术组的妹子只约他出去玩，是不是因为他是我们组头发最茂密的人？"

"我觉得主要还是看脸。不过人家全都拒绝了。"

"……可以了，别说了，已经开始心痛了。"

话题越跑越偏，而陶知越对此一无所知。他坐公交车到了家附近的超市，脑海里盘算着晚上的菜谱。

天色近晚，超市里人潮涌动，眼前是五颜六色的蔬果禽肉——色泽鲜艳的番茄、沾着水珠的绿叶菜、黄澄澄的甜椒，青灰色的活虾蹦出了水箱，酱红色的熟食散发着诱人的香味。陶知越深深吸了一口气：

---

① 人力资源。在中文语境里指做人事工作的人。

活着真好。

没有人知道陶知越死过一次。

曾经他也叫陶知越，打小安静懂事，成绩优异，家庭和睦，从全国第一的计算机专业毕业后，顺利进了人人艳羡的互联网大厂当"码农①"，努力工作，拼命挣钱，想在大城市安身立命，让父母骄傲。

结果首付款还没攒够，他就意外猝死了。

除了疯狂工作，陶知越没有别的爱好，也因为种种原因没谈过恋爱，唯一的牵挂就是父母。还好母亲已经怀上了二胎，即使他不在了，他们的后半生也能有别的慰藉。

陶知越对自己的猝死还算释然，所以当他睁开眼睛，发现自己在一个小说世界里活了过来的时候，他满脑都是问号。

尤其是脑海里出现这本小说跌宕起伏的剧情以后，他整个人都感觉裂开了。

这是一本以救赎和成长为主题的青春小说，主角叫沈念，天性善良，却被养父母一家欺负了二十多年，饱受折磨，直到偶遇了因一场意外不得不与轮椅为伴，又遭到好友背叛的冷漠富二代霍燃。相似的孤独境遇令他们惺惺相惜，渐渐成了挚友，这段友谊也在一波三折的剧情中坚强地滋长着。

小说里有很多设计浮夸的俗套桥段，比如动不动就冒出来恶毒配角，给两位主角带来不同程度的痛苦，然后又被一一打脸消灭；又比如霍燃是一个在复杂家族斗争中引而不发并最终夺回权力的商业天才，沈念则有着极高的医学天赋，后来顺理成章地治好了霍燃的腿。

这个故事尽管情节十分脱离现实，但至少是在讲述温暖、陪伴和真情对人生的重要意义，陶知越也不是不能理解作者用狗血逆境刻画主角成长的写作意图——如果贯串小说的那个重要炮灰不叫陶知越的话。

小说中的陶知越从小是个孤儿，大学时跟同在经管学院就读的霍燃成了最好的朋友。他们都天资聪颖，一个家境富裕，另一个雄心勃勃，两人几乎一见如故，在可以预见的未来，他们将是完美的商业拍档。

---

① 指程序员。

天有不测风云，两人结伴出行时遭遇车祸，危急关头，霍燃为了保护陶知越，不慎双腿残疾。

但在霍燃因此受到家族排挤失势之后，这位被他用生命保护的好友头也不回地离开了他。从此，霍燃性情大变，直到沈念出现并治愈了他冰冷破碎的内心。

薄情势利的陶知越在得知霍燃继承了集团之后，居然回来找他了，想要重拾这段友谊。沈念鼓起勇气挡在霍燃身前，难得尖锐地指出了这个炮灰的冷血本质，也替曾经孤独地挨过了灰暗日子的霍燃发出了直击人心的拷问。这一举动让沈念真正走进了霍燃封闭已久的内心，也让霍燃对昔日好友彻底绝望。

霍燃开始疯狂报复陶知越，他试图制造车祸，想让陶知越也尝一尝他受过的苦，却被沈念拦下。沈念努力帮他放下这些偏执的念头，让他走出了这片沉重的阴霾。

也许善恶终有报，后来陶知越真的出了车祸，他和霍燃的这段往事也被意外曝光。"义愤填膺"的网友们疯狂地辱骂陶知越，他身败名裂，失去了工作，又因为受伤丧失了生活自理能力，最后惨淡地自杀了。而小说的结尾，两位男主角都获得了事业的成功，也解开了各自过往人生的心结，契合了故事救赎与成长的主题，前路宽阔而光明。

瞳孔持续"地震"的陶知越害怕了。

陶知越不知道是什么契机让他得到了重活一次的机会。他对自己的死亡并没有太大的遗憾，唯独希望自己下辈子不要再加班了——他要按时吃饭，锻炼身体，争取活到九十九。

对一名没见过世面、每天两点一线的普通"社畜①"来说，一下子面对这么曲折离奇的命运，实在是过于刺激。

陶知越冷静下来之后，发现自己正处在大二的下半学期，他没有"陶知越"的记忆，也不知道自己是否已经遇到了霍燃。他对这个世界的了解完全来自小说的描述，但小说里并没有详细描写这个炮灰配角和霍燃的故事，只说他们在

---

① 指上班族，多用于自嘲。

大学里相识，两人一见如故。

陶知越对故事里一度想要撞死他的霍燃充满忌惮，也对陌生的小说世界感到惶恐。他觉得在这里多待一秒，说不定就会被卷进这个可怕的狗血故事。

对重获新生的他来说，安安稳稳地活着比什么都重要。

于是陶知越直接办理了退学，带着身份证和银行卡连夜逃跑。他上辈子已经念够书了，对"陶知越"的本科专业又不感兴趣，没必要再浪费两年时间读书。

何况在技术行业里，技术大于一切。出色的编程水平足以让他跨过学历这道门槛，在多如牛毛的游戏公司里找到自己想做的工作。

经过简单的考察，陶知越在气候宜人、遍地小吃的晋北市租了房，找了工作，开始为拥有自己的房子慢慢攒钱。

幸好这个世界和他原来生活的世界基本一致，文化习俗和发展水平都差不多，只在一些细节上有差异，陶知越很快就适应了新生活。他努力改掉了上辈子那些伤身的坏习惯，成为一名光荣的青年养生人。

陶知越每天按时上下班，为自己做早餐、晚餐，周末看书、玩游戏，晴天去公园散步，雨天在家吃火锅，一年时间如流水一般过去了。

算算日子，离霍燃和沈念偶遇还有两年，陶知越觉得只要熬到两位主角开启友谊之路，他这个工具人、炮灰就彻底安全了，可以从随时到来的剧情中解脱，完完全全过上属于自己的日子。

虽然这个世界看起来没有任何异能元素存在，但陶知越已经感受过剧情之神的威力。

他的上一份工作，是在一家难得不需要"996[①]"的新兴创业公司，公司规模不大，但福利很好，老板又通情达理，一切用实力说话。

陶知越非常满意这份工作，却在某一天突然得知公司的 A 轮融资由霍氏旗下的资本公司领投。而且这笔投资是霍氏主动来联系的，理由冠冕堂皇，说是看好公司未来的发展方向，准备直接派母公司的高管过来，以便和霍氏集团的

----

① 早九点上班，晚九点下班，每周工作六天。代指加班文化。

其他文娱产业展开深度合作。

连公司老板都很惊讶，感叹着这么一家小公司怎么就被家大业大的霍氏看上了。陶知越则目瞪口呆，连忙辞职跑路了。

在入职现在这家公司前，陶知越不同于一般应聘者，最后一轮面试时一直在确认公司是否有融资计划。

他的技术太好，提到专业领域时气场强大，关注点又过分奇特，惊得CEO①郭总满心以为这是哪个才华横溢的富家小少爷隐姓埋名跑来找项目玩，小心翼翼地跟他确认是否真是来做程序员的。

陶知越解释了半天，才让脑洞过大的新老板勉强相信他只是个肄业挣钱养家的平平无奇的打工仔。

这天，陶知越如往常一样，慢悠悠地吃完饭，洗好碗，站在彩色打印的桃园三结义的画前，虔诚地祝愿霍燃和沈念早日成为好兄弟，然后坐到电脑前，开始了一天里最快乐的网上冲浪时间。

除了公司和小区周围的公园、超市，陶知越几乎不去其他地方，也不参加什么社交活动，生怕不经意间遇到小说中的人物，进而被扯进那些狗血剧情。毕竟他只知道这个世界原先是一本小说，并不知道每个角色长什么样子。

所以陶知越的交际圈很窄，基本只有同事，而同事往往很难成为朋友。

一个人生活难免寂寞，还好有四通八达的网络。

在这个世界孤身一人的陶知越，每每看见屏幕里有那么多网友跟他一起"哈哈哈哈哈"，都顿时会有种天涯共此时的温馨感受。

他打开常去的天空论坛，从"家长里短"到"笑口常开"版块都逛了一遍，时而高血压，时而"哈哈哈"，时而……最后他的视线停留在"情感生活"版块里一个被顶在第一行的热帖上——《被四个朋友一起追求，但我实在没有感觉，应该怎么委婉又礼貌地拒绝？［hot②］》。

陶知越一脸怀疑地点了进去。果然，主楼的内容相当具有幻想气息，大致

---

① 首席执行官。

② 指热度高的帖子。

就是说楼主很帅很有钱，但从小不擅长拒绝别人，最近不知道为什么接二连三被朋友、同事狂热示好，而且都是些业界精英，甚至还有偶像明星，楼主不好意思直接拒绝，怕伤别人的心，可他又实在不喜欢这些人。

下面的评论基本都是希望楼主停止这种自身普通却自信无比的臆想，真是帅哥就爆照，否则一律作为钓鱼引战帖处理。

陶知越眉头一皱，深有同感。

在A4纸大小的桃园三兄弟的注视之下，顶着傻帽ID[1]的陶知越随手敲出了那句相当熟练的嘲讽。

晋北市第七精神病院陶主任：你好，这种情况持续多久了？

回完这个帖子，陶知越又逛了逛其他版块，把今天发生的大新闻都浏览了一遍。

一晚上情绪起起落落、十分饱满的陶知越有些困了，他看了看电脑右下角的时间，已经快十点了。

陶知越现在的作息很规律，这时候应该准备洗澡上床睡觉了，但就在他要关掉网页的那一刻，屏幕上突然弹出来一个新回复提醒。

他打了个哈欠，随手点开。

用户726397816（楼主）：你好，陶医生，持续一个多月了，我真的很苦恼。这是你们医院的业务范围吗？你能帮帮我吗？

陶知越茫然地瞪大了眼，不自觉地停住了要关机的手，恍惚了半天。

为什么这些字拆开来他都认识，组合在一起却完全理解不了了？陶医生是谁？什么业务范围？帮帮谁？

一头雾水的陶知越顺着消息提醒点进去，看到了原帖，才发现原来是那个发钓鱼帖骗回复的无耻网友。

陶知越依稀想起自己十分"友好"的回复来，顿感无语，于是开始打字。

晋北市第七精神病院陶主任：大哥，我的意思是你有病……

---

① 用户名。

他的回复还没发出去，新消息又来了。

用户 726397816（楼主）：陶医生，你还在线吗？不好意思，刚才帖子里提到的一个朋友跑到我家了，非要留下来住，我好不容易才劝他离开，所以没有及时回复你，很抱歉。

用户 726397816（楼主）：不知道为什么别人的回复都在骂我，有的还说我钓鱼。我查了钓鱼的意思才理解，但我真的没有骗人。帖子里只有你在关心我的情况，不管你还在不在，我都想对你说一声谢谢。

看着用户 726397816 特别诚恳的回复，陶知越竟然感到了一丝心虚。

他删掉了输入框里原本要发出去的"直球①"嘲讽，手指停在键盘上，不知道应该怎么回复这位入戏太深的楼主。

不管怎么说，这个人都很有礼貌，没有说任何过分的话，而且看起来好像真的不太懂网络流行语的样子。

万一这个人说的是真的呢？于是睡意全消的陶知越发出一个试探性的回复。

晋北市第七精神病院陶主任：没关系，太多人喜欢发帖编故事骗人，所以大家遇到就会比较激动。

几分钟后……

用户 726397816（楼主）：陶医生，你还在！太好了！那你可以帮帮我吗？我真的不是骗子！你应该是精神科医生吧？我可以付费咨询的！

用户 726397816（楼主）：没有指责别人的意思，只是我实在找不到合适的倾诉对象了。我从来没谈过恋爱，对处理感情问题没有经验。他们都太热情了，简单的拒绝没有用，我又怕说错话伤到人，这一个月都愁得睡不好觉，每天做噩梦。如果陶医生可以帮助我的话，那就太好了！我的 PP 号是 6728f369z。

陶知越愣住了。

这段话里满溢的真诚和善良让这个顶着默认昵称的人看起来更像骗子了。

可不知道为什么，此刻正盯着电脑屏幕发呆的陶知越下意识地觉得，对方说的似乎是真心话。

---

① 棒球用语，直线的意思，现在也用来形容很直接的表达。

他犹豫着，手指搁在键盘上，不知道该怎么回复对方。

四周一片寂静，身后的房间空荡荡的，从窗帘缝隙里透进屋外的万家灯火，他却感受到一丝难言的冷清。

片刻后，陶知越鬼使神差地登录PP，搜索添加了好友。对方的头像是一张很漂亮的风景照，昵称叫HR。看来是个做人事工作的大哥。

好友申请马上就通过了，HR大哥很显然正在线蹲守。

HR：陶医生，是你吗？

陶知越的PP昵称就是一个陶字，很好认。

他正想解释自己其实不是医生，对面又发来了消息。

HR：刚才有好几个人来加我，我还以为是你，结果他们上来就骂我有病。

陶：你赶紧把那条回复删了，不要暴露个人信息。

HR：好的，谢谢陶医生，我马上删。

HR：我平时很少上网看这些，这个论坛也是我刚注册的。我在网上搜被好友和同事追求怎么办的时候，看到了这个论坛。

天空论坛是国内流量最大的网络社区，里面每个版块都很热门，尤其"情感生活"版块，里面充斥着博眼球的情感故事，经常有人在这里向网友求助各种稀奇古怪的感情问题。

陶知越心下了然，这位HR大哥估计年纪比较大，平时也不怎么接触年轻人的世界，难怪对流行语一无所知。

他又想起HR大哥说的自己从没谈过恋爱，于是脑海中渐渐浮现出一个疲惫失落的中年人形象：一把年纪了还是单身，被没兴趣的同事、朋友纠缠，因为太好说话，所以无力拒绝，生活中应该没有可以交流的人，好不容易摸上网发帖求助，还被网友攻击。

虽然大哥说自己很帅又有钱，但彻底进入脑补剧情的陶知越已经下意识地忽略了这一点。

HR大哥的生活已经这么惨了，稍微对自己有一些形象上的美化，完全可以理解。

陶：以后上网不要随便发自己的联系方式，也不要暴露关于自己的任何真实信息，现在人肉搜索很普遍，很容易影响到你的现实生活。

那边显示"正在输入中"，输入了好一会儿，才发来消息。

HR：陶医生，你真是个好人。

HR：你一直用医院的真实名称，没有被网友骚扰吗？

HR：肯定是因为陶医生平时都是在安慰开导别人吧，大家都觉得你是个好医生。

今天狂收好人卡的陶知越欲言又止，想要打字的双手微微颤抖。

最后他放弃解释了，实在不忍心让这位天真单纯的 HR 大哥再经受一次打击。

算了，医生就医生吧，反正他是义务劳动，不收费。

陶：你之前说的付费就不必了，因为我的专业方向帮不了你。

陶：但我以前也有过类似的经历，虽然没你遇到的那么夸张，但或许可以试着帮你分析一下，看看怎么处理会比较好。

陶：不敢拒绝别人，最终会给自己带来很多麻烦。

发出这几条消息的时候，陶知越下意识屏住了呼吸，内心浮现出微妙的紧张和不安。

他脾气好，外形也不错，在学生时代其实很受欢迎。那时有两个女生同时跟他告白，他和现在的 HR 一样，瞻前顾后，束手束脚，不知道该怎么拒绝，反而引发了一连串的误会和风波，导致他后来对恋爱产生了恐惧——害怕自己不能正确地处理感情问题，所以单身至今。

陶知越从没跟任何人说过这些事，父母问起他怎么还不找对象的时候，他都以没有心动的人搪塞过去了。因为他觉得真实的原因听起来既懦弱又可笑，在年少无知时跌倒过一次，就再也不敢站起来了。

如果不是 HR 的论坛回复看起来过于笨拙而真诚，令他不由自主地想起曾经的自己，他大概不会主动去加对方为好友。

但在网络上主动对陌生网友敞开心扉，好像也是一件可笑的事。万一对方真的是个闲着无聊来捉弄人的骗子呢？

想了想，陶知越还是装作若无其事地补上了一句。

陶：不过我马上要去睡觉了，后面有空再聊。

只是没等他的消息发出去，HR 就飞快地回复了。

HR：陶医生，你真勇敢，为了帮助别人，愿意说出自己的事。

HR：我真的不是骗子，谢谢你愿意信任我。

HR：希望陶医生一切顺利，每天都能开开心心。

陶知越怔怔地看着屏幕，很简单又很老套的几句话，却充满了温柔的善意。从窗口荡进来的漫漫夜色，忽然带上了一丝暖意。

陶：谢谢你！［微笑.jpg］

熬夜一时爽，早起火葬场。

打乱生物钟的后果，就是第二天上班时昏昏欲睡，脑子里全是糨糊。

陶知越艰难地起了床，梦游般刷牙、吃饭，像幽灵一样飘进了公司，整个上午都不知道自己在干吗。

还好昨天刚完成一次游戏版本的更新，接下来几天能稍微喘口气，策划那里也暂时没提需求，陶知越可以名正言顺地摸鱼。

陶知越已经忘记昨天晚上还跟 HR 大哥聊了些什么，大致就是互相发好人卡。"总之是对彼此有了简单的了解，以便后续沟通。"陶知越如此自我安慰道。

吃过中午饭，趴在桌子上睡了个午觉，陶知越的神志才清醒了一点。

他摸出手机，点开 PP，往上拉昨晚的聊天记录，发现说着说着他就消失了，只剩下 HR 大哥一个人自言自语。

陶知越有点不好意思，于是主动发了消息过去。

陶：中午好。昨天我不小心睡着了，不是故意不回复的。

陶：我每天六点下班，八点吃完饭，十点半睡觉，如果你方便的话，我们可以在晚上八点到十点之间沟通。

陶知越等了一会儿，对面没有回复，可能在忙，他就没再管，而是打开了小绿鸟 IT① 技术交流社区，准备看看最近有什么热门话题。

---

① 信息技术。

专心浏览着社区的他没注意到，刚才有个人影从他身后闪过，朝他的手机屏幕探头探脑。

陶知越在小绿鸟社区的昵称也是陶，他偶尔会发一些讨论技术的帖子，也时不时会回复别人的求助帖。

他每次回复的内容都直中要害，给出的解决方案简单实用，而且他没有大神的架子，对五花八门的追问很耐心，于是渐渐在社区里有了很多粉丝。

他每次发帖，下面都有一群合影打卡的，所以现在除非有困扰他的技术难题，否则他一般不发言，默默做一个"潜水党"。

但社区底部会显示在线成员名单，一般人可能不会注意，不过有些想拉他合伙做项目的人一直坚持不懈地关注着他。

其中一位"佼佼者"更是写了个小程序，他一上线，对方所有的电子设备上就会出现满屏红字提示。

一分钟后，陶知越果然收到了新私信。

Gua：啊!! 陶陶你来啦!! 你已经整整七天八小时零三分钟没上线了!!

陶：……

陶：你好，呱呱！

Gua：这么久不上线，是不是工作很忙？是不是被黑心老板压榨了？

Gua：不如辞职跟我干吧！阳光、别墅、下午茶，老板又帅又听话，入职就送干股哟！［玫瑰.jpg］［玫瑰.jpg］［玫瑰.jpg］

陶知越被他逗乐了，Gua是他之前发帖时认识的一个程序员。两个人在技术问题上有很多共鸣，陶知越又恰好对Gua感兴趣的方向有所研究，一来二去，Gua将他引为知己，总想拉着他一起做项目。

陶知越现在待在这家公司确实有些大材小用——做的游戏比较简单，几乎都是些已成体系的换皮游戏，毫无挑战。

但这是陶知越精挑细选的结果，他吸取了上家公司被霍氏看中的教训，才选了这家未来发展方向绝对没什么特色和创新的小公司。

陶：你的坚持让我很感动，但你知道我的答案。

Gua：不!! 我昨天跟妹子告白刚被拒绝，你就当安慰安慰我，不要再拒绝我这个可怜的呱呱了。

陶：……节哀。

陶：那么，我还是得问，公司在两年内可以不融资吗？我可以不跟公司员工以外的任何人接触吗？或者，我可以一直远程办公，不以真实身份出现吗？

陶知越是个很有责任心的人，混口饭吃的公司被霍氏看中，他可以毫无负担地辞职走人。但如果是自己参与创业的公司有与霍氏合作的大好机会，他就不能为了私心去阻拦，这对跟他并肩奋斗的人不公平，即使这个机会很有可能是因为他才降临的。

Gua：啊啊啊啊啊！干吗跟钱过不去?!

Gua：为什么？为什么会有这么奇怪的要求？就算社恐^①，那也太夸张了吧!!!

Gua：老实说，你是不是仇富？一看到资方爸爸，就会控制不住罪恶的双手！

陶：不……我只是仇 Huo。

Gua：仇祸？这是我没听说过的一种迷信吗？

陶：你不会懂的。

陶：［我承受着这个年纪不应该有的压力 .jpg］

刚刚睡醒的霍燃突然打了一个喷嚏。

他揉揉鼻子，放松地伸了个懒腰，然后一动不动地窝在柔软的被子里，回味着昨晚的美梦。自被一众或熟或不熟的人疯狂追求以来，霍燃已经很久没睡过这样的好觉了。

这一个月里，他到公司总能看见有人捧着花在会客室里等他，逃进办公室还会看到助理通红的脸庞。

昨天他翘班在家躲了一天，结果大晚上的，有人直接上门投怀送抱。没见过这等阵仗的霍燃连魂都吓飞了。

身心饱受摧残的霍燃日渐憔悴，于是跟关系最好的发小倾诉自己的悲惨遭遇，想寻求一个解决办法。

---

① "社交恐惧症"的简称。

结果发小沉默半天，幽幽地来了一句："你会跟他们中的某一个在一起吗？"

霍燃："当然不会啊！我现在根本不想谈恋爱啊!!"

发小："所以你也不会考虑我妹妹的，对吧？"

霍燃："什么?!"

霍燃再也不敢跟熟人提起这些事，生怕一不小心又揭开什么埋藏已久的秘密。思来想去，霍燃决定求助于神秘的网络世界，他打开搜索引擎，郑重地输入"被一群人同时追求怎么办"。

然后他就认识了"晋北市第七精神病院陶主任"，一位善良体贴的好医生。

霍燃原本想一五一十地告诉陶医生自己的姓名、职业、生活环境，虽然他没在网上找过医生，但现实中的精神科医生应该是需要了解患者的真实情况的。

不过陶医生好心告诉他，不能在网上暴露真实的身份信息。霍燃想了想，就删掉了已经写好的自我介绍。

他应该尊重陶医生说的话，也许这是线上就医的特殊之处吧。

网络对霍燃来说只是一个查阅资料、学习办公的工具或平台，很少被用于娱乐消遣，所以他对时下那个网络世界很陌生，怀着谨慎的敬畏。

昨天晚上他跟陶医生聊到很晚，就自己胆战心惊的生活状态大吐苦水，并对无私奉献的陶医生疯狂赞美，但陶医生后来就没回复了。

……也不知道对方是不是烦他了。

霍燃有点担忧，连忙起床套上衣服，跑到书房打开电脑，登录 PP。

虽然他的古董按键机也可以下载 PP，但画面很小，操作也不方便，没法正常聊天，所以他从没在手机上用过。在他眼里，手机就是用来打电话、发短信的。

PP 上有来自陶医生的未读消息。

陶：中午好。昨天我不小心睡着了，不是故意不回复的。

陶：我每天六点下班，八点吃完饭，十点半睡觉，如果你方便的话，我们可以在晚上八点到十点之间沟通。

消息是半小时前发来的，霍燃松了一口气，连忙回复。

HR：我刚睡醒，昨晚睡得很好，谢谢你的开导。

HR：我平时都有空，只要陶医生方便就行。

霍燃刚结束自己的环球旅行，两个月前被父亲霍振东要求进公司上班，原本有个外派到晋北市的项目要他去跟，后来不知怎么又要延后。

现在他在霍氏挂名副总裁，但实际上没什么事可做，对公司业务还处在学习观摩的阶段。霍振东让他花时间多接触圈子里的人，每天都是酒会、高尔夫等社交活动，无聊透顶，他还因此惹上了一屁股的桃花。

霍燃十分后悔，要是早知道会这样，他肯定会逼着老爹让晋北市的项目赶紧上马，好逃离这个可怕的地方。

PP 的消息提示音响起。

陶：那就好，良好的睡眠很重要。

陶：如果你遇到什么事想倾诉，可以随时发给我，我有空了就会回复的。

陶：午休结束了，我要工作啦！

陶：〔我爱上班，上班使我快乐 .jpg〕

霍燃看着消息，不禁感到一阵惭愧。陶医生真是个积极向上的人，不仅热爱工作，下了班也乐于助人。

HR：谢谢陶医生！

HR：加油！〔太阳 .jpg〕

陶医生的 PP 状态变成了"忙碌"，霍燃没有再打扰他，而是顺手翻起了昨晚的聊天记录。陶医生话不多，但看着就让人觉得心情明朗。

"你在看什么，怎么笑得像个痴汉？"伴随着象征性的敲门声，一道清脆的女声突然在门口响起。

霍燃抖了抖，抬眼一看，是比他小三岁的妹妹霍思涵，她正在本市念大学。还好不是什么奇怪的人。

霍燃略感心酸地松了口气，瞥了她一眼："怎么从学校跑过来了？"

"当然是想我亲爱的哥哥啦！"

"……说人话。"

霍思涵接道："爸说你翘班两天了，怕你一个人住会乱来，所以特地派我过来慰问你。"

"哦，想来看热闹，但没看到。"霍燃总结道，"所以你就翘课了？"

"大四哪儿来的课，只有可恶的毕业设计！"

霍燃深以为然地点点头："幸好我早就毕业了。你要加油，离答辩不远了。"

霍思涵捏了捏拳头，又微笑着松开，试图反击："楼下怎么乱糟糟的？我好像看见桌上有两个酒杯，你是不是瞒着我们有了什么奇遇？"

霍燃顿时后背一僵，昨晚他被突然袭击，费了半天劲才把自带红酒的那个人撵走，身心俱疲，就没收拾残局。

没想到今天被霍思涵撞了个正着。她要是知道这些破事，指不定会怎么嘲笑他。

沉思了一秒钟，霍燃故作镇静道："我跟自己喝酒不行吗？举杯邀明月，对影成三人，没背过吗？少玩手机，多看点书。"

"……我送你一部最新款的橙子手机吧。手机多好玩呀，什么都有。"霍思涵恶魔一般低语，"然后你就没立场跟我说这句话了。"

"别想腐蚀我。"霍燃像平常那样打发她，"虽然爸已经就这件事跟我认错了，但这些年我已习惯了，没觉得生活里缺少什么。"

这是霍燃的真心话，他不是想跟霍思涵抬杠。

霍燃小时候，霍家的经济条件就很好，市面上出现什么新东西，霍燃都能很快拥有，各种新式玩具、进口零食，甚至在那时很昂贵的电脑，霍振东都痛快地给他买了。

但在彩屏多功能手机出现以后，霍振东也像很多家长一样，担忧起自家孩子手机成瘾的问题来。

其实霍燃从小就是一个很有自制力的孩子，尽管调皮，但做事很有分寸，很多大人都比不上。可忧心忡忡的家长往往是不讲道理的，尤其霍振东忙于事业，平日里无暇顾及两个孩子的教育，亲子间交流也不多。

他在偶然听说几个朋友的孩子天天躲在被窝里玩手机，玩到成绩退步、眼睛近视的事例之后，立刻决定防患于未然，不仅严格规定了霍燃使用电子产品的时长，还经常对他进行严厉的说教。

那时的霍燃年龄不大，脾气却很倔，他不明白别人上瘾跟他有什么关系，也不明白父亲为什么压根不肯信任自己的儿子，只一味地参考别人犯过的错误，要求明明没有犯错的他吸取教训。

于是霍燃郑重地告诉霍振东，他以后只会用手机打电话、发短信，跟人保持最低限度的必要联系，手机只是个工具，他不会被工具控制。

他希望能用这个举动让父亲意识到应该花点心思了解自己的儿子。

霍振东起初没当回事，结果十年过去，霍燃真的说到做到，即使在全民成为低头族，连中年人霍振东都不能免俗的时代，霍燃依然用着当年那部被霍振东严防死守的彩屏按键机。

平时需要用到网络进行学习和工作时，霍燃就用电脑高效率地完成，从不在网上浪费时间。

相应地，霍燃比同龄人有了更多的可以支配的时间。在完成学业之余，他喜欢运动和旅游，闲下来了就满世界跑，长了不少见识，粗略地学了好几门语言，也认识了不少朋友。

霍燃并没有完全丢掉正常的人际交往，他注册了人人都用的PP，但只是挂在电脑上，不像手机那样能带在身边随时聊天。

这些年经常有女生有事没事就找他，由于他回复的时间很随机，经常半天才出现一下，纯粹来闲聊的女生们渐渐没了热情，霍燃因此躲掉了不少桃花。

时间一长，圈子里就传出来一个说法，说霍燃长相、能力、家世什么都好，见面交流也没问题，就是不见面的时候对女孩太冷淡，而且讲话不解风情，古板得要死，简直像五十岁的霍振东在替他聊天。

霍燃觉得自己的生活很愉快，也很充实，只是少了解一些无关紧要的知识罢了。可是霍振东现在又开始担心他和同龄人脱节的问题了，一天到晚派妹妹来说服他放下成见，拥抱时代潮流。

面对油盐不进的哥哥，霍思涵索性拖了把椅子过来坐下，语重心长地劝他："你以后难道不谈恋爱了吗？"

霍燃现在对这几个字很敏感，当即竖起了防备的大旗："干吗？这跟谈恋爱有什么关系？"

"谈恋爱要聊天啊！"霍思涵恨铁不成钢，"哪儿有人天天抱着电脑跟对象说话的？晚上躺在床上跟男朋友语音聊天聊到睡着，多甜蜜啊！"

霍燃面露不解："谈恋爱可以见面啊，感情好就结婚，结了婚可以同居，不同居也可以打电话，有什么区别吗？"

"……啊啊啊，你好烦！"霍思涵怨己无能到狂怒，努力组织着措辞，"谈恋爱到结婚总要一两年吧？这期间肯定有不能见面的时候吧？那你女朋友想要跟你说话，怎么才能随时联系到你？"

"可以打电……"

"不许说打电话!!!"霍思涵气得哐哐拍桌，"你这个单身狗根本就不懂！谈恋爱最快乐的就是分享一些生活琐碎！比如说今天的午饭很好吃；刚才看见楼下的花开了，很漂亮。但不会有人为了说这种小事而打电话，这很奇怪！恋人之间最常说的就是这些话啊，所以需要通过手机随时随地聊天。"

霍思涵找到了思路，看着霍燃的眼神逐渐染上同情："当然了，我知道你不明白这种乐趣，谁让你没对象呢，哈哈！"

霍燃已经习惯了妹妹的日常嘲讽，撇撇嘴，没理她。

不过霍思涵的话倒是给霍燃提了个醒，陶医生说有事可以随时跟他倾诉，霍燃目前确实很可能突然需要帮助，总不能一遇到事就去找电脑吧？

霍燃又没有陶医生的手机号，两人还不同城，唯一的联络方式就是PP。

霍燃思考着这个问题，随口回道："就算要换手机，也不用你送，我自己会买。"

霍思涵眼睛亮了："不会吧，难道你真的有对象了？多大了？有照片吗？在哪里认识的？"

她想了想，又嘲笑道："不对，按你现在的风评，我应该先问：是你自己谈的，还是爸替你谈的？"

霍燃当即炸毛："霍思涵！你是不是皮痒了?!"

霍思涵笑眯眯地展开想象："根据我多年来的经验，你这显然是心虚的表现。啊，怪不得我刚才进来的时候，你一脸痴汉笑呢！那么请问，这位让山顶洞人霍燃先生甘愿为之步入现代人类社会的幸运儿到底是谁呢？"

"什么乱七八糟的，人家是正儿八经的医生！"霍燃条件反射般地回道。

"哦，原来你喜欢制服款啊！"霍思涵的眼睛更亮了，"看来我们真的是亲兄妹，我喜欢飞行员，机长制服好帅的。"

"你哪里学来的这么多鬼话？"霍燃被说得不好意思起来，"我是在干正事！人家是医院的主任！主任！"

"……是老大爷啊，没劲。"霍思涵霎时泄了气，"我还以为你开窍了呢。"

看到妹妹一脸嫌弃，霍燃又有点不爽了。陶医生看起来很熟悉网络世界，怎么都不像老年人。

他想起来 PP 软件上有资料栏，趁霍思涵不注意，他悄悄点开了陶医生的个人信息页。

年龄：二十六岁。

霍燃有些意外，没想到陶医生居然这么年轻，只比他大两岁就当上科室主任了，真是年少有为。

霍燃肃然起敬，很想反驳妹妹的话，但还是咬着牙忍住了，不能让这个满嘴胡话的笨蛋妹妹再抹黑陶医生。

霍思涵冷不丁地发出袭击："你找医生干吗？生病了？"

"我当然是……"霍燃提高警觉，"干吗，想气死我然后继承我的银行卡？"

霍思涵一脸不可置信："这个句式是从哪里学来的？你居然会灵活化用了！这还是你吗，我的山顶洞人哥哥？"

霍燃："……"拳头硬了。

第二章

网 友

身旁嘈杂，而晚风穿过打开的车窗，
轻柔地吹拂着他的脸庞。
慢慢地，心里的惆怅神奇地消失了。

工作日的下午总是显得很漫长，窗外的阳光使人懒散，办公室里弥漫着昏昏欲睡的气氛。

陶知越看到不少同事一副神游天外的样子，还有偷偷打瞌睡的，平常跟他沟通比较多的策划王恒也没找他，估计下个版本的需求还没写完。

他也差点又要睡着了，只好强迫自己打起精神。睡过去，晚上就会失眠，这样会形成恶性循环的。

实在无事可做，小绿鸟社区里也没有什么新的热点技术话题供他探索，他索性打开了公司这款游戏的官方微博，在评论区看玩家的反馈。

大多数评论是在骂官方抠门，只知道让玩家买买买，吃相难看，但也有一些评论在抱怨游戏 bug。陶知越很认真地翻看着，把跟自己写的代码有关的出现 bug 的内容都记了下来。

虽然功能在上线前都经过测试了，尤其陶知越还会自查好几遍，不过在实际使用过程中，难免会出现这样那样的问题。有时候是机型适配问题，有时候是旧的代码意外被覆盖，也有很多时候一下子找不出原因。

尽管上辈子是因为工作起来太拼命才猝死的，但陶知越仍然对编程这件事抱有纯粹的热爱。

他小时候就很喜欢看施工队盖房子，看人们把毫不起眼的砖瓦水泥组合成壮丽恢宏的高楼，简直像施了魔法。

编程对陶知越来说亦然，把繁复、无意义的数据构建成清晰的逻辑链，不断寻求路径的优化，最终得到一组至简至美的代码，会给他带来极大的满足与快乐。

陶知越认真分析了这些 bug 的成因，然后开始构思优化方案，顺手给王恒发了条消息，询问可不可以把它们加进需求，在新版本里解决这些问题。

然后他就看到王恒从自己的座位上弹了起来，一脸殷勤地冲他招手。

看到陶知越满脸问号，王恒连忙弯下腰给他发消息。

策划 - 王恒：陶哥，出去散个步呀！

策划 - 王恒：[给大佬点烟 .jpg]

片刻后，陶知越站在路边，手里捧着王恒塞给他的奶茶，茫然地喝了一口。甜甜的奶味沁人心脾，软软的芋圆也很好吃。

陶知越很有礼貌："谢谢，很好喝。"

王恒立刻兴奋起来："陶哥，你以后想不想自己当制作人？"

"啊？"陶知越觉得他的思路很跳跃，"什么制作人？"

"游戏啊！"王恒兴致勃勃，"陶哥，你能力这么强，肯定不会一直给别人打工的吧？现在大家嗤之以鼻做的这个换皮游戏，连制作人都不在乎玩家的反馈和感受，纯粹想捞一笔快钱，陶哥你却这么负责。如果你自己做项目，一定能做出特别好的游戏。"

陶知越本想解释，他只是无聊，想找点事做而已，要不是怕得罪同事，其他程序员留下的 bug 他也想一起解决。但看着王恒认真的眼神，他又有些说不出口。

如果把程序员归为创作者的话，每一个创作者或许都这样幻想过：丢掉老板，丢掉甲方，只从兴趣出发，做自己热爱的东西。

王恒观察着他的表情，有些诧异："难道陶哥你没考虑过以后的发展方向吗？很多程序员到了三十多岁都会想转型。"

陶知越的确没想过以后，他总觉得现在的日子像是偷来的，能平平安安地活到剧情结束就很好了。

他还没开口，王恒就先自我检讨道："对不起，我傻了，我忘了陶哥你才二十二岁……我老是忘记这一点，可能因为我二十二岁的时候还在挂科延毕边缘徘徊吧。"

当初项目组缺程序员，好不容易招到一个新人，据说年纪还特别小。本来他们一群人都在猜这个小朋友到什么时候才会承受不了钱少、事多、项目烂的残酷现实，结果现实就先给他们上了残酷的一课：大神跟凡人是不一样的。

"……"陶知越心虚道，"所以让你不要叫我陶哥了嘛。"

他心理年龄是二十六岁，跟王恒同龄，是一个饱经风霜的社会人，如今变成职场上人人感慨的"小朋友"，陶知越还挺难为情的。

"不，这是对大神应有的尊重。"王恒坚持，然后忐忑道，"如果陶哥你暂时没想法的话，那有没有兴趣看看我在做的策划案？我和一个做美术的朋友在一起弄，想搞个玩法创新的策略类手游。"

王恒生怕陶知越拒绝，连忙补充道："绝对不是强迫你加入的意思啊！你有空的话，看看我们现在的想法，能给点批评我们都感激不尽了，因为现在还没找程序看过，不知道实现起来难度大不大。"

陶知越很熟悉这样的对话，他也接受过很多次这样的邀请，不像创业那么正式，更像是业余兴趣小组。那时有个游戏的点子他真的很喜欢，加入之后做得很开心，也和并肩奋斗的那些人成了关系很好的伙伴。

很多后来异军突起的独立游戏都出自这类草台班子，即使这些游戏最终遭遇种种阻碍没能做出来，不少人也因此收获了志同道合的朋友。

朋友，一个对他来说已经有些遥远的词。

陶知越沉默了一下，委婉地说道："最近家里有点事，比较忙，可能没精力再接项目。如果你需要的话，我可以帮你看看策划案，但不一定能提出什么有用的建议。"

王恒没多想，理所当然地认为大神的世界肯定很忙碌，听到陶知越这么说，仍然很激动："好啊好啊！谢谢陶哥，那我在 PP 上发你吧，这个用公司的'铛铛'发不太好。对了，我还没加你好友呢。"

说着，王恒掏出手机，准备打开 PP 的二维码。

陶知越及时制止了他，继续面不改色地胡扯："我很久不用 PP 了。你发我邮箱吧，等下回公司，我把邮箱地址给你。"

王恒不疑有他，点头应好。毕竟陶知越连公司的 PP 群都没加，一下班就完全失联，这是众所周知的事。

"陶哥，你最近很忙的话，晚点看也没事的，我们不着急。我看你上午那么困，昨天忙到很晚吧？要注意休息啊！等什么时候忙完了，我请你吃饭啊！"王恒非常真诚地关心道。

陶知越捧着奶茶的手抖了抖，想起自己"忙到很晚"的事就是在 PP 上跟人聊天，顿时觉得手里的奶茶沉甸甸的："不用了，不用了，等有机会我请你吃饭吧。"虽然这个机会不知道要等多久……

散完步回到公司，陶知越迅速进入工作状态，时间过得很快，一眨眼到了六点。

陶知越和往常一样，到点就关掉电脑，扣好水杯的盖子，拿起桌上的购物袋，只是今天心情不那么愉快，反而有些惆怅。

隔壁的薛华灿探出个脑袋，似笑非笑地打量陶知越："又准时下班去买菜啊？"

陶知越看了他一眼，感觉到他似乎有点得意，不知道又在打什么鬼主意。不过陶知越实在懒得说话，只露出一个很敷衍的假笑，转身离开。

抬手打卡的时候，陶知越不自觉地回头望向王恒座位的方向，王恒正跟身旁另一个策划说话，然后两人边说边笑地起身往门口走，应该是要一起去吃晚饭。

王恒看到已经站在门口的他，还热情地朝他挥了挥手。而陶知越接下来要坐公交车去超市买菜，回家做饭，然后吃饭，洗碗，玩电脑，洗澡，上床睡觉。

陶知越的心里隐约产生了一丝羡慕。

他坐到公交车上，靠窗吹着凉凉的晚风，不知什么时候翻开了"很久不用"的 PP。从某个角度来说，陶知越并没有欺骗王恒，他的好友列表里只有两个分类。一个叫"生活"，里面有定期发布促销信息的超市账号。陶知越知道这个账号是个女孩子在管理，因为他见过她切错号发布了"啊啊啊，老公杀我"的动态，配有一张男明星的动图，确实挺帅的。还有每天都会发团体课表和心灵鸡汤的健身房猛男教练，但因为这男的发消息过于热情，紧追不舍，陶知越在加上他之后就没敢回复了。还有他租房时联系的中介、某次丢了件所以要加好友赔他钱的快递员……

另一个分类叫"我的好友"，里面只有一个人，就是昨晚加上的 HR。

事出突然，陶知越还没想好该把他放到哪个分类里，HR 不属于"生活"，也不算是"我的好友"，他更像是一个骤然闯进自己生活的意外。

正在胡思乱想的时候，HR 的风景照头像忽然连续闪动起来，把陶知越吓了一跳。

HR：陶医生，你下班了吗？

HR：虽然已经六点了，但我怕你还在下班回家的路上，不敢打扰你。

HR：不过你拍了拍我，应该是现在有空的意思吧？

HR：〔可爱.jpg〕

陶知越愣住了，他往上看，才注意到前面还有一条消息：

我拍了拍"HR"。

这是 PP 前段时间出的新功能，双击联系人头像，就会出现拍了拍对方的消息提示。

陶知越几乎不用 PP 的聊天功能，但在论坛里看到过有人因为拍一拍而社会性死亡[①]的吐槽帖，也见过猛男教练在动态里发鸡汤："有的客户总是犹豫，加好友以后沉默太久，就越来越不好意思迈出改变的那一步。现在有了拍一拍，只要你拍我，我就来主动带你改变！"

肯定是刚才他看着好友列表发呆的时候，不小心点到了 HR 的头像。

陶知越先是感到尴尬，他盯着 HR 发来的消息，有些不知所措。身旁嘈杂，而晚风穿过打开的车窗，轻柔地吹拂着他的脸庞。慢慢地，心里的惆怅神奇地消失了。陶知越觉得，大概是因为那个红脸微笑的默认黄豆表情真的有一点

---

① 尴尬到极点的意思。后文简称"社死"。

可爱。

陶：晚上好。

陶：有空，今天不做饭了。

陶：遇到什么事了吗？

陶知越望着街道两旁林立的店铺，招牌上的霓虹灯在夜色里闪烁，一家家餐饮店开门揽客，有热情的店员站在门口吆喝，露天搭设的简陋桌椅上已经有食客光着膀子喝起酒，到处飘荡着炒菜的香气。

偶尔偷个懒也没关系，他想。

HR：对了，陶医生，你还记得我昨天提到过的那个朋友吗？

HR：就是晚上突然跑到我家的那个。

下车后，陶知越大致望了望四周，便走进旁边的一家面馆，要了一碗简单清爽的牛肉拉面。每天都是米饭、炒菜，有点吃腻了，想换换口味。

他接过点餐小妹递来的号码牌，顺手回复消息。

陶：记得，她又跑来你家了吗？

HR：没来，可她给我发消息了。

HR：我平时不怎么看消息，也不一定回，但她说她有串手链找不到了，可能落在我家。我看到消息后就去找了一圈，没找到，所以就回复她"没看到"。

HR：她好像一直在等我回复，马上就说她再找找，然后跟我道歉，说她昨晚太冲动，以后一定注意分寸，不会让我为难，希望我不要讨厌她，她只是太喜欢我了……

HR：我只好回复"没关系"，她又发了语音消息，好像还哭了，声音特别委屈，我是不是应该安慰一下她啊？

HR：［流泪 .jpg］

陶知越瞪大了眼，想不到古板老派的 HR 大哥遇到的追求者居然是个心机女孩。

陶：……茶味好浓。

他正在思索该给出什么建议，HR 立刻回复了。

HR：陶医生在喝茶吗？

HR：太浓就不要喝了，晚上会失眠的。

陶知越呆住了，直到服务员把热气腾腾的面条端到面前，他才反应过来。他差点忘了，这是一位不怎么接触网络的中年大哥。

陶：我不是在说用来喝的茶，这是网上的流行语。绿茶，茶味浓，都是形容人的。

HR：啊，我好像听我妹妹说过。绿茶是什么意思？

陶：我也不知道该怎么准确地形容。我想想，大概就是表面上装得楚楚可怜，很无辜，实际上很有心机。

陶：比如说，明明是这个朋友骚扰你，给你带来了困扰，但她事后会道歉认错，把姿态放得很低，说一切都是因为她喜欢你，潜移默化地就把责任转移到了你身上。她看起来很委屈，很可怜，你会反过来想要安慰她，然后她可以借机提一些不是很过分的要求，让你很难拒绝，这样她就能慢慢入侵你的生活了。

陶：我猜她根本没丢东西，她应该是很了解你回消息的习惯，知道说什么话你一定会回复，所以故意那样说。

对话框顶部的"正在输入中"显示了很久，千言万语最终化为一个满脸焦黑的黄豆表情。

隔着屏幕，陶知越都能感受到这位单纯的中年男士内心受到的巨大冲击。他觉得好笑，又有些于心不忍，一边吃面，一边安慰HR。

陶：没关系，不是你的问题，是有些人太不真诚了。

HR：怪不得我问我妹妹怎么喝绿茶的时候，她满脸的鄙视……

HR：陶医生，遇到你真好，谢谢你！

陶知越已经开始习惯对方老土又真挚的吹捧了，听着还挺舒心的。

陶：［猫猫傻笑.jpg］

陶：你跟这个朋友是怎么认识的？在工作中或者生活上交集多吗？

HR：是因为公司业务认识的，但跟我没有直接关系，我不负责那一块业务，在酒会上见过一次后她就一直缠着我。

HR：她又发消息来了！真的被陶医生你说中了！

HR：她说那串手链对她很重要，找不到了很难受，问我可不可以陪她去买一串一样的。

HR：要不是刚刚知道了绿茶的定义，我肯定会答应的吧。[流泪.jpg]

陶知越也没想到，自己竟然说中了。

陶：不要紧张，既然你跟她没有工作上的关系，也就没有什么后顾之忧。她又对你用这些玩弄感情的手段，其实我建议你直截了当地拒绝她，不用担心会伤害到她。她操纵你的情绪时，并没有考虑过你的感受，那你为什么要在乎她难不难受呢？

陶：但是鉴于她很"茶"，很可能又会装可怜，扮无辜，反过来把你说得很郁闷，好像拒绝她是件伤天害理的事……

陶：我建议你，以茶攻茶。

HR：好有道理！陶医生快教教我！

于是陶知越运用自己网上冲浪学来的理论知识，非常仔细地指导了 HR 大哥。HR 大哥听得震惊无比，仿佛打开了新世界的大门，迫不及待地跑去找"绿茶"实践了。

很久没有这样高强度地用手机打字，陶知越的手指都有些酸了。

还好有一碗温暖熨帖的汤面下肚，陶知越身心舒畅，摸了摸胀胀的肚子，愉快地结账离开。

这家店的牛肉卤得真好，软烂入味，浓香四溢，下次他也要试着做一做。

树影摇曳，路灯昏黄，散步遛狗的行人三三两两。

陶知越迎着夜色往公园走去，吃得很饱，他要走一走消消食。

口袋里的手机振动，陶知越拿出来看，是 HR 发来了一段聊天记录。

是星光啊：那是妈妈送给我的手链，我戴了很久，突然找不到了，我好难受……

HR：我也好难受。

是星光啊：……哥，你怎么了？

HR：害你丢了那么重要的手链，我很自责。

HR：都是我的错，如果不是我，你就不会丢东西，也不会总是为了我而伤心。

对面明显被震住了，过了好一会儿才回复。陶知越没忍住，已经开始笑了。

是星光啊：……哥？

HR：你也知道别人对我的评价吧，都说我古板没趣。你那么优秀，却还喜欢我，我很惶恐。

HR：我不明白我有什么好的，而且还回应不了你的喜欢，让你也难受。

HR：我真糟糕。

这下对方回复的时间间隔更久了。

是星光啊：你不要这么说，你在我眼里是最好的……

HR：不要安慰我了，没用的，我现在都没有勇气见你。我会在家里再仔细找一找手链的。

HR：我想一个人静一静，对不起。

聊天记录到此为止，等陶知越看完的时候，HR已经发来了好几条消息。

HR：陶医生，我表现得怎么样？

HR：到后来我还有点收不住，原来当"绿茶"的感觉这么好，可以堵得别人不敢说话。

HR：［猫猫傻笑.jpg］

不得不说，HR大哥虽然年纪不小，但很有学习天赋，接受新事物的速度很快，模仿"绿茶"简直惟妙惟肖。

陶：你表现特别好，让我想到了这个表情包……

陶：［表面哭背后笑的熊猫头.jpg］

HR：这个好！

HR：陶医生，等我一下。

陶知越正在疑惑HR大哥要去干吗，很快，HR又发来了一段聊天记录。

HR：我想一个人静一静，对不起。

HR：［表面哭背后笑的熊猫头.jpg］

是星光啊：哥，这个表情包不是这么用的……

HR：是吗？我以为这是在强调我很伤心。

HR：我真笨，连表情包都不会用，我好难受。

HR：［表面哭背后笑的熊猫头 .jpg］

对面彻底不敢说话了。

陶知越盯着那个滑稽的熊猫头表情，笑得不行。

陶：你很厉害，真的。

陶：阴阳怪气第一名。［赞 .jpg］

陶：这里的"阴阳怪气"是表扬你撑得漂亮。

HR：小小地报复一下。［微笑 .jpg］

HR：啊！又学到了新知识。

HR：陶医生，今天多亏你帮我分析她的心理。你懂得好多啊！

陶知越想了想，觉得不能让 HR 大哥对他产生什么奇怪的误解，就解释了一下。

陶：网上什么样的人都有，像这种人是网友们最喜欢挂出来吐槽的了，我看得多了，所以比较熟悉。

HR：原来是这样。

HR：陶医生，你觉得我应该多上网，多了解在年轻人里流行的东西吗？

陶知越顿时想起他前面发来的聊天记录里的话："你也知道别人对我的评价吧，都说我古板没趣。"

看来 HR 大哥挺为这一点感到困扰的。他身为一名中年人，仍然愿意为了跟年轻人交流而接触新鲜事物，陶知越觉得他很有勇气。

陶：不要在意别人的眼光。

陶：如果你觉得那样会让你更快乐，就去做。

陶知越溜达完回到家的时候，已经快九点了，不用做家务的晚上很轻松，他没再开电脑，而是先洗了澡，然后上床玩手机。

虽然感觉今天过得很充实，但他习惯了睡前网上冲浪，不刷论坛总觉得少了点什么。

陶知越心情放松地滑动着屏幕，即使看到平日里会让他血压升高的帖子，这会儿也带着笑容滑过去了。翻到娱乐版块的时候，他的目光被一个浮在最上面的飘红热帖吸引了——《她来了她来了她来了，知名茶星夏某某带着她的招牌茶艺又来了［hot］》。

众所周知，微博顶流夏某某唯一代表作《茶花女》，今日又添续集。无奖竞猜：接下来会是哪位可怜的男明星被心碎的星光们拉出来辱骂鉴渣呢？［截图.jpg］［截图.jpg］［截图.jpg］

夏星夕：弄丢了很重要的东西，也弄丢了很重要的人。

夏星夕回复最爱夕夕：没什么，别乱猜啦，是我不够好。

夏星夕：谢谢你们一直都在，我最可爱的星光们。［爱心.jpg］

陶知越随便扫了一眼截图，就觉得"茶味"超标，下面的评论也大多在嘲讽。今天的绿茶浓度着实过高，他有点承受不住，于是没再细看，随手退出了帖子，又逛了会儿论坛，很快睡意袭来。

月色朦胧，夜里万籁俱寂。

陶知越关了灯，窝进轻薄的被子里，沉沉地睡着了。

十点半整，手机屏幕微微亮起。

HR：晚安，陶医生，祝你好梦。

陶：早上好。［太阳.jpg］

陶：昨天提前睡着了，睡得很好。［微笑.jpg］

陶知越平常是七点半起床，八点半出门，九点正式上班。

由于昨晚睡得早，固定九小时睡眠时间的陶知越在六点半醒来，房间里弥漫着蓝灰色的日光。他起身打开窗户，清凉怡人的新鲜空气便涌进来——是早晨特有的味道。

看到HR发来的晚安问候，陶知越不自觉地雀跃起来。他很久没从别人那里听到一声晚安了。

陶知越觉得今天是近段时间以来最美好的一个早晨，而且是周五的早晨。为了庆祝这个好日子，陶知越洗漱完毕之后，决定下楼跑半小时步。

虽然从新生那天起，他就发誓要锻炼身体，保证健康，但每天早睡早起、做饭、上班，他就差不多用光了自制力，所以早早加上PP的健身房教练躺在列表里，很久前就买好了的运动装备也被束之高阁。

陶知越换上崭新的跑鞋，轻手轻脚地下了楼。

这个时间上班族还没有出动，偶尔有中学生拿着早餐飞奔出门，或者提着编织篮的老人慢悠悠地走向菜市场，到处透着岑寂。

小区的地理位置不错，步行五分钟就能走到一处风景很好的公园，周围居民经常在这里晨练。

正值初夏，公园里一丛丛栀子树沐浴着幽微的晨光，叶子青翠欲滴，洁白的花朵静静绽放，整个公园里都弥漫着栀子花浓烈的香气，那是一种常常让人想起童年和家乡的气味。

在这样馥郁的空气里跑步，时间仿佛都被无限拉长了。陶知越满身是汗，神思游离，差一点撞上一个小女孩。小女孩三四岁，穿着碎花裙子，脸蛋红扑扑的，弯着腰在捉路边花丛里飞舞的蝴蝶，玩得太入迷，不小心跑到了路中央。

幸好陶知越及时收住了脚步。他长舒了一口气，把小女孩引到安全的草地上，看见周围没有大人，于是蹲下来轻声问她："怎么一个人在这里玩？"

小女孩先是呆呆地望着他——她眼睛圆溜溜的，黑得很纯粹，然后又开心地笑了。

陶知越一怔。以前念高中的时候，他家楼下也住着一个这个年纪的小女孩，她从不怕生，在楼道里遇见他时，常常这样笑着看他。

十六七岁的陶知越一直想要个妹妹，觉得邻居家的这个小妹妹很可爱，就每天给她带一颗漂亮的糖果，哄得小朋友笑弯了眼，然后甜甜地跟他说明天见。

"爷爷在遛狗呢，不知道去哪里啦！"小女孩认真地看了四周一圈，脆生地回答他。

陶知越回过神来，想了想，不放心让这样一个小孩子独自待在人来人往的公园里，又不敢贸然带着她去找爷爷，索性守在一旁，准备等她爷爷自己找过来。

"大哥哥，我叫秋秋。"小女孩对蝴蝶失去了兴趣，开始主动和他聊天，"你很帅呀，比我哥哥还帅。"

秋秋单纯的眼眸里是不加掩饰的喜爱，陶知越失笑，"商业互吹"道："你也很漂亮，比我认识的小朋友都漂亮。"

秋秋害羞了，捂着脸，声音里洋溢着快乐："真的吗？"

"真的。"陶知越笑着点点头，"秋秋每天都陪爷爷来遛狗吗？"

"是呀，秋秋喜欢早起。大哥哥是第一次来跑步吗？没在早上见过你呢。"

秋秋扳着手指盘算着，她的记忆力很好。

陶知越有点不好意思，他还比不过一个小豆丁："我争取以后经常来跑步。不过秋秋陪爷爷来遛狗的时候，要紧紧地跟着爷爷，不要走丢。"

秋秋刚想说话，就看到有个牵着雪白的萨摩耶的老人小跑着找了过来，她立刻转移了注意力："爷爷！你去哪儿啦？"

"哎哟，我的小祖宗，找你半天了！"老人扶着腰喘气。

缓过来以后，老人连连向陶知越道谢，说刚才狗乱跑，一时间没留意秋秋。

陶知越笑了笑，表示没关系，他看看手表，该回去吃早饭，准备出门上班了。

他转身要走的时候，秋秋举起肉嘟嘟的小手，笑眯眯地同他道别："大哥哥，明天见！"

陶知越一阵恍惚。那个停留在记忆里的永远不会再长大的小女孩，手里捏着彩色的糖果，朝他笑得眉眼弯弯："大哥哥，明天见！"

那一瞬间，他差点以为自己回到了曾经生活的地方——那栋住了十多年的老旧居民楼，他背着重重的书包，还要再往上走两层楼，推开家门，爸爸妈妈都在等他放学回家。

漫天的栀子花的香气钻进他的身体，甜得恣意，织成了一个浓得化不开的梦境。

陶知越不敢回头，他匆忙逃走了。

智新游戏公司。

今天公司里的气氛有些奇怪，平时经常迟到早退的 CEO 郭总一大早就来了，而且表情很严肃，一来就叫走了人事经理和项目制作人，三个人进了办公室窃窃私语。

几个天天划水摸鱼的员工有些紧张，探头探脑的。

虽然这家公司的项目烂，但都挺赚钱的，所以薪资水平还可以，在普遍"996"的游戏行业中加班也没那么厉害。对很多人来说，这已经算是一份不错的工作了。

PP上好几个私人小群都热闹起来，周五大家本来就无心工作，不如一起来八卦。

陶知越面色如常，踩着点到了公司，无视周围人窃窃私语的状态，也无视隔壁异常兴奋的薛华灿。

他打开电脑，按照昨天构思好的优化方案，继续改bug。

半小时后，三个人一起出来了。郭总朝办公区望了一圈，眼睛一亮，径直走向陶知越的工位。

陶知越跟着郭总离开的时候，心里还有点烦躁——他刚写得兴起呢！从郭总办公室里走出来的时候，他却是一脸古怪。

升职应该开心，辞退应该郁闷，八卦群众殷切地盯着陶知越，试图从他的表情里读出一点故事，结果一个个都读蒙了。这个难以用语言形容的表情，内涵好像很丰富。

陶知越没有让他们失望，他回到工位时并没有直接坐下，而是站到了薛华灿旁边。

他的声音不大不小，刚好够周围的同事听见："你告诉老李我在跟其他公司的HR接触？"

话音落下，群心沸腾了。

薛华灿一愣，随即露出假笑，下意识看了眼老李那空着的座位："我就是随口一提，哪儿知道老李还告诉郭总了呀！"

他们项目组的主程老李今天请病假没来。

陶知越语气平淡："你偷看我的手机屏幕，然后随口就打小报告？"

"什么偷看不偷看的，说得这么难听。"薛华灿一副诚恳的表情，"我刚好要来找你，不小心瞥到了嘛。小陶，不是我说你，这样真的不好，骑驴找马算什么呢？刚毕业不能这么浮躁……哦，不好意思，我忘了你没毕业。"

说着，他话锋一转，摆出假惺惺的理解姿态："实在按捺不住的话，想跳槽也不是不行，但你现在在公司不好好工作，项目进度这么赶，你倒每天急着回家买菜，从来不肯为公司多付出一点，这让其他同事怎么想嘛！"

其他同事心想："八卦中，勿 cue①。"

一群人竖起耳朵偷听，这么刺激的当面对峙真是太少见了。

陶知越一点也不生气，甚至笑了笑："教训够了吗？"

薛华灿继续假笑："这哪儿是教训！小陶，你就是太上纲上线了，我也算是你的前辈吧，你怎么能这么跟我说话呢？郭总刚才说你了吧？这点事，总不至于开除你，你以后要多注意……"

"哦，说起来，我还得感谢薛老前辈。"陶知越特地提高音调强调，"郭总说要给我涨工资。"

薛华灿还没说完的话哽在了喉咙里，一脸"你在说什么鬼话"的表情。

陶知越不管他，继续道："郭总跟老李沟通后，得知我一天的工作量差不多是正常的两倍多，觉得在薪水上亏待了我，所以决定给我涨一倍的工资。"

薛华灿："……"

"我本来还不太好意思，但郭总又说，他知道我可能想跳槽，不过现在公司里一直缺程序员，要是我走了，其他同事的工作量会增加，所以让我一定要接受。"

薛华灿："……"

陶知越继续补刀："对了，下周市里的游戏展上有不少没发行的新游戏试玩，郭总让我带薪休息几天，别太累，抽空去游戏展看看，给公司的下个项目提点想法。"

陶知越露出一个一点也不真心的笑容，总结陈词："总之，还要谢谢薛老前辈你多管闲事。"

一轮轮打击下来，薛华灿肉眼可见地面色涨红，仿佛下一秒就要脑出血了。

围观的同事传出一阵又一阵惊呼，这是他们不花钱就可以看到的社畜打脸

---

① 提示，提醒。在中文语境里有含沙射影之意。

爽文吗?

说完,陶知越不给薛华灿任何多余的眼神,而是自顾自坐下,顺手戴上了耳机,免受噪声污染。

回想起刚才跟郭总的对话,陶知越依然哭笑不得。因为 HR 这个昵称,他被误以为要跳槽,这件事就够离谱的了。更没想到的是,脑洞过大的郭总依然没有放弃"才华横溢的富家小少爷隐姓埋名跑来找项目玩"这个猜想,并且深刻反思了公司目前急功近利的换皮产品,眼含泪花地追忆起当年进入游戏行业的初心,问他愿不愿意做点原创的东西,于是有了游戏展这一出。

面对郭总期盼的眼神,陶知越只能应好,心里却忍不住开始担忧,再这样下去,他说不定又要换工作了……

搬家很累的,陶知越默默叹气。

这样闹了一出,陶知越也无心工作了,他打开购物软件,准备买个防窥屏的手机膜和电脑膜,正浏览商品的时候,PP 上突然跳出消息。

HR:陶医生,早上好!

HR:我下周要来晋北市出差了。

HR:[猫猫傻笑.jpg]

消息发出去后,霍燃莫名有些紧张。

十分钟前,霍燃刚从美梦中醒来,他缓了缓就立刻起床,穿好衣服简单洗漱,然后迅速跑到书房开电脑,简直像个网瘾少年。

对于这一反常行为,他自我安慰道:"这是尊重医生,尊重医生就是尊重生命。谁敢不尊重生命呢?"

登上 PP,陶医生果然已经发来消息,霍燃正要回复,就看见列表里还有来自霍振东的未读消息。

知足常乐:晋北那项游戏公司的投资有变化,重新评估后决定只投三成的份额,衍生开发也暂时搁置,所以不用派人过去常驻了。

知足常乐:你这么想去晋北的话,下周那里有个游戏展,你去看看有没有值得做的项目,要我们能主控的。

知足常乐：[握手.jpg][抱拳.jpg]

霍振东为了促使他换手机，一把年纪了还特意注册了PP，专门用来给他发消息，除非有紧急的事，不然绝不主动给他打电话或发短信。

在这一点上就能看出他肯定是霍振东亲生的，一个模子里刻出来地固执。

由于最近饱受追求者骚扰之苦，十分遗憾晋北市那个项目有变的霍燃跟霍振东抱怨了一下。他倒不是多在乎那个项目，只是想光明正大地逃离这里，去哪儿出差都行。

不过看到霍振东提到还能去晋北市的游戏展，霍燃的眼睛马上亮了。陶医生就在晋北市，霍燃还知道他的工作地点——晋北市第七精神病院。

昨天在陶医生的指导下，他成功吓跑了纠缠他大半个月的夏星夕，往后至少不用担心半夜有人敲门了。于情于理，他都想去医院当面感谢一下陶医生。他不算正式患者，也不用付费，那他应该做些什么以示感谢呢？

他胡思乱想着，甚至已经在考虑该往送给陶医生的锦旗上写点什么了。

霍燃盯着对话框顶部的"正在输入中"，不自觉地屏住了呼吸。如果陶医生不排斥跟网友见面的话，他很想请陶医生吃顿饭。

五分钟后，陶医生输入了半天的消息姗姗来迟。

陶：晋北现在天气很好，过来这边会很舒服。忙完了也可以到处逛逛，小吃很多。

陶：不过我不太熟悉这里，就没法给你推荐吃喝玩乐的好去处了。我记得天空论坛的旅游版块里有推荐帖，你可以看看。

两段回复不长，霍燃却反复看了几遍，心里漫上一阵失落。

霍燃确信陶医生知道他接下来要说什么，所以提前一步，委婉地拒绝了这个还没说出口的见面请求。

陷入郁闷的霍燃又想了想，他和陶医生才认识几天，像陶医生那么注重隐私的人，肯定不愿意贸然和陌生人见面，于是决定亡羊补牢一下。

HR：好，谢谢陶医生。

HR：可惜这次日程安排太满，不然我肯定要来当面感谢陶医生的。

这次陶医生回得很快。

陶：不用客气。

陶：［布偶熊跳舞.gif①］

看着屏幕中央那只憨态可掬的布偶熊，霍燃十分熟练地点下右键添加到表情，同时松了一口气，还好陶医生没介意他的唐突。

现在是陶医生的上班时间，霍燃没再继续打扰。他盯着陶医生的系统默认头像，不由自主地对陶医生的生活产生了好奇。

陶医生作息规律，热爱工作，遇事谨慎，乐于助人，有好多可爱的表情包，却用着朴素的原始头像，很喜欢上网看各种各样的帖子，可对自己生活的城市并不熟悉。这样一个看起来有些矛盾的年轻人，在生活中是什么样的呢？

霍燃本想直接点开陶医生的个人空间，但他五六年前怀疑妹妹霍思涵早恋，偷偷翻看她的空间试图寻找蛛丝马迹的时候，她转头就问他干吗窥探自己的隐私，把做贼心虚的霍燃吓了一跳。

霍燃不希望陶医生对自己有什么坏印象，于是打开了全部动态页，往下翻看所有好友的动态。然而一直翻到三个月前，他眼睛都花了，也没看到任何一条陶医生的动态。

霍燃有些失望，目光扫到霍思涵几分钟前刚发的动态。

［动态］你爸爸：昨晚小岛突然下暴雨，我刚抽芽的蔬菜苗啊，啊啊啊！被迫干得昏天黑地，没想到就这样错过了大佬们的狂野回掉和扒皮，茶星又亲自下场删帖炸号了。呜呜！求列表姐妹们赏我一点精彩截图看看。

昨晚之后，霍燃对"茶"字变得很敏感，虽然没有完全看懂妹妹的后半段话，他还是评论了两句。

［评论］HR：要及时搭大棚，笨蛋。

［评论］HR：茶星是指绿茶吗？

霍思涵光速发来消息。

你爸爸：是你本人？

你爸爸：你终于知道绿茶的意思了吗？

---

① 一种动图格式。

你爸爸：［我不会是在做梦吧.jpg］

霍燃斟酌了一下，心中生出奇怪的胜负欲。

HR：原来哥哥在你眼里就这么笨吗？

HR：我也不想的，可我之前没有机会了解这些东西，以后我会努力学的。

HR：思涵，不要嫌弃哥哥，哥哥心里会难受的。

你爸爸：……

你爸爸：可以了，打住，我错了，我刚吃了早饭，饶了我。

HR：［可爱.jpg］

见识到霍燃的"茶艺"之后，霍思涵立刻发来一张截图。

你爸爸：这是个明星，你肯定不认识，因为她除了表演茶艺啥也不会，一路黑红上来的，所以大家都嘲讽地叫她茶星。

霍燃点开一看，是夏星夕的微博截图，他顿时愣住。再看看妹妹那句"你肯定不认识"，霍燃沉默了。岂止认识，这条茶里茶气的微博，说的好像就是他……

霍燃几乎不看娱乐新闻，对国内一线以下的明星艺人一无所知。虽然霍氏旗下有一家非常出名的娱乐公司，不过霍燃没打算接手这项业务，就心安理得地放弃了探索这个信息量巨大的陌生领域。

因此一个月前的酒会那天，当身穿晚礼服、像只骄傲的孔雀的夏星夕拿着酒杯撞到他身上的时候，胸前浸湿了一片的霍燃完全不知道这是个明星，只是温和地表示没关系。

他低头擦拭着胸前的红酒渍，压根没看到夏星夕瞬间闪亮的眼神，结果从此开启了持续大半个月的噩梦。

夏星夕其实认识他，在某个试图用身体换取资源的小圈子里，几大娱乐公司及各家母公司的高层名单流传甚广，而相貌年龄俱佳、据说连恋爱都没谈过的霍氏未来的继承人霍燃被列在顶级那一档——如果能成为霍燃的身边人，那"生意"堪称无本万利啊！

霍燃不知道这些弯弯绕绕，但经过陶医生的提点，他并不觉得夏星夕是真心喜欢自己，自然对她没有任何容忍力。

本来霍燃已经把夏星夕抛到脑后了，现在又意外看到她影射自己的绿茶发言，霍燃难免有点生气，当即在 PP 上把她拉黑了。

不过在精明敏锐的妹妹面前言多必失，霍燃打算糊弄过去。

HR：不认识，她讲话好茶啊！

HR：［猫猫傻笑 .jpg］

你爸爸：你从谁那里存的表情包?!

你爸爸：我给你发过那么多，你一个都没用过!!!

HR：哦，你的表情包太丑了，一点也不可爱。

HR：我的多可爱。

HR：［布偶熊跳舞 .gif］

第三章

周 末

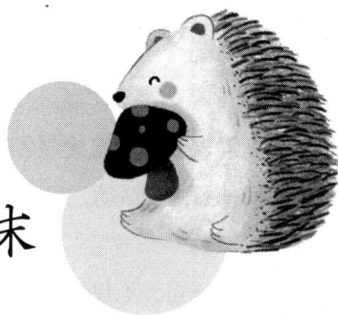

你在呼吸，你是真实的存在，
你可以看到屏幕和我发来的消息。
这就是真实感。
陶医生，刺猬也可以被拥抱的。

HR

很快到了周末，霍燃愉快地告别了令他万分煎熬的工作日。尽管他很讨厌霍振东给他安排的社交活动，可如果真要在上班和社交中二选一的话……算了，他选择死亡。

霍燃每天到公司，不仅要面对会客室里雷打不动的鲜花，还要见到那个脸上写满暗恋的助理蒋南声。没错，他的助理也喜欢他。

跟夏星夕不一样的是，蒋南声没有做任何过分的事，而是很本分地履行着自己的工作职责，只是脸上不加掩饰地写着"我喜欢你，你看我一眼，我就会心花怒放"……

霍燃甚至无法开口说一句拒绝的话，因为人家根本没有表白，所以他不能因为这一点换助理。毕竟他始终觉得，真心喜欢上一个人并没有什么错。

下周去晋北市出差，霍燃本来不想带上这个总是对着他脸红的助理，不过考虑到霍振东给他布置了任务，而在搜集参展项目信息、安排日程这些琐碎的事上，有助理的话效率会更高，霍燃没任性，只是叮嘱蒋南声务必戴好口罩。

闻言，蒋南声脸上立刻着了火，转眼红成火烧云："谢谢霍总关心，我花粉过敏，是应该戴口罩的，没想到霍总连这个都注意到了。"

霍燃："……"

霍燃觉得他也应该戴口罩，不然恐怕保持不住霍总应有的淡定表情。

夏星夕带来的困扰告一段落，送花狂魔能暂时通过出差避开，而关于蒋南声，霍燃还没想好要怎么跟陶医生倾诉。一时间，他和陶医生之间好像没有话题了。

周末两天假期，陶医生会怎么度过呢？他总是不由自主地想到这个问题。

在憋了足足大半天之后，连跟霍燃一起打球的朋友都发现他失神了，连忙停下来问他是不是发生什么事了。

霍燃脱口而出："你周末一般做些什么？"

朋友仿佛看傻子似的用力拍了拍手里的篮球："打球啊！"

"……"霍燃苍白地解释道，"不，不是问你。"

朋友猛地后退一步，惊悚地望向他面前的空气。

霍燃纠结了一下，然后老老实实地向朋友道歉，说自己今天没在状态，不打了。他第一次真切地觉得，古董按键机上用不了PP是一件麻烦的事。

没了打球的心思，霍燃决定回家看书，最近好久没静下心阅读了……再顺便打开电脑，看看有没有人找他。

霍燃回到家冲了个澡，迫不及待地冲向书房，头发湿漉漉的，还滴着水。PP上并没有新消息，他和陶医生的聊天记录停留在昨天互道晚安时。

不知道陶医生周末会不会睡懒觉，再加上今天没什么话要说，所以霍燃没有发"早上好"的问候。

现在已近傍晚，陶医生肯定醒着，他在干吗呢？新晋网瘾青年霍燃对着电脑屏幕发了一会儿呆，无意识地点击着陶医生的头像。

我拍了拍"陶"。

霍燃当即表情僵硬，不知所措。

结果不到半分钟，陶医生回应了。

"陶"拍了拍我。

两行灰色字体的拍一拍连在一起，是言语之外的即时交汇。他们没有对话，却正同时看着这个聊天界面。

霍燃一愣，不自觉地低了低头，好像真的被拍了拍脑袋一样。

HR：我刚打球回来，满身汗。［企鹅跳跳.jpg］

HR：陶医生在外面玩吗？

陶：在家看书。

陶：不过好像不太看得进去。

陶：［咸鱼瘫.jpg］

盯着这个满脸疲态的咸鱼表情，霍燃很难把这种状态跟自律的陶医生联系在一起。不过这个表情也好可爱，霍燃又默默存了图。

HR：我也是，最近好浮躁。

HR：不用勉强自己看书，也可以出去走走。昨天我看了论坛上的帖子，原来晋北有这么多好玩的地方。

HR：陶医生需要安利吗？

陶：你连安利都知道啦？［狗头.jpg］

"安利"，也就是推荐的意思，是霍燃昨天看帖子时学到的新词。

现学现卖还被注意到了，霍燃不好意思地端起杯子喝水，再低头便看到了两条新消息。

陶：谢谢你，暂时不用了，我不怎么出门。

陶：我习惯在家躺着，哈哈哈哈！

虽然陶医生以"哈哈哈哈"结尾，但不知为什么，霍燃从中读出了一丝孤独。霍燃随即摇摇头，认为这肯定是错觉，陶医生这样温柔又热心肠的人，怎么会孤独呢？

于是他没再多想，又跟陶医生聊了几句，直到对方说要去做晚饭为止。

夜幕降临，霍燃也去厨房给自己煮了碗面，端着碗回到书房，不由自主地点开了桌面上的游戏图标，完全忘记了身后一排排的书架。

前一阵，霍燃每天的日程都很满，被各种无聊的商务行程和交际活动占据，向霍振东郑重抗议之后才有所减少，至少周末可以属于他自己了。

终于体会到社畜心情的霍燃，到了周末也不想再努力了，想出门的时候就叫上朋友打打球吃吃饭，不想出门时就躲在家里玩游戏。

最近有款叫《快乐动物岛》的模拟经营类沙盒游戏很火，火到霍燃身边从不玩游戏的朋友都在玩。这款游戏已经稳定运营了好几年，因为一条爆红的微博突然大火。

《快乐动物岛》里的玩家可以选择一种动物作为自身形象，然后建设经营属于自己的小岛，游戏自由度很高。

有些动物受形态限制，不能完成部分游戏操作，所以玩家可以选择群居。提出申请后岛主同意，几名玩家即可共同经营小岛。

那条微博的 po 主①在游戏里是一只外形很可爱的松鼠，松鼠在现实生活中就很喜欢囤东西。这个玩家在岛上建了好多个仓库，囤了大量粮食和各式各样的小玩意儿。

有一天，松鼠 po 主突然发现丢了一些不起眼的小东西，但岛上并没有访客记录，他向客服反映，客服表示不是游戏 bug。

松鼠 po 主仔细观察，发现他每天下线后，东西都会变少，于是他忍痛卖掉了好多粮食，买了一件大神玩家制作出来的隐身衣，披上以后蹲守在仓库门口，誓要抓住这个神秘的 NPC②小偷。

结果他就看到一只黑黑的小蚂蚁非常熟练地从他的仓库里搬走了三粒大米，哼哧哼哧地钻进了隐藏在木头缝里的地洞。

松鼠 po 主看着蚂蚁头顶的玩家昵称目瞪口呆，居然有玩家选择做一只蚂蚁！

他这才想起来，很久以前收到过一个玩家的群居申请，当时他还期待了一阵，但一直没看到那个玩家出现，小岛上也没有新的小屋建成，他还以为对方不玩了。万万没想到，这名迷你玩家住在地下。

松鼠 po 主满心好奇，但体形太大了，下不去，只能给岛民列表里的蚂蚁玩家发消息，问对方家是什么样的。

蚂蚁玩家回复了，先就偷东西表达了歉意，然后给他看了自己的小屋的截图。

木屑铺成的豪华黄金大床、晒成干花的花瓣被子、平底螺丝钉餐桌、鸡蛋壳大的浴缸、塑料吸管拼接成的粗大水管……

---

① 指在网络平台发帖子、上传视频等的人。

② 非玩家角色。

松鼠 po 主被萌到了，随后就发了这条微博，感慨动物岛上真是充满了不可思议的惊喜，每个玩家都能创造出独一无二的游戏方式。

动物岛爆火，迅速沉迷其中的霍思涵为了拿到邀请好友的奖励，不停地给霍燃洗脑，威逼利诱，让他来玩。

不常玩游戏的霍燃起初很不情愿，然后玩着玩着就觉得"真香①"了，甚至因此对游戏行业产生了兴趣。

霍思涵在游戏里是只考拉，霍燃觉得兄妹俩应该长得像一点，当然，他要比妹妹强大很多，于是——他选择做一只大棕熊。

大棕熊走路比较慢，但是力气够大，可以轻而易举地破坏考拉小岛上的木栅栏。

霍燃上线后，先坐木船跑到妹妹的岛上搞了点无伤大雅的小破坏，又留下几个水果当礼物，然后愉快地拍拍屁股回家了。

霍燃的小岛在未来几天都风和日丽的，于是他打算趁机翻修一下屋子。棕熊动作迟缓，他要留够时间。这款游戏的时间和现实时间的流逝速度是一比一，霍燃在游戏里忙活到晚上十点，小岛漆黑一片后他就下线了，第二天再继续。

一直到了周日晚上，全情投入的霍燃才完成艰难的翻修工作，看着焕然一新的工业风酷炫小屋，霍燃满意地截了几张图，发布到动态。

［动态］HR：我没当建筑师真是行业的损失。［可爱.jpg］［图片.jpg］［图片.jpg］［图片.jpg］

很快就陆续有人点赞或评论。

［评论］你爸爸：哕！臭不要脸！

［评论］声声不息：霍总真厉害。

［评论］陆彦：你也在玩这个？ID多少？我加你。

［评论］知足常乐回复你爸爸：你这什么名字？

［评论］HR回复知足常乐：爸，你看她多嚣张。

……

---

① 形容前后态度、看法等截然不同，自己打自己脸的行为。

PP 动态下的互动只有共同好友可见，霍燃很喜欢这个独特的设置，这样即使加了一些不太熟的人，也不怕暴露隐私。

这两天看电脑看得眼睛都酸了，霍燃扫了眼密密麻麻的新评论，正想关掉网页，动作忽然一滞。

［评论］陶：屋顶可以开一扇天窗，会更好看。

霍燃本想回复评论，又顿了顿，直接打开了聊天窗口。

HR：陶医生，你也玩动物岛吗？

HR：原来屋顶可以变动啊！

陶：之前玩得比较多，没想到现在这么火。

紧接着，陶医生发来了几张图片。

霍燃点开，发现也是动物岛小屋的截图，跟他辛苦装修出来的风格很像，但屋顶上有一扇大大的天窗，盛满了夜晚的繁星，使深灰色的粗犷小屋一下子有了质朴的浪漫气息。

HR：好看！

HR：陶医生真厉害。

陶：我那时候闲着没事，试了很多种风格，你如果需要参考的话，可以问我。

陶：［小熊转圈.gif］

正沉浸在建筑大师光环下的霍燃看着陶医生发来的图片，顿感惭愧。他仔细研究着小屋的布局，想学习借鉴一下，然后就看见了镜子里映出的小半个圆滚滚的棕色身影，身上的尖刺泛着银白色的光——原来陶医生是一只刺猬。

再看看陶医生发来的消息，霍燃后知后觉地想，他昨天读出的那一丝孤独并不是错觉。怔了一会儿，霍燃鬼使神差地发出了一条有些冒昧的消息。

HR：陶医生总是一个人吗？

陶医生没有否认，回复的语气很轻松。

陶：我的社恐属性这么快就被发现了吗？

心头涌起一股莫名的冲动，霍燃继续问下去。

HR：是因为跟身边认识的人没有共同话题，所以没法成为朋友吗？

这次过了很久，陶医生才发来消息。

陶：不。

陶：我只是……没有真实感。

陶知越在得知 HR 要来晋北市出差时，第一反应其实是茫然。

他这几天跟 HR 交流很频繁，还主动提及了自己从没对人说起过的往事，他们就是那种最经典的网友相处模式——现实生活中无人聆听，于是选择在虚拟网络里交心。但 HR 大哥在他眼里，始终是一个与现实生活无关的纸片人，他们永远不会产生交集，他也不会为彼此身份、情感的转变而忧虑。

纸片人即将来到他生活的城市，他觉得很不可思议。即使抛开网络背后隐藏的距离，一个温和善良，甚至有些好欺负的中年男人对陶知越来说也实在像是两个世界的人，他很难想象自己会和这样的人见面谈天。

陶知越有点后悔当时改论坛昵称随手用了"晋北市"这个前缀。

不过现在想这个也晚了。陶知越看着 HR 发来的消息，读出了文字背后隐隐的期盼。他考虑了半天才组织好语言，婉拒了对方。

下意识地，他不想跟 HR 大哥产生任何现实中的关联。

拒绝 HR 之后，陶知越又迎来了一个人的周末。为了防止自己太无聊，他定过一条小小的规则：

如果天气晴朗，就去公园里散步，呼吸新鲜空气，还可以跟在打太极的老爷爷身后，偷偷舒展一下筋骨；如果降雨降雪，就去超市买蔬菜和肉，自己熬汤底煮火锅。在小雨淅沥或是白雪纷飞的日子里，窝在家里吃一顿热气腾腾的火锅是最幸福的事情。

散步锻炼和清洗锅碗都是消耗体力的事，一天下来肯定会让人觉得疲惫，第二天就什么也不想做，只想躺在家里玩玩手机，一个周末就这样圆满地度过了。

这个周末，晋北市却是少有的大雾天气，窗外白茫茫一片，不远处的建筑全隐没在灰白的雾气中，城市寂静又迷离。

好不容易挨到下午，陶知越犯了愁，他不知道自己该干什么了，热门的游戏都玩了个遍，论坛刷了又刷，已经没有新帖了。

上辈子感到无聊的时候，他会找当时的好朋友聊日常，聊八卦，求"安利"，求"开黑①"，再不济，互发表情包也能消磨半天。

可现在，他看着好友列表里唯一的"我的好友"，陷入了沉默……要不要找HR聊聊天呢？

昨天才拒绝了对方含蓄的见面邀请，陶知越感到十分尴尬，不敢再主动去找对方。他决定翻出书架上快要落灰的书，提升一下自己的文化素养。

以前他坚持每周看两本书，保证一定量的知识输入，最近不知道为什么，越来越懈怠。看了两个多小时后，迷迷糊糊从睡梦中醒来的陶知越确认了一件事：这种天气千万不能对着窗户看书，朦胧的白雾有很好的催眠效果。

心虚地揉了揉脸上的红印子，陶知越看了眼时间：下午四点五十分。

成功熬过了漫长的白天，可以开始思考晚上要吃什么了，这个问题足够他纠结到天黑，他有点开心。

就在这时候，以往总是安静得像开了静音的手机突然响起了提示音。

他想着是不是还有哪个应用的推送忘了关，便有些诧异地去拿丢在沙发上的手机。然后陶知越看见了 PP 上的新提示："HR"拍了拍我。

陶知越说不清自己是什么心情，很奇怪，有点像是雨雪天里拿起勺子喝了一大口充满食物香气的浓汤。他礼尚往来：我拍了拍"HR"。

很快，HR 发来了文字消息。想起 HR 大哥周末会去打球，陶知越脑海中那个落寞的中年大叔形象顿时变得阳光了一点。而且他随口一提的旅游版块推荐帖，HR 居然真的去看了，还学会了"安利"这个网络用语。

对方在生活中一定是个努力又真诚的人。跟这样的人做朋友的话，应该会很舒服吧——这个念头从陶知越心中一闪而过。

陶：前天那个绿茶朋友怎么样了？还来骚扰你吗？

HR：没有，本来我打算不管她，结果她……我想想应该怎么形容。

陶：她在别人面前内涵你了？

陶："内涵"就是没有明说，但影射了你的意思。

---

① 多人约好一起打游戏。

HR：对对！陶医生你真聪明。

HR：所以我把她拉黑了，再也不会收到她的消息。

HR：［布偶熊跳舞.gif］

陶知越有点意外。

陶：你做得很对，对这类人，就应该这么果断。

HR仿佛受到了鼓舞，于是又表演了一次"布偶熊跳舞"，快乐的心情简直要溢出屏幕。

陶知越被萌到了，没忍住，嘴角微微扬起。他回想起那个打破了规定路线的夜晚，晚风和煦，在面碗升腾的袅袅热气里，他竟然专心致志地用手机聊了那么久的天，帮人分析该怎么对付纠缠自己的绿茶。

那个晚上的一切都很新奇。

想到这里，陶知越突然知道今天晚上应该吃什么了——他准备试着做一次卤牛肉。

陶：我去买菜做饭啦！

HR：好的，陶医生再见！［企鹅挥手.jpg］

闲到长草的陶知越执行力很强，查了查网上的菜谱，记下需要的食材以后，立刻换好衣服出门。

做卤牛肉需要买新鲜的牛腱子肉，还有香叶、八角、桂皮、草果、小茴香之类的调料，在小区附近的超市恐怕买不全。陶知越打算坐车去两公里外的大型连锁卖场，自从搬来这附近，他一直没去过。

这一刻，他忘记了小说主角给自己带来的威胁，也忘记了自己正为了逃避剧情而不断缩小活动范围。

临近黄昏，迷蒙的雾气渐渐散去，云层里的夕阳透出薄红的微光。街上匆忙行走的人被镀上一层淡金色的浅影，整个城市从无边的白雾里醒来，变得清晰明亮。

这样灿烂的日落时分，让心情也变得明朗。

陶知越站在无人的公交站台上，凝视着渐渐沉落的夕阳。光落在他脸上，描出温柔的轮廓。

他安静地等待着。

大卖场里的商品琳琅满目，陶知越看得眼花缭乱，有种久违的感觉，他上辈子就很喜欢逛大超市。这次他一边对照着食材清单采买，一边把眼馋的零食统统丢进购物推车。最后他一不留神就买了一大堆，挤没有空座的公交车会很累，只好奢侈一次，打车回家。

坐在出租车上，看着身边三个装得满满当当的大购物袋，陶知越默默地为自己的冲动消费行为忏悔。

忏悔之余，还是很满足。他隐约觉得，HR 的意外出现，好像给他的生活带来了一系列无法预料的连锁反应。

陶知越回到家时已入夜，卤牛肉至少要两小时，很显然来不及做晚饭了。不过陶知越这会儿兴致正浓，随便吃了点零食垫垫肚子，对照着菜谱，撸起袖子开始奋战。

牛肉洗净，改刀切块，焯水后冷水浸泡半小时，然后倒进大汤锅，放入配好的调料，大火煮开。

浅粉色的牛肉逐渐染上卤水的褐色，在锅里咕嘟咕嘟地沸腾着，香味直往鼻子里钻。

陶知越咽咽口水，调成小火慢慢煮，直到牛肉彻底熟烂，能用筷子轻松扎进去。

他夹起一小块牛肉尝了尝，很香，可惜还没有完全入味，有些淡。按照菜谱上的指导，要把牛肉放在卤水里浸泡一夜，这样会更入味，更好吃。

于是这天晚上，陶知越怀着无比期待的心情入睡了。他已经很久没有像这样急切地盼着第二天的到来。

第二天，做了一整夜草原放牛梦的陶知越早早醒来，郑重地揭掉封在锅上的保鲜膜，取出一大块卤牛肉切片，然后下了一碗面条，倒入鲜香卤汁，摆上满满的牛肉，再撒上一些嫩绿葱花做点缀。

卤牛肉和爽滑的面条一起入口的时候，陶知越幸福地眯起了眼睛。

真好吃！也许因为是自己亲手做的，他觉得比那晚在面店里吃到的更香。

昨天他买了三斤多牛肉，分量十足，卤味又很下饭，如果一个人吃，能吃好多顿，但要是能叫上朋友分享就好了。静静的屋里飘荡着诱人的卤香，陶知越深呼吸，闭了闭眼睛，不再想下去。

依然是无所事事的一天，陶知越在屋里仔仔细细地巡视一圈后，决定做个大扫除，迎接夏天的到来。

扫地，拖地，整理衣柜，收纳杂物，更换床单被套，清理厨房堆积的油污……忙起来时间总是过得很快，一眨眼又到了该吃晚饭的时候。

陶知越炒了一盘青菜，煮了满满一锅白米饭，卤汁泡饭配牛肉，堪称一绝。

饭后，他心满意足地坐到电脑前，一如既往地开始网上冲浪之旅。看了会儿论坛，刷了几个搞笑视频，PP上提示空间有新动态。

这个时间，估计是健身房猛男教练发的心灵鸡汤，敦促会员们在新的一周积极跟他约课。陶知越随手点开，果然是猛男教练。

他边看边往下滑，然后出现了一个熟悉的风景照头像。

［动态］HR：我没当建筑师真是行业的损失。［可爱.jpg］［图片.jpg］［图片.jpg］［图片.jpg］

看到截图内容，陶知越微微一怔，没想到古板的HR大哥也玩时下最火的网络游戏。

《快乐动物岛》作为沙盒类游戏，玩家可以自由创造是其最大的特色。但极大的自由同样是一道门槛，玩家很容易由于缺乏目标，进了游戏不知道该做什么而失去兴趣，所以这款游戏运营几年一直不温不火，直到这次意外爆红。

陶知越来到这个世界没多久就发现了这款游戏，它比原先世界的同类游戏出色许多，玩家可以实现很多曾被他认为现有技术很难支撑的精细操作。他边玩边钻研，在动物岛里耗了大半年的闲暇时光。

陶知越一开始选了一只小刺猬作为自己的形象，而到了后期，他很难独自制作一些比较大的物品。他不愿意找其他玩家共同经营，更不愿意舍弃半年心血的成果换号重来，开小号又太累，索性不玩了。

HR发来消息，跟他探讨起动物岛，他便翻出了以前保存的截图，给HR发了过去。

文件夹里满满的图片，定格了各种各样的瞬间：小刺猬的农田的第一次丰收、小刺猬拥有过的每一个不同风格的家、小刺猬和夏天结满果实的葡萄架……陶知越不由自主地陷进尚且鲜活的回忆，消息提示音响起。

HR：陶医生总是一个人吗？

他没来得及想 HR 为什么会这么问，反射性地回头，目光掠过桌上色泽浓郁、香气四溢的卤牛肉。

陶：我的社恐属性这么快就被发现了吗？

在这个世界上班，时不时有人会好奇地问他：怎么不加同事群，也不参加任何聚会活动？

陶知越每次都以"社恐"搪塞过去。一听到这个词，别人往往不会再问下去，一副"懂了懂了"的表情，顶多劝他尽量参加一下集体活动。

HR 却执着地想知道原因。

HR：是因为跟身边认识的人没有共同话题，所以没法成为朋友吗？

陶知越想要继续搪塞过去，可手指僵住，迟迟打不出一个字。他无法再对这样真诚的问句写下任何违心的话。

陶知越的脑海里闪过这一年多来的点点滴滴，那些平淡、一成不变的日子，生活间隙里满是细碎的、被他刻意压下的情绪，它们瞬间如洪水般决堤了。

不，他不想再敷衍了，不想敷衍一个认真关心他的人，也不想再敷衍自己。

陶知越从不觉得自己跟身边的人没有共同话题，他想到了和他激情辩论技术难题的程序员 Gua、想邀请他一起为梦想奋斗的同事王恒，即使是看起来有些大脑短路的 CEO 也在努力对他释放善意，连在公园里晨跑时偶遇的小女孩都曾主动又大方地对他说"明天见"。

从重生那天开始，遇到过的许多人都对他伸出了手，是他一直不愿回应。

为什么没法跟别人成为朋友？就算要逃避可怕的小说剧情，也没必要将生活中认识的每一个人都拒之门外吧。

聊天窗口静止，HR 在等待他的答案。他的好友列表里没有任何一个现实里结识的朋友。

万物静默，只有墙上的时钟嘀嗒嘀嗒地轻响着。秒针规律地无休止地转动，是整个屋子里唯一在动的事物，就像在真空中行走的他。

陶知越终于反应过来，在拒绝 HR 的见面邀请时，他并不是不想跟对方有现实中的关联，而是不想跟这个小说世界中的任何人产生真切的情感联系。

这是一个虚幻的、被剧情预设的小说世界，他遇到的人会不会已经有了既定的命运？所有交往会不会都是徒然？他在这里付出的感情有意义吗？这些人、这些流逝的时光，真的都存在吗？

陶知越轻轻敲出答案。

陶：不。

陶：我只是……没有真实感。

这是一个虚无缥缈的回答，没头没尾，让人很难回应。可出乎他的意料，HR 飞快地回复了。就像他们相识的那晚一样，那些困扰他至深的问题，对 HR 而言，似乎完全不需要犹豫。

HR：你在呼吸，你是真实的存在，你可以看到屏幕和我发来的消息。

HR：这就是真实感。

HR：陶医生，刺猬也可以被拥抱的。

聊天窗口背后是存满了小刺猬的生活日常的文件夹，可惜每张图片里都只有小刺猬一个动物，此外都是风物——天气晴朗，云朵柔软，绿茵遍野，他亲手搭建的一座座小木屋里是他精心设计、摆放的漂亮家具。

陶知越从来没跟人分享过，没有人知道他在玩动物岛，他在动物岛里也没有好友。

HR 的话让他觉得恍惚。对方发来的文字永远那样简单、质朴，藏着真挚与理解。陶知越几乎能想象出 HR 说话的语气，HR 一定是对自己所说的话坚信不疑，才会有强大的感染力，能驱赶一切不安和犹疑。这样的人往往令人难以抗拒，更何况还拥有敏锐的洞察力，只通过几张图片，通过几天短暂的交流，就发现了真正的他——他在游戏中是刺猬，在生活中亦然。

如果 HR 与他年龄相仿，又在现实中相识，他觉得他们一定会成为很好的朋友。

可惜不是。陶知越揉了揉发酸的眼睛，把很久没流过的眼泪憋了回去，也把种种绮丽想象收了起来。

陶：谢谢你。

陶：我的小岛上有很多不同风格的屋子，要来实地看看吗？

握住别人伸出的手，原来是一件很简单的事。

HR：好啊，那得加个好友，我看看我的 ID 是多少。

HR：5629168，陶医生加我吧！

HR：［小熊转圈 .gif］

看着快乐转圈的卡通小熊，陶知越忍不住笑了起来，他发过的表情包全被 HR 偷走了。在他的想象中，素未谋面的 HR 又多了几丝不符合年龄的幼稚和可爱。

陶知越打开了电脑上一直没卸载的动物岛。刚才翻到截图的时候，他就开始想念那只很久没见的小刺猬了。他重新回到那座熟悉的小岛，荒废的农田里长满了枯草，草丛里零星开着灿烂的白色小花，屋内屋外的摆设没变过，只是落了一层灰。

小刺猬靠近之后，厚厚的灰尘消失了，重新显露出物品原有的光彩。

动物岛与现实同步的时间设定很受玩家喜爱，即使玩家不在线，这个世界也依然存在，并按规律运转着，冬去春来的小岛永远等待着主人回来。

陶知越打开从没用过的好友面板，搜索添加 HR 的游戏 ID。HR 的头像是一只咧嘴微笑的棕熊，名字有点奇怪，叫"考拉爸爸"。

考拉爸爸在线，瞬间就通过了他的好友申请。

这个场景似曾相识。不知不觉间，意外结识的老古董网友 HR 已经悄然渗透进他的生活。

考拉爸爸：我坐船出发了！有点远，要五分钟。

五分钟后，一只高大的棕熊出现在小岛上，怀里捧着一大堆新鲜水果，朝小刺猬傻乎乎地大笑。

小刺猬向棕熊挥了挥手，蹦蹦跳跳地跑过去。它还没有棕熊脑袋大，二者体型悬殊。

棕熊把水果放在地上，低低弯下腰，注视着脚边的小刺猬，然后伸出宽厚的熊爪，轻轻地拍了拍对方长满尖刺的背。

第四章

擦 肩

他刻板地循环着的生活，
吹进了一股新鲜的夏日晚风。
大雾天彻底远去，
今天的晚霞格外绚烂。

对陶知越来说，这是在新世界里度过的最特别的一个周末。

新的一周到来，按照郭总的安排，他有三天带薪休假，抽空去游戏展上逛一逛就可以。

虽然郭总有意进军原创游戏领域，但一切都是未知数，郭总和制作人还没有成形的想法和计划，说不定转眼就会改变主意。

在周末之前，陶知越只想着糊弄一下，随便逛一逛，可如今陶知越改变了主意。

晋北游戏展是国内近年来兴起的一个专业游戏展会，会场里有大规模的游戏宣传馆向公众开放，也有专门的商务洽谈馆为参展游戏厂商服务，其中部分游戏厂商会提供未发行的游戏的现场试玩。

对有志于游戏产业的人而言，这次展会是一个不错的学习机会，可以捕捉到当下游戏市场的最新动态。

在见识过这个世界更为先进的游戏交互机制之后，陶知越自然很心动，他从来不愿故步自封，也想做出像动物岛那样牵动人心的游戏。

晋北游戏展为期三天，周二开幕。因为目标群体不是普通玩家，而是业内人士，所以该展会不像一般娱乐性质的展会那样将时间定在周末，这样可以尽量缓解人流压力。

周一这天，陶知越照常去上班了，把正在羡慕他有特批带薪假的其他同事吓了一跳。

不仅如此，平日里很少跟同事来往的陶知越还带来了自己做的卤牛肉——切成薄片，整整齐齐地码在保鲜盒里，由于提前浇了几勺卤汁，盖子一开，整个办公室里顿时飘满了诱人的香气。

平时也有同事会带自己做的食物来公司。有人在家尝试着做了小糕点，往往会大方地带来跟大家分享。在无尽重复的工作日里，每个人都很喜欢这样突然而至的小惊喜。

陶知越把保鲜盒放在了王恒工位附近的空桌上，还搁了一罐牙签，被卤香勾走了魂的同事们立刻拥过来，排队品尝。

"好吃！像店里卖的味道！"

"味道真不错，陶哥，你居然还会做饭？给我们点活路吧！"

"陶哥，你缺对象吗？性别上能不能不要卡得太死？"

……

王恒近水楼台先得月，一人独得好几片，吃完了直往陶知越那儿张望："陶哥，还有吗？有没有单独给我开的小灶？"

陶知越笑着推开王恒的脑袋："醒醒，没有了。"

王恒这才遗憾地收回目光："陶哥，你今天不是放假吗，怎么来公司了？"

"游戏展明天才开幕，所以我想提前安排一下后面三天里比较重要的工作，然后专心研究展会上的新游戏。"陶知越解释道。

王恒很意外："陶哥，你这也太敬业了，我还以为你会在家休息呢！"

陶知越跟着开玩笑："你少提点需求，我去游戏展也是工作，很辛苦的。"

一旁有同事听见他们的对话，都很惊讶的样子。在满屋的食物香气里，他们原先羡慕嫉妒的情绪渐渐消散。

陶知越拿着空空的保鲜盒回到工位上，余光瞥见隔壁假装入定工作的老僧薛华灿。

薛华灿朝他望过来，他便转头看回去。两个人相对而视，默默无语。

陶知越突然冒出来一句："我做的卤牛肉挺好吃的。"

看到薛华灿有点像在瞪他，他又一本正经地补充道："是周末买的牛肉，炖了两个多小时，又香又烂。"

薛华灿："……"

眼看着薛华灿愤愤地别过头去，陶知越心情很好地坐下，开始了一天的工作。

趁着王恒还没把新需求提交过来，陶知越打算搜集一下跟明天展会有关的信息，挑选出要重点关注和体验的游戏项目。

这天晚上六点，陶知越依然准时下班。他拿着购物袋往外走，同事纷纷跟他打招呼。

"走啦？"

"小陶，明天看到好游戏记得推荐一下。"

"陶哥，下次再带点吃的来啊！"

陶知越一一点头回应，打卡出门。

他刻板地循环着的生活，吹进了一股新鲜的夏日晚风。大雾天彻底远去，今天的晚霞格外绚烂。

由于明天有一场硬仗要打，陶知越不想浪费时间，到家简单吃了顿晚饭，就坐回电脑前继续查找白天没弄完的资料了。

他要圈出值得关注的项目，更要确定哪些热门项目可能跟霍氏有关，他得做好防备。

远离人群一年多，这是他第一次参加人数这么多的大型活动。人员纷杂，什么事都有可能发生，不知道剧情之神又会搞出什么新花样。

紧张之余，陶知越隐隐有些兴奋。

电脑右下角的 PP 图标毫无动静，昨天跟他一起玩游戏到很晚的 HR 今天一直没出现。陶知越犹豫了一会儿，觉得还是应该满足自己内心涌动着的倾诉欲。

屏幕亮着柔和的光，他平静地敲下一行行文字。

陶：今天给同事带了我做的小吃。明天在工作中要迈出全新的一步，走出舒适区需要勇气，有时也会怀疑这么做不对，但走出来之后，我觉得自己变得更快乐了，我想这就是对的。

陶：谢谢你昨天对我说的话。[微笑.jpg]

几乎同时，对话框的另一端发来了消息。

HR：陶医生，我到晋北了，刚进酒店房间，这里的气候真舒服。

HR：真好！

HR：[玫瑰.jpg]

又是土土的默认表情包，陶知越失笑，点开收藏表情，选了一张更合适的图。

陶：[给你花花.jpg]

HR似乎接收到了他的脑电波，迅速效仿。

HR：[给你花花.jpg]

HR：酒店的电脑里一个表情包都没有。[衰.jpg]

HR：第一次正式出差，明天我也要接触新的工作领域。

陶：加油！你肯定能做好。

陶：养精蓄锐，今天早点睡觉。

HR：好，陶医生也早点休息。[微笑.jpg]

陶：我准备洗澡上床了，晚安。

HR：晚安，陶医生，祝你好梦。[月亮.jpg]

洗完澡，一身清爽的陶知越钻进温暖的被窝，困意很快袭来。脑海里一个模糊又坚定的念头闪过，伴着他进入梦乡——希望明天不会遇到任何跟霍燃有关的人和事。

身处另一座城市的霍燃度过了无比忙碌的一天。一大早，他就被霍振东的电话吵醒，说上午有几个老朋友要来公司看看，让他过来作陪。

本来想在上午补个觉的霍燃只好认命，起床老老实实去了公司。

昨天他在游戏里参观陶医生的小岛，发现对方应该是很久没上线了，岛上荒芜一片，看着刺猬小小的个子拿着锄头，他当即自告奋勇要帮忙。

一大一小两只动物，一直折腾到十二点，终于让小岛恢复了昔日的生机。

霍燃玩这个游戏还没多久，正沉浸在单机搞基建的快乐里，之前只加了霍思涵一个好友。

这是他第一次跟别人共同建设小岛。大棕熊挥动斧头砍树，体力值见底，正要放下斧头去找吃的，小刺猬及时捧来了加体力的水果递给他。

那种感觉很奇妙，霍燃忽然就理解了这款游戏的群居模式吸引玩家的地方。

陶医生下线之后，兴致不减的霍燃翻出了前一阵让这款游戏大火的那条微博，霍思涵努力拉他入坑①的时候给他发过链接。

微博下面有几万条评论，很多被顶在前面的高赞评论都在讲述玩动物岛时遇到的事，有的是诙谐，更多的是满满温情。

霍燃看得入迷，又跟着评论里的推荐去看了动物岛官方论坛的创作区，里面有各种形式的衍生作品，精彩纷呈。霍燃专心致志地盯着屏幕，点开一个又一个新网页。

他意犹未尽，等回过神，一看电脑右下角的时间，已经是凌晨四点了。不常熬夜的霍燃连忙关掉电脑上床睡觉，迷迷糊糊间，还想着刚才没看完的那个论坛帖子。

第二天他顶着黑眼圈进了公司，镇定地无视了定时送达的玫瑰花，平静地接受了助理小蒋的热切关怀，然后跟在霍振东身后和几位叔叔谈笑风生，谦虚地聆听着后生可畏的感慨。

只睡了三小时的霍燃觉得自己简直是生活的勇士。

参观完毕，霍振东带着老朋友继续下一个行程，霍燃终于放松下来。来都来了，不如再开几个会。

半夜一口气看了很多玩家的游戏心声后，霍燃才发现虚拟游戏世界的魅力有多么大，他以往对这些并不理解，以为玩游戏仅是消遣。

从陶医生到许许多多的其他玩家，他们全情投入游戏，会建立新的人际关系，会学到在现实生活中看似毫无用处的知识与技能。有人因此结交了朋友、恋人，甚至终身伴侣，也有人因此拓展出了新的兴趣，获得了出乎意料的机遇。

不应该把这些沉迷于某款游戏的人全都简单地划归成网瘾人群，很多时候，

---

① 专注地投入某一件事情之中，如游戏、动漫、小说等。

他们是在另一个世界里寻找第二种人生。

到一定时间，他们会出于种种原因告别这个虚拟世界，但永远也不会忘记曾在这里留下的痕迹，那或许会改变他们的真实人生。

霍燃觉得，如果说单向流泻的电影是造梦的艺术，那么以交互为核心的游戏就应该是入梦的艺术。

于是霍燃叫来了集团里新组建的游戏开发部门的员工，想在出发去晋北之前临时补补课，听专业人士谈一谈游戏。

之前霍振东叫人到处投资新兴的游戏公司，正是为了尽快打入这个随着技术的发展，未来大有可为的蓝海行业。

走进会议室，不少人还是第一次见到这位空降的副总裁，没来得及观察传说中含着金汤匙出生的豪门富二代，就被霍燃连珠炮似的提问带走了思绪。

等持续了整整一下午的会议结束，一群人仿佛被榨干，再也提不起最初微妙的艳羡与轻视，满脑只剩下一个念头：不愧是霍振东的儿子。

前往机场的路上，一股脑儿接收了许多陌生概念的霍燃大脑亢奋，坐在助理特意安排的加长豪车上依然毫无困意。一大堆令人心潮澎湃的构想和规划在他脑海里碰撞，碰着撞着，他开始走神。

……昨天半夜那个帖子里的垂耳兔楼主到底有没有跟她的山雀邻居在一起？

帖子没看完，好着急。

霍燃挣扎了一下，从口袋里掏出了跟周围的一切格格不入的古董按键机，试图登录动物岛的官方论坛。

这部按键机的系统实在是落后，产品停产多年，连当初的制造商都倒闭了，没再更新过系统，所以自带的浏览器对现在通用的许多网页格式都不支持。

论坛根本刷不出来，跳转页一片空白，搞得霍燃更好奇了，心里像有一百只猫爪子在挠。

坐在对面偷偷看他的蒋南声立刻递上自己的手机："霍总，需要用我的吗？"

霍燃看了一眼她目前颜色还算正常的脸，谨慎地表示拒绝："不用了，我随便看看。"

蒋南声有些遗憾，仍试图争取："霍总，您不换部手机吗？您的手机款式太老了，很不方便。如果您需要换新款，我马上让人送到机场。"

霍燃沉默片刻，没有正面回答她："我闭眼休息一会儿，到了叫我。"

他还没做好心理准备。

虽然在旁人看来，他为这样一桩再平常不过的小事纠结，可能是件很奇怪的事，但对他而言，这并不仅仅是换手机，这是他保持了十年的习惯，也是他对曾经忙于事业而忽略了家庭的父亲霍振东最漫长且执着的一次反抗。

后来霍振东的确有所改变，会抽出时间跟一双儿女交流，不再简单粗暴地对他们进行管教。曾经那些强硬和刻板的言辞听起来是一种关心，实际上却是最不需要花心思的敷衍之举，而且常常伴随着慢性伤害。

当时霍燃和霍思涵年纪还小，只是以为父亲粗心又严厉。可陪伴霍振东更多时光的妻子早已忍耐不下去，伉俪之情耗尽，等霍燃一成年，夫妻俩就离了婚。

霍燃至今没换手机，这部不合时宜的旧手机像一个代表了过去岁月的符号，他找不到抹去它的契机。

晚上八点，飞机落地。

霍燃在飞机上睡了一觉，精神好了很多。他摇下车窗，打量着晋北的夜色。灯火煌煌，街上到处是喧嚣的大排档，市井烟火气浓郁，烧烤、炒饭的香气霸道地流淌进风里。

霍燃去过国内外很多城市，晋北倒是第一次来。这次蒋南声坐在副驾驶，正在低头看手机，突然惊讶地转过头。

"霍总，老霍总竟然发动态了！"蒋南声把手机递过来，感叹道，"我还以为老霍总只用这个发消息。"

[动态] 知足常乐：有朋自远方来！[图片.jpg][图片.jpg]

一张是丰盛的晚餐的照片，还有一张是霍振东和白天的几位叔叔勾肩搭背站成一排的合影，几个人都喝得满脸通红，头发斑白的霍振东笑得眼角全是皱纹。

PP用户里年轻人居多，中老年人通常用另一款功能更简单的即时通信软件。

蒋南声继续说："怪不得老霍总能这么成功，他始终在关心、深入年轻人的生活，不断接触新事物。我爸妈怎么都不肯用 PP，试也不试就说太难，不会用。"

"大概没有人能猜到霍振东用 PP 其实是想让我换部手机。"看着蒋南声敬仰的表情，霍燃在心里默默想道。

霍燃抵达酒店，一进房间，马上打开了电脑，他惦记垂耳兔和山雀的帖子好久了，而且今天一整天都没时间跟陶医生聊天，不知道陶医生的心情有没有好一些。

他登上 PP，一边等浏览器跳转，一边给陶医生发消息。

HR：陶医生，我到晋北了，刚进酒店房间，这里的气候真舒服。

消息发出去的瞬间，对方的新消息就跳了出来。

陶：今天给同事带了我做的小吃。明天在工作中要迈出全新的一步，走出舒适区需要勇气，有时也会怀疑这么做不对，但走出来之后，我觉得自己变得更快乐了，我想这就是对的。

陶：谢谢你昨天对我说的话。［微笑 .jpg］

简单聊了几句后，陶医生很快去睡觉了，霍燃却盯着这段话，久久没有移开视线。

尽管不知道陶医生长什么模样，究竟过着什么样的生活，但从认识他的那天开始，霍燃就一直觉得他是一个勇敢、果断的人。

果然，陶医生也会迷茫、苦恼，可只要外界传给他一点点力量，他就能振作起来，去尝试做那些曾经不断逃避的事。

霍燃目光闪动，看向那部陪伴了他十年的彩屏按键机——它正静静地躺在桌面上，漆色早已暗淡。这是他生命里最顽固的一个标签，可为此郁结于心久久难平的不只他，还有霍振东。

霍燃深吸一口气，不再犹豫，给酒店礼宾部打去电话。

二十分钟后，他给新手机插上 SIM 卡①，开机，下载 PP。

等待应用下载的间隙，霍燃在新手机上成功打开了动物岛论坛。

---

① 用户身份识别卡。

最新一楼里，垂耳兔楼主发了她和山雀新搭的小树屋的照片。她没有再发什么文字，不过所有人都看见了树屋里两个用干草铺成的小窝，一个小窝里堆满了胡萝卜，另一个小窝里架着粗粗的树枝。

霍燃下滑屏幕看着都在嗷嗷叫的评论，不自觉地露出了笑容。

陶医生说得很对，霍燃觉得自己好像也变得更快乐了。

打开PP，霍燃进入空间动态页，给知足常乐的动态点了个赞。

霍振东居然没睡，几分钟后发来了消息。

知足常乐：到酒店了？

HR：到一会儿了。

HR：喝了酒这么晚还不睡？

知足常乐：喝多了，走一走，吹风！

HR：你猜我在用什么跟你聊天？

霍燃看到霍振东输入了半天，估计删删改改好几遍，最后发来一个孤零零的表情。

知足常乐：［赞.jpg］

这很像霍振东不会说话的风格，于是霍燃依样画葫芦。

HR：［握手.jpg］

知足常乐：［抱拳.jpg］

看着满屏幕冒着傻气的默认表情，霍燃忽然灵机一动。

HR：爸，我都以身作则了，你是不是也应该跟上时代潮流？

知足常乐：什么潮流？

HR：现在年轻人都喜欢用表情包，你如果也用，会显得时髦又亲切。

HR：你长按图片，点击"添加到表情"。用的时候，点那个爱心标志，就可以选择表情包发送了。

HR：［给你花花.jpg］

HR：你看，你要是用这么可爱的表情包来赞扬我，看起来就比那个大拇指的表情真诚多了，我会更高兴的。

知足常乐：哦，花里胡哨！

没能劝动古板的老父亲，霍燃悻悻地放下新手机，起身去洗澡。

不能玩过头了，明天要早起忙正事。

片刻之后，霍燃吹干头发出来，打了个哈欠，准备在上床前把新手机拿到一边充电。屏幕一亮，是霍振东五分钟前发来的消息。

知足常乐：［给你花花.jpg］

周二，晋北市会展中心。

虽然今天是工作日，会展中心门口却还是人潮涌动，周围的马路上堵得水泄不通，喇叭声不绝于耳。

陶知越上辈子在全国文化资源最集中的大城市生活，一年四季各类文娱活动不断，节假日里他偶尔会去逛逛感兴趣的展会，所以算是有一点经验。

他提前一站下了公交车，背着双肩包慢悠悠地走到会场门口的时候，整条车流长龙大概只向前蠕动了一百米。

身旁人声鼎沸，每个人的脸上都写着兴奋和期待。不少打扮成热门游戏角色的 coser[①] 在人群中穿梭，很多人拿起手机拍照，也有一些专业摄影师扛着"长枪短炮"不断咔嚓。

陶知越摸了摸脸上的口罩，确认戴好了，才走到普通观众的排队通道后面，安静地等待着入场。一个人的日子过久了，再见到这种密集场面，还真有点不习惯。

他前面是两个很有活力的女孩子，正叽叽喳喳地聊着天。

"等一下我们先去哪个展馆啊？"

"A1馆吧，有我超级期待的《玫瑰战争》试玩啊!!!"

"是不是那个画面很好看，全是可爱女性角色的游戏？"

"对对！我跟好多姐妹一起预约了公测，就是不知道今天试玩能不能排上队，听说去年的大热游戏，有人排了八小时队也没轮上。"

"相信自己，你一定行！啊，快看——那个出[②]优莎的姐姐好漂亮，又美又

① 即 cosplayer，指角色扮演者。
② cosplay 的行话，指扮演。

飒！左边左边！"

被动旁听的陶知越不由自主地跟着望了过去，是个化着欧美妆、一身劲装的女 coser，的确很漂亮。

刚转过头去的那个短发女生用余光瞥到了陶知越的动作，立刻戳了戳同伴的手，开始咬耳朵："看后面！好帅的小哥哥！"

"我看看……人家戴着口罩啊，你从哪里看出……"

"小声点啦，会被听到的!!"短发女生又压低了声音，"眼睛那么好看，怎么会不帅?!啊，我好想摘下他的口罩看看完整的帅哥！"

陶知越有点不好意思，心想还好有口罩遮挡表情，不然他该脸红了。

陶知越刚穿书①时，照镜子发现这个身体跟年轻几岁的自己一样，连一些细微的身体特征也一模一样，就像他连人带魂魄来到了这里，有种莫名的安心感，所以才那么快地接受了穿书这种离奇的事。要是死后醒来发现进了别人的身体，他恐怕会吓得心跳骤停，直接原地再死一次。

被差不多年纪的女生当面夸张地称赞，陶知越有些局促，下意识地摸摸发热的耳朵。结果两个女生偷看到这一幕，开始互相猛拽对方的手，就差蹦起来了。

见状，陶知越匆匆低下头，故作镇静地摸出手机，假装自己什么也没有听到。手机上正好有 HR 在半小时前发来的未读消息，刚才一路嘈杂，陶知越没听到提示音。

HR：早上好！昨天晚上我也做了一个很重要的决定，之前我已经为此犹豫了很久。

HR：就像你说的那样，走出来之后，真的会变得更开心，所以我想这个决定是正确的，甚至有些遗憾为什么没更早一些改变。

HR：幸好遇见了陶医生。

陶知越怔了怔，指尖在屏幕上游移，心里漫上一股难言的温暖。

陶：我也这样觉得。[微笑.jpg]

我也很庆幸能遇见你。内敛的陶知越很难像 HR 这样直白地表达出内心的

---

① 指穿越到某本书里，成为书中世界的一员，在那个世界里生活。

感受。在这一点上，陶知越很羡慕 HR。

他正低头看着消息，前面的两个女生又稍稍提高了声音。

"欸，那边的人怎么可以不排队直接进去？"

"好像是专用通道，专门给那些参展公司的工作人员走的吧。"

"哦哦，我还以为他们早就进场了呢……咦！那个穿西装的工作人员好高啊，光是背影就感觉很帅！"

"你清醒一点，这个气场怎么看都不像工作人员，肯定是哪家游戏公司的老板啊！"

专用通道和观众通道在同一侧，两个入口之间隔着一段距离，此时观众通道排了长长的队伍，跟一旁的专用通道形成了鲜明的对比。

快要排到入口的陶知越听到"游戏公司"这个关键词，便也好奇地看过去。

前排女生口中的那个男人身材高大挺拔，边上跟着一个助理模样的同伴，在一众路人之中尤为醒目。

陶知越向前走着，越过沿路遮挡视线的人群，看到了那人的侧脸。可惜，那人跟自己一样戴了口罩。

这一刻，陶知越认同了之前那女生说的话。即使只能看到对方的眼睛，也能确定那是个帅哥。

到达通道门口，助理上前和工作人员沟通，西装帅哥停下了脚步，专注地看着手机屏幕，英气逼人的眉眼微微沉凝，好像在思考什么。

片刻后，帅哥似乎想通了，眼神里瞬间染上笑意，连眉眼也变得柔和起来。

陶知越前面的短发女生忍不住捧脸惊呼："今天是什么黄道吉日，怎么这么多口罩帅哥？呜呜呜！"

周围喧嚣一片，人来人往。

霍燃若有所感，转头望去。满目陌生人，纷乱的声音在耳边嗡嗡作响，他却一眼就看到了那双澄澈明亮的眼睛，此外只剩寂静——那陌生人的眼神温柔平静，又绵延着无声的坚韧。

霍燃愣怔半晌，想到了刚刚给他发来消息的陶医生。

陶医生一定也有这样一双眼睛。

对上陌生人的视线，陶知越有些错愕。

不可否认的是，对方目似朗星，气质非凡，如果放在小说里，就该是被追逐爱慕的男主角。

陶知越一激灵，险些想到一个再熟悉不过的名字。恰好轮到他入场了，他连忙收起思绪，往前走去，接受工作人员细致的安检。

这次游戏展不需要提前报名审核，也不做人员登记，所以为了防止发生什么意外情况，事先检查得很仔细。

正式入场后，望着眼前规模宏大、布置精美的展区，陶知越不由得感叹起主办方的大手笔。

工作人员给入场者逐一分发了宣传册，陶知越接过来，找了个没人的地方站定，从背包里摸出笔记本和笔，对照着之前列好的重点关注项目，在展台分布图上一个个圈出来。

有些游戏厂商还安排了制作人对谈、玩家抽奖等活动环节，陶知越对技术类的分享很感兴趣，所以又选了一些主题看起来很硬核的对谈活动，最后按照时间和展馆分布安排好游览顺序。

进入工作状态的陶知越立刻开始行动，观察不同类型游戏的热门程度，思考最新游戏的技术创新，分析反复出现的游戏设计元素。

他全程在本子上专心地做笔记，浑然不觉自己已经成了展馆里一道独特的风景线。

大部分拥进来的入场者是游戏玩家，冲着心仪项目的试玩而来。业内人士要么是同行，要么是投资方，很多是直奔商务洽谈馆，或者在游戏宣传馆默默地观察，不会像陶知越这样求知若渴，不放过每一个细节。

半天下来，陶知越写得手都酸了，但心情很愉悦，学习到新知识总是令人开心的。尤其是在听了研发《快乐动物岛》的公司的制作人谈话后，陶知越才明白游戏交互能做到这样的精度，是因为这个世界有更智能的批量处理模型。

玩家在动物岛里有两百余种动物形象可以选择，每种动物都有不一样的外形和特征，在不同情境下的表现也是不一样的。比如一只兔子和一只老虎的行走姿态肯定不同，它们拾取物品的姿势也不会一样；再比如，同一动物捡起一个苹果和扛起一截木头的姿势也并不相同。

由于自由度极高，玩家操纵的动物角色能完成的操作实在太多，有海量物品可以进行交换，如果按传统的方式，让美术部门逐一构思绘制，那就会是无法想象的工作量。

于是动物岛的制作团队开发了一个可以根据真实动物的行为自主学习、模仿更多交互动作的批量处理模型，还将不同建模智能进行归类处理，才创建了这个充满想象力与可能性的瑰丽世界。

在这个世界，你可以选择做一只栖息于丛林的鸟或一只蜗居地下的蚂蚁，可以选择在熟悉的陆地上行走、奔跑；可以自由随心地选择想过的生活，还可以与偶然到来的访客相遇。

最后制作人表示，公司开发团队还在优化这个模型的逻辑和表现，同时扩展应用范围，努力研发出让玩家更有代入感的新游戏，因此欢迎有野心、有能力的新鲜血液加入团队。

陶知越听得心潮澎湃，要不是霍氏即将入股动物岛的制作公司的消息刚上了热搜，他都想立刻辞职投简历了。

不敢在这个展台附近停留太久，听完制作人精彩的讲话，陶知越只能恋恋不舍地离开。

时至中午，大部分展台的工作人员轮班去吃饭，陶知越找到观众休息区坐下，从背包里拿出了早上做好的肉松培根三明治和一瓶牛奶。

在周围一片饿着肚子等待外卖的人的羡慕目光中，陶知越咬了一大口，满满是料，肉松、培根的香气裹着清爽的西红柿片，口感丰富，让人无比满足。

等到三明治入肚，牛奶瓶也见了底，"围观"群众好不容易咽下了口水，陶知越又从背包里翻出一盒提前切好的水果，拿起牙签，边看手机边吃，惬意得很。

如果目光能点火的话，陶知越拉满仇恨值的背包恐怕已经被烧得渣都不剩了。

对此一无所知的陶知越打开了小绿鸟社区，进入游戏专区，想看看有没有来这次游戏展的程序员同行发帖，说不定他能看到什么新的观点。

可惜游戏专区里并没有相关的新帖，倒是锲而不舍的程序员 Gua 发来了私信。

Gua：陶陶，你来啦！还差一小时十七分钟你就整整五天没上线了！我好想你。呜呜呜！

陶知越已经习惯了对方的精确报时，还顺着 Gua 的话想了想五天前他为什么上小绿鸟社区……好像是和 HR 加上好友后熬夜聊天，第二天中午困得睡了一觉，然后想打开小绿鸟提神醒脑。

原来跟 HR 才认识六天，他总觉得好像已经认识很久了。

再想想六天前，他形单影只、无人对话的日子也遥远得像一场梦境了。

Gua：咦，你这次是手机在线。

Gua：我想想，你跟我说过住在晋北市……

Gua：哦！你肯定是在参加晋北游戏展！是公司有新项目吗？

Gua：陶陶是不是要做技术分享？我想听，啊啊啊啊！求录音!!

陶：不愧是你，推理之神。

对于 Gua 后半部分的猜测，陶知越感到些许惭愧。

陶：没有，我只是来逛逛，我们公司还没法参加这样的展会。

Gua：那么我就直说了！

Gua：我，有钱，干股，挖人。

陶：谢邀①，后略②。

Gua：［打 .jpg］

Gua：［哭 .jpg］

陶知越笑了出来。Gua 是一个性格活泼爽朗的人，自从认识 HR，陶知越对这样真诚坦荡的人就充满了好感。

陶：以后不用这么费劲在论坛里等我啦，加个 PP 好友吧！

陶知越把自己的 PP 号发过去，又补充了几句。

陶：想讨论什么问题都可以随时找我。

陶：我觉得，以后我们一定会有机会合作的。

Gua：什么?!

---

① 表示别人邀请回答问题时的客气回应。

② 后面省略的缩写。

Gua：妈妈快看，铁树开花了!!!

Gua：我是不是应该再试着跟妹子告白一次，我觉得她今天一定不会拒绝我!!!

陶：……

陶：祝你成功！〔微笑.jpg〕

切换到 PP，Gua 已经火速发来了好友申请，昵称叫"是官不是呱"。通过申请后，想起自己之前对 Gua 的称呼，陶知越愣了愣。

是官不是呱：陶陶，你好!!!

是官不是呱：我叫官宇冬，注册论坛的时候漏打了一个字母，然后就……听取蛙声一片了。

是官不是呱：〔抱紧大佬的大腿.jpg〕

陶知越失笑，然后有些郑重地打出简短的自我介绍。

陶：你好，我是陶知越，以后多多指教。

陶：〔大佬带我飞.jpg〕

是官不是呱：〔不应当，因为我只是一只小猫咪.jpg〕

是官不是呱：糟了，同事跟我说菜要没了，我先去打饭了!!

陶：〔干饭了干饭了.jpg〕

默认分类"我的好友"里多了一个官宇冬，粉色的动漫萌妹头像跟 HR 的风景照头像挨在一起，看起来很不搭调，但陶知越觉得意外地顺眼。

这个默认分类的名字也很合适，他不准备再建一个新的分组了。心里这么想着，陶知越给沉寂了一个上午的 HR 发去消息。

陶：今天上午很累，也很充实。

陶：还认识了新朋友。

陶：你出差顺利吗？

HR 似乎正在看手机，立刻回复了。

HR：刚吃完饭，这边接待的人还在絮叨，好能说。

HR：〔咸鱼瘫.jpg〕

HR：还算顺利，但是今天看到了一个做事特别认真的人，我有点惭愧。

HR：同样是来学习参观的，我就没有那么全情投入。

HR：下午我要到处看看，不能局限在一个视角里。

陶：没关系，一步一步来，你愿意改变就已经很好了。

这是实话，陶知越希望自己人到中年的时候，也能像 HR 大哥一样保持着旺盛的好奇心和拥抱变化的勇气。

HR：我会努力的！

HR：〔小熊转圈 .gif〕

HR：陶医生，我准备去忙了，晚上再聊。〔企鹅挥手 .jpg〕

陶：我也是，加油。

陶：〔企鹅挥手 .jpg〕

休息够了，吃饱喝足的陶知越起身，打算按照计划继续参观展会。

他朝某个热门游戏的展台走去，和两个男性观众擦肩而过，他们有些兴奋的说话声传入他的耳朵。

"你知道老赵上午看见谁了吗？他跟着公司老板去不对外开放的商务洽谈馆了。"

"谁啊？是不是哪个土豪？"

"对，霍氏你知道吧？就那个现在在游戏圈到处砸钱的霍氏。他看到霍氏的少东家了。"

"真的假的？长什么样？有照片吗？"

"老赵说没看到脸，网上也没传出照片。但肯定是，那些游戏公司的老总为了跟他搭上话都抢破头了，老赵说场面相当壮观。"

"哈哈哈哈，可惜他不会来这边，不然我们也能看看热闹。"

两人边走边聊，很快没入了拥挤的人潮。

停留在原地的陶知越却僵住了。尽管事先想过会在这里撞上霍氏的人，但陶知越没想到这次来的会是霍燃本人。

他穿书后只知道文字版本的剧情，并不知道书中任何一个人物在现实中的外貌，所以对外界充满了防备。

陶知越也在网上搜索过霍燃的信息，可惜一无所获，那时尚未参与霍氏经营的霍燃被保护得很好，连名字都没在网络上流传出来。

陶知越只搜到了霍燃父亲霍振东的照片。霍振东年近半百，一张方正的面庞不怒自威，看得出来年轻时是个帅哥。

再结合小说里对霍燃冷峻、阴沉的描述，陶知越脑海中的霍燃是个经典的霸道总裁形象。

虽然霍燃是为了保护"陶知越"而落下残疾的，而且是在被"陶知越"背弃之后才性情大变的，不过全书百分之九十九的内容在描写冷酷残疾大佬霍燃和善良热心医生沈念的成长故事，完全被这些剧情洗脑的陶知越很难想象出现在的霍燃是什么性格。

他今天会见到霍燃吗？霍燃会像小说里提到的那样和他一见如故吗？

陶知越定定地站着，思绪翻腾，一时间，周身的空气仿佛都凝滞了。

他和原书中的"陶知越"并不是同一个人，至少他肯定自己不会弃陷入困境的好友而去，尤其是在对方是为了保护自己才身受重伤的情况下。他也并不觉得自己会因为曾经的朋友继承了家业，就厚着脸皮回来想要捞些好处。所以即使他跟霍燃相识，最后也应该不会一路沦落到惨淡自杀的地步。

经过这一年的尝试，陶知越确定剧情不会控制自己的思维或言语，强制他走原小说的情节，他可以自由地去任何想去的地方，不会身不由己。

但剧情会以一种合情合理的方式，将所有角色推回到原小说的轨道上。

比如薛华灿的挑拨让 CEO 误以为陶知越要辞职，CEO 痛定思痛，萌发了要做原创开发的心思。然后受到 HR 的开导，陶知越最终自愿出现在了晋北游戏展上。

再比如在游戏圈里到处砸钱的霍氏派人来到晋北游戏展。也许霍氏近一年来对游戏行业产生的浓厚兴趣，正因这位年轻的继承人而起，那么由这个年轻人亲自到场洽谈就再正常不过了。

一切都自然而然地发生，没有丝毫怪异之处。冥冥之中有一双无形的大手，将他们的命运巧妙地编织到了一起。

这正是陶知越最担心的地方，也是他努力躲避霍燃的原因。

如果他跟霍燃相识，那场车祸就一定会发生，因为只有这样，霍燃才可能变成全然不同的"冷酷残疾大佬",从而与沈念相遇,彼此救赎。

陶知越不希望将自己置于一场随时可能到来的车祸中,更不希望现在还健康、完整的霍燃因此成为一个残疾人。他现在对素未谋面的霍燃满心抗拒、惧怕,不希望对方因为自己横遭意外。

至于往后会如何,一个并不冷酷的健全的霍燃要怎么完成小说的成长主题,那就不是陶知越该关心的事了——除非他真的能成功逃过注定降临的剧情。

陶知越回过神来,背后早已渗满了冷汗,那种虚无感再度袭来。从身旁经过的人奇怪地望向他,可他的脚底像生了根,无法动弹。

陶知越深呼吸,努力让自己镇定下来,然后紧紧闭上眼睛,拼命回想着这段日子里发生的点点滴滴。

闷在口罩里的呼吸潮湿又艰涩,氧气渐渐稀薄。

他闻见深夜里慢炖牛肉的香气,听见同事们围在一起的说话声和笑声。

他嗅到公园里馥郁绵长的栀子花芬芳,前方矮矮的小女孩在路中央扑着蝴蝶。

他看见电脑屏幕上毛茸茸的棕熊伸出宽厚的熊爪,轻轻拍了拍小刺猬长满尖刺的背。

他记得在公交站台等待的那个黄昏,城市上空的大雾散尽,他凝视着沉落的夕阳,光是热的,静静地轻抚着面颊。在漫长的等候中,他瞥见了投映在地上的狭长身影——那是他的影子。

你在呼吸,你是真实的存在,你可以看到屏幕和我发来的消息。

这就是真实感。

剧烈颤抖着的睫毛重归平静,陶知越慢慢睁开眼睛,短暂失去的斑斓色彩一瞬间涌入眼中。

世界在流动,人们在喧闹,面目生动的陌生人掠过他身旁,带起拂过手臂的微风。

他能感受到这一切,身体不再被虚无禁锢。

于是他迈出步子,坚定地向前方走去。

第五章

春 日

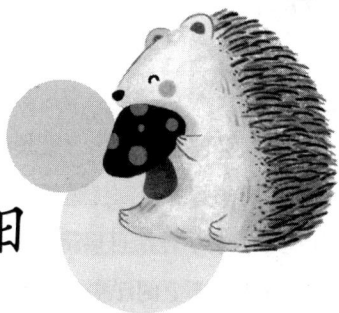

明月高悬的夜晚，
岛上满是绚烂的灯光，照着绿树和小屋，
一只大大的棕熊站在最前方，
兴奋地朝他的小岛挥手。

会展中心旁的星级酒店，豪华包厢里。

装饰金碧辉煌，形制优美的白瓷盘里装着拳头大的精美食物。

游戏展的主办方亲自接待霍燃，四十来岁的男人面部涨红，喋喋不休，时不时抬手抹去额头上的汗水。

"我们这个展在晋北已经举办三年了，参展商的反馈越来越好，在周围几个省里可以说是影响最大的。下一步有机会的话，我们想扩大品牌，把影响辐射到全国。能去燕平是最理想的，即使到了首都，我们也是有竞争力的……"

燕平市是首都，是几乎所有企业向往的地方。

霍振东当年就是在这里白手起家的，霍燃从小在燕平市长大。

主座上的霍燃静静听着，一旁的蒋南声琢磨着他的表情，没敢下判断，只能先认真记下对方啰唆的话语。

这样的场面霍燃经历了太多次，耳朵已经能自动过滤了。

新换的手机放在手边，习惯了按键机色彩精度的霍燃把屏幕调得很暗，画面停留在和陶医生的聊天界面。

陶：我也这样觉得。［微笑 .jpg］

早上霍燃看到这条消息后，认真地思考了半天，才反应过来陶医生这句话的含意。

霍燃听过很多客套话，所有人都会满面笑容地说很高兴、很幸运、很荣幸能见到他。

但这次不一样。陶医生没见过他，不知道他是谁，不清楚他的职业和年龄，甚至相识以来他一直被奇怪的感情问题困扰，又不懂年轻人的流行语，不需要妹妹开口嘲讽，他自己都觉得很丢人。

可陶医生说幸好遇见了他。

他只是简单地安慰、鼓励过陶医生两次，说的话还那么苍白、普通，陶医生却因此获得了力量。

遥遥相隔的人因为他的几句话而改变了生活轨迹，拥有了面对困境的勇气，那是一种很奇妙又很温暖的感觉。

霍燃想要找出一个精确的词来形容此刻心里的感受，但想了半天，莫名想到了霍思涵经常在动态里对偶像表达爱意的浮夸形容："心里像有一百只小熊在打滚，打完滚兴奋地吃蜂蜜庆祝，那一刻抬头看天空，空中绽放着璀璨的烟花。"

霍燃一整个上午的心情都很好，就算被一堆絮絮叨叨的陌生人包围着，没发现任何自我推销以外的东西，他依然觉得还算顺利。

陶医生发来消息，他立刻拿起手机回复。

看到陶医生说自己上午很累却很充实，不知为什么，霍燃脑海里浮现出上午那个惊鸿一瞥的身影。那个戴着口罩的年轻男生有一双澄澈明亮的眼睛，穿着简单清爽的白 T 恤和牛仔裤。

早上霍燃在门口见过他一眼，就被匆匆赶来的主办方迎进了商务洽谈馆，快到中午饭点，才结束了乏味的行程。走出商务洽谈馆，途经游戏宣传馆前往酒店的时候，霍燃又一次看到了他。

他拿着一个厚厚的笔记本，认真地记录着所见所感，偶尔仰起脸看向展台上激情宣讲的制作人，眼中闪动着灼热的光彩。

不只是霍燃，许多人都有意无意地注视着那个方向——他安静地伫立着，偏偏让路人移不开眼。

霍燃定定地看了一会儿，才想起自己该往哪儿迈步。

一顿饭下来，霍燃一直保持着神游天外的状态，不过他对陶医生的想象忽然有了蓝本。

　　要是陶医生愿意跟他见面就好了，或许他们会一起去吃本地的美食。

　　昨晚在去酒店的路上，霍燃透过车窗看见了晋北的夜色，路边摊灯火通明，食客吵吵嚷嚷，习习凉风中飘荡着诱人的香味。

　　在上学和到处旅游的日子里，霍燃经常光顾这样的路边摊，身边的同伴往往真实、生动，笑闹着谈天说地，从不拘谨。

　　不得不承认，在进集团上班两个月后，霍燃就有些厌烦眼前毫无新意、不断重复的一切了。

　　主办方热情的推销进入尾声，对方放慢了语速，眼含期待地盯着他。

　　霍燃不露痕迹地收回思绪，擦了擦手，淡淡地说道："有详细的计划书可以发给我助理，我们会有专业人士评估，如果可操作性强，我们会尽快跟你联系。"

　　"好的，霍总。"蒋南声听出了他的意思，连忙接过话，"陈先生，这是我的名片，上面有我的联系方式。"

　　中年男人接过名片，明白谈话到此为止，又殷切询问道："霍总，那您下午的安排……"

　　"不用安排了，我想自己到处走走。"霍燃起身，同对方握手，"今天让你费心了，有劳陈先生。"

　　霍燃的身高、气场充满了压迫感，对方不敢多说什么，忐忑地目送两人离开。

　　走进电梯，蒋南声便低声问他："霍总，您下午要按原来的行程走吗？需要做什么调整吗？"

　　霍燃望着光洁如镜的电梯门上映出的自己——西装革履，微微皱眉。

　　失策了，他被燕平市日复一日的酒会社交荼毒太深，这次带的全是这样的衣服。

　　"你找家店，先去买衣服。"霍燃无视了蒋南声疑惑的表情，认真补充道，"要像个普通的观众，穿 T 恤、牛仔裤的那种。"

一小时后，焕然一新的霍燃独自回到了会展中心。

换了一身轻便透气的衣服，霍燃觉得连呼吸都放松了不少。当然，更重要的原因可能是他不用在感情充沛的助理面前，为维持霍总应有的淡定表情再戴着口罩了。

刚才在服装店里，霍燃按照平时的穿衣风格，挑了几件款式简洁的衣服，指给店员包起来，又随手拿了一身换上。

结果从试衣间里出来，他还没来得及照镜子整理一下发型，就对上了蒋南声写满爱慕的眼神。

蒋南声红着脸讷讷道："霍总，没想到您还有这一面。"

霍燃顿感头痛。一上午忙着应酬，他差点忘了这位助理的本色。

没错，霍燃在公司是让人很有距离感的冷酷总裁形象，每天穿着一看就很高级的定制西装，目不斜视，走路带风，和他老爸霍振东如出一辙。

在私下里，他和这个年纪的普通男生没有什么区别，在家也会穿着短裤、拖鞋煮泡面。

按霍思涵生动形象的比喻，西装冷面男是他的营业专属皮肤。

霍燃最近正在思考这个问题，无论在小说还是游戏里，冷酷总裁好像在年轻人中都有很高的人气，这会不会就是他突然受到一堆人青睐的原因？

一想到这个问题，他就觉得很痛苦。

霍燃默默叹了口气，不想让蒋南声继续说些有的没的，于是当机立断，布置了一堆任务要她去办，下午他一个人好去逛游戏展。

没了旁人的前呼后拥，霍燃心情放松地在各个展馆里晃悠，还拍了不少照片发给在家忙着搞毕业设计的妹妹。

今天上午，霍思涵从霍振东那里得知霍燃竟然真的换了手机，正要和往常一样大肆调侃哥哥，结果在霍燃发来的行程表前噤了声，因为今天的展会上有一款她期待已久的游戏。

霍思涵立刻回了消息，她的PP昵称被霍振东"制裁"了，换成了一个更奇怪的名字。

大润发杀鱼十年：看起来都好好玩啊！可恶！我也想去！！！

大润发杀鱼十年：记得早点去《玫瑰战争》那里排队！别忘了录视频给我！！

HR：知道了，放心。

HR：大润发是家超市吧，你这次的名字又是什么意思？

大润发杀鱼十年：意思就是我的心已经跟我杀鱼的刀一样冷了。

大润发杀鱼十年：［流泪猫猫头.jpg］

HR：……

看来"你爸爸"这个嚣张的昵称被亲爸批评得很厉害。

HR：我看到展台了，先过去。

HR：［抱抱.jpg］

《玫瑰战争》是一款架空背景的大型多人在线角色扮演游戏，半年前就开启了公测预约，最大卖点是所有玩家可选的人物形象都是漂亮可爱的女孩子，人物风格各异，但没有网络游戏常被诟病的服装过于暴露的问题。

游戏相当准确地把握住了女性玩家的心理，很多男性玩家也被精致的角色造型吸引，所以公测消息一发布就大受欢迎，预约人数迅速突破千万。

霍燃见过霍思涵在动态里疯狂许愿《玫瑰战争》提前公测，在这次的晋北游戏展上，果然《玫瑰战争》是最受瞩目的游戏之一。

等霍燃真正走到展台附近，才直观地见识到这个游戏的人气究竟有多旺，试玩的人已经排成了蛇形，望过去密密麻麻一大片。

刚夸下海口的霍燃犯了愁，要是正儿八经排队，恐怕今天结束都轮不上他。

霍燃正在纠结要不要走个后门，在排队人群旁转悠的工作人员看到了他，眼睛一亮，快步走了过来。

"你好，请问你是来试玩《玫瑰战争》的吗？"

见霍燃点点头，工作人员立刻说道："我们这里有一个很特别的试玩场地，需要几个普通观众参与，不过游戏过程会被拍摄下来，你的形象可能会被用在游戏的宣传视频里。"

霍燃想象了一下自己的身份被曝光后的盛况，委婉拒绝道："我可能不太十镜。"

见状，工作人员有些失望，随即却听霍燃问道："你们是用来做游戏的宣传吗？"

"对的，小哥哥，你形象很好，说不定还会火一把呢。"工作人员不死心地诱惑道。

霍燃则在努力回想霍思涵的各种追星发言："宣传的话……微博开屏够吗？"

工作人员一时没反应过来，瞪大了眼看他。

"你可以让人联系我的助理，我们集团旗下有很多宣发渠道，应该能给你们提供超出预期的帮助。"

霍燃从口袋里掏出一张蒋南声的名片："如果贵公司有意向进行深入合作，我们也十分欢迎。"

工作人员晕晕乎乎地接过霍燃递来的名片，感觉自己突然进入了什么魔幻世界："请问您是……？"

霍燃露出一个朴实的微笑："我只是一个很想体验这款游戏的普通观众。"

陶知越有一种精准的直觉——早上在会展中心门口见到的西装男人很有可能就是霍燃。

他仔细揣摩着刚才意外听到的路人的对话。

霍燃出现在商务洽谈馆，商务洽谈馆里有不少游戏公司的人，不只是管理层，应该也有很多像"老赵"那样的普通员工。

人员杂乱，很多人见到霍燃这样相当神秘低调的富二代，肯定会忍不住好奇心偷偷拍照，说不定还会发在网络上作为谈资。

为了证实自己的猜测，陶知越当即行动，在会展中心附近找了一家网咖。

坐到最熟悉的电脑前，陶知越的心情渐渐恢复了平静，他从云端下载了自己制作的一个通用爬虫程序，稍加修改，设定了霍、游戏展、晋北等一系列关键词和限定条件。

在程序返回的大量爬取结果中，陶知越进一步筛选，最终真的在两个搜索引擎无法抓取内容的网站上找到了今天发布的讨论霍燃的帖子。

陶知越点开其中一个附有照片的原帖，屏住了呼吸。

照片加载完毕，光线昏暗，里面的人还有些重影，一看就是偷拍的，但陶知越一眼认出了那个气质出众的西装侧影。

果然是他！

陶知越愣愣地看着屏幕，一时间很难形容自己的心情。

他努力回想早上见过的霍燃，或许是太久没有跟人交际的缘故，他对陌生人的长相的敏感度很低，实在想不起来霍燃具体长什么样了，何况霍燃戴着口罩，仅仅露出一双眼睛。

陶知越只记得霍燃转过头，于人群之中望向了他所在的方向。

霍燃是在看他吗？

陶知越十分确定自己从没在现实生活中见过这样气质出众的人。

他没见过霍燃，为什么对方会注意到自己？

陷在困惑之中，陶知越又点开另一个提到霍燃的帖子，这里没有照片，楼主只提到今天在某市游戏展上见到了霍氏的大少爷。

下面的评论大多是对豪门的调侃，有人猜出了是晋北游戏展，说下午要赶去"偶遇"一下。

楼主：别想了，我老板听主办方说，人家嫌没意思，已经走了。

这一刻，陶知越松了口气，起码这三天他不用担惊受怕了。

往好处想，他已经对霍燃有了大概的印象，之后再遇到霍燃，就可以更警惕，做好防备了。

回到会展中心的时候，陶知越错过了计划要听的一场宣讲，暂时无事可做，索性到处逛逛，看看最受玩家欢迎的是哪几款游戏。

来到A1展馆里的《玫瑰战争》展台前，陶知越尽管有所预料，却还是被眼前的人山人海惊到了。怪不得他在门口排队的时候，周围的人都在讨论这款游戏。

陶知越并不打算浪费一下午的时间在这里排队，转身要走的时候，视线意外扫过一道亮眼的身影。

有个很帅的穿白T恤的男生站在工作人员旁边，两人正在低声交谈。

那男生身材比例极佳，眉眼有如雕像一般的英气，带着阳光、清爽的气息。陶知越好奇地望过去，还以为是个明星。

对方似乎察觉到了陶知越的视线，朝他看了一眼，随即转头对工作人员说了些什么，表情恍惚的工作人员呆呆地点头。

偷看别人被发现的陶知越有点尴尬，正想溜走，脚步却忽然定住了。

穿白T恤的男生径直向他走来，声音清朗好听："你好，请问你是来试玩《玫瑰战争》的吗？"

陶知越望着眼前的陌生人，一时间没反应过来。直到那人有些不好意思地轻轻喊了一声"你好"，陶知越才确定对方真的在跟他说话。

"不需要排队吗？"他不确定。

"不用排队，这是特别的试玩场地，随机邀请观众参与的。"男生的语气很诚恳。

陶知越心里产生了一种中了彩票大奖的感受，表情却还有点呆。他微微偏头看向男生身后的工作人员，对方的表情居然跟他如出一辙。

看到陶知越茫然的眼神，工作人员仿佛找到了战友，忙不迭地冲他点点头，甚至招了招手。

怎么感觉好像哪里不对。

"你是工作人员吗？"陶知越想了想，还是问出了这个答案显而易见的傻问题。

男生比他高小半个头，闻言垂下眼看他，笑容有点腼腆："不是，我是第一位被抽中的幸运观众。"

陶知越努力保持住平静的表情，但仍然忍不住好奇地打量对方。

不知道是不是陶知越的错觉，白T恤帅哥好像也在观察他。

"你很热吗？要不要摘一下口罩？我看你的耳朵都热红了。"白T恤帅哥露出真诚又关切的表情，却说着让他哭笑不得的话，这让他瞬间想到了一个人。

陶医生在喝茶吗？

"……"陶知越无比庆幸自己还没摘口罩，"谢谢，我不热，只是皮肤容易红。"

“哦，是敏感肌吗？”白T恤帅哥思考了一下，“我妹妹也是这样。”

刚好这时工作人员迎了上来。

“两位先生，场地准备好了，另外两位幸运观众已经由其他工作人员引过去了，请跟我来吧。”

两人跟在工作人员身后并排走着，陶知越稍稍落后半步，可以正大光明地观察对方。

他心里犯起了嘀咕。从侧面这个角度看对方，怎么好像有些眼熟？隐约间，他想起了早上只见过一眼的霍燃。

场地很近，只隔了几十米，很快就走到了。陶知越没来得及多想，立刻被眼前风格鲜明的小屋吸引了注意力。

《玫瑰战争》的制作公司按游戏风格打造了一个试玩体验室，里里外外布满了奇幻浪漫元素，还花大价钱摆满了粉色花束，令人少女心爆棚。

本来公司是计划以这种场景为噱头，借助游戏在展会上高涨的人气，顺势在社交平台上再做一轮推广的。结果场地布置时没有沟通到位，使用的材料一味追求花哨，忽视了安全性，很难经受大量观众拥入参观的考验，主办方检查后要求公司整改。

但展会已经开始，白天人来人往，没有办法进行施工，只能等晚上闭馆之后再装修。这样一来，这个试玩体验室最早也要等到展会的第二天才能启用了。

空着也是空着，不如趁着这个机会拍一下宣传视频，尽量挽回一点损失。

当然，现在已经不需要拍摄宣传视频了。

工作人员统一解释道：“公司非常关心玩家的想法和意见，所以特意抽取现场幸运观众进行深度体验。大家在体验结束后填写问卷，我们还会赠送小礼品作为纪念哟！”

听起来就很官方，套路很深。

另外两位幸运观众都是女生，颜值很高。互不相识的两人对视一眼，又打量了一下陶知越和白T恤帅哥，其中一个大波浪鬈发的女生直截了当地提问：“是不是要拍什么视频啊？如果是的话，要提前说明，不能私自拍摄。”

工作人员对这个问题显得很有底气：“请放心，我们不会随便拍摄的，而是单纯地邀请玩家来体验游戏，以便我们改进和优化。"

忽然，他想起了什么，小心地看了眼某位"普通观众"，补充道："不过我们也可以提供录像服务，将您的游戏体验过程拍摄下来，留给您作为纪念，这个完全看您个人的意愿。"

两个女生正想点头，又听到他说目前不可以将游戏画面发布在网络上，所以需要签署保密协议以防万一，考虑了一下，还是算了。

陶知越倒无所谓，反正是意外之喜，能提前体验这款备受期待的热门游戏就不虚此行了。

结果，这个意外之喜远远超出了陶知越的想象。

一般的新游戏试玩是提前设定了角色和场景，玩家只能在特定场景中使用某个特定角色，例如打完一个副本或完成一局对战，体验时间在十到二十分钟，因此通常是多位玩家同时进入游戏组队探索或对战。

然而这一次，陶知越算是知道了什么叫真正的"深度体验"。

游戏的公测版本向他们完全开放，跟正常玩游戏一模一样，进入游戏可以自由选择角色，甚至可以捏脸取 ID。

不得不说，《玫瑰战争》的游戏建模相当出色，不同种族的角色风姿各异，或可爱或优雅，共同之处是人物建模细腻灵动，真实感极强，垂在胸前的长发柔顺飘逸，水汪汪的眼睛好奇地眨着，似乎正望着屏幕外的人，令观者无力抗拒。

四个人不约而同地在捏脸界面停留了很久，每个种族都好看，导致每个角色都想试着捏一捏。

候在一旁的工作人员满心柠檬——好酸①，他也想畅玩公测版……

四台电脑两两相背，陶知越跟白 T 恤帅哥坐在同一侧，他选了半天，最终决定捏一个精灵族小萝莉②。

陶知越沉浸在捏脸的快乐里，时间过得很快。望着眼前娇俏可爱的粉毛小萝莉，他稍加思考，起了一个非常形象的名字：一个桃子。

---

① 表示羡慕或者嫉妒。
② 小于 15 岁，大于 9 岁的可爱的女孩。

捏脸完毕，在等待游戏加载的过程中，陶知越没忍住好奇心，挪开耳机，悄悄瞥向旁边的白 T 恤帅哥。

白 T 恤帅哥捏了一个阳光活泼的人族成年女性，有一名工作人员架着摄影机对准了他的屏幕。

"这张脸跟我的像吗？"白 T 恤帅哥侧过头，兴致勃勃地问工作人员。

工作人员连连点头："像，您捏得真好。"

虽然不明白为什么会用自己的长相捏女性角色，不过金主爸爸①说什么都是对的。

闻言，白 T 恤帅哥特意朝镜头露出了一个灿烂的笑容，然后转头输入角色 ID：一个笨蛋。

陶知越转头看了看自己电脑上蹦蹦跳跳的小萝莉"一个桃子"，总觉得自己莫名中了一箭。

四个人先后进入了新手引导环节，并不像同类型的其他网游有着烦琐漫长的强制引导，《玫瑰战争》放了一段制作精美的 CG②，将玩家带入浪漫瑰丽的游戏氛围，随后快速引导一下基础操作，就让玩家跟随主线自由探索了。

很快，三个大姐姐和一个小萝莉在新手村相遇了。除了没有别的玩家，游戏的所有功能都是可以正常使用的。

atqwhst：111。

atqwhst：哇，真的可以聊天啊！你们能看见吗？

性感的大波浪御姐③的头顶上冒出文字气泡，陶知越猜测可能是刚才说话的鬈发女生。

今天要买彩票吗：能看见！

今天要买彩票吗：这个试玩好有良心。

今天要买彩票吗：CG 橘里橘气的，好评！

atqwhst：哈哈哈哈，买吧，我也准备买。

---

① 投资人、赞助商。

② 计算机动画。

③ 对姐姐的敬称，引申为比较成熟的女性。

atqwhst：确实，今天运气真不错。

一个笨蛋：CG 的颜色很橘吗？我觉得还好呀。

陶知越突然产生了奇妙的既视感，他的大脑还在思考，双手已经开始自动打字解释了。

一个桃子：不是那个表示颜色的橘……

一个桃子：是指女孩子之间关系亲密。

一个笨蛋：哦哦，原来是这样。

今天要买彩票吗：怎么怪可爱的……

atqwhst：哈哈哈哈哈！你俩的名字……原来你们是一起的啊？

看着两个女生明显是随手打下的昵称，再看看非常凑巧的一个桃子和一个笨蛋，陶知越感到格外羞耻。如果这时候解释他们其实并不认识，好像就更奇怪了。羞耻了几秒钟，陶知越镇定自若地发了一个常用的表情敷衍过去。

与此同时，白 T 恤帅哥也回应了。

一个桃子：［微笑.jpg］

一个笨蛋：［微笑.jpg］

陶知越呆住，不由自主地转头朝对方看去，对方也有些惊讶地望过来。

白 T 恤帅哥的眉骨很高，衬得眼窝深邃，眼睛便尤其明亮，仿佛盛满了夜晚的群星。

愣怔半晌，陶知越才猛然反应过来，慌忙收回视线，动作太大，连耳机都滑到了脖子上。真是太尴尬了。他立即若无其事地伸手捂住了自己发红的耳朵。

白 T 恤帅哥还看着他，见状摘下了自己的耳机，忍不住开口道："你的……"

陶知越已经学会抢答了："没事，皮肤过敏而已，一会儿就好了。"

对方"哦"了一声，像在思考什么，随即默默转过头。

陶知越松了口气，重新将注意力集中到游戏上来，强迫自己不再关注对方。

幸好大家都戴着耳机，对面的两个女生没有听到他们的对话，还在游戏里兴高采烈地聊天。

atqwhst：你们真有默契，哈哈哈哈！

今天要买彩票吗：我决定多买几张彩票，太刺激了今天。

atqwhst：说起来，这个试玩时间还有多久啊？咱们现在应该体验点什么？

今天要买彩票吗：组团打本？

atqwhst：哈啰，两位帅哥还在吗？

陶知越迅速跟上话题，假装无事发生。

一个桃子：要不要先各自在地图里逛逛？升几级之后应该就有第一个新手本了。

今天要买彩票吗：好啊，我支持！

一个笨蛋：可以玩到傍晚闭馆。

一个笨蛋：好像是六点吧。

atqwhst：哇！！！

今天要买彩票吗：谢谢你，笨蛋帅哥。

今天要买彩票吗：以后我就是《玫瑰战争》的铁杆自来水[1]了。

陶知越也很惊讶，不由得感叹了一句。

一个桃子：今天运气真好。

一个笨蛋：我也觉得。〔微笑.jpg〕

陶知越看到这个眉眼弯弯的微笑表情，整个人就一抖。

在他印象里，这个表情现在已经很少有人用了，取而代之的是各种各样的可爱颜文字。这个简单的微笑表情差不多成了过去式，最近一次看到别人用这个表情，就是在跟总偷他表情包的 HR 聊天时。

说起来，HR 正在晋北市出差。解开了心结的陶知越当下有一点点后悔，那天怎么就干脆利落地拒绝了 HR 的见面邀请呢？要是能一起出来吃顿饭，应该会很开心吧？

遗憾的情绪一闪而过，陶知越又专心地投入游戏里。

《玫瑰战争》的游戏画面相当精致，风景优美，地图里的 NPC 各有特色，还会跟玩家进行互动。四个人分散在地图里，按照自己的兴趣到处溜达，顺便做任务。等到所有人都逛够了，游戏等级也升到了新手本的最低级别，他们又

---

[1] 指发自内心地喜爱某事物，从而自发进行大力宣传的粉丝团体。

一起组团开了副本。

虽然是最低级别的新手副本，但情节和怪物的设计相当用心，场景更是充满奇思妙想，以至于通关后他们竟然有点舍不得离开副本了。

漫长的下午时光里，每个人都玩得很尽兴。

陶知越确信，要是让外面那些排队五小时体验十分钟的观众知道这里发生的事，他们恐怕很难站着走出去。

眨眼间就到了傍晚五点五十分，在工作人员小心翼翼的提醒下，几人恋恋不舍地摘下耳机，退出了游戏。

"本来只是来随便看看的，没想到在这里玩了整整一个下午。"鬈发女生感慨道，"好了，现在我也是自来水了，回去就发微博鼓吹一下。"

前面在游戏里随意聊天的时候，大家得知鬈发女生是个小有名气的博主。

准备买彩票的女生深表同意，她好奇地问工作人员："你们会提前公测吗？好想跟朋友一起玩啊！"

"不……"工作人员想了想，飞快地看了一眼白T恤男生，又不太确定地改口道，"不一定……如果有变动，肯定会提前告知的。"

陶知越敏锐地察觉到了工作人员的视线，心里浮起一丝疑惑。

之前扛着摄影机的另一个工作人员总算结束了工作。由于游戏体验时间太长，后来他索性找了个台子过来架着，随时按照金主爸爸的指令调整角度和距离。

鬈发女生注意到了摄影机，讶然道："你录了全程啊？"

白T恤男生爽朗一笑："对啊。"

"啊，羡慕！我开始后悔没录了。"鬈发女生遗憾道，"留着做个纪念也好，这么难得的经历。"

"我录回去给妹妹看的，她想玩这个很久了，但最近在忙毕业的事，没办法来。"

陶知越联想对方起ID前问工作人员的话，顿时意识到，他应该是跟妹妹长得像，所以故意捏了一个以妹妹为原型的角色，还给这个角色起名叫一个笨蛋。

好幼稚的哥哥……但是有点可爱。

"酸了酸了，你还缺妹妹吗？"在场的两个女生并不知道这一茬，羡慕道。

陶知越也很羡慕，他曾经一直希望有一个妹妹。他希望在另一个世界里，父母生下的第二个孩子会是个女孩，女孩总是更加贴心、温暖，一定能比他更好地关怀父母。

唯一可惜的是，他再也见不到妹妹了。

对于两人的调侃，白 T 恤男生回答得颇为认真："不缺了，一个就够调皮捣蛋的了。"

工作人员前来分发问卷，内容很简单，跟外面正常排队试玩会收到的问卷一样。

两个女生很快填写完，还顺便跟他们加了个 PP 好友，随即一道离开。

"有缘的话，游戏里再见啊，我还会用这个发型的。"鬓发女生笑着跟他们道别。

白 T 恤男生也只是草草写了几笔，像走个过场。

陶知越倒没时间关心外界，他伏在桌上，认认真真地写着自己的体验感受，大到游戏世界观，小到任何一个他注意到的细节，譬如战斗动作的打击感、部分功能可能存在的逻辑 bug……

会展中心开始清场，周围渐渐静下来。陶知越不知不觉写满了两页纸，手都酸了，却意犹未尽。

《玫瑰战争》是一款十分出色的 MMORPG[①] 游戏，他在体验的时候一半是玩家心态，一半则从开发者的角度审视，试图从整体和技术细节上分析这款游戏的优点与不足。

接过填得满满当当的问卷，工作人员的表情很惊讶——不愧是大佬随机选中的幸运观众，竟然也是大佬。

陶知越揉了揉手腕，正想拿起背包离开，却看到了在一旁坐得十分端正的白 T 恤男生。

白 T 恤男生注视着他，目光闪烁。

---

① 大型多人在线角色扮演游戏。

陶知越讶然："我还以为你们都走了。"

"我在看你填问卷。"白T恤男生如实回答，"你很有耐心，特别专注，我不知不觉就看到了现在。"

陶知越还没做出反应，对方又接着说道："我上午看到你在展馆里做笔记，你给我留下了很深的印象，你是做游戏开发的吗？"

陶知越顿时有些不好意思："不算吧。我是程序员。"

原来这就是他成为幸运观众的原因。在他不知道的时候，对方就已经注意到他了。

白T恤男生做出恍然大悟的表情，又忽然想起了什么，拿起手边的东西向他递来。

陶知越以为对方会递来名片之类的东西，他随手接过一看，居然是一盒氯雷他定。

"不好意思，下午玩得太入神，忘记了，我应该早点给你的。你一说我就让工作人员去买了。"白T恤男生歉然说道，"你过敏得厉害，吃点抗过敏药比较好。"

崭新的药盒离对方刚刚松开的手指咫尺之遥，反射着明亮的灯光。

在这个对他来说陌生又危险的世界里，他第一次真真切切地感受到这样纯粹的关怀和善意。陶知越不知所措，匆匆向眼前这个萍水相逢的陌生人道了谢，然后逃也似的离开了这里。

和这个陌生人相遇后发生的一切都超出他的想象，唯一让他觉得熟悉的，是对方诚恳真挚的表情——就像他在网络上认识的 HR 一样。

走出会展中心之后，望着在夜晚渐入休憩状态的庞大建筑，陶知越竟然产生了一丝怅然若失的感觉。

如果是在那个他生活了二十多年的现实世界，遇到这样与自己格外有缘的陌生人，又是在这种气氛轻松、到处是同龄人的展会上，他们应该会顺理成章地交换联系方式，约好以后一起玩，或许还会成为非常聊得来的朋友。

但在这个世界，他令人感到突兀地逃走了。

手里紧紧捏着氯雷他定的药盒走了一路，陶知越觉得这一刻的自己简直像个笨蛋，又一次错过了这个世界向他伸出的双手。

直至此刻，陶知越不得不承认，自己依然是个懦弱的人。虽然 HR 已经鼓励过他，但当匿名的安全网络变成触手可及的现实，他始终没有迈出那一步的勇气。今天偶遇陌生人就像是他和 HR 的关系的某种预演，他最终只会选择逃避。

即使对方无比符合他对真正的朋友的想象——真挚、纯粹、热烈，他也还是会像上辈子那样习惯性逃避，故步自封，不敢建立一段新的感情关系。

没有开始，就不会结束，也不会在这个小说世界给他人带来任何伤害。

陶知越垂着头，足足走了一小时才回到家。他没吃晚饭，肚子里空空荡荡的，却不觉得饿。

冷清的一居室里一切如常，陶知越一眼就看到了贴在餐桌旁的那张彩色画像。那时陶知越刚从上一家公司辞职，不得已离开的感觉很不好受，于是他每天都在祈祷霍燃和沈念提前相遇，建立友谊，好让他早日获得自由。

某一天，他突发奇想，去打印了一张桃园三结义的画像贴在墙上。这种行为听起来就很傻，但当时的陶知越觉得很好玩，这是他平淡生活里少有的乐趣。

不过现在看到这种肝胆相照、义薄云天的景象，陶知越没来由地感到烦闷。

小说里的他和霍燃拥有令人艳羡的坚固友情，这种感情更衬得现在胆小懦弱的他很悲惨。

他拒绝了在网络里偶然相遇的 HR，也拒绝了在现实中萍水相逢的陌生人。

也许不会再有下一次机会了。他叹了口气，走到餐桌前揭下了这张画像。

陶知越把这张微微泛黄的 A4 纸折好，从背包里拿出了用不上的氯雷他定，将它们一并收起来，放进了书架最高处的柜子里——就当个留念吧。

一路步行回来的时候，他神思游离，一直没注意手机的动静。这会儿拿出来一看，屏幕上全是 HR 发来的未读消息。

HR：陶医生，有空上游戏吗？

HR：我想给小岛搬个家，你的小岛附近还有空着的区域吗？

陶知越揉了揉眼睛，怀疑自己出现幻觉了。

片刻后，仍有些恍惚的陶知越登上了动物岛，给列表里唯一的好友发去坐标。

在游戏舒缓悠扬的音乐里，陶知越的游戏界面弹出一条提示。

亲爱的岛主，晚上好。意外的缘分降临啦！一只棕熊想要搬迁到您的小岛附近，您是否欢迎这位远道而来的客人呢？

陶知越点下"欢迎"，然后在满屏幕倏忽绽放的礼花里，一座郁郁葱葱的小岛慢慢向他所在的位置漂来。

明月高悬的夜晚，岛上满是绚烂的灯光，照着绿树和小屋，一只大大的棕熊站在最前方，兴奋地朝他的小岛挥手。

陶知越看着棕熊头顶的昵称，表情一怔，他记得 HR 之前叫"考拉爸爸"。

一只刺猬：怎么改名字了？

一只棕熊：这样比较好玩。［微笑 .jpg］

从远方迁移来的小岛到达了预定坐标，令一望无际的海面多了一抹生机。淡淡的金光闪过，小岛周围浮现出一行文字：一只棕熊的小岛。

一只棕熊：我到了！

一只棕熊：我现在可以来拜访新邻居吗？

另一边的陶知越没了动静，HR 发来信息。

一只棕熊：陶医生，你下线了吗？

一只棕熊：［戳戳 .jpg］

陶知越略感心虚，随便扯了一个借口。

一只刺猬：不好意思，刚才接了个电话。

一只刺猬：看到了，你的小岛很漂亮。

一只棕熊：没关系。

一只棕熊：陶医生，以后我可以给你打电话吗？

陶知越瞪大了眼睛，屏幕随即一黑。

等陶知越神志回笼的时候，他发现自己已经反射性按下了关机键——好了，这回是真的下线了。

局部物理降温已经不够用了，陶知越脚步虚浮地走进浴室，动作僵硬地脱掉衣服，打开花洒，任自己被绵密的水流吞没。

打电话……对社恐来说，文字以外的沟通方式是不是太可怕了？

陶医生还没有回复。

霍燃有点紧张地站起来，在酒店房间里来回踱步。

冰箱里的酒水有点单一。衣柜里浴袍的手感不是特别好，他更喜欢麻纱质地的。阳台落地窗外的景观倒是很漂亮，能俯瞰大半个灯火通明的晋北市。

霍燃走着走着又回到了电脑前，感觉消磨了半天时光，实际只过去了两分钟。

陶医生还是没回复。

一只棕熊：陶医生，以后我可以给你打电话吗？

对话定格在这里，霍燃感到一阵怅然。

陶医生总不会又接电话去了吧？……

自己是不是说错话了？

霍燃尝试场外求助。

HR：向网友提出要打电话，是不是很过分？

我又可以了：……

我又可以了：大哥，你到底是有多执着于打电话啊!!!

我又可以了：我该说什么呢？不愧是古董男？

我又可以了：不对，你什么时候背着我交网友了?!

我又可以了：男的女的？不会是上次那个老大爷医生吧？

霍燃一顿，开始顾左右而言他。

HR：游戏视频看了吗？喜欢吗？

早些时候，他把视频传给了霍思涵。一提到这个，霍思涵立刻被转移了注意力。

我又可以了：感受尽在 ID 中。

我又可以了：看在你录了这么长的视频的分上，我勉强不追究你取的那个白痴名字的事情了。

我又可以了：所以……跟你一起试玩的一个桃子是谁啊？你朋友吗？是可爱的小姐姐吗？

我又可以了：[星星眼.jpg]

为什么话题还是绕回了这里？

霍燃有点郁闷地敲下回复。

HR：不告诉你。

HR：睡了，晚安。

平时他说睡了，就真的是要上床睡觉了。但他今天毫无睡意，游戏画面静止，他就在电脑前怔怔地坐着。

动物岛不显示玩家的在线状态，在某一瞬间，霍燃甚至想让人进系统查一下是不是出什么故障了。

霍振东前段时间刚拍板投资动物岛的制作公司，现在也是这款游戏的股东了。

万一陶医生游戏掉线后登不上来了呢？

半小时后，PP和游戏仍一片死寂，霍燃放弃揣测了。陶医生真的下线了，他肯定惹对方生气了。

霍燃懊恼地关掉电脑，洗澡关灯，然后一动不动地陷进柔软的被窝。

他应该想到的，陶医生是很小心谨慎的人，就像游戏里的刺猬，很容易缩成一只刺球。之前就没答应跟他见面，现在肯定也不愿意突然跟他有文字以外的联系。

他应该更耐心一点的。

霍燃翻了个身，一整天跌宕起伏的心情挥之不去。

凌晨两点，陶知越已经换了二十种睡姿，羊也数了上千只，瞌睡虫却迟迟不肯光临。

挣扎了很久，他告诉自己应该起来上个厕所，然后顺便看一眼手机上的时间，只是看看时间……

暗沉沉的房间里，陶知越一脸不在意地拿起手机，屏幕亮起，没有任何未读消息。

一阵淡淡的失落感。

陶知越不死心地解锁，打开PP，刷新了几下，对话框一动不动，还是他六小时前回复的消息。

陶：我上线看看。

经过数小时的"摊煎饼",逐渐冷静下来的陶知越有点后悔前面的冒失了。他怎么就直接按下关机键了呢？这样突然下线，也没个解释，HR会不会觉得他很没有礼貌？

杵在卫生间门口发了半天呆，陶知越彻底没了睡觉的心思。他穿上衣服打开灯，坐回到书桌前，开机，登录动物岛。

游戏里同样是深夜，隔壁小岛上那只朝他挥手的棕熊已经不见了，应该是下线了。

树影摇晃，寂静的夜色里传来轻轻的虫鸣。刺猬坐上小木船，驶向新邻居的地盘。

陶知越第一次使用拜访功能，行驶时长根据不同岛坐标之间的距离而变化，之前HR的小岛离他比较远，所以那时过来要五分钟。现在两座小岛近在咫尺，十秒就可以到达。

小刺猬跳下船，小跑着上了岛，很快听到了岛中央小木屋里传来的鼾声，原来棕熊打呼噜的声音那么大。

动物岛有个很可爱的小设定，玩家退出游戏时有两个选项——"拜拜啦"和"一会儿见"。选择"拜拜啦"，角色会原地消失，令其他人无法判断玩家是否在线。而选择"一会儿见"会让角色进入睡眠状态，如果是晚上，角色会回到屋里睡觉，白天则会在小屋前的躺椅或吊床上晒着太阳小憩。

陶知越从来都是直接点"拜拜啦"，这是他第一次看到选择"一会儿见"后睡得香甜的玩家。

在现实中，HR应该也睡着了吧……

在有点好笑的打鼾音效里，小刺猬在棕熊的小岛上溜达了一圈。

不像很多玩家会建一些栽满鲜花的漂亮花园，在小岛的空地上，HR种了大片大片的果树，每棵树上都结了沉甸甸的果实，五颜六色的果子饱满又好看。

最大的那棵果树旁还立了一块小木牌，写着"不许偷摘"四个大字。

想起棕熊初次拜访时带来的一大捧水果，屏幕前正在忐忑的陶知越忽然觉得内心一片柔软。

小刺猬回到了自己的岛上，从花园里摘了不同品种的花，用丝带扎成一束，然后用小爪子捧着这束明艳的鲜花，又坐船过来，小心地把花放在了鼾声震天的小木屋门口。

一只刺猬：网络故障，突然掉线了。

陶知越心想，之前他的大脑网络的确故障了，不算是骗人。

一只刺猬：带了小礼物，向你道歉。[微笑.jpg]

这一次退出游戏的时候，他迟疑了片刻，轻轻点下了"一会儿见"。

重新回到床上躺好，陶知越的心情平静了许多。

陶知越闭上眼睛，再一次试图入睡。不知为什么，他的脑海里慢慢浮现出过去那个有些陌生的自己——工作日九点上班，除了吃饭、上厕所，很少离开工位，忙到半夜十一二点是常有的事，没有加班补贴，唯一的安慰是打车回家可以报销车费。

周末往往是单休，他经常会赖在家里虚度一天的时光。和认识多年的朋友隔着遥远的距离，便只能和朋友在"开黑"的房间里相聚。

那时的他沉浸在为梦想奋斗的盲目激情里，从没注意到自己的生活竟如此单调。

每天早晨通勤时，紧紧攀着扶手在拥挤的地铁里随人流摇晃，被挤得快要不能呼吸的陶知越偶尔会想，自己的生命里好像缺了一点什么。

在无数个独自等车回家的深夜里，在只用来洗澡睡觉的狭小出租屋里，两点一线运转着的陶知越有时会思考这个问题，消除大脑因承载过多代码指令产生的疲倦，但他一直没有想明白。

直到有一天，出租房的燃气费用光了，租客群里有合租室友说中午要做饭，这次刚好轮到他负责缴费。

等午休时再缴费会来不及，陶知越只好破例，放下手头永远繁忙的工作，在上班间隙偷溜出去，骑上一辆公共自行车，歪歪扭扭地冲向银行。

那天天气很好，秋日的风轻抚着他的面颊，吹散了脑袋里复杂的字符串。他很久没有骑车了，整个人摇摇晃晃，紧张地握着车把，与身旁的行人和车流擦肩而过。

风是暖的，淡金色的太阳高悬天际，焦黄的秋叶从枝头飘落。

他的心里忽然涌起一股细小的暖流——这个打乱他工作节奏的意外事件，带来了一种真实又温暖的生活感。

到了银行，在自助终端前插卡缴费的时候，陶知越的眼睛里始终藏着一点笑意，他很想把这件微不足道的小事告诉什么人，和对方分享自己满得快要溢出心脏的愉悦。可他翻遍了好友列表，也没找到一个合适的诉说对象。

那一刻，陶知越终于明白自己的生命里缺少什么了。

但他早已像一台上了发条的工作机器，没有时间，没有机会，也没有遇见某个人的运气。

即使明白生活空洞无趣，他也依然没有改变一切的勇气。

不久后，在心脏骤停的那一瞬间，陶知越没有回忆什么久远的事情，只模模糊糊地想起那个镌刻心底的秋日。

他希望下辈子可以勇敢一点。还有，希望可以遇见能分享生活琐碎的朋友。

然而，对死亡的惊惧让重生的陶知越忘记了弥留之际的小小心愿，在很长一段时间里，他以为自己是没有遗憾的。可是那些细微的渴望与憧憬，在和 HR 接触的过程中，悄悄地苏醒了。

真诚是美妙的，会令感官变得敏锐，目光陡然明亮，这样便可以触摸到被遗漏在生活缝隙里的点滴。

夏夜静美，虫鸣悦耳，连果树在风里轻轻晃动的样子都透着可爱。

下线之前，陶知越犹豫了很久，还是补上了一句以往不好意思说出口的心里话。

一只刺猬：前天你帮我种的花开了，摘了最好看的送给你。

在安宁美丽的虚拟世界里，那束最好看的鲜花躺在小木屋的门口，等着被睡醒的棕熊看见。

为什么是 HR 呢？

回忆舒缓绵长，窗外晨光熹微，陶知越渐渐被困意席卷。

或许是因为在那个充满了意外的夜晚，初次相识，那个人就笃定地对他说：你真勇敢。

第六章

醉　酒

几秒之后，
另一端传来一个有些失真的男声：
"……你好，是陶医生吗？"

这一觉睡得很沉，陶知越醒来时已是下午一点。

日光热烈，照得满室流光。

陶知越揉揉惺忪的睡眼，他记得昨天好像做了一个很长很长的梦，但一醒来，梦境就从记忆里溜走了。

上午已经睡过去了，好在游戏展下午的活动一般是两点后开始，现在赶过去还来得及。

陶知越迅速洗漱吃饭，拿上背包就出了门。

手机静悄悄的，没有新消息。纠结片刻后，陶知越果断退出了PP。

只要他不在线，这就是"薛定谔的消息"，他可以当作HR已经看到了游戏里的道歉花束，然后给他发来了消息。

游戏世界简单纯粹，只有模样可爱的动物专心侍弄着自己的小岛。

在那里，陶知越可以假装棕熊真的是自己的邻居、好友，他没有及时回复消息，所以送上礼物赔罪，这是他终于鼓起勇气的一个表现。

今天游戏展的人流量比昨天更大了，幸好下午入场的队伍不长，陶知越等了一会儿就进场了。

人气最旺的仍然是《玫瑰战争》的试玩区域，经过一夜的赶工，精心准备的玫瑰小屋终于对外开放了，此刻里里外外都围满了参展观众，很多人来拍照打卡。

陶知越站在人潮之外，发了一会儿呆。昨天他在小屋最里面的独立试玩室玩了整整一下午的游戏，现在想起来，竟有种恍如隔世的感觉。

小屋旁有昨天见过的工作人员，正满头大汗地维持着秩序，身后是粉红色的花海，浪漫得像童话故事中的场景。

陶知越看了一会儿，默默走开了。

按照之前规划好的行程，陶知越拿着笔记本，在各个展台间走走停停，表情认真地做着记录。

在高强度的思考中，那些复杂的心情渐渐被抛诸脑后。

昨天他有了大致的想法：对现在习惯了无脑换皮的智新游戏公司来说，要痛下决心直接转做原创开发是一件很困难的事，搞不好忙活半天，最后什么也做不出来。

很多游戏人会下意识地认为搞原创开发就是要自研引擎，创新玩法，打造独特风格，最好能一鸣惊人，吸引尽可能多的受众，把游戏推成尽人皆知的爆款。

但这条路太难了，成功者寥寥，无数半路倒下的团队却没人看见。

陶知越觉得，与其妄想一步登天，还不如在现有的基础上优化，争取做到小而美。最重要的是找准游戏的核心卖点，然后抱着敬畏之心去设计、实现。

例如《玫瑰战争》，玩法并没有多大创新，是比较常规的MMORPG，但相对独特的全员女性设定、艳丽却不轻浮的画风，让它获得了女性玩家的普遍青睐，进而产生了意料之外的影响力。

一边从外界汲取养分，一边整理自己的想法，等到六点闭馆的时候，陶知越已经有了比较完整、具体的思路。

该看的项目差不多都看完了，不仅是为了公司，陶知越自己也学到了很多新知识。

一下午的头脑风暴之后，他正处在极度亢奋的状态中，忘了现在已经是下班时间，迫不及待地打车去了公司。

不过恰好赶上今天项目组加班，公司里灯火通明。郭总也没下班回家，正襟危坐地待在办公室里苦思冥想。

没来得及跟一脸蒙的同事说话，陶知越就匆匆走进 CEO 办公室，把自己这两天的见闻与思考和盘托出。

郭总听得频频点头，中途还打电话叫来了项目组的制作人、主策和主程，一群人在办公室里高谈阔论，搞得外面办公区域里的员工们好奇心爆棚，疯狂探头。

半小时后，郭总先出来，表示今天不加班了，请大家聚餐，吃附近的烧烤，自愿报名参加，人群立刻爆发出欢呼声。

在二三十个人浩浩荡荡前往烧烤店的路上，陶知越走在队伍末尾，王恒放慢脚步，走到了他身边。

"陶哥，是不是家里的事忙完了？"

陶知越愣了一下，才想起来两人之间的那次对话："嗯，是吧……"

"嘿嘿，我就知道。"王恒有点得意，"陶哥你最近好像变了个人，我想肯定是把什么烦心事处理好了。"

陶知越诧异道："是吗？"

"是啊！就是变得……"王恒抓了抓头发，试图想出一个准确的形容词，"变得明亮了！欸，这个词好像不是这么用的……反正，以前觉得陶哥不太好接近，有点高冷。但是现在好像……好像回到了人群中。这么说会不会很奇怪？"

王恒一拍脑门："算了，我对不起语文老师。总之，有机会再让我们饱饱口福啊！嘿嘿，谢谢陶哥！"

周围同事们都在聊天，人群里时不时传来笑声，霓虹灯招牌闪烁，前方小餐馆里烤肉的香气已经蔓延过来。

这个有些熟悉的场景，还有王恒的无心之语，让陶知越再一次想起了那个鼓励他的朋友。

他轻轻咳嗽了一下，朝王恒露出笑容："好，我会的。"

烧烤店里烟气缭绕，几张大桌拼成长条，坐满了同事。大家七嘴八舌地点菜，面前很快堆满了嗞嗞冒油的烤串，摆满了啤酒瓶。

陶知越不常喝酒，一喝酒就会上脸，今晚却喝了很多，脸上红成一片，脑袋嗡嗡的。

郭总醉得更夸张，抱着啤酒瓶深情演讲，畅想未来，激动得差点声泪俱下，引得一群人哄堂大笑。

喧闹声中，有同事跟陶知越打趣："小陶，是不是酒精过敏啊？脸这么红。"

陶知越止住摇晃的身体，十分认真地回答："没事，家里有抗过敏药。"

"不知道氯雷他定能不能缓解酒精过敏，等回家了，要看一下说明书。"他醉醺醺地这样想道。

啤酒是苦的，平日里，陶知越不喜欢这个味道，但在心情惆怅的夏夜，似乎没有比一打冰镇啤酒更消愁的东西了。

快要散席的时候，有人想起了这顿烧烤的功臣陶知越，便嚷嚷着要跟他干杯，陶知越来者不拒。

见他今天这么好说话，有女同事鼓足勇气，半开玩笑地说想加他 PP，立刻有人起哄，小小的烧烤店里闹成一片。

陶知越喝蒙了，眨眨眼睛，在口袋里摸了半天才找到手机。

PP 为什么没登录？

当下思维迟钝的陶知越想不起原因来，便点击登录，略过了列表里未读消息的红点点，打开二维码递给同事扫。

陶知越见同事们抢得热闹，呆呆的脑袋想到了什么，小声说道："公司群我也没加，拉我一下吧。"

他脸颊红红的，眼角泛着醉酒后困倦的湿意，坐得却十分端正，往日里清澈透亮的眼睛蒙着一层水雾，不复平时的果决沉稳，有种不易察觉的脆弱。

尚清醒的同事们看到这一幕，都愣了一下，下意识放低了音量："好……好的，马上。"

有人把手机还给他，他接过来，正要放回口袋，语音通话的铃声忽然响了。

视线有些模糊，陶知越定了定神看去，屏幕上弹出一个很漂亮的风景照头像，昵称是 HR。

奇怪，为什么会有人事给自己打电话，自己明明没找新工作……陶知越满心疑惑地点下接通，把手机放到耳边。

身旁的嘈杂淡去，耳旁传来一阵低低的呼吸声。陶知越没有说话，握紧了手机，不自觉地跟着对方放轻呼吸。

几秒之后，另一端传来一个有些失真的男声：

"……你好，是陶医生吗？"

话音刚落，霍燃忍不住站了起来。

微微发烫的手机屏幕紧贴着耳朵，手心渗出了黏稠的汗水，霍燃觉得自己从来没有这么紧张无措过。

他孤身一人站在酒店房间巨大的落地窗前，放眼望去，是璀璨的万家灯火。不知道陶医生此刻会在哪一盏灯下……

昨天心事重重的霍燃一直熬到上午八九点才睡着，醒来时快要黄昏了。他立马拿起了手机，PP 消息栏里长长一溜红点，却没有他最期待的那个人的。

由于他的唐突，陶医生似乎生气了，到现在也没理他。为此，霍燃完全无心工作，取消了去游戏展的安排，窝在房间里无精打采地处理了几封邮件，其间保持着平均五分钟看一次手机的频率。

一直认为自己的生活充实丰富的霍燃，头一次觉得时间这么难熬，心里像有无数只蚂蚁在大摇大摆地散步。

吃完服务生送来的晚餐，霍燃放弃假装工作，索性打开游戏，上动物岛打发时间。

然后他就看见了小屋门口那束灿烂美丽的鲜花，还有陶医生在半夜发来的简短留言。

一只刺猬：网络故障，突然掉线了。

一只刺猬：带了小礼物，向你道歉。[微笑.jpg]

一只刺猬：前天你帮我种的花开了，摘了最好看的送给你。

屏幕中央的大棕熊弯腰拾起花束，小心地捧在毛茸茸的胸膛里，露出了一个开心的笑容。这是游戏里默认的拾取表情，却和游戏之外的霍燃一模一样。

霍燃欣赏了足足十分钟棕熊抱花的画面，才想起来要收起自己冒着傻气的表情，随即在 PP 上发去消息。

HR：陶医生，对不起，我刚上游戏，看到了你的消息。

HR：花很漂亮，以后我也要建一座花园。

HR：［小熊转圈.gif］

但是一直到晚上八点，陶医生都没有回复。

陶医生浅灰色的系统默认头像仿佛比平时更灰一些，处在离线状态，或者按搜索引擎给出的结论——陶医生隐身了。

在这个晚上，霍燃从网络上学到的关于 PP 的使用知识，比这么多年加起来还要丰富。

他知道了 PP 可以设置单独对某个人隐身，知道了"拍一拍"可以设置后缀，知道了可以对好友设置"特别关心"……霍燃非常自然地给陶医生设了"特别关心"，还设置了附带咳嗽音效的上线提醒。

在等待对方出现的时间里，霍燃认真严肃地做了一系列幼稚的事。

他给动物岛制作公司的人打了电话，让他们多注意玩家的网络稳定问题。电话那头的动物岛制作人听得一脸蒙，只能连声应好。

然后，霍燃在小岛上巡视了一圈，规划出了一块可以用来建花园的地盘，准备这几天好好做一个花农。在路过那棵最大的果树时，霍燃盯着那块一时兴起插下的小木牌，觉得"不许偷摘"看起来怪怪的。想了一会儿，笨重的大棕熊从仓库里又翻出一块木牌，写下"欢迎品尝"，然后满意地钉到了木桩上。

快到九点的时候，百无聊赖的霍燃正准备去刺猬的小岛上看风景，电脑和手机忽然同时响起了咳嗽音效。

他一眼就看到陶医生的头像变亮了一点——陶医生上线了。

霍燃当即正襟危坐，拿起手机，等待着对方的回复。

自从换了新手机，霍燃就认为手机聊天这件事"真香"了。比起用键盘在宽大的电脑屏幕上敲出文字，将对话框捧在手里似乎更有一对一聊天的真实感。

但霍燃等了好几分钟，对话框没有任何动静，甚至连"正在输入中"的状态提示都没有。这不像陶医生一有空就会回复消息的习惯。霍燃有点不安，在思考出对策之前，他的手先行动了，打出了语音通话。还没来得及后悔挂断，语音通话就接通了。霍燃的大脑霎时一片空白，想要说话却发不出声音。

电话那端有些嘈杂，传来模模糊糊的说话声和笑声，霍燃下意识地发问："……你好，是陶医生吗？"

足足过了几秒钟，那道呼吸声的主人才开口回应："陶医生是谁？"

对方的声线清澈柔和，此刻却带着一股茫然，尾音有点软，仿佛失去了力气。

好耳熟的声音，很像昨天遇见的那个人。这个念头在脑中一闪而过，霍燃很快注意到电话中的人状态不太对劲。

他冷静下来，继续小心地问："这是你的手机吗？"

"嗯，是我的。"对方思考了一下，疑惑道，"但我不是医生……你是谁？"

背景杂音里有几个高亢的男声：

"陶哥，是不是有人打错电话了？你直接挂了呗！"

"你是不是傻？那是 PP 语音通话，怎么会打错？"

"啊，原来陶哥喝醉以后会不认识人啊！好好玩！"

手机的主人慢半拍地反驳道："我认识，你是王恒，我没喝醉。"

立刻有人激动地说道："陶哥现在的样子好可爱啊！能录下来吗？"

"你小心明天被打，哈哈哈哈哈！"

"陶哥喝醉了还记得我，呜呜呜！好感动！来！再干一杯！"

"好家伙，郭总还会醉拳呢！都躲着点躲着点！"

……

听了一会儿，霍燃确定电话那端是一群醉鬼，也从一声声"陶哥"确定了那个声音的主人就是陶医生，陶医生应该是在跟同事们聚会喝酒。

霍燃记下了那群醉醺醺的男人说的话，而后很认真地对电话那端说："我是你在网上认识的朋友，我的昵称是 HR。"

"HR？"对方很不相信的样子，"真的吗？我怎么没有印象……"

霍燃不由得有些沮丧，陶医生喝醉以后还记得同事的名字，却对他没有印象了。

"真的。"霍燃努力思考该怎么向一个醉鬼证明自己的身份，"我知道你有很多可爱的表情包，光是给我就发过很多，我都存下来了，但你从不发动态……"

说着说着，这段时间的相处的记忆涌上心头，霍燃仿佛有说不完的话，连声音也变得柔软起来。

"你喜欢上网，喜欢逛天空论坛，还喜欢玩动物岛，但是不知道为什么，曾经很长一段时间没上线，小岛都荒芜了。

"是我帮你开垦荒地的，砍了枯树，在花园里播了种。你在游戏里是一只刺猬，建了很多不同风格的小屋。我最喜欢深灰色的那一座，屋顶上有一扇大大的天窗。以前我都不知道，原来屋顶也可以改动，是你告诉我的。"

"你好像很了解我。"陶医生愣愣地回道，"我也最喜欢那一座，因为待在屋里就可以看见星星。"

就在此刻，从落地窗望出去的夜空里，繁星闪烁。霍燃站在窗前，将另一只手缓缓放在玻璃上，指尖一阵凉意，与遥远的晚星重叠。

"现在抬头看天空就可以看到星星。"他低声说道，"不要喝酒了，对身体不好。聚会快结束了吗？"

陶医生完全相信了他的话，放下了戒备，声音变得很松弛。

"结束了，我要回家了。"陶医生的声音里带着一丝愉悦，"我要去外面看星星。"

霍燃顿时紧张起来："你喝醉了，让同事送你吧。"

"不要，他们都醉了，但我没有喝醉。"陶医生坚信自己没醉，"我走路都不晃。"

霍燃的大脑高速运转着："那叫辆车，让同事送你上车，直接载你到家楼下。或者我帮你叫车好不好？"

他并不想贸然窥探对方的现实生活，只是实在不放心他现在的状态。

"不要，我自己走回去，很近的。"陶医生十分坚持，"每天上下班都会经过这条路，坐公交车只要两站，在路口左拐一直往前走就到小区了，我每天都是这样一个人回家的。"

喝醉后的话语变得轻飘飘的，说到后面甚至有些模糊，霍燃却听出了一种几不可闻的落寞。

"每天都是一个人回家吗？"

在同事们乱哄哄的道别声中，陶医生似乎走出了餐馆，周围的嘈杂远去了。

"对啊，周末也是一个人。"陶医生的声音再度清晰起来，回荡在寂静的街道上，"我习惯一个人了。"

霍燃说道："一个人喝醉了回家不安全，我可以一直跟你说话，直到你平安到家。"

陶医生似乎琢磨了一下他的意图，特意强调道："那你不要劝我，我暂时不换工作。"

霍燃怔住，半晌才反应过来陶医生的意思，笑道："我不是做人力的，这是我名字的缩写。"

"哦。"陶医生想到了什么，声音变得闷闷的，"我不喜欢这个缩写。"

霍燃好奇道："为什么？"

陶医生没回答，呼吸时轻时重，电话里偶尔传来汽车驶过的马达声。

霍燃连忙嘱咐道："不要走在马路上，走边上的人行道，小心车辆。"

"好的。"

"头晕吗？晕的话就坐车吧。"

"不晕。"

"那胃有没有难受？会不会想吐？"

"没有。"

"离家还有多远？现在不困吧？千万不要犯困，坚持一下就到家了。"

"很快的。"

霍燃絮叨了半天，另一端的陶医生配合地回答，在一问一答中，霍燃的眼里渐渐漫上笑意。

气氛正好，于是霍燃小心地问出了那个此前让他郁结的问题："陶医生，现在你记得我了吗？"

"记得了。"对方很肯定地回答道，随即又提出异议，"我姓陶，但我不是医生，为什么要叫我陶医生呢？"

之前否认可能是因为喝醉了神志不清，但此刻陶医生的语气很认真，霍燃不禁疑惑起来。

原来陶医生不是医生吗？……那以后他该怎么称呼陶医生呢？

霍燃慎重地发问："那我应该怎么称呼你？"

"我叫陶知越。"陶医生声音清澈，有些不好意思地报出了自己的名字。

"是总之的之吗？"

依然是慢半拍的否认："不对，是知了的知，翻山越岭的越。"

霍燃悄悄记下了这个名字："很好听。"

"是妈妈给我起的。"陶知越声音低低地补充道，"我很喜欢这个名字。"

霍燃正想告诉陶知越自己的名字，就听见陶知越有些怅然的话语。

"你不问我了吗？"

"问什么？"

"问我有没有注意看车，难不难受，什么时候到家……"到后来，陶知越的声音已近似呢喃，最后一句话被湮没在急促的呼吸里，"我想爸爸妈妈了。"

霍燃怔住，他听出了那个声音里满溢的思念和悲伤，再想起陶知越之前说过的话，他似乎明白了什么——所以陶医生说自己习惯一个人了。

霍燃定了定神，按下心里的波澜，继续问下去。

"到家以后还要洗澡吗？"

"……要洗，烧烤的味道好大。"

"不要洗了，喝完酒洗澡容易摔跤，今天坚持一下，明天再洗，好不好？"

"好的。"

"要是明天起来头痛的话，就请一天假吧，好好在家休息。"

"明天还可以休息，带薪的哟！"陶知越的语气渐渐恢复了正常，提到带薪假的时候，尾音上扬，还有些小小的得意。

霍燃没能控制住扬起的嘴角，声音里都带着笑："真好。"

电话那端的陶知越也低声笑了，笑得赧然："我好像喝醉了……对不起……"

霍燃安慰道："不用对不起，你这样很好。"

霍燃长久地伫立在窗前，看着远方的街道，只觉得现在的一切都很好。陶知越或许就在他目之所及的某条街道上慢慢地走着，在路灯的照耀下，朝家的方向走去。

他们明明素未谋面，霍燃却觉得自己清楚地见到了这一幕——陶知越清瘦颀长的身体被暖黄色的灯光笼罩，在柏油路面上留下一个长长的影子。

"今天喝了很多酒吗？"

陶知越仔细回忆了一下："嗯……没有很多，但是忘记喝多少了。"

霍燃没忍住不断叫嚣的好奇心："可不可以问你，今天是为什么喝酒？"他直觉陶知越不是喜欢喝酒的人。

陶知越沉默了一会儿。正当霍燃又开始反思自己是不是说错话了，不安地想要撤回提问的时候，陶知越很诚实地回答道："因为从游戏展回来之后，跟大家聊得很开心，所以来聚餐，吃烧烤当然要喝酒……还有，我想庆祝自己迈出了重要的一步。"

陶知越的声音越来越小，而霍燃从听到第一句话开始，眼里就渐渐浮上了难以置信的神情。

游戏展！晋北游戏展！

霍燃继续追问："是在会展中心的那个吗？你只有今天去了吗？"

陶知越对他激动的心情毫无察觉，一本正经地回答道："今天去了，昨天也去了，昨天还试玩了一下午的游戏，因为运气很好，被选中，成了幸运观众。"

"是什么游戏？"

"我想想，是《玫瑰战争》。"陶知越一边回忆一边抱怨起来，"戴了一天的口罩，好闷。"

听到这里，霍燃既惊诧又恍然。

幸运观众、《玫瑰战争》、戴口罩的男生……

在熙熙攘攘的人潮中，他一眼就望见了那个陌生人。

"原来真的是你……"

如果自己今天也去了游戏展，是不是又可以遇见他？

再见到他，他们之间会说些什么？

思绪翻腾，但到最后，霍燃压下了所有复杂难言的情绪，小心翼翼地发问："明天还会去游戏展吗？"

陶知越思考片刻："明天……明天先睡觉。不想去了，好累，我要偷懒。"

"好，那就偷懒。"

电话里寂静了一会儿，只剩下似有若无的呼吸声和汽车倏忽驶过的声音。

他们安静地听着对方的呼吸声。

忽然间，陶知越发出惊讶的感叹："今天晚上的星星好多，刚才一直跟你说话，忘记看星星了。"

他的声音又遥远了，霍燃觉得他一定是停下脚步，站在空空荡荡的人行道上，抬起了头，痴痴地看着天上的星星。

"好漂亮，一闪一闪的，比游戏里的更好看。"

闻言，霍燃也抬起头，眼睛掠过了半座城市彻夜不灭的灯火，望向静谧的苍穹。

他们正注视着同一片星空。夜空浩渺，星河烂漫，在如水的月色里，一颗颗绮丽的晚星闪烁，猝不及防地坠进汹涌心海。

霍燃觉得时空似乎错位了，皮毛柔顺的大棕熊回到了那座小小的木屋，推门而入，仿佛本该属于这里。镜子前坐着一只圆滚滚的棕色刺猬，尖刺泛着银白色的光。然后它们一起仰头望向天窗外的庞大世界。

霍燃想起了那天他对陶知越说过的话。

陶医生，刺猬也是可以被拥抱的。

那天在游戏里，他不想吓到陶医生，所以只用宽厚的熊爪，轻轻地拍了拍刺猬长满尖刺的背。

街灯昏暗，树影婆娑，行人零零落落，回家的路既短又长。

公交车只需要坐两站，步行的话在路口左拐后一直往前走就能到小区。霍燃在心里模拟着这条陌生的路线，好像真的陪伴在对方身边一样。

"我看到小区的大门了。"陶知越有些兴奋，"今天到家好快。"

说着，陶知越将手机举到眼前，本想看一眼右上角的系统时间，却直直看到了屏幕上显示的通话时长：四十六分钟。

陶知越诧异道："啊，怎么走了半个多小时？我以为只有几分钟。"

陶知越的声音又飘得远远的，霍燃瞬间想象到陶知越盯着手机屏幕一脸诧异的样子。原来不知不觉间，他已经陪着对方回到家了。

他们足足讲了一路的话，霍燃仍觉得时间太短暂。

"今天在小区里散步的人好少，冷冷清清的。"陶知越小声抱怨道，"路灯也好暗。"

陶知越平时话并不多，酒后却变得絮絮叨叨的，喜欢把眼前发生的每件小事都描述一遍。

霍燃很喜欢听陶知越说这些，就好像他真的在陶知越身边，眼睛能看到同样的风景。

他耐心地安抚着这个迷迷糊糊的醉鬼："快十点了，散步的人都回家了。要是觉得看不清路的话，就把手机的手电筒打开。"

"不用了，进小区的第二栋楼就是家了。"酒后的情绪来得快，去得也快，陶知越又开心起来，"十点钟，应该睡觉了，先去洗澡，然后上床。"

霍燃记得陶知越说过自己的作息，每天十点半睡觉。看来这个习惯已经深深刻入了记忆，连酒后都这么规律。

"今天不用洗澡，你刚才答应我的。"霍燃笑道。

"是啊。"陶知越反应过来，"对不起，我忘了，那回家就可以睡觉了。"

陶知越拐进了单元楼。霍燃敏锐地听出了上楼梯的脚步声，没再打趣他，语气严肃地说道："好了，不要说话了，专心看路，到家了再说话。"这个状态下走楼梯要很小心，要是一脚踩空就危险了。

"我不会摔跤的……"陶知越嘟囔了一声，然后真的不再说话，专心地上楼。

几秒钟后，霍燃听到了很轻的计数声："一步，两步，三步，四步……"

在均匀的脚步声里，陶知越小声数着数，还以为他听不见。霍燃便静静地听着，不由得莞尔。

数到第五十二步的时候，听筒里传来钥匙插入门锁转动的声音。

打开门，满室寂寥冰凉的空气迎面而来。

"我到家了。"陶知越有点得意地强调道，"什么事都没有发生，我走得很稳啊！"

霎时间，无声的一居室里有了生气。

"现在应该……先去洗脸。"陶知越把背包丢到沙发上，想了想，朝卫生间走去。

手机被放在洗手台上，哗啦哗啦的水声响起，不一会儿又传来含混的刷牙声。

直到陶知越钻进被窝，霍燃才问他："现在困吗？"

"刚才想睡觉，可是洗完脸又不困了。"陶知越沮丧地说道。

霍燃忍俊不禁："那我陪你聊天吧，一会儿就困了。"

到现在，霍燃差不多摸透了陶知越喝醉后的状态。陶知越不会像有些人那样发酒疯，也不会不省人事，反而会比平时更敞开心扉，更放松，遇到实在不愿说的事，也会很坦率地拒绝说。除此之外，就是会随机忘记一些人和事。这种状态很好玩，而且便于霍燃更深入地了解陶知越。他和陶知越的交集几乎仅限于网络，只有一次算不上真正见面的线下偶遇。他想知道更多与陶知越有关的事，想知道陶知越的兴趣、陶知越的喜好、陶知越所厌恶的事，无论什么都好。

可惜陶知越在网络上透露出的信息几乎为零，他无法从一般人常用的空间动态里获取任何信息，在游戏里能窥见的也只是其中一面。

霍燃不想错过这个十分难得的机会，在心里默默地谴责了一下自己，然后郑重地坐回办公桌前，翻出一个皮质精美的深棕色笔记本，厚着脸皮开始提问。

"你喜欢什么？"

陶知越舒服地窝在被子里，大脑几乎是放空的，听见问什么，就诚实地回答什么："我喜欢写代码。"

米白色的纸面上登时落下优美工整的字迹。

霍燃一边记，一边想起了昨天的对话，陶知越说过自己是程序员。怪不得他那么热爱工作，原来是因为做着自己真正喜欢的事。

霍燃对这个领域一窍不通，感兴趣地问道："为什么？"

"因为……写代码就像造一座大楼，我喜欢看见普通的砖块变成恢宏的高楼。"陶知越的声音里染上浅浅的愉悦，"符号和数字构成的大楼也很美，而且只需要我一个人就可以完工。"

黑金钢笔快速地颤动着，笔尖划出沙沙的声音。

"还喜欢什么？"

"还喜欢……吃火锅。"话题跳跃得很突然，陶知越快乐地畅想起来，"要自己熬的汤，浓浓的白色，然后煮菌菇、涮肉，青菜烫一下就好了，我会专门拿一个大碗喝汤，很香。"

霍燃顿时觉得自己的晚饭吃得太潦草，肚子也饿了。

"我喜欢辣锅。"他忍不住插入话题。

"啊，红油汤底也很香，光是看颜色就很有食欲。"陶知越赞同道，"不过洗锅好麻烦，全是油，洗起来好累。"

霍燃脱口而出："我来洗。"

"咦，你喜欢刷锅洗碗啊？好特别。"陶知越惊讶道，"那下次我想吃辣锅的时候，就请你来家里吃，我准备菜，你洗碗。"

锋利的笔尖在纸面上戳下一个重重的点，墨水深深地洇开。

"好，我一定来。"只要酒醒以后，陶知越还记得。

霍燃陷入一种纠结的情绪，他既不想让自己趁机套话的事被发现，又希望真的可以吃到这顿随口承诺的火锅。

"那你讨厌什么？"霍燃觉得问清楚这个问题才是当务之急。

陶知越的语气有些惆怅："我讨厌所有不好的人和事，讨厌味道很苦的食物，但是……"

在这个尾音悠长的"但是"里，霍燃的心提了起来。

"但是我最讨厌一个人。"

"谁？"尽管知道这个人不太可能是自己，霍燃还是很紧张。

"你不会认识的，很少有人知道他。"陶知越笃定地回道。

"那为什么讨厌他？"霍燃握紧了钢笔，随时准备记录要点。

"因为……嗯，说起来很复杂。"陶知越的声音显得很苦恼。

"如果愿意倾诉的话，你可以慢慢说，我会一直听。"

闻言，陶知越默然了很久，久到霍燃看了好几眼屏幕，确认通话没断。

几分钟后，像是下定了决心，陶知越轻声说道："其实他本来应该是个很好的人，一切都是因为意外。

"不对，是注定的，无论如何都会发生，所以他受了伤，往后只能与轮椅为伴。

"他过得很不好的时候，我……不，他最好的朋友抛弃了他，然后他变成了冷酷无情的人。

"后来他有了新的同伴，重新振作起来，过得比之前更好，这时候旧友又回来了。

"他觉得这段曾经美好的友情很虚伪，觉得旧友很糟糕，只是为了他的钱。"

陶知越说得断断续续的，霍燃并未完全听懂，但被勾起了好奇心："然后呢？"

"然后……"陶知越似乎颤抖了一下，"然后他想找人开车，撞伤旧友。"

"虽然被拦下了，但旧友后来真的意外出了车祸，以前发生的事也被意外曝光，很多人辱骂旧友薄情势利，最后旧友自杀了。"

说完以后，陶知越陷入了长久的沉默。

听完这段超出想象的描述，霍燃一时哑然。

霍燃无法判断"他"在这个故事里的角色，思索了半天，谨慎地问道："这个'他'是你的朋友吗？"

"不是。"陶知越回答得很快，"我希望永远不会见到他。"

听到两人没见过面，霍燃莫名松了一口气。结合之前的叙述，他猜测陶知越可能是认识那个结局凄惨的旧友。

"我从没告诉过其他人这件事。"陶知越喃喃道，"我……很害怕他。作为旁观者，或许我不应该讨厌他，他也受到了很深的伤害，想要报复……也许他没有错。"

"不，那样是错的。"霍燃否定道，"他不应该因为自己痛苦就去伤害别人。"

"……是吗？"陶知越问得很小声，"我想这个问题很久了。"

霍燃听出了陶知越的惶恐和不安，沉声安抚道："如果他的受伤和过去的朋友无关，他就不应该将仇恨发泄在那个人身上，即使对方在他人生最黑暗的时候离开了他，但这是人类趋利避害的本能。

"拜金也好，虚情假意也罢，那个人应该得到对等的惩罚，譬如失去费尽心机得到的财富，再也得不到真正的友情，但不至于要为此丢掉性命。"

陶知越有些急切地补充道："如果他是为了保护那个人，才落下这么重的伤呢？"

霍燃回答得毫不犹豫："那也是人类的本能——付出的本能，和被保护的人没有关系，不应该由另一个人来承受压力。"

他的话语很坚定，掷地有声，陶知越呆住了。

良久，陶知越低声说道："如果我……他遇见的人是你，就好了。"

霍燃还没来得及思考陶知越的话里突然切换的主语，又听见陶知越说："你很像一个人，你们说话的语气特别像。"

霍燃好奇道："谁？"

"一个……人到中年的朋友。"

霍燃有些诧异："中年人？是你的上司或者同事吗？"

陶知越好像把脸埋进了枕头，声音轻不可闻，霍燃努力分辨才听清楚。

"不是，是在论坛上认识的，还没见过面。"

霍燃怔了片刻，忽然意识到，原来陶知越是记得自己的。雀跃掠过心头，他又故作镇静道："为什么觉得他是中年人？"

陶知越老老实实地解释道："因为他不上网，什么流行语都不懂。对了，他还用很老土的风景照当头像。"

不仅记得，还记得很清楚，只是跟很多人一样，猜错了他的年龄。

霍燃的语调里染上笑意："那你教过他什么流行语？"

陶知越有问必答："嗯，我想想……"

"有绿茶、内涵、安利。"陶知越顿了顿，"不对，安利是他自己学会的。作为中年人，他的学习能力和接受新事物的速度……"

陶知越的声音越来越轻，最后只剩下平静的呼吸声。

霍燃小声地问："你睡着了吗？"

没有回应，只有清浅绵长的呼吸声。

霍燃就这样呆坐着，嘴角保持着微微上扬的弧度。直到手机弹出电量不足的提示，他才惊醒过来，像往常那样，对陶医生说出了夜晚的结束语："晚安，陶知越。"

窗外夜凉如水，星月交辉。

第七章

好 的

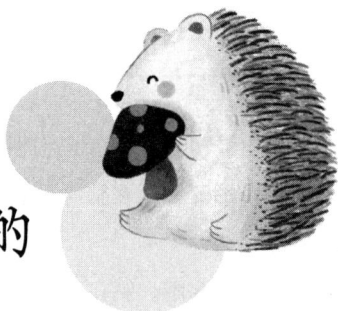

陶医生，我明天要走了。
在回去之前，你想跟我见面吗？

HR

从宿醉中被吵醒，陶知越迷迷糊糊的，感到一阵眩晕。

昨夜混乱的梦境还在脑海里盘旋，嘟嘟嘟的电钻声不知从哪儿传来，搅得人头昏脑涨。

陶知越睁开眼睛，躺在床上直愣愣地看着天花板，有种不知今夕是何年的茫然。

他回忆了半天，才想起来昨天晚上的经历。

他先是从游戏展打车去了公司，跟郭总和其他人激情讨论了许多跟游戏项目有关的问题，然后跟同事们一起去吃烧烤了……

在啤酒配烧烤的狂热氛围里，他好像喝了很多酒，但对酒后发生了什么已经完全没有印象，记忆停留在端起杯子一饮而尽的那一刻。

陶知越有点后悔，他很少喝成这样，上一次喝到断片还是好几年前大学毕业的时候。当时的室友拿这件事打趣了他很久，他问他们自己酒后做了些什么，却没人肯告诉他。所以至今，他也不知道自己喝完酒会变成什么样。

反正同事们也没有他的联系方式，在去公司上班之前，不会有人远程嘲笑他。

趴在被子里郁闷了一会儿，陶知越鼓足勇气去拿枕头旁的手机，却发现手机关机了，屏幕上显示着一个大大的空心电池图标。

……他昨天用手机干吗了？明明出发去吃烧烤前刚充到了满电，怎么会用到没电？

陶知越只好起身，给手机充上电，顺便去上厕所，简单洗漱。

再回来的时候，手机已经自动开机了。陶知越咬着面包随意扫了一眼，结果差点惊掉下巴。怎么会有这么多PP消息提示?!

他一脸震惊地放下面包，拿起手机，看着这一溜消息，越来越茫然。

橘子酱：我是林佳佳，美术组的，记得备注一下哟！

橘子酱：陶哥，你好呀！

老郭：[抱拳.jpg]

老郭：今天好好休息！

我必不可能秃：下次再一起喝酒啊，嘿嘿。

我必不可能秃：陶哥，想不到你还有这一面！

微光：小陶，你好。

微光已成为你的好友，开始聊天吧！

咕咕咕已成为你的好友，开始聊天吧！

……

陶知越整个人都僵硬了。要不是每个人都一口一个陶哥、小陶，他肯定以为自己错拿了别人的手机。

怎么会突然加这么多同事的PP？陶知越满脸痛苦，缓慢地输入解锁密码，十分不情愿地面对这个对他来说十分陌生的状况。

他打开PP，提心吊胆地看下去。昨天他加了十多个同事的好友，现在"新朋友"里还有七八个未通过的好友申请。

他甚至进了公司的PP群，现在里面的消息已经有"99+"，幸好他有进群随手设置免打扰的习惯。

好不容易翻完了满是红点的未读消息，没有什么太过劲爆的内容，最夸张的就是王恒有些兴奋地说想不到他还有这一面，陶知越稍稍松了一口气。

手指再往下一滑，和HR的对话框恰好映入眼帘。

HR：语音通话已结束。

陶知越瞬间瞳孔地震了，怀疑自己出现了幻觉。

他颤抖着点开对话框，然后看到最下面那一行系统提示：

通话时长 539：18

旁边还有一个可爱的电话图标。陶知越猛地松开手，手机吧嗒掉到了桌子上。

他一定是在做梦，而且是一个无厘头的噩梦，等睡醒就好了。

陶知越脚步虚浮地回到了床边，踢掉拖鞋，扑通躺下，把被子拉到头顶，闭上眼睛。

几分钟后，手机响起清脆的消息提示音。陶知越偷偷从被子里露出眼睛，看向桌子。手机保持一个高难度的直立状态，屏幕亮起，弹出一条新的 PP 消息提示。

完了，不是梦。他喝完酒跟只有过文字沟通的网友打了长达五百三十九分钟十八秒的语音通话，似乎一直到手机没电关机才被迫挂断。并且，陶知越对此没有任何印象，根本不知道自己说了些什么。与此同时，"必不可能秃"的王恒的留言在他脑海里疯狂循环："陶哥，想不到你还有这一面！"想不到你还有这一面！这一面！那么他给 HR 又展现了哪一面？

陶知越觉得，这大概会是他这辈子最社死的一件事了。

躺在床上崩溃了至少二十分钟，他才拾回一点点面对现实的勇气。大不了就弃号逃跑，再注册一个 PP 账号，他还可以重新做人。

手机又响了一声，陶知越一边安慰自己，一边咬牙拿了起来。

两条都是 HR 的消息。

HR：早上好！〔微笑 .jpg〕

HR：又睡着了吗？

看起来好像一切如常。说不定这条语音通话记录是系统故障导致的……

陶知越深呼吸，伸出僵硬的手指，龟速戳出了回复。

陶：早上好。

HR 立刻回复了。

HR：昨天睡得好吗？今天睡醒有没有头痛？

幻想破灭，看来不是系统故障，HR知道他昨天喝了酒。

陶：昨天我给你打语音通话了吗？

陶：我是不是发酒疯了？

陶：对不起，我不是故意的。

陶：能不能当作什么都没发生过？求求了！［哭.jpg］

陶知越反反复复输入了半天，按删除键按到手指发麻，也没发出任何一条信息。

对方似乎发现了他的纠结，先提起了昨晚的事。

HR：昨天晚上我给你打了语音通话，你还记得吗？

居然是HR主动打给他的……陶知越觉得自己的形象似乎还可以挽回一下。

陶：不记得。［摔倒.jpg］

HR很快发来了简短的解释。

HR：没关系，我们随便聊了几句，然后都不小心睡着了，所以忘了及时挂掉。

HR：［猫猫傻笑.jpg］

陶知越感觉自己又活了。

陶：我昨天喝多了，不好意思。我没有乱说话吧？

陶：如果冒犯到你了，那我先跟你说声对不起。

HR：没有。

HR：不用对不起。

HR：不过喝酒伤身体，以后还是少喝酒比较好。［微笑.jpg］

陶知越终于可以摘下痛苦面具了。他长长地舒了一口气，发自肺腑地表达了感激。

陶：谢谢你！

陶：你昨天找我是因为遇到麻烦了吗？我那时候可能没有帮到你，如果你现在还需要帮助的话，可以跟我说。

陶：我一定尽力。

HR似乎思考了一下，才做出回答。

HR：昨天是有一件让我很困扰的事，不过陶医生已经帮我解决了。

陶知越愣了愣。

陶：是吗？我都没有印象……

HR：没关系，我记得就好了。

HR：能遇到陶医生真好。

看着 HR 真挚的话语，那股久违的心虚再次漫上心间。陶知越忽然觉得很对不起 HR，他不应该顶着这个纯粹觉得好玩才取的名字和对方相处那么久，还一直默许对方叫他医生。

陶：那个……其实我真的不是医生……

陶：晋北市没有第七精神病院，也没有陶主任，这个论坛 ID 和我当时回复你的话，其实都是来源于网上的段子。但是我的确姓陶。

陶：对不起。

陶知越忍不住闭了闭眼睛，反射性逃避，做好了被指责的准备。再睁开，却看到对方十分平静的回复。

HR：没关系的，不用跟我说对不起。

HR：那这个段子是什么呢？

陶知越先是意外，然后陷入了微妙的纠结，他觉得不适合直接说，只能委婉一点表达。

陶：不太好解释，要不你去网上搜一下这句话——你好，这种情况持续多久了？

陶：然后你就知道是什么意思了……

过了一会儿，HR 发来回复。

HR：我搜到了一篇青春小说，需要我往下看看内容吗？

陶：……

陶：算了，不用了，忘记刚才看到的一切吧。

陶：大概就是嘲讽别人很奇怪。

陶：我不是故意那样说你的，我当时真的以为你在钓鱼。

HR：原来是这样。

HR：但是那么多人回复我的帖子，最后愿意相信我的，只有陶医生你。

HR：如果陶医生真的是医生就好了，幸运的患者就会不止我一个。

陶知越的手指颤了颤。

陶：怎么还叫我陶医生……

HR：对我来说，你就是医生啊！〔微笑 .jpg〕

陶知越呆呆地看着这个简单温暖的笑脸。明明没用什么华丽的词汇，但这个人说的话，总是让他动容。

HR：而且，生活里应该没有人这样叫你吧？

陶：……没有。

HR：那这就是我对你的专属称呼了。

HR：〔小熊转圈 .gif〕

HR：陶医生，你有没有发现我哪里不一样了？

看到 HR 的话，陶知越下意识地上下翻看，然后顺手从头像点开了 HR 的资料页。页面瞬间刷新，原本在他眼里有些老土的风景照不见了，HR 的头像变成了一束漂亮的卡通鲜花。

花束的画风很可爱，粉、紫、黄、白的花瓣绚烂又柔和，沾着晶莹的露水——是在夜深人静的动物岛上，刺猬悄悄放在棕熊小屋门口的那一束。

HR：我换了新头像哟！

HR：谢谢你送给我的花，很好看。

陶知越忽然觉得像是在做梦，他缓缓地捏了捏自己的脸，又扯了扯眼皮，被蛮力刺激得眼泛泪花。一通操作下来，被吵醒时的瞌睡虫彻底不翼而飞，这个真实感过强的梦却没有醒。

周围的一切都没变，房间里涌动着初夏的燥热，蝉鸣声声入耳，桌上躺着咬了一口的蓬松面包，HR 的消息依然停留在那一条。

过分奇妙的感觉击溃了理性，半晌之后，陶知越盯着手机屏幕，想要说些什么，手一抖，一串无意义的乱码就发了出去。

陶：wwwww。

HR：啊，这个我认识！

HR：这是日语里大笑的意思，对吗？

HR：我昨天恶补了很多网络流行语，有一些真的很好玩。

HR：wwwww。

配上对方透着呆萌气息的头像，他无论如何都说不出否定的话。

陶：对。

陶知越正想像往常一样真诚地夸奖一下 HR 的学习能力，好跳过前面那个让他不知所措的新头像的话题，却被 HR 抢了先。

HR：等一下，你是不是要夸我接受新事物的速度很快？

陶：……

陶：你怎么知道……

HR：陶医生，你是不是觉得我年纪很大？

完了，被发现了。

陶：其实……也不是很大。

陶：［蒙混过关 .jpg］

HR：陶医生，你听我解释！

HR：其实我很年轻，只是在网上讲话比较古板，又不会用表情包，所以才跟大部分同龄人格格不入。

HR：之前有很多人这样觉得，还有人怀疑我爸在替我在网上聊天……

HR：客观来说，我爸明明比我更古板。

看到这里，陶知越没绷住，笑出了声。

HR：如果你不相信的话，我可以证明的。

HR：陶医生，我能给你打电话吗？

这一次，陶知越鬼使神差地选择了同意。他绝对没有别的念头，只是想听听 HR 要怎么证明自己的年龄。

没错，就是这样。在毫无说服力的自我催眠中，他故作淡定地发出了消息。

陶：好。

HR 立刻打来了语音通话，活泼欢快的铃声响起。没想到 HR 的动作这么快，陶知越猛地直起腰，神情紧绷，匆忙给自己做着心理建设。

从笨蛋小学生到幼稚中学生，再到青葱大学生，非常离谱地全部幻想了一遍之后，他眉头紧锁地点下了绿色的接听键。

电话另一端很安静，接通两秒后，对面的人清了清嗓子，语气郑重："你好，陶医生。"

陶知越觉得自己好像再度出现了幻觉。这个声音清朗好听，与记忆里惊鸿一瞥的那个瞬间完美重叠："你好，请问你是来试玩《玫瑰战争》的吗？"

"你你你是……"在巨大的冲击中，陶知越结巴了。

HR 有些激动："陶医生，你还记得我的声音吗？"

陶知越整理了半天思路，仍然神经短路，没头没脑地冒出一句："你是不是穿着白色的 T 恤……"

"是我！"HR 听起来很高兴，"原来陶医生对我印象这么深。"

太突然了。

陶知越心中的 HR 还停留在疲惫失落的中年人形象——大龄单身，无力拒绝纠缠自己的同事，生活中无人倾诉，只好上网求助……

再想想那天几乎吸引了全场女生目光的年轻男生，陶知越根本不能把这两者联系到一起。他甚至怀疑自己昨天睡觉的姿势有问题，导致今天醒来后进入了某个平行时空。

"你……"

陶知越"你"了半天，努力凑出了一个完整的句子："为什么会是你？"

HR 准确地领会了他的意思，语气轻快地答道："昨天给你打电话的时候，我听声音认出了你。但你喝醉了，可能听不出来是我。

"至于我们在游戏展上遇见，则完全是个巧合。昨天我也意外了很久，所以今天迫不及待地想要告诉你。

"我想这就是小说里经常写到的缘分，没想到我也可以拥有这样奇妙的缘分。"

没想到我也可以拥有这样奇妙的缘分……

陶知越浑浑噩噩地拿起了手边的面包，堵住了自己骤然丧失语言能力的嘴巴。面包很好吃，一口咬下去，浓稠的流沙蛋黄馅咸香四溢。

于是他对这天地最后的记忆，就是在满室流淌的面包香气里，被声线年轻又有磁性的 HR 认真地提问：

"所以，陶医生，我们可以越过网络，成为真正的朋友吗？"

惊险刺激的三天带薪假很快结束了，陶知越回归了朝九晚六的正常生活。

第二天去上班的时候，陶知越带了满满两大盒卤牛肉。这回有经验的同事们很有秩序地排起了长队。

刚过上午九点，整个办公室里却洋溢着一种吃午饭的快乐氛围。

王恒异常兴奋："陶哥，没想到我那天随口一提，你就记住了。我好感动，呜呜呜！"

"今天的比上次的更好吃，超级入味！陶哥怎么做到的？真厉害！"

陶知越现在一看到王恒就想起对方的 PP 昵称，连带着想起对方发给自己的消息。他尽量控制自己不去看对方的发际线，趁着同事们的注意力都在卤牛肉上，悄悄把王恒拉到了一边。

陶知越有点难以启齿，犹豫了半天，倒是王恒非常上道地拍了拍胸口："陶哥，是不是有什么事要我帮忙？你说吧，我什么都可以做！"

"……"他满脸尴尬，"就是……前天晚上，我喝多了，然后……"

"嗯嗯。"迟钝的王恒专心致志地等他说下去，"我也喝了不少，那家烧烤真不错。"

陶知越只好明说："我有没有说什么奇怪的话，或者发酒疯之类的？"

王恒这才反应过来，一脸发现了新大陆的表情："啊，原来陶哥你不知道自己喝醉以后的样子？"

社死时刻即将来临，陶知越意外地镇定下来，小声说道："你说吧，我承受得住。"

"其实没发酒疯啦！陶哥是不是被我发的消息吓到了？"王恒笑道，"我想想怎么形容……嗯，陶哥喝完酒会比平时话多一点，脸会比较红。"

那还算正常。陶知越高悬起来的心正要放下，又听到王恒继续说道："而且整个人看起来特别乖！大家跟你说什么，你都会说'好的'。比如跟你干杯，你会小声说'好的'，然后拿起杯子来就干脆利落地一口闷，大家都看呆了。

"几个妹子看得好激动，问你要 PP 号，你也都答应了，还主动说要加群呢，感觉跟平时很有距离感的样子完全不一样！

"对了，快散的时候你接了一个语音通话，但你一副不认识对方的样子，我就说陶哥你喝醉酒居然会不认识人，然后陶哥你很认真地反驳我说'我认识，你是王恒，我没喝醉'。

"总之就是很可爱，所以我记得很牢。还有人说想要录下来，不过被拦住了。哈哈哈哈！"

陶知越："……"

好的，这辈子又一次走到了尽头。

他觉得麻了，全身上下被羞耻笼罩，只想当场打个地洞钻进去。

想也知道，HR 之前说的"随便聊了几句"，肯定是安慰他的。

陶知越完全不敢想象，前天晚上的通话里，他都跟 HR 说了些什么，或者 HR 跟他说的话，他又是怎么回应的……

陶知越恍恍惚惚地跟热心同事王恒告别："谢谢，再见。"

王恒对他的痛苦毫无察觉，还兴高采烈地说道："陶哥，下次喝酒的话记得叫我啊，我酒品很好的，还可以给你讲笑话。"

"……"谢谢，没有下次了，他现在已经是个笑话了。

神游天外地回到工位上，陶知越试图进入工作状态，但怎么都静不下心来。沿路遇到的同事看向他的眼神里仿佛都带着怜爱。

变得格外热闹、拥挤的 PP 好友列表里，头像可爱的 HR 浮在靠前的位置，一小时前发来的消息，他还没有回复。

HR：早上好！［微笑 .jpg］

陶知越现在看到这个全方位贯串了他和 HR 相识始末的笑脸，整个人都不好了。

昨天 HR 在电话里问他们可不可以越过网络，成为真正的朋友。陶知越从来没想过，对方会再次主动提起这件事，所以当机立断地回复"水烧开了，我去倒水"后就狼狈地挂掉了电话。

他熟门熟路地躲进了卫生间，在里面待到快昏迷才蹑手蹑脚地出来。幸好

HR没再发来信息连环追问，给了他喘息的时间。

陶知越不敢静下来，为了给自己找点事来分散注意力，他又跑去超市买了一大堆牛肉和卤肉调料，回来慢悠悠地洗切煮，竭尽所能地消磨时光。其间他切肉切到手指两次，炖肉时碰到锅壁烫伤手背一次，站在抽油烟机前发呆撞到脑袋三次。

而此刻，伤痕累累、心如死灰的陶知越坐在电脑前。周围的同事对此一无所知，正满足地享受着香气扑鼻的卤牛肉，说不定同时回忆着昨晚令人大开眼界的"好的"机器人。

罪魁祸首"可爱花束"发来了新的消息。

HR：游戏展昨天闭幕了，这次出差圆满结束。

HR：［蒙混过关.jpg］

HR：陶医生，我明天要走了。

HR：在回去之前，你想跟我见面吗？

陶：不想!!

陶知越回复得非常果断，只是消息刚发出去他就后悔了，手忙脚乱地点击撤回。就算要拒绝，也不应该拒绝得这么直接。他的潜意识里还残存着对中年人的关怀和体贴。

对面的HR输入了一会儿，小心翼翼地回复着。

HR：我看到了。

HR：应该装作没看到吗？

HR：［裹紧我的小被子.jpg］

复杂难明的情绪被不按常理出牌的HR打得更乱了，陶知越瞬间哭笑不得。

陶：……

陶：我不是那个意思。

陶：就是……太突然了，我还没有做好心理准备。

HR：好的，那我明天再问。

HR：我可以把回去的行程改到后天。

HR：其实大后天也不是不行。

陶知越现在看到"好的"两个字就浑身一震。

陶：不许说"好的"！

HR：好的。

HR：不对，好的！

HR 撤回了一条消息。

HR：那我明天可以来问吗？

HR：〔蒙混过关.jpg〕

如今陶知越再看到 HR 发来的消息，总能想起那天白 T 恤男生递给他氯雷他定时的表情——真挚又诚恳。再配上絮絮叨叨的话语，HR 仿佛一只摇着尾巴的大狗，让人无法拒绝。

陶知越握紧拳头，纠结了半天，只憋出一句不痛不痒的话。

陶：你怎么总偷我表情包……

HR：因为很可爱。〔微笑.jpg〕

HR：以后还可以继续偷吗？

陶知越很想回答不可以，但是他的手指比大脑更诚实。

陶：随便你。

HR：好的！

HR 撤回了一条消息。

HR：不小心忘记了〔可爱.jpg〕

他开始觉得这趟如梦似幻的小说世界之旅，或许是上天看到了他离世前心底的那一点点不甘，所以决定给他一次弥补遗憾的机会。

只是在见到对方的第一眼时，陶知越就有一种直觉，对方的家庭背景肯定很好，那种与生俱来的气质，即使再简单的穿着都掩盖不了。所以哪怕充满巧合和缘分，他也并不觉得自己能跟对方成为真正的朋友。他们从头到尾，都属于泾渭分明的两个世界。

斟酌了半天，陶知越实在藏不住心事，很慎重地提出了自己的疑问。

陶：为什么你会……想在现实中认识我呢？

他完全不觉得自己有什么魅力。

最近几天，HR 好像时时刻刻守在手机旁，回复速度简直可以掐秒计算。

HR：如果陶医生是想问你身上有什么地方让我觉得很厉害的话，我可以说很多很多。

HR：但是，陶医生在公司吗？

第一句话一跳出来，陶知越差点打翻手边的水杯。他把杯子推得远远的，捂着脸。

陶：在。

HR：那你现在要是突然脸红，没关系吗？

陶：我那天是过敏，不是脸红！

HR：好！那我就开始说了。

HR：陶医生的生活作息很规律，很有自制力，值得我学习。

HR：陶医生热爱工作，每天上班都特别投入，这是我最近严重缺乏的。

HR：陶医生很有想法和执行力，在游戏里能够设计和建造出那么多独特又好看的小屋。

HR：陶医生每天都自己做饭，厨艺一定很好，可我只会做番茄炒蛋，太笨了。

喊停的话语已经敲在输入框里，可内心隐隐的欢喜和期待在作祟，陶知越终究还是没有发出去。

他沉浸在十分复杂的自我唾弃里，一会儿看看桌上的抽纸盒，一会儿又摸摸盆栽植物的叶子，耳旁同事们敲击键盘的声音变得格外鲜明。

为了不被同事发现自己的异常，陶知越单手托腮，表情严肃，面对屏幕，似乎在认真思考什么工作问题，余光却时不时扫着正在不断往外蹦新消息的手机屏幕。

HR：虽然我们的认识是因为一场误会，但陶医生是我见过的最温柔热心的人。

HR：也是最勇敢的。

HR：那天我告诉你我做了一个很重要的决定，那正是因为被你的勇气感染了。

HR：现在我更加觉得，能迈出这一步，真是太好了。

HR：否则我都不能这样随时随地跟你聊天。

HR：[狗狗打滚.gif]

HR：这个是我从网上找来的表情包，陶医生也可以偷哟！

HR：[微笑.jpg]

陶知越试图默念《心经》，强制进行精神降温，可脸颊还是以肉眼可见的速度开始发红发热。

端着水杯从一旁经过的同事不巧瞥到了他的脸，顿时吃了一惊："小陶，你怎么了？发烧了吗？"

陶知越啪的一声倒扣手机，下意识挺胸收腹，僵着脊背坐直："我没事，宿醉而已。"

"咦，你们不是前天晚上聚的餐吗？"同事一愣，然后反应过来，"昨天又喝啦？想不到小陶你还是个酒鬼啊，哈哈！下次有空一起喝酒啊！"

"……"陶知越有苦难言，"好的，孙哥，下次一定。"

等同事走开，陶知越郁闷地翻开手机，用力地输入文字。

陶：我要工作了！

HR：好的，陶医生加油！

HR：又忘记改口了，对不起！

HR：但是这么说真的很可爱。

HR：我可以申请继续用这两个字吗？

HR：[给你花花.jpg]

陶知越恶狠狠地打字，然后眼睛一闭，自欺欺人地把手机丢到一边。

陶：好的!!

屏幕迅速亮起，狗狗又快乐得满地打滚了。

一整天，陶知越对着 Visual① 界面敲代码的时候，满脑子都不停循环着陶医

———————————

① 微软公司开发的一种网络编程工具。

生、陶医生、陶医生。敲下的代码也总是出错，删删改改，乍一看噼里啪啦写了半天，实际进度只有两行半。

陶知越苦恼地抓头发，直到挠成了一头鸡窝乱发，也没能成功屏蔽回荡在心里的那些字句。完全没办法工作，索性宣告放弃，等下午或者晚上冷静一点了再赶工。

下定决心摸鱼的陶知越一脸木然地把电脑桌面上每个软件都点了一遍，来来回回清了五六次回收站，就是没有勇气打开 PP。

在翻到邮箱的时候，他看到了王恒几天前发来的策划案。这几天发生的意外事件太多，他差点忘了答应给王恒提意见这件事。

陶知越连忙下载附件，特意调了调屏幕的角度，尽量不让其他人看到。

王恒做的是一款 SLG①策略类手游的策划案，详细地写了游戏的背景设定和主要玩法，不像国内大多数同类游戏一样将故事放在三国或欧美背景下，而是想做成 Q 版的日系风格，并且融入一些更轻松、休闲的玩法。

陶知越渐渐被王恒的设想吸引，认真地看了下去，时不时在旁边写上一点自己作为玩家兼程序员的想法。

他记得王恒平时就很喜欢看日漫，所以到了自己构思一款游戏的时候，自然就融入了个人的喜好和感受。

陶知越顺便联想了一下，如果是自己参与游戏开发，会选择什么样的题材。在去过新品频出的游戏展后，他似乎不再满足于现在安稳平淡、按部就班的工作状态了。

每个游戏人都渴望制作出自己真正热爱的游戏，他明明具备这样的能力，只是因为要躲一个人，才不得已收起了雄心壮志。

在跟 HR 日复一日的接触中，那个匆匆见过一眼、陌生遥远的霍燃似乎没那么令他恐惧了。他不再孤身一人，所以逐渐有了更大的对抗命运的勇气。这个念头在心里跳出来的时候，陶知越又一次意识到，HR 的出现给自己的生活带来了多大的改变。

①　模拟游戏，策略游戏。

你好，这种情况持续多久了

在这特别的一天里，他一动不动地望着电脑屏幕，想了很多事。

终于熬到下午五点五十八分，这是平时陶知越检查完代码，准备关机下班的时间。

虽然今天的工作没有完成，但班还是要按时下的。他拷贝了一份没写完的代码到自己的 U 盘里，准确回家再继续。

六点整，陶知越关机，扣好水杯盖子，拿起买菜的购物袋，一套动作行云流水。但和往日不一样的是，今天他的手机里准点弹出了消息提示。

"HR"拍了拍我。

HR：下班了！

HR：晚上吃什么？

陶知越扫了一眼手机屏幕，余光注意到邻座的薛华灿抬头看了他一眼又默默低下了头，这次什么话也没说。

他打卡离开，快步走向公交车站，HR 的消息仍在一条条地跳出来。

HR：我准备去南山路吃特色小吃，天空论坛的帖子都推荐这里。

HR：听说很多店每天都排长队。

HR：今天是工作日，不知道会不会有那么多人。

HR：陶医生去过吗？

HR：一会儿我把好吃的都记下来，推荐给你。［微笑 .jpg］

坐到熟悉的靠窗座位上，旁边没有人，陶知越才迅速地掏出了手机。

HR 已经自言自语了满满一屏幕，看起来傻傻的。陶知越看着一行行文字，想要努力做到面无表情，忍不住抿起的嘴角却泄露了他的心情。他本想矜持一点，晚一些再回复消息，可每一秒都很漫长。只等了几十秒，他就迫不及待地开始打字了。

陶：没去过。

陶：祝你吃得开心！

陶：我还没想好晚上吃什么。

HR：吃火锅！

HR：红油辣锅！

陶：火锅好麻烦……

陶：哪儿有工作日晚上吃火锅的！

HR 输入了一会儿。

HR：对啊，那换个简单一点的菜吧。

陶：比如番茄炒蛋？

HR：……其实番茄炒蛋很有营养，而且甜甜的，特别下饭。

HR：［猫猫傻笑 .jpg］

陶：番茄炒蛋不是咸的吗？

HR：啊，陶医生不放糖吗？

HR：甜的多好吃啊！！

陶：甜的好奇怪！

……

两站路很快过去，公交车到站开门，陶知越匆忙地暂停聊天，下了车走进超市。等他回过神来，手上已经挑好了几个大而饱满的西红柿。

这天晚上，系着围裙在厨房里忙碌的时候，他看着锅里嫩黄的鸡蛋和红艳艳的番茄，又盯着调料盒里的白砂糖，做了一会儿心理斗争，还是鼓起勇气放了两勺糖。

在客厅暖黄色的灯光照耀下，番茄炒蛋色泽诱人。陶知越迟疑地伸出了筷子，拌着粒粒分明的米饭，甜口的番茄炒蛋原来这么好吃。

他尝了一口，总觉得缺了点什么，坐在狭小的餐桌前思索片刻，打开了许久没用过的电视机。在娓娓道来的新闻播报里，饭菜冒着热气，好像已逝去的每一个平淡又珍贵的日子。脸颊上映出闪动着的电视的色彩，尝试了新口味的陶知越比平时多吃了半碗米饭。

饭后他摸着胀胀的肚子，站在阳台上望着夜色发呆。他不知不觉又想起了那个特别的人。HR 应该正在南山路闲逛。

晋北市是大名鼎鼎的美食之城，这是陶知越选择在这座城市居住的原因之一。可惜他在这里生活了一年，都没去逛街探店。

HR 会喜欢什么小吃呢？陶知越有些好奇，但又不好意思去问，心头蠢蠢欲动，也只能一遍又一遍地翻看他和 HR 的聊天记录。越看就越掩不住眼里的笑意，幸好有晚风为脸颊降温。

可苦恼的是，性格使然，他不知道该怎么对等地回应 HR 的诚挚与热情。在不停滑动的聊天记录里，HR 画风突变的头像使其说的每一句话都格外活泼。相反，陶知越灰蒙蒙的头像显得冷冰冰的，把他说的话都衬得钝钝的。

从注册那天起，他一直用着浅灰色的系统默认头像。想了很久，陶知越点开了 PP 资料栏。在相册里翻了一会儿，陶知越找到了去年秋天拍下的一张照片。

那时他刚从燕平逃到晋北市五个月，即将二次搬家。第一次租的房子采光不好，整日见不到阳光，他每天的心情就和晾在阳台的衣服一样潮湿。后来他咬咬牙，决定搬个贵一点的房子。终于签完新的租房合同，对新家很满意的陶知越背着包回去，心里计划着周末就搬家。他的行李很少，只要来回坐几趟公交车就可以搬完，还算轻松。

那一刻，他走在落叶遍地的小道上，两旁金灿灿的梧桐树随风簌簌摇晃，每一步迈下，都响起细小而密集的碎裂声。

忽然间，陶知越若有所感，回眸看去，一片秋叶静悄悄地落在他的肩上，像一只停泊在心房的蝴蝶，令他的心微微一颤。

他停下脚步，轻轻拿起叶子，放在手中，记录下它留在世间的最后的样子。

选中照片，确认更换，长年不变的浅灰悄然褪去。现在陶知越有了新头像，是一片金黄烂漫的梧桐叶，边缘透出他手掌温暖的颜色。

这片叶子和此刻的 HR 一样，总让他想起那个恍如隔世的秋日。

第八章

电　影

他们中间放着一大桶刚出炉的爆米花，
甜甜的焦糖香味弥漫。
恍惚之中，他似乎走进了另一个时空。

HR：新头像真好看！

收到这条消息的时候，陶知越正坐在电脑前专注地敲代码，今天没有时间逛论坛了，得完成白天遗留下来的工作。临近十一点，总算大功告成。他揉了揉酸痛的肩膀，眼睛都快要睁不开了，正准备起身去洗澡休息，就看到列表里有未读消息。

陶：刚才在工作。

陶：是我拍的照片。［微笑.jpg］

HR 一如既往地迅速回复。

HR：这么晚了还要工作吗？

HR：快去休息吧。

陶知越当然不会坦陈是因为白天分心摸鱼才这样的。他有些不好意思，想糊弄过去。

陶：今天任务比较急，明天不会了。

陶：南山路怎么样，东西好吃吗？

HR：好吃，本来想晚上跟你分享，但现在说这些就好像深夜放毒。

HR：所以等明天再说。

对于 HR 对流行语的掌握速度，陶知越感到十分欣慰，可惜现在不能理直气壮地夸奖 HR 了。

陶：好。

陶：那我先去洗澡啦。

等他舒服地冲完一个热水澡，昏昏欲睡地回到床上，手机里已经满是 HR 发来的消息。

HR：今天吃得太饱，下次一定要控制自己。

HR：马上又到周末了，这周过得好快，陶医生可以放假好好休息了。

HR：周末有一部爱情喜剧上映，要不要去看？

HR：我看有好多博主推荐，听说很感动又很好笑。

下一条消息隔了五分钟。

HR：一个人去看也会很开心的。

HR：［狗狗打滚 .gif］

在睡前看到这样琐碎又日常的絮语，不知道为什么，陶知越觉得等一会儿的梦境也会变得温柔。他不常看爱情片，而是更喜欢看惊悚和悬疑类的，但看到 HR 后知后觉地自动"打补丁"，拒绝的话怎么也没法说出口。

陶：好，周六下午去看。

HR：好!!!

HR：我也去看。

HR：晚安，陶医生，祝你好梦。［月亮 .jpg］

陶：晚安!

陶知越很快沉入梦乡，这一晚，他梦到了和 HR 一起看电影。于是接下来的整个周五，他都被一种微妙的期待包围着。

HR 一直没问他要不要一起看电影，如果真的问了，他会答应吗？陶知越不知道答案。

他一直拖到周六早上才买电影票，因为再晚一些买，就没有好座位了。其间 HR 只是旁敲侧击地打探他会在周六下午几点去看电影，小心翼翼的语气让他哑然失笑。

独自一人来到电影院，周围大多是成双成对的情侣，在充满爱意的氛围里，他隐约有点失落。

手机里的 HR 已经沉寂半天了，陶知越屡次想要主动戳 HR，又努力忍了下来。

离电影开场还有二十多分钟的时候，HR 终于发来了消息。

HR：陶医生，你买到了哪个座位？

陶知越愣了愣，突然悸动起来。他下意识地看了看四周，总有种下一秒 HR 就会凭空出现的感觉。片刻后，他又想起 HR 并不知道他在哪家电影院，对方甚至还不知道他长什么样子。

陶知越忍不住扶额，觉得自己最近的智商逐渐滑入谷底。

陶：9 排 12 座。

HR：好的。

HR 随即没了动静。陶知越默默地思考了一会儿，心里痒痒的。

十分钟后，开始检票入场。

等他走进影厅，在正中央的座位上坐好时，HR 发来了一张图片。陶知越点开，是市里另一家影院的电影票，他记得好像在市中心。然后他一眼就看到了印在正中央的座位号：9 排 13 座。

HR：这样我们就一起看电影了。[微笑.jpg]

HR：我买了可乐和爆米花，爆米花放在左边扶手的杯托里，可乐放在右边。

HR：可乐很冰，气很足。今天看电影的人真多。

HR：这个贴片广告好傻，但是有点好笑。

陶知越一时失语，他不由自主地望向右手边空着的 13 座，眼前仿佛真的出现了邻座的客人。那人刚喝完一大口冰凉的可乐，看着正在播放片前广告的大银幕忍俊不禁，之后又悄悄转过头来，小声地吐槽电影情节。他们中间放着一大桶刚出炉的爆米花，甜甜的焦糖香味弥漫。恍惚之中，他似乎走进了另一个时空。

陶知越怔了半天，心里翻涌着无数种复杂难言的情感。他试图将其组织成完整的语言，却怎么也做不到。

这一刻发生的事情超出了他的理解范围。这个人总是能带给他数不尽的惊喜和意外。

大银幕上播放着画风浮夸的贴片广告，前排座位偶尔传来几道笑声。陶知越盯着前方，嘴角止不住地上扬，然后低头打字。

陶：对，很傻。

被 HR 带进一起看电影的气氛，陶知越却担忧起来。

陶：这是正中央的好位置，我旁边应该会有人来坐吧。

这句话一发出去，他就感到一种难以名状的羞耻，正想迅速撤回，假装无事发生，HR 抢先一步发来了消息。

HR：不会的，今天所有电影院的 9 排 13 座都是我的。

HR：［猫猫傻笑 .jpg］

陶：……

陶知越震撼了一下，但好像又并不觉得意外。

在偶遇的那一天，他就隐隐猜到了对方不凡的身家。大概是因为 HR 在此前并没有显露出有钱人的状态，反而像个再平凡不过的普通人，所以他选择刻意忘记这件事。

这时候，影厅里的灯光熄灭，银幕转黑，开始播放正片。

陶知越松了一口气，连忙转移话题。

陶：看电影了！

HR：好的，我这里也开场了。

陶知越随即关掉了手机的声音，把手机放进口袋，聚精会神地看向大银幕。

影厅里小声交谈着的观众也安静下来，偶尔响起一两声咳嗽。因为是爱情电影，所以没有带小孩来的观众。今天运气很好，也没有旁若无人打电话的人，可以心无旁骛地沉浸在电影剧情里。

陶知越看了几分钟，神思却总是游离，不自觉地就望向身边始终空着的 13 座。

"他肯定伸手拿了爆米花吃，然后喝了一口可乐。银幕的光影落在他眼里，明亮而闪烁。"

其他观众买的爆米花的香味飘进陶知越的鼻子，手边的杯托里空空的，他忽然觉得很羡慕。

银幕上刚刚放完女主角糟糕的一天，然后她就遇到了犹如天降的男主角。慢镜头，定格，浪漫的音乐响起，风吹过男主角额前的碎发，他的牙齿白得闪亮。

观众席上的陶知越面无表情——好老套的桥段。

视线在旁边的座位和大银幕之间来来回回，挣扎煎熬了几分钟后，陶知越实在忍不住了，弯着腰抱歉地经过这一排的观众，走出了影厅。

不能只有 HR 一个人享受爆米花和可乐。

买了最大桶的爆米花——比杯托还大——回到座位上，陶知越心满意足地把它抱在怀里。他先咕咚喝了一大口可乐，刺激的气体沁人心脾，整个人都精神起来。

结果看着看着，他只能不停地靠喝可乐续命。陶知越觉得犯困肯定不是他的问题，毕竟前排已经有情侣开始腻在一起交头接耳了，一会儿看左一会儿看右，就是不看正前方的银幕。

口袋里的手机轻轻一振，陶知越如释重负，连忙拿出来。他把屏幕调到最暗，一只手小心地挡住屏幕漏出来的光，怕影响到别人。

HR：好困，想睡觉。

HR：我听到后排有很响的呼噜声，还特别有节奏，三长一短。

HR：我觉得现在有一半观众在看他，他比电影好笑。

陶知越被 HR 的描述逗笑了。

陶：我也困了。

陶：这部电影不好看。

HR：［流泪猫猫头 .jpg］

HR：对不起，我以为那些博主说的是真的。

HR：没想到完全不一样。

陶：没关系，至少这家电影院的爆米花很好吃。

陶：有奶油味。

HR：我的是焦糖味的，快要吃完了。

陶知越往怀里的爆米花桶看了一眼，顿时生出了奇怪的攀比心。

陶：我还有大半桶！

借着大银幕投来的光线，他拍了一张爆米花的照片，有些得意地发过去。

HR：羡慕。

HR：焦糖味的颜色好像深一点。

HR也发来了一张爆米花的照片，果然比他桶里的少很多。

理智告诉陶知越，他们两个人现在很像幼稚的小学生，但他还是带着笑意存下了这张焦糖味的爆米花的照片。

陶：你马上要吃到没爆开的小豆子了。

陶：小心硌牙。

HR：已经吃到了。

HR：［流泪猫猫头.jpg］

……

一度停滞的时间很快流走，电影结束，影厅里重新亮起灯光，不少人玩手机都玩累了，纷纷伸起了懒腰。

陶知越也一样，两小时下来，银幕上的男女主角分分合合了好几轮，他却完全不记得剧情，只收获了几十页的聊天记录。

人们先后起身离场，陶知越眨了眨酸涩的眼睛，觉得今天真的很像在做梦。在今天之前，陶知越完全想不到，在不见面的前提下，还能这样"一起"看电影。

他被HR这种悄无声息的尊重和包容触动，毕竟一般小说、电影里描写的有钱人只要动动手指就能随时找到想找的那个人。

他说没有做好见面的准备，对方就真的以此为前提，绝口不提这件事，努力想其他办法表达好感。陶知越觉得，在这场电影结束之后，他似乎做好了跟HR见面的心理准备。他想和对方身处同一个空间，分享同一份爆米花，肩并肩看同一场电影。

陶知越胡思乱想着，落到了人流的最后，慢慢朝影厅出口走去。

前方传来了小声的哗动，他从万千思绪里惊醒，好奇地看过去。

影厅出口处摆了几大桶鲜花，一个女性工作人员正在给走出来的观众送花，身旁站了几个帮忙维持秩序的工作人员。这个举动吸引了许多从影厅里出来的观众驻足议论。来看这部电影的大多是情侣，凡是一男一女携手出来的，工作人员就笑盈盈地送上一枝玫瑰，并且送上统一的祝福语："祝两位幸福美满。"

女孩们大多露出惊喜的笑容，接过花，开开心心地依偎着男朋友离开。一些独自来看电影的观众则会收到更特别的一大捧金黄色向日葵和白玫瑰的混合花束。

等待离场的人窃窃私语着。

"虽然这电影很烂，不过片方好浪漫呀！"

"这个不像是片方弄的吧，我看之前刚刷了微博，没看到有人说会送花啊！"

"刚看到同城的人发微博了，定位在其他电影院，好像只有这部电影的这个场次才有花送。"

"咦，怎么不同的人收到的花还不一样？这是在给单身人士送温暖吗？好大一束啊！"

只言片语传入耳朵，陶知越觉得可能是今天过得太梦幻，以至于这一刻出现了幻觉。

前面的人都拿着花离开了，终于轮到了人流末尾的他。负责送花的女生看了看他左右，确定他是一个人来的，便捧上一大束灿烂明艳的向日葵和白玫瑰。

每一朵花都热烈地绽放着，花瓣上凝着晶莹的水珠，耀眼夺目。

"这位先生，祝您生活愉快，每天都开心。"

原来几十朵鲜花一起盛放，香味是这样浓烈。

手机再次振动起来，屏幕上显示着 HR 刚刚发来的消息。

HR：收到花了吗？

陶知越的视线被明亮的金黄色覆盖，铺天盖地的香气挤进心扉，令他差点忘记呼吸。他艰难地打着字。

陶：是你送的吗？

HR：嗯！

HR：虽然很多人都会收到，但每一束都是想送给你的。

HR：所有人都抱着花，你就不会脸红了。[微笑.jpg]

拿到鲜花的人有说有笑地散去，也有人特意停在影厅门口拍照留念。

而陶知越抱着花发了多久的呆，负责送花的女性工作人员就艳羡地看了他多久。工作已经结束，她和身边的同事交头接耳，目光里闪动着八卦的色彩。八卦到后来，两个人互相推来推去，差点就要剪刀石头布了，最终勉强选出一个倒霉蛋，出声叫住了陶知越。

"那个，帅哥，可不可以问一下，你是买了9排12座或者9排14座的票吗？"其中一个女生壮着胆子发问，眼中充满了好奇。

陶知越这才回过神来，条件反射地回答："对。"

她们立刻掐住了对方的手臂，小声地尖叫起来。

"居然是真的！啊啊啊啊，送花和13座不让坐竟然真的是因为一个人！我真敢猜!!"

"我以为这是只有小说才有的情节。呜呜呜！这是我们可以亲眼见到的吗?!"

"我竟然有种中彩票的感觉！那么多电影院，那么多影厅，而这束花是我亲手送出去的！是我!!今天我不洗手了!!!"

陶知越慢慢反应过来她们在说什么，脸一下就热了。

看到他害羞的表情，两个女生意识到自己的声音分贝过高，瞬间收声，懊恼地互瞪一眼，不好意思地脸红了。三个人红着脸面面相觑。

半晌，那个给他送花的女生十分勇敢地打破了尴尬："还有一些花没送出去，帅哥你要不要都带回去？"

几大桶玫瑰和向日葵还剩下大半桶。准备的鲜花数量本就多了些，再加上有些观众不想要，最终剩了这么多。

见他没有反应，女生又补充道："反正都是送给你的呀……那么多花，你只收到这么一束，多可惜啊！"

陶知越的脸更红了，停止运转的大脑混混沌沌的，他想了很久该怎么回应。

"送给你们吧！"他努力镇定，"谢谢你们把花给我，也祝你们每天都开心。"

在走向电梯的路上，陶知越看着手机屏幕上显示的消息，眼里带着浅浅的笑意，慢吞吞地打字回复。

陶：很好看。

陶：其他收到花的人也很开心。

HR 立刻提出了问题。

HR：那你开心吗？

陶知越觉得自己简直被花香熏得有点晕，不好意思回答这个问题，只能用表情包来表达自己的心情。

陶：〔小熊转圈 .gif〕

陶：〔小熊转圈 .gif〕

陶：〔小熊转圈 .gif〕

连转三个圈，表示他非常开心。

电梯里有拿着单枝玫瑰的情侣，十分惊奇地看着他怀里的大捧鲜花。

"包装纸一样啊！帅哥，你也是刚看完电影出来吗？这是门口送的？"

陶知越点点头。

"这花能借我们拍个照吗？马上就好。"情侣中的男生有点尴尬地开了口，"你这一整束的比较好看，但是他们说一整束的只发给一个人来看的。"

要是放在平常，陶知越不会拒绝这个并不过分的请求，但这次不一样。

"抱歉，不行。"陶知越收紧了手臂，轻声拒绝道，"这是送给我的花。"

他低着头，视线从娇艳欲滴的花瓣落到再度亮起的手机屏幕上。

HR：〔狗狗打滚 .gif〕

HR：〔狗狗打滚 .gif〕

HR：〔狗狗打滚 .gif〕

HR 又开始打滚，而且很配合地也打了三个滚，随即补充了一句。

HR：我也很开心！

在抱着花回家的路上，陶知越忍不住回想今天发生的一点一滴：昏暗的电影院；银幕上时而欢笑，时而哭泣的人们；弥漫着奶油香味的爆米花，冒着小小气泡的冰镇可乐；隔空陪他看同一部电影的人；他怀里盛放的向日葵和玫瑰……

如果这是一个梦的话，他希望这个梦能做得更久一些。

他忽然想起其他观众的闲谈内容，尽管有点羞耻，却还是没忍住蠢蠢欲动的心。他打开微博，以电影名和花为关键词进行搜索。他很想知道，有多少人收到了这束为他准备的花。

喵喵357：今天去看电影，散场之后居然收到了影院工作人员送的玫瑰花，好贴心啊！

附图是电影票根和一枝玫瑰。这条微博被顶在所有搜索结果的最上面，下面有好几十条评论。

锦夜耶耶耶：我今天也看了这部片子，怎么没收到？

AYS：我也没收到，酸了酸了。

就算死也不吃鸡蛋：我收到了！跟博主一样，是下午三点开始放映的场次，不过不是同一家电影院。

AYS回复就算死也不吃鸡蛋：为啥啊？难道只有这个场次才有吗？啊啊啊，我是下午两点看的！

就算死也不吃鸡蛋回复AYS：不清楚啊。不过我去的那家的确只有这个场次的散场时才发，而且不同的人收到的还不一样。我观察了一下，发现两人或两人以上同行的只会收到一枝玫瑰，一个人的却会有一大束向日葵加玫瑰。

……

一根大萝卜：我也收到了！今天被朋友放鸽子，本来心情很不好，这电影又不好看，越看越生气，还没人能吐槽，没想到出来以后收到了一大束花。真的，有几十朵！我都惊呆了，这一束花够买十张电影票了吧！

鹅鹅鹅鹅鹅回复一根大萝卜：我不信，除非让我看看。

一根大萝卜还真的回复了一张照片，陶知越点开，果然跟自己收到的一模一样。

一根大萝卜：那个时候我甚至有点想哭。我从来没收到过这么多花，送花的小姐姐还祝我生活愉快，所有的坏心情一下子就被治愈了。我好喜欢这束花，要拿回家好好养起来。

鹅鹅鹅鹅鹅回复一根大萝卜：抱抱姐妹！你今天运气好好，以后也会很幸运的！

陶知越看着两人的对话，仿佛重温了一遍那时跌宕起伏的心情，只觉得如微风拂面一般温柔。

在同一时间，有许多人因为收到一束鲜花而欢欣雀跃，那是一种很奇妙的感觉。

幸福和喜悦扩散成了浓烈的许多份，而每一份都与他有关。

他继续往下翻着评论，很快看到了最新的几条。

芋圆小气泡：影院工作人员不请自来！这花不是片方送的，而是一个金主爸爸花钱弄的，似乎是为了给朋友一个惊喜，所以只有我们市里的电影院才有，而且限定是这一场。这闪着金光的柠檬，我先吃为敬。呜呜呜！

就算死也不吃鸡蛋回复芋圆小气泡：天哪!!!

芋圆小气泡：快开场的时候我们还接到通知，说某个特定座位不可以坐，没卖出去的票直接锁定，已经卖掉的，就问那个观众可不可以换个座位，作为补偿，会送一张影院的观影年卡……反正还有别的座位，我们影院的幸运观众很高兴地答应了。

芋圆小气泡：本来我以为幸运的是这个观众，后来才发现，真正幸运的是另一个人！今天所有的花、所有的年卡、我们收到的额外奖金，都是因为那一个人!! 啊啊啊啊！呜呜呜呜！为什么那个人不是我?!

陶知越的脚步顿住了，脸颊上刚褪去的绯色又一次如潮水般漫了上来。担心被经过的行人看见，他默默地低下头，将半个脑袋埋在了花束后面。

与此同时，一股清雅的栀子花香气扑鼻而来。陶知越循着香气望去，看到了街边摆摊卖栀子花的老太太。洁白欲放的花苞上穿着细细的白线，栀子花一朵一朵地躺在深色的垫布上，小巧可爱。

他恍然意识到现在是夏天，炽热又温柔的初夏——就像那个人一样。

回到家，陶知越从储物间里找出了一只落满灰尘的花瓶。这是他搬进来时就有的装饰品，那时里面插着塑料假花，他嫌灰大，索性收了起来。

他认真地清洗着花瓶，里里外外都刷得干干净净，又蓄了半瓶清水。然后他坐到桌旁，小心地拆开花束的包装，拿起锋利的剪刀，逐一修剪多余的枝叶，把花枝根部斜切，再插进透明的花瓶。

陶知越没收过花，也没养过，这是他在回来的路上从网络上学到的。

他剪得很慢，生怕剪坏了眼前脆弱又精致的花束，但随着手的颤动，还是有橙黄色的花瓣轻轻掉落到桌面上。一大捧向日葵加上白玫瑰，他足足用了半小时才全部修剪好。

此前暗淡落灰的花瓶，现在已经被大片大片瑰丽夺目的黄与白装点，瓶身在西斜的日光照耀下折射出金灿灿的光辉——它倚在窗边，等待着即将垂落的夜色。

屋子里从没有过这样的浪漫气息。陶知越就这样坐在桌旁静静地看着，直到手机收到新消息。

"HR"拍了拍我。

HR：到家了吗？

陶：到家了。

他拍下了桌上透明花瓶里满满的花朵，身后敞开的窗户映出绚烂的黄昏，远处的树影摇曳着绿意。

把照片发过去之后，他很快得到 HR 一条又一条的回应。

HR：好看！

HR：我也要在家里养一瓶。

HR：要是枯萎了，记得告诉我，我要送新的。

HR：不知道你喜不喜欢向日葵，如果不喜欢的话，我还可以买别的。

陶知越弯起眉眼，他开始习惯对方不加掩饰传达的善意。

陶：好。

陶：我喜欢。

在春、夏、秋、冬四个季节里，陶知越以前最讨厌的就是夏天，虽然有冰冰凉凉的西瓜，但空调电费很贵，一出门就要流一身的汗，在氤氲蒸腾的暑气里，每一天都好像度日如年。

但他很喜欢这个每一秒都过得既漫长又短暂的夏日。

风扇送来习习轻风，吹散了涌动的燥热。陶知越看了很久桌上宁静而美丽的向日葵，然后慢慢地打下两行字。

陶：今天和明天都是周末。

陶：要一起去吃火锅吗？

看着最新跳出来的消息，霍燃差点没拿稳手机。他的手一抖，抓住了光滑的机身，一旁正紧张地盯着他的影院经理也跟着一抖，生怕见到什么清脆悦耳的碎机现场。

霍燃深呼吸，闭眼，再睁开，迫不及待地朝屏幕望去，没有任何变化——是真实发生的，不是幻觉。

陶知越约他吃火锅。

陶知越约他出去面对面吃火锅。

陶知越主动约他见面。

此刻的霍燃很想换上一身轻便的衣服，冲到篮球场上抢起球暴扣进篮圈，因为这样他就可以自然而然地跳很高，把心情全都抛诸结实的篮球架。

但是条件不允许，他周围坐着市里几家连锁影院的经理，他们正襟危坐地跟他汇报今天派花的情况。其中绝大多数是霍氏旗下的院线品牌，四舍五入，这些都是他手下的员工，他不能在员工面前失态。

霍燃捏紧了拳头，抵住侧脸，试图挡住自己忍不住上扬的嘴角。

在他处理情绪的当口，几个中年人不停地交换眼神，气氛不安、焦灼。终于，其中一个影院经理忐忑地开口了："霍总，是不是哪里出问题了？"

霍燃条件反射般回答道："没有。"

一群人齐齐松了一口气，又听见他问："这里哪家店的火锅最好吃？"

闻言，他们瞪大了眼睛，目光中写满了迷茫。

霍燃觉得这个问题就应该问本地人，于是开始认真地描述："红油锅底要香，不能太辣，骨汤一定是用骨头熬出来的，很香醇，浓白色。蔬菜和肉都要新鲜，蔬菜要有机的，牛羊肉要从西北空运过来的。最好还有这里的特色美食。"

说着，霍燃立刻翻出手机备忘录，找到了那晚在南山路顺手做的记录。他照着之前标注的推荐程度，从里面选出了他觉得陶知越会喜欢的几样小吃。

"要有糍粑冰粉，手工搓、带气泡的口感最好。嗯……金沙红米肠，就是肠粉里面裹着虾肉和金黄色的酥脆，味道很特别。再加上蟹黄灌汤小笼包。还有这里很火爆的奶茶，上面有奶油和坚果碎，很好喝。"

恰好临近晚饭时间，在他细致入微的描述里，有人的肚子发出了轻轻的哀鸣。其中一位机智的影院经理已经把送花和火锅串联起来，找到了思路。

"我们这里人气最旺的火锅店叫捞月亮，味道很好，店里卖的奶茶很受年轻人的欢迎。但是菜品只有火锅，其他的可以请人买了送过来，或者直接请厨师去店里照着口味做。"

影院经理转头看了看天色，有点忧虑："就是现在已经六点多了，捞月亮肯定满座了，可能来不及做准备。"

霍燃闻言拍板道："那就定在明天晚上。"

视线扫过手机屏幕，他才想起自己还没回复消息，连忙补上。

HR：我刚才去问别人了，这里最好的火锅店叫捞月亮。

HR：但是今天太晚了，会没有座位。

HR：明天晚上六点可以吗？

他屏住呼吸，目不转睛地盯着对话框顶部显示的"正在输入中"。

陶：好。[微笑.jpg]

陶：[小熊转圈.gif]

于是接下来的二十四小时里，霍燃的心情就像这只总在原地转圈的小熊，兴奋得简直有点头晕目眩。

回到酒店后，他本来想早点上床睡觉，养足精神，结果躺在床上根本亢奋得睡不着，跟小学时代要去春游的前一夜十分相似。

他盯了天花板十分钟，感觉仿佛过去了十小时。

度秒如年的霍燃默默拿起才放下不久的手机。一想到即将见面，就紧张得不知道说什么好，往日平静安然的聊天气氛一扫而空，今天的每一个字都能牵动万千思绪。他在脑海里做了无数篇阅读理解，却找不到标准答案。

霍燃抱着被子把聊天记录看了又看，忽然 PP 弹出了动态提醒。

您的特别关心好友"陶"发布了新的空间动态。

霍燃顿时直起身子，靠在床头，打开灯，像要参加一场重大考试，做足了准备才点进空间。

［动态］陶：夏天来了！［图片.jpg］

配图就是陶知越发给霍燃的那张照片——透明的玻璃花瓶，烂漫如灼灼烈日的花束，远处的天边是沉落的太阳。

霍燃下意识地进入了阅读理解模式，可惜配文太短，只有简简单单的四个字，无论如何都读不出更深的意味。但这是陶知越发布的第一条空间动态，有重要的纪念意义，只是动态下方的评论区空空荡荡的。

霍燃开始讨厌 PP 的动态评论只有好友可见这个功能了。对着一片空白的评论区，霍燃十分不甘心地想象着陶知越的好友们会评论什么，陶知越又会怎么回答。

越想越精神，他索性不睡了，点下一个赞，然后起床打开电脑。

登上动物岛，霍燃先例行坐船跑到旁边的刺猬的小岛，想要实地确认陶知越在不在线。也许切换到游戏里，他们又可以不那么害羞地聊几句天了。

夜间的小岛清辉照耀，树丛里传来夏夜的蝉鸣，正中央的小木屋里传来很轻很轻的鼾声。

大棕熊轻手轻脚地从小屋的窗口望进去，看到刺猬蜷成一团，正在小小的木床上睡觉。于是大棕熊又悄悄地离开，回到自己的岛上，从仓库里翻出锄头和花种，来到那天规划好要建花园的地方，开始辛勤地劳作。

一忙就忙到了半夜，总算把所有种子都种下了，还在花园里摆好了桌椅和装饰品，又使用了一点"钞能力"——买不停地浇灌可以加速生长的化肥。

大功告成之后，看着满满一屏幕面朝天空的向日葵，霍燃满意地按下了截图键。

［动态］HR：我的花园。［图片.jpg］

日夜在线冲浪的霍思涵光速发表评论。

［评论］我又不可以了呜呜呜：这是？

［评论］我又不可以了呜呜呜：你变了，你真的变了。啊啊啊啊啊！

［评论］我又不可以了呜呜呜：我很久没被砸坏的栅栏说它想你了。

［评论］HR回复我又不可以了呜呜呜：［可爱.jpg］

［评论］HR回复我又不可以了呜呜呜：快去睡觉，明天要帮我忙。

暂时屏蔽了其他人的空间动态，霍燃把自己和陶知越的两条动态挨在一起的画面截下图来，还特意去相册里点了一个红心，放进"个人收藏"。

夏天来了，我的花园。

第二天傍晚，霍燃早早地来到捞月亮火锅店门口等待。一对对结伴而来的情侣或三三两两走进火锅店的朋友，霍燃每看到有人经过，心里就更添上一份期待。

现在才五点半，他不想催促陶知越，但又忍不住想跟对方说话。

霍燃斟酌了好几分钟，才想到一个非常委婉的提问方式。

HR：今天是周日，路上堵吗？

陶知越回复得很快。

陶：不堵，你到了吗？

HR：还没有，在路上。

陶：慢慢来，我也在路上。

陶：［猫猫傻笑.jpg］

霍燃打开收藏表情，正要挑选一个可爱的表情包回复陶知越，目光不经意地扫过前方，一下子就怔住了。

有个拿着手机的男生穿着T恤和牛仔裤，正朝这里走来。这一刻，霍燃抬起头，看向喧嚣的店门口。

霍燃记得这双眼睛——澄澈明亮，此外只剩寂静。他见到陶知越了。

陶知越显然也看到他了。他们隔着三四米的距离，都有些愕然地望着对方，在心里消化着这突如其来的相遇场景。其间不断有路人经过，好奇地打量着如同静止的两个人。

陶知越先反应过来，朝他露出浅浅的笑容。

"你不是在路上吗？"

"现在到了。"

服务员迎上来引他们入座，霍燃很自然地走到陶知越的身边。他们离得很近，近得可以清楚地看到对方的笑容。

整个火锅店里的欢声笑语，都朝他们涌来。随着他们落座，早已备好的菜品一道道呈上来。

鸳鸯锅底红白相间，空运来的牛羊肉冒着白色的冷气，养在水里的豆苗翠绿鲜嫩，还有缀满水果的红糖冰粉、白里透红的金沙红米肠、皮薄馅大的蟹黄灌汤小笼包，以及两杯盖着蓬松奶油、撒了坚果碎的奶茶。

陶知越有些惊奇地看着正在轮流上菜的服务员，又偷偷看向隔壁桌，总觉得这一桌的菜品哪里不对。陶知越轻轻眨眼，睫毛长而浓密，像一捧轻盈的羽毛。

霍燃循着对方的视线望去，只见隔壁桌的情侣面对面坐着，女生正举着筷子夹菜，宽松的袖口在红汤上摇晃着，差点要浸湿，幸好被对面的男生及时抓住了手腕。

霍燃和陶知越看向彼此，笑声穿过白色的热气蔓延开来。

霍燃鼓起勇气，决定做一个郑重的自我介绍。他挺直了背，向陶知越伸出手。在暖黄色灯光的照耀下，他平日里总装作古井无波的面庞，难得一见地爬上了薄红。

"忘了跟你介绍自己，你好，我叫霍燃。"

第九章

命 运

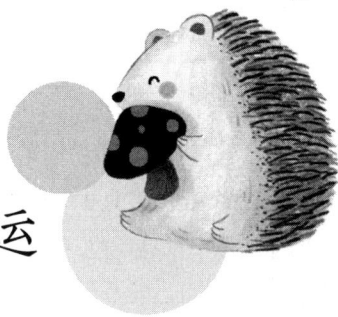

在突然交错的时空线里，在庞大的匿名网络洪流中，
他们跳过了所有错误选项，
握住了那个看起来绝不可能的可能，
他们命中注定会相遇。

伸出手之后，时间仿佛凝固了。

火锅冒出的热气把手掌熏得很烫，霍燃盯着对面的陶知越，渐渐不知所措——陶知越似乎没有反应，表情也没有变化，隔着蒸腾的白雾，有种虚幻又不真实的感觉。

霍燃的心里升腾起一股奇怪的不安。下意识地，他不敢再说些什么，好像一出声，就会打碎什么东西。

画面就静止在这里，霍燃一动也不动，连呼吸的声音都得悄悄藏起来。

周围的世界流动着，人们欢畅地举杯，碗筷碰撞出清脆的声响，面带微笑的服务员端着托盘徐徐走过。红白的生肉、青绿的蔬菜、金黄色的玉米汁，到处都是斑斓的颜色，食物的气味四处飘散……

沉默了很久，陶知越穿过朦胧的雾气，慢慢地握住了他悬停在半空的手。

"你的手很热。"陶知越轻声说道。

相反，陶知越的手很凉，凉得如同失去了温度，颜色苍白。

霍燃从陶知越的声音里听出了一种很复杂的情绪，复杂到他无法解析。他有点愣神地低下头，看见了对方手背上一小块粉色的烫伤痕迹。

"你烫到了吗？"他顿时担心起来，立刻要叫服务员。

"没关系，是前几天烫到的。"

"是在家做菜的时候吗？"

"嗯，周四下午，在家做卤牛肉。"

霍燃默默往前推算时间，是他问陶知越可不可以越过网络做朋友的那一天。

陶知越继续说下去，表情有些恍惚，像在追忆什么遥远的事——那些真实发生过的事和那一刻真切的心情。

"那天我洗完澡，去超市买牛肉和调料，回来切肉，切到了手指。我一直在走神，所以脑袋撞了抽油烟机好几次，还不小心被锅壁烫到了手背，用自来水冲了很久。"还有那温度过高的炉子、清凉的水流、盛满念头的脑海。

陶知越澄净的眼睛里闪动着细碎的光芒，真挚地凝望着对面的人："我还记得那个流沙面包，很软，咬到馅的时候有浓烈的香气。"

霍燃其实不明白这句话的含意，但听着陶知越絮絮的话语，他忽然真切地意识到自己的出现对陶知越的意义。

被另一只手渡来的热度温暖，陶知越的手心不再冰冷，生活也从此不再孤单。

陶知越又轻轻地握了握霍燃的手，接着松开，收回了已经被焐热的手，朝霍燃露出一个很好看的笑容——就像那个周末漫长又寂寥的晚上，有人告诉陶知越刺猬也可以被拥抱，所以陶知越握住了那个人伸出的手，又因为这份难得的友情忍不住微笑。

"你好，我叫陶知越。"

他们之间的白雾被风吹向其他地方，世界变得清晰明亮，灯光照耀下的面庞现出沉静的温柔。

不知道为什么，霍燃觉得鼻子有一点酸，他不知道在那沉默的几分钟里，陶知越在想些什么。不过霍燃莫名地察觉到，对面的人似乎在转瞬之间做出了一个很重大的决定，因为刚才陶知越的手在轻轻颤抖，直到主动握紧自己的手的那一刻才稳定下来。陶知越好像在悬崖边徘徊了很久，见到星光引路，穿过无边的大雾，终于决定走向人间。

霍燃的脑海里有许多画面闪过，语言失去秩序，情绪汇成河流，淌进心海。但到最后，霍燃只是笨笨地挠了挠头发："其实……你喝醉的那天晚上，告诉过我。"

陶知越笑着看他，眼睛很亮："所以你那天说我们只是随便聊了几句其实是骗我的。"

"我不是故意的。"霍燃立刻解释起来，"我怕你不好意思，不过你也没说别的……"

陶知越拿起筷子，开始往沸腾的火锅里下菜："我还说什么了？"

"你说你喜欢吃火锅，喜欢写代码，喜欢能看见星星的那座小木屋……"

"所以你那天建议我吃火锅，对吗？"

"对……"霍燃忐忑地看陶知越，"还是你想吃别的？"

陶知越没说话，夹起烫好的肥牛放到霍燃的碗里，十秒刚刚好，肉质细嫩。

"味道应该不错，你先帮我尝一下。"陶知越还特意强调，"是红油锅里烫的。"

入口是鲜香浓郁的嫩滑的牛肉，带着红油的火辣味道，真的很好吃，但是陶知越做的卤牛肉一定更好吃。

"好吃！"

霍燃开始往火锅里猛下菜，争取填满对面那个人的碗。而陶知越安静地看着他，听话地收到什么就吃什么。

水培盆里的豆苗被拎起，落进浓郁的白色骨汤，一整排菌菇也被下进汤里，咕噜咕噜地冒着泡泡。另一边的红汤里下满了新鲜的肉品，霍燃拿着漏勺忙得不亦乐乎。

陶知越轻声问他："你的名字是燃烧的燃吗？"

"对。"霍燃拎着勺子观察陶知越的表情，"不好听吗？"

陶知越没点头也没摇头，只是定定地注视着他："很适合你。"

那一定是在夸他，霍燃简直心花怒放。

他把金沙红米肠和蟹黄灌汤小笼包挪到陶知越面前："这两个要趁热吃。"

陶知越便听话地夹起来，把第一个小笼包完整地放到了霍燃的碗里，还有点小小的得意："没破。"

霍燃咬开小笼包的薄皮，里面的汤汁很鲜很香："这个也很好吃。"

很快，两份小吃就见了底。

陶知越摸摸肚子，放下筷子开始提问："你为什么会来晋北市？"

这个问题让霍燃有点意外，但他还是一本正经地回答道："之前公司在晋北市有一笔投资，是一家游戏公司，我本来是要作为负责人过来的，但又搁置了。后来突然有好几个朋友追……"

说到这里，他看了陶知越一眼："我对她们一点感觉也没有，每天都很烦，想要躲开，所以一直催我爸快点让晋北市的项目上马。他可能以为我很想来晋北，所以就让我来这里的游戏展看看。"

陶知越听得很认真："你说的那几个突然追你的人，是从什么时候开始追你的？"

"两个月前吧，也可能两个月不到。"提到这件事，霍燃就有些窘迫，他试图转移话题，"其实我来这里，还有一部分原因是想当面向你道谢……你改变了我的生活。丢失项链的那个人已经不再联系我，昨天我又主动拒绝了一个总是对着我脸红的同事，还有两个应该是自己放弃了。反正等回到燕平，我一定会认真、坚决地拒绝她们。"

陶知越敏锐地找到了重点："她们放弃了？什么时候？"

"就这段时间吧……"霍燃回忆了一下，"其中一个人每天都往公司送花，这两天好像不送了。另一个发小原来经常找我聊天，最近也没有了。"

陶知越微微皱起眉头，像在思考他说的话。

见气氛沉闷，霍燃便把一旁还没动过的奶茶推过去，十分笨拙地改变话题："奶油快塌了，先喝奶茶。这个要先吃上面的奶油和坚果碎，然后跟下面的奶茶搅拌到一起喝。"

陶知越没多想，只觉得他现在的样子很好笑，所以照他的话做，小小地啜了一口浓郁的奶油和坚果碎。

"很甜。"

喝奶茶的时候，陶知越的嘴角沾上了白色的奶油沫。

陶知越疑惑于霍燃的眼神，问道："怎么了？"

"你的……"

"我的？"

"你的……手指还痛吗？"

"什么手指？"

"你说切牛肉的时候切到了。"

"不痛了，已经愈合了。"

"真的吗？"

陶知越扑哧一声笑了："你好傻。"

霍燃凝视着陶知越，跟着笑道："嗯，我傻。"

后来他终于反应过来，将纸巾递给对面的人。陶知越接过来，骨节处有一道浅浅的粉色疤痕，另一道疤落在手指内侧，很不起眼，霍燃却看得很仔细。

"会留疤吗？伤口看起来有点深。"

"不会，只是暂时的，很快就会消失。"

霍燃的目光永远带着真诚的火焰，令陶知越不由自主地看向自己重新有了温度的手：淡青色的血管蔓延，血液在其中流过，通往跳动着的心脏。

"活着真好。"陶知越喃喃自语，声音低到快听不见，"我还可以切到手，还可以流血。"

霍燃没听清后半句，但很认真地附和道："活着很好，因为可以吃火锅。"

陶知越忍俊不禁，眸光始终闪烁着，像落满了水色的星子。

后来奶茶和冰粉也见了底，窗外夜色昏昏，而热闹的火锅店里一直灯火如昼，觥筹交错。这顿饭吃了很久，久到时间失去意义。

他们对着热气腾腾的火锅，说了很多无聊的话，无聊到事后一句都记不起来，但那一刻却怎么也说不完。

从店里走出来的时候，白天的暑气已经彻底散去，晚风泛着微微的凉意。

"今天没有星星。"霍燃条件反射般望向夜空，有些遗憾。

"以后会有的。"陶知越顺着霍燃的视线望去，声音淡淡的，"也许明天，也许后天。"

头顶的夜空广袤无垠，明月高悬，洒着皎洁的银辉。无尽的宇宙拉开深蓝色的帷幕，遥远而盛大。在苍茫深空下，他们如此渺小。

"你相信命运吗？"陶知越看着近在咫尺的这个人，藏在心底的话脱口而出。

他们又一次离得很近，呼吸着同样的空气，脚踩着同一片土地。在突然交错的时空线里，在庞大的匿名网络洪流中，他们跳过了所有错误选项，握住了那个看起来绝不可能的可能，他们命中注定会相遇。

身旁的人回答得很快："我不相信命运，只相信现在。"

这个答案令陶知越笑了起来。

一场期待已久的见面，一顿相谈甚欢的火锅。可惜，对面的人是霍燃。

转身之后，夜晚的街道上，人们来来往往，而陶知越孤身一人，带着沉凝到有些肃穆的表情，与他们擦肩而过。

他从小就迷恋秩序，无论是遵从力学原理用砖块垒成的大楼，还是在语言框架里依序编制的代码，背后都有着清晰优美的逻辑。逻辑带来秩序，秩序能让个体拥有可靠而稳定的生命体验。

他无法接受没有逻辑的生活，那会让他觉得虚幻、不安定。

陶知越仔细梳理着从霍燃那里得来的信息。

他先是通过退学、搬家避免了在大学里与霍燃相识。两个月前，他从上一家公司辞职，很有先见之明地逃开了剧情又一次写下的相遇，所以那笔投资泡汤了。

与此同时，霍燃的生活中出现了四个追求者。陶知越觉得，也许是因为他这个角色太过失控，所以剧情放弃了他，选择了其他人来肩负炮灰的"功能"，而且是更容易给人造成伤害的爱情。

但他还是和霍燃相遇了，并且成为那个和霍燃一见如故的朋友。剧情走入正轨，所以那些替代者悄悄退场了。

一切都围绕着霍燃展开，霍燃注定会因为朋友的背叛留下无法治愈的伤痛，直到被真正的主角救赎。

这是整个小说世界目前呈现的逻辑——很奇怪，却异常强大。

陶知越不明白为什么会出现这样扭曲的逻辑，按照他记忆中的剧情，第一主角其实是沈念，霍燃看起来是双男主之一，但在小说中展现出来的形象很刻板，几乎像个工具人。

他直觉这一切应该与真正的主角沈念有关。可是根据小说的时间线，沈念要两年后才会和霍燃偶遇。

陶知越根本不知道沈念长什么样，小说中也没有具体指出沈念住在哪里，所以此刻他无从下手。

他皱紧了眉头，正郁结着，手机传来消息提示音。

HR：到家了告诉我。

HR：今天我也走回去。［微笑.jpg］

看见这个再熟悉不过的笑脸，陶知越忍不住露出一点笑意。霍燃跟小说里那个不近人情的工作狂总裁简直没有任何相似的地方。

想了想，陶知越没回复霍燃，而是点开了空间动态。他想再看一眼这个人大半夜进入游戏辛勤种花，然后带着故意袒露的小心思发到动态里的那张图片。

［动态］HR：我的花园。［图片.jpg］

再往下几条就是"夏天来了"，陶知越扫了一眼，那张向日葵与玫瑰花的照片下，已经有很多人点赞、评论了。

［评论］美术组林佳佳：好看！拍得好漂亮!!!

［评论］我必不可能秃：到了吃小龙虾的季节！陶哥什么时候出来约饭？

［评论］健身房教练：夏天来了，该锻炼了，随时恭候每位会员的到来。

……

［评论］是官不是呱：你又换头像又发花的，是不是恋爱了?!

［评论］是官不是呱：呜呜！我的妹子还没追到手，你居然先脱单了!!!

看到官宇冬的评论，陶知越闪过一个模糊的念头，发去消息。

陶：在吗？

是官不是呱：在！

是官不是呱：我好酸啊！好酸啊！好酸!!!

陶：不是恋爱，是朋友送的。

陶：可以问你一个问题吗？

是官不是呱：这样的朋友请给我来一打！

是官不是呱：嗯嗯，你说。

应该怎么描述呢？陶知越突然陷入了沉默。

他怀着从未与人心灵相通的遗憾死去，又来到一个剧情离奇、纠葛不断的小说世界，成了主角之一的霍燃的炮灰好友。他的存在就是为了给两位主角的相识相知创造条件，甚至最后的自杀也是为了让两位主角解开心结，抹去阴影，真正成长。

然而他并不是小说中那个淡漠、势利的陶知越，霍燃也丝毫不像小说所描写的那样冷酷无情到有些偏执。

霍燃的确是因为剧情的力量来到晋北的，可霍燃留在这里迟迟不愿离开，是因为想见他。他们虽然因为剧情而相遇，但生活里的点点滴滴、每一分感动都无比真实。

陶知越或许可以欺骗自己，霍燃说要见他的那句话是他臆想的，是产生了幻听。可他听见那句话的时候，恰好咬下了一口面包，那细腻丰富的口感，至今都流连在唇齿之间。

他的生活是真实的，感情也是——这是陶知越确信无疑的逻辑。

于是他一字一句地打出消息。

陶：我有一段很漂亮的代码，查了很多遍，没有任何错误，却不能执行。

他用了自己最熟悉的事物来比喻。在编程的时候，时不时会出现这样的问题。可在现实中，这种事远比一段代码不能执行严重，这意味着他和霍燃不会拥有光明、正常的结局。

他们刚刚相识，却注定要走向分崩离析。

官宇冬对此一无所知，热心地发来一条条回复。

是官不是呱：啊，不应该啊！

是官不是呱：确定没有 bug 吗？

是官不是呱：不对，陶陶说没有，肯定就是没有。

是官不是呱：内存分配失败？

一切都没问题。被无数误解笼罩的相遇、悄悄建立的友谊，都那么真实、鲜明，填满了他空洞生活的每一道缝隙。一想起来，就有无数的细节在脑海里盘旋。

唯一的问题在于他是小说里设定好的炮灰，不是那个跟霍燃互相扶持的主角。

是官不是呱：会不会是编译器的问题？换个编译器就好了吧？

看着官宇冬发来的分析，陶知越紧紧地攥住手机，手指用力得泛了白。

如果……能给这个故事换一个主角呢？

陶：你看网络小说吗？

是官不是呱：话题这么跳跃吗?!

是官不是呱：看呀，我喜欢看青春小说。［害羞 .jpg］

陶：在青春小说里，什么样的人才能成为男主角？

是官不是呱：这个问题很有深度……我想想。

是官不是呱：肯定得是很重感情，为兄弟两肋插刀的那种。

是官不是呱：另外，大概就是帅和有钱。校园向的要是学霸或者校霸。都市背景的大概就是事业有成吧，比如总裁、明星之类的。反正得有很厉害的地方。

是官不是呱：不像我，全身上下只有可爱。

是官不是呱：［小熊摊手 .jpg］

陶知越紧绷的神情终于松动，露出淡淡的微笑，他觉得自己应该只差一个条件。

在小说世界奇怪的逻辑里，他暂时找到了一个可能的解决方案，即使报错了，失败了，也没有关系。他会一直试下去，直到最终破解这个令他们深陷其中的古怪程序。

陶：最后一个问题。

陶：你的阳光别墅还缺人吗？

是官不是呱：什么?!

是官不是呱：我是不是出现幻觉了?!

是官不是呱：等会儿，我先做个眼保健操。

是官不是呱：很快的，我开始放音乐了，马上就回来！

陶知越哑然失笑，他想象了一下和官宇冬做同事的状态，大概会经常充满欢声笑语。

五分钟后，通过做眼保健操来确认自己没出现幻觉的官宇冬准时回来了。

是官不是呱：啊啊啊啊！是真的！是真的!!!

是官不是呱：妈妈，我成功了！我成功了!!!

是官不是呱：缺人啊!!一直缺!!我都没有时间约妹子吃饭、看电影，所以单身到现在!!

是官不是呱：呜呜呜！陶陶，你就是上天派来拯救我的天使！

陶：[微笑.jpg]

陶：你们现在在做什么？我记得去年你发的帖子里提到过，说在做放置类的。

陶知越已经下定决心要辞职，对未来要去的地方得好好选择。之前官宇冬特意做了个小程序来挖他这件事给他留下的印象太深刻了，所以他先问官宇冬。

两年时间并不算长，最多能做两款量级不大的游戏。时间成本太高，一旦失败，全部心血都会付诸东流。游戏公司多如牛毛，能赚钱的公司也不少，但每家公司夭折的项目数不胜数。

陶知越想要的不是死工资，而是可能性更大的奖金和股份。这或许是永远实现不了的大饼，但也可能是一朝火爆就能带来的丰厚收益，还有与之相伴的名气。

陶知越过去对金钱没有太大的欲望，生活够用就行，重生前后挣钱的目标都只是买套能安身立命的房子。

至于名声，以前有一点社恐的陶知越巴不得没人认识自己，只想做个不被关注的普通人。

但人是一种很奇怪的动物，有了情感的联结后就有了无穷无尽的欲望。他有了想要保护的人和事，所以有了必须努力的理由。何况陶知越还要面对一个不知身在何方的"敌人"。在这个他刚刚拟好的解决方案里，通过一技之长让自己变得强大、耀眼，是通关的唯一路径。

是官不是呱：啊，那个……对，因为画风特别，那时候小火了一把，所以去年团队收入还不错，过得很滋润。

是官不是呱：但是玩法太简单，长期留存不行，玩家流失很快，现在凉得差不多了。呜呜呜！

是官不是呱：在那个项目之后，同事们陆陆续续做了好几个Demo^①，其中一款开发了几个月，做了吸量测试，但是效果很不好，点击率特别低，又找不到优化的思路，就暂停了。

是官不是呱：现在……喀喀……

是官不是呱：在我的强烈建议下，在做一款恋爱向的文字冒险游戏，不过最近也有点卡住了。

是官不是呱：不要嘲笑我啊，呜呜呜！

是官不是呱：［不应当，因为我只是一只小猫咪.jpg］

陶：不会，我喜欢这个类型。

陶：现在项目组有多少人？

是官不是呱：哇！！！

是官不是呱：核心团队是六个人，美术、策划、程序各两个。还有一些负责技术支持、发行的同事是所有项目共用的。

是官不是呱：虽然一直在招人，但真的招不到合适的啊！我们老板很帅又很好说话（这个没骗你！），但超级迷信，之前有一些简历漂亮，能力也不错的人来应聘，他挑挑拣拣都不要，说气场不合。

是官不是呱：然后有一天我在看你发的技术帖，他从背后经过，冷不丁地蹦出一句，这个人气场跟我们很合。

是官不是呱：哎呀，当时吓得我差点灵魂出窍，鬼知道他是怎么隔着屏幕那么远，从几行字里看出气场来的。

是官不是呱：所以陶陶愿意过来的话，这个最大的障碍肯定是没有的啦！

是官不是呱：我终于可以见到陶陶了，嘿嘿嘿！

是官不是呱：我要问老板要内推奖金，我们平分！

看完官宇冬发来的一长串消息，陶知越有预感，这应该会是一个很有个性的团队，而优秀的游戏往往需要个性。

陶：不用啦，如果合适的话，我应该谢谢你。

---

① 演示，小样。

陶：对了，你们晚上要求工作到几点？

陶：我不加班，但是在上班时间，我会全情投入地完成工作。

陶：另外，我还没跟公司提离职，最快也要一周吧，走之前要处理好交接工作。

陶：等处理好之后，我再过来面试，合适的话可以直接入职。

是官不是呱：其实公司不要求加班，是我一天到晚总想给策划提供素材……搞得自己很忙。

是官不是呱：好的好的！随时可以！

是官不是呱：不知道为什么，总感觉这一刻的陶陶好帅呀！

是官不是呱：特别雷厉风行，特别帅！

这是陶知越第一次听见有人这样形容自己。很新奇，也有种微妙的喜悦。

不知不觉间，他已经走到小区门口了，前方就是熟悉的居民楼，他突然想起还没回复霍燃。

陶：我到家了。

陶：刚才有点事，忘记回你了，抱歉。

陶：未来几天可能也会比较忙，不能及时回复消息，先提前跟你说一声。

陶：［狗狗打滚.gif］

陶知越不准备把此刻正在经历的一切告诉霍燃。对这个世界的原住民来说，突然发现自己竟然是一本小说里的人物，未来的一切都已经写好，人生的选择将看起来毫无意义……

这件事带来的冲击太过巨大，绝大多数人应该会感到崩溃。他甚至无法想象如果自己遇到这种情况，会做出什么样的反应。

而且根据现有的逻辑可以推断，霍燃必须在身体和感情上同时受创，才会"性情大变"，从而符合剧情后续发展的需要，否则剧情没必要一直试图为陶知越创造这段故事。

车祸不会无故发生，那个重要的人在场并被霍燃保护，是后续情节的必要前提。同时，这个意外只可能是车祸，并且不是后果最严重的车祸，不然很难精准地只让霍燃的腿受伤，不伤及其他有损外貌的地方，毕竟男主角要帅是故事的基本法则。在这个小说情节逻辑大过天的世界里，陶知越坚信，只要他多加注意，绝不和霍燃坐同一辆车，就可以无限推迟这件事的发生。

至于接下来会发生什么事，陶知越无法预料，他只知道自己一定会做保护对方的那个人，因为他早就有所准备，所以必然会比霍燃动作快。

比起霍燃，他活过更长的一辈子，现在连遗憾都被弥补了，所以接下来他希望霍燃可以拥有完整、快乐的人生，绝对不要变成小说里描写的那个阴郁的人。即使可能需要为此付出一些代价，他也甘之如饴。

HR：好的。

HR：不要太辛苦，注意休息。［微笑 .jpg］

陶：你也是。［微笑 .jpg］

陶：我要忙一会儿，先跟你说晚安。

HR：晚安，好梦。［月亮 .jpg］

他们平平淡淡地结束了对话。陶知越很喜欢这样的平淡，就好像摆在桌上的那杯白开水，毫不起眼，却能在你最需要的时候给你带来沁凉感受和生命力。

第二天，他一到公司，就跟郭总提了离职的事。

无论官宇冬的公司能不能去成，现在待的这家公司都无法满足他目前最迫切的需求，他早晚要走。

虽然郭总之前幡然醒悟要做原创，但换皮游戏做得太久，现有的员工基本都是按照对特定游戏类型熟练上手的标准招的，并不注重创新能力，一些人甚至对做游戏这件事根本没有热情。

即使陶知越根据自己在游戏展上总结的想法跟公司里的人做了交流，然后相谈甚欢地吃了一次烧烤，也并不能掩盖公司研发能力薄弱和人手不足的现状。

目前正在赢利期的游戏要正常维护，其他项目都处在立项或测试的关键节点，不可能无缘无故地终止，毕竟是很多人加班加点做出来的。针对他这个程序员越俎代庖提出来的优化方案，一时间竟找不到人接手并落地。

所以陶知越难得熬了一个夜，在近十年的游戏制作经历里，挑出目前对郭总可能有用的内容，详细地写了下来。

他大学时代就参与了很多小型独立游戏的制作，一毕业又进了大厂，对不同量级的游戏制作都有接触，本身也是游戏爱好者。综合起来，在代码以外的部分，他有很多可以分享的经验。

对这个试图找回初心的中年 CEO，这是陶知越现在唯一能做的事。

郭总听他说完，表情很不舍，但还是站起来朝他伸出手，说希望有机会能再和他共事。

陶知越点头，和郭总握手。如果郭总真的能按照自己现在的想法努力转型，改做自主研发，他们肯定会有再见面的一天——或许是在哪里的游戏展上，或许是在游戏行业的新闻快讯里。

陶知越相信未来会有无限的可能，这正是他此刻奋力一搏的信念源泉。

还有之前就说想跟他走的王恒，因为现在不确定究竟会去哪家公司，所以他准备先等工作稳定下来，如果那时王恒还有跳槽意向的话，他可以帮忙内推。

陶知越快刀斩乱麻地做出了决定，不过望着周围好不容易慢慢熟悉起来的同事，他当然也会怅然若失。

人生本来就是一趟不断过站的列车，总会遇见很多过客。大家会从不同的站点上车，也会在不同的目的地下车，来来去去，无法避免。能遇到一路并肩前行的伙伴，终究是罕见的。

接下来的几天里，陶知越很忙，忙着写交接文档，忙着敲代码。他主动提出在新人来之前多完成一些工作，以免项目进度受影响，因此跟"996"的工作强度差不多，几乎没时间跟霍燃聊天。

HR：周末还会忙吗？

HR：不忙的话要不要来燕平玩？这里也有很多好吃的！

HR：忙的话也没关系，我下周再来问。

HR：下下周也可以！

HR：［蒙混过关.jpg］

陶知越看到这几条消息的时候，已经是这一天的傍晚。

脚不沾地地忙了整整四天，连入睡前都想着明天要写的功能应该怎么实现。他感觉自己快虚脱了，重温了久违的加班狂状态。

好在事情都处理完了，交接文档写得满满当当，还提前写完了这个版本的更新需求，给招新人留出一段缓冲时间。

现在他刚刚找人事拿到离职证明，约好明天去官宇冬的公司面试，圆满结束了这忙碌的一周。

跟人事说话的时候，陶知越不自觉地想起了另一个"HR"，眼中自然而然地流淌着笑意，害得端庄大方的人事姐姐不好意思地摸了摸自己的脸，朝他露出很好看的微笑。

他拿着离职证明往工位走去，夕阳的红光给一切染上朦胧的色彩，办公桌上的电脑黑着屏，平时用来买菜的购物袋里装好了水杯和抽纸盒，此外一片洁净。

楼下的玉兰树终于开花了，交错的枝丫快要伸进窗子，缀着一捧捧洁白如云的花朵。

他惊觉很久没跟霍燃好好聊天了，也很久没留意窗外风景的变化了。

陶：好，这个周末来。

陶：忙完了，下周就恢复正常了，这周是意外。

陶知越没立刻详细解释，因为他很想当面告诉对方自己辞职了，要换一家更有前景的公司，做他真心喜欢的游戏。

这是他人生的新起点，永远躲在电脑背后默默无闻的那个人下定决心要变成跟过去完全不一样的自己，不再畏惧旁人的打量。

虽然要等到见面才说给霍燃听，但此刻的陶知越依然想立马分享这种满到快溢出来的兴奋。

陶：以后不会再加班了，我保证。

人生很长也很短，这次陶知越不想重蹈覆辙，他要把工作以外的时间都用来认真地浪费，浪费在那些琐碎的事上。于是他拍下窗外晕染着红霞的白色花朵，发给此刻正身处另一个城市的霍燃。

陶：楼下的玉兰花开了，很漂亮。

一棵树游戏公司。

陶知越从公交车上下来走了七八分钟，找到了官宇冬所说的别墅小区，跟门卫登记了要去的公司，在一幢幢高度相近的房子旁转了半天，终于看到了一块很不起眼的公司招牌——被绿意盎然的爬山虎遮去了一大半。

他拿出手机给官宇冬发了条消息，告诉他自己到门口了，然后摁下门铃。

数秒后，他听见咚咚咚的脚步声，有人急促地跑来打开了门。

"我来了！是陶陶吗?!"官宇冬留着很普通的短发，戴一副十分常见的黑框眼镜，身上穿着印有公司名称和小树图标的黑色T恤。官宇冬看起来平平无奇，但是整个人活蹦乱跳的，跟陶知越想象的差不多。

他点点头，露出礼貌的微笑："对，是我。"

官宇冬却震惊了，恍若未闻："影视公司在隔壁，你是不是走错了？这个月第三次了，好烦啊！我明天一定要让他们把招牌打出来……

"不对，你刚才说了'是我'。

"应该是我开门的姿势不对，等一下。"

官宇冬瞬间缩回脚，关上门又打开，再看到的还是笑容无奈的陶知越。

"啊啊啊啊，可恶！"官宇冬难以接受这残酷的现实，"说好的格子衫宅男呢?! 不行，我不想跟你当同事！"

"……"陶知越善意地提醒道，"有内推奖金。"

"哦，那没事了，快进来。"

官宇冬立马招呼他进来，顺便转头朝屋子里大喊一声："新人来啦!!"

陶知越跟着官宇冬往里走，听官宇冬叨叨。

"真的是门口地铁直通的阳光别墅，没骗你吧？"官宇冬炫耀道，"坐地铁过来很方便吧？半小时够吗？"

陶知越跳过了这个问题，笑道："嗯，交通很方便，真的是阳光别墅。"

他一路打量着这家别墅里的游戏公司，进门就看到处处充满了游戏和动漫元素——手办、海报……还有摆着超大屏电视机和游戏机的休息室、窗明几净的厨房和餐厅。客厅被用作办公间，宽大的长条形办公桌之间没有隔板，每个人的位置都各有风格，能看出很鲜明的个人特色。比如那个放满粉粉嫩嫩的动漫少女手办的桌子，陶知越觉得肯定是官宇冬的。

尽头是一个开放式阳台，采光极佳，日光肆意地洒进来，照耀着小圆桌上那盆绿莹莹的垂叶榕，很有生活气息。

总而言之，环境很好。

官宇冬兴致勃勃地跟他介绍："二楼是另一个项目组。三楼是老板的办公室、平时面试用的小会议室，还有太困了顶不住的时候用来睡觉的卧室，生活用品应有尽有，有别的需要还可以提。"

他们走进来，原本埋头工作的人纷纷抬头望着陶知越，不约而同地露出了惊讶的表情。

陶知越压住内心的窘迫，大方地跟他们打招呼："你们好，我叫陶知越。"

"你好你好！你就是呱呱的朋友吗？好年轻啊！"

"你真的是程序员吗？为什么我不愿意相信……"

"请问你平时用的是什么洗发水？"

……

在热情又奇特的问候语中，楼梯上传来拖沓的脚步声，一个胡子拉碴的男人穿着拖鞋走下来。

官宇冬连忙朝男人招手："老板快来，面试了面试了！"

随即小声对陶知越说道："这就是我们老板，江野。"

陶知越看了一眼对方不修边幅的造型和很久没刮的胡子，不禁在心中认可道："果然很野。"

江野朝陶知越点点头，随意拉了把椅子坐下，往后一靠，漫不经心地说道："就在这里面吧，我听着。"

闻言，一个寸头男人站起来，笑眯眯地跟陶知越握了握手："你好，我是主策划方时武，小官已经把公司的大概情况跟你介绍过了吧，还有我们正在做的项目？"

"嗯，恋爱向的 AVG①。"

"对，技术方面的事等一下让小官他们问，我想先聊点其他的。"方时武单刀直入，"小官应该也说了，我们现在面临一个问题，有点推进不下去。《玫瑰战争》你应该知道吧？还没公测就火得尽人皆知了，所以女性向游戏已经被炒成下

---

① 冒险类游戏。

一个风口了。这个品类原本是某些公司在做，但现在是所有公司都想分一杯羹。"

方时武有点无奈："MMO开发起来耗时耗钱，小公司没法做，结果恋爱向AVG就成了最省力的选择，设计几个性格有反差的主角，找外包批量出剧情和卡牌资源，重点是做好核心攻略系统，付费系统一加，几个月就能上线测试。"

陶知越很快就领悟了："所以到时候会出现大量竞品，但目前想不出跟其他竞品最鲜明的差异？"

"对，就是这个问题。"方时武惊讶于他的敏锐，"你有没有什么想法？"

方时武补充道："我们不会空手套创意，主要是听小官说你喜欢这个类型，我们也希望加入的是能碰撞出火花的新鲜血液，职位和待遇全都按照能力和贡献来，老板很大方的。"

陶知越喜欢这样简单直白的沟通方式，他的大脑瞬间进入了兴奋状态，飞速运转起来。

他在脑海里仔细翻阅着十多年的游戏史和近十年的从业经历，一个模糊的想法渐渐成形。

"自由度。"陶知越脱口而出，"我玩过一款自由度还可以的AVG，而且是比较早的单机游戏。"

大家都停下了动作，聚精会神地看向他。

"那款游戏是吸血鬼题材，玩家可以操控男主角选择目标吸血，从而触发爱情线。

"但给我印象最深的是它开局可以选择放置角色的位置，位置不同，触发的剧情也不一样。

"游戏里有好几个地区，在同一地区多次吸血就可以占领该地区，然后会遭到吸血鬼猎人的攻击，再根据玩家的应对，走向不同的结局。

"这种鲜明的空间感让当时的我很震撼，进入不同的地图，做出不同的选择，会开启不同的人生。"

周围静悄悄的，衬得陶知越的声音格外坚定。

"如果是我来做这样的恋爱向游戏，我会强调自由度，依然是攻略指定的角色，但加入成长性，甚至随机性。让大多数剧情选项不再是呆板的过渡，也不在游戏前台显示"善良+10""冷酷+10"这种其实没有实际意义的数值。

"玩家完成主线和支线剧情的顺序、所做出的每一次选择，都会对攻略对象造成影响，这种影响可能有固定指向，也可能是随机的。所有的操作综合起来，塑造了玩家角色和攻略对象始终在成长变化的形象。而无数细微的随机叠加起来，就会通往独一无二的结局。"

就像他来到这个陌生的新世界后所经历的一切。被规定的剧情和随机的意外，让他走到了这里。

方时武愣了半天才问道："技术上可以实现吗？"

"我相信可以。"陶知越沉声道，"动物岛既然能批量智能处理游戏交互，我想这个技术肯定可以横向移植，而且游戏类型决定了我们的数据量要小得多，没有那么大的研发难度。"

官宇冬已经开始热血沸腾了："不能实现也要实现，动物岛能做得那么好，我们也可以搞出来！"

一个姓黄的程序员也加入了讨论："你有成熟的程序框架吗？"

"有。"陶知越很肯定，"前两年写好的，后来玩动物岛的时候冒出来不少新想法，一直在做修改。我可以用它来做初始的框架，不用从零开始。"

官宇冬又震惊了："可是陶陶你看起来好年轻，请问你多大了？"

陶知越有点难以启齿，但又不能说谎，只好尽可能小声地说道："二十二。"

官宇冬："……"

"好，以后你就是我爸爸了。爸爸好！"黄程序一锤定音。

于是大家从充满思考的寂静气氛里醒来，发出笑声。

一个散漫的声音响起："我喜欢，做吧。"

江野望着阳台听完全程，给出言简意赅的结论，又看了官宇冬一眼："明天发奖金。"

官宇冬这才从石化状态中反应过来，整个人重新活蹦乱跳起来："谢谢老板！老板我爱你！"

大家开始就刚才的话题继续讨论，方时武再一次向陶知越伸出手，真心实意地说道："欢迎！"

陶知越轻轻松了一口气，他喜欢这家公司的环境和开放的氛围，也喜欢刚才灵感迸发的自己。但他还没来得及休息，就被黄程序拉着开始讨论技术细节。

官宇冬旁听了一会儿，频频点头，又突然想到了什么，变得兴奋起来，强行插入他们的对话："对了，我差点忘了，每次来新人的保留节目——"

边上的人顿时兴奋地投来视线，连亢奋的黄程序都主动停止说话了。

陶知越有点好奇："什么？"

"猜我们老板的性向！"官宇冬语出惊人，"猜错了，今天晚上就要请我们全组人吃饭！"

"……"这家公司是不是有点过于自由奔放了……这是可以当着本人的面问的话吗？

陶知越恍惚了一下，然后真的思考起这个问题来。回答异性恋，感觉没这么简单；回答同性恋，又怕错判。

再看看江野全身上下透出的无所谓，他想了想，不太确定地给出了一个最有可能的答案："……双性恋？"

官宇冬立刻热情地跟他握手，笑容可掬："陶陶我要吃烤肉！谢谢！"

其他人马上进入"战场"："不行，上次聚餐也是烤肉，腻了，我要火锅。"

"申请投票表决！我要吃小龙虾！没有小龙虾怎么能叫夏天?!"

在一片闹哄哄的声音里，江野抱起放在阳台小圆桌上的那盆垂叶榕，睨了众人一眼，慢悠悠地走上了楼梯。

陶知越这下是真的好奇起来了，忍不住问官宇冬："所以到底是什么性向？"

官宇冬眨眨眼睛："是树性恋啊！老板的对象就是那棵树，所以我们尊称它为榕总。

"刚才榕总每天固定的晒太阳时间结束了，老板就带它回去了。

"虽然付出了一顿饭的代价，但陶陶你学到了一个非常重要的知识点：千万不能乱碰榕总，这是本公司的生命禁区，其他方面老板都很好说话。"

陶知越："……"这谁能猜到……

他看着官宇冬的黑色 T 恤上的五个大字——一棵树游戏，还有中央的小树图标，突然领悟了什么。

"所以……"

"对，这就是照着榕总画的，名字也是因为榕总才取的。"

"……老板还挺浪漫的，值得学习。"陶知越不由得感叹道。

大家已经转移了话题，七嘴八舌地讨论起晚上吃什么了，真是一派其乐融融的景象。

陶知越听了一会儿，鬼使神差地开口："下次再迎新，我来问。"

官宇冬慷慨应承道："好啊！但是你先帮我投烤肉一票！"

结果还是小龙虾以三票的绝对优势胜出，烤肉党和火锅党惨败。

晚上，坐在嘈杂的龙虾馆子里，陶知越戴上透明的一次性手套，伸向了桌上满满三大盆的香辣诱人的小龙虾。

经过半天的沟通，他已经跟眼前这群未来的同事熟悉起来。每个人都很有个性，古怪又可爱。再加上吃到了肥美的小龙虾，陶知越的心情格外好。这是他喜欢的新世界。

大家一边吃，一边漫无目的地聊着天。

"老板，今天不带榕总来吗？"

江野摇摇头："不带，这里空气不好，味道太大，等会儿结束后我再去公司带它回家。"

"呜呜呜，又是默默吃化肥的一天。"

"化肥香香，我也想谈恋爱。"

陶知越闻言愣了一下，很快反应过来这是"因树制宜"的说法。

小龙虾壳在桌上堆成了一座座火红的小山，立式空调吹出白色冷气，人们的额头却依然渗出圆滚滚的汗水，笑闹声不绝于耳，气氛欢畅。

又是一个聚餐的夜晚，但心情已完全不同。不过他还是很好奇，那天晚上在电话里，他到底跟霍燃说了些什么。

今天滴酒未沾的陶知越默默盯着面前七倒八歪的啤酒瓶，逐渐产生了一个大胆的想法：同样在醉酒状态下，他会不会回想起上一次喝醉时发生的事？

重现 bug，然后跟踪日志，分析数据，这很合理。

醉醺醺的官宇冬咕咚咕咚地往大家的杯子里倒啤酒，白白的泡沫刺啦一声溢出杯子。经过陶知越面前装满了可乐的杯子时，他遗憾地晃了晃酒瓶。

　　"陶陶，你真的不喝吗？小龙虾就要配啤酒呀，多爽！"

　　陶知越已经暗暗下了决心，他喝了一口可乐，坚定地摇摇头："不喝，我酒精过敏。"

　　他现在完全清楚自己醉酒后就是机器人状态，怎么样也不能这么快就暴露在新同事面前。今天好不容易树立起了一个高大伟岸的形象，陶知越希望能让这个形象维持得久一点。

　　"好吧，那不能勉强你。你想喝什么自己点啊，菜不够吃也随便叫。"

　　官宇冬爽快地放了他，开开心心地为酒兴正浓的同事们服务，一边倒酒干杯，还一边碎碎念："以后你们就可以大胆压榨陶陶了，饶了我，让我去解决一下人生大事。呜呜呜，我单身二十五年了，还要天天吃化肥！！是化肥啊！！！！"

　　陶知越："……"其实他听得见。

　　一晚上就着小龙虾喝了太多可乐，陶知越起身去上厕所，出来的时候准备顺便去买单，结果看到那位穿着沙滩短裤、露趾拖鞋的大方老板已经拿着单子站在柜台前了。

　　见他过来，江野动了动眉毛，平静地说道："小官跟你开玩笑的，应该是我们欢迎你。"

　　陶知越有点意外，不自觉地学起官宇冬的口吻："谢谢老板……"

　　江野对此没什么反应，刚要走回去，想了想，又转头强调道："但是确实不可以碰我的树。"

　　"……"陶知越郑重其事地说道，"好的，老板，我保证。"

　　真是一个神奇的人。

　　聚餐结束后，大家互道一声下周见，然后分头离去。每个人都豪气地叫了车，因为可以报销。

　　热闹散场，出租车里放着抒情的音乐，陶知越靠在窗边吹风，望着深夜的路灯与车流向后飞掠而去。

　　不知怎么的，想起这会儿江野正在开车去公司接树回家的路上，他叹了一口气，竟产生了奇怪的羡慕之情。

半小时后，陶知越在小区附近的二十四小时便利超市下了车。再出来的时候，手里已经拎了一袋子罐装啤酒。

陶知越提着啤酒，迈着坚定的步伐回到家，整个人都很严肃，好像要做一件了不起的大事。

坐到客厅的餐桌前，顶灯的光线柔和明亮，桌上摆好了纸和笔，还有一排冒着凉气的啤酒。

陶知越深吸了一口气，拽开拉环，举起啤酒罐一饮而尽。

希望能成功重现。

墙上的时钟嘀嗒嘀嗒地走着，室内轻轻回荡着他不太平静的呼吸声。

不久后，手机传来熟悉的消息提示音。盯着空白的纸张发了半天呆的陶知越机械地扭头，满脸通红地拿起手机。

"HR"拍了拍我。

HR：明天过来吗？还是后天？

陶：明天！

陶：明天来！是双休！

HR：好的，买票了吗？

陶：我忘了！今天内存满了！对不起！

HR：……

HR：今天的陶医生好像很激动。

HR：［发呆.jpg］

陶：没有激动！

陶：我现在就买票！

HR：我是不是应该也跟着用感叹号？这是什么新的潮流吗？

HR：你晕机吗？不晕的话，把身份证号报给我，我来安排。明天你准备好了随时告诉我，我派车来接你去机场。

陶：不晕！我要自己买！

陶：自己买自己买！

HR：那买下午的票吧，还可以睡个懒觉，我会把你到达后的行程安排好的。我们在燕平机场见。

HR：我知道了，你是不是喝酒了？

陶：我没有！

HR：你肯定喝酒了！为什么又喝酒?!

陶：我没有没有没有没有!!

HR：没有就没有！

HR：但是，这是文字聊天，明天你会看到聊天记录的……

HR：［猫猫傻笑.jpg］

陶：看到又怎样?!

HR：那你要答应我一件事！

陶：你说！

HR：明天看到聊天记录后，不可以突然反悔不来！

陶：哦！

陶：去就去！我才不怕！

HR：好的!!

HR：［狗狗打滚.gif］

陶：我要出门了！

HR：等一下！

HR：喝醉了不能出门！你要去干吗？

陶：不告诉你！

陶：我没喝醉!!

HR：我给你打电话！

陶：我不接！

HR：……那每五分钟给我发一条消息，要停下来站在安全的地方发，直到回家，不然我马上过来找你！

陶：……

陶：你会飞吗？我不信！

……

第二天醒来，拿起手机看了三十秒的陶知越当机立断把自己捂在枕头里整整半小时，恨不得人生重新开始。怎么会这样……这次是真的完了。

他觉得自己完全丧失面对生活的勇气了。霍燃竟然准确地预判了他会逃避。一想起自己无所畏惧发的"去就去！我才不怕！"，陶知越就很想穿越到十二小时前，啪啪啪打醒那个突发奇想的自己。

顺带着，从小到大经历过的所有尴尬场面都不受控制地浮出来，在脑海里轮播，根本停不下来。

陶知越绝望地躲在被子里，抠出了一座城堡。如果可以，他真的很想重活一次。

消息音连响四声，不用看也知道是霍燃例行发来的晨间问候。

陶知越皱起脸，自欺欺人地捂住一只眼睛，看向手机。

HR：早上好，睡醒了吗？

HR：昨天你买了下午三点半的机票，晋北机场离市区很远，十二点左右出发比较好。

HR：不过误机了也没关系，有什么意外情况就跟我说。

HR：头痛吗？要是不舒服的话就在家休息吧，身体重要。［微笑.jpg］

陶知越其实很想借机逃掉，但是看着这个笑脸，违心的话怎么也说不出口。他在床上翻腾了很久才下定决心，动手回复。

陶：可不可以装作什么事都没发生。

陶：不要笑我……

陶：［流泪猫猫头.jpg］

霍燃非常上道。

HR：什么事？

HR：今天吃了很多种早餐，好撑。

HR：等见面了给你看照片，看你喜欢哪些，明天早上吃。

HR：［小熊转圈.gif］

陶知越一时间不知道该怎么回应，思绪混乱，尴尬里混着喜悦，既懊恼于自己昨天的行为实在傻得过分，又忍不住期待这场精心安排的见面。

纠结半天，他学起霍燃来。

陶：［小熊转圈.gif］

人类的本质果然是复读机。

放下手机，陶知越艰难地起床，心惊胆战地往外走，生怕客厅里有什么不忍直视的东西。

他打开房门，猝不及防地跟墙上画风格格不入的桃园三兄弟对视……上次明明把它收在柜子里了。

看来昨天晚上他不光是用完了这辈子的感叹号，还做了很多其他的事。

陶知越痛苦地捂住脸——好残酷的新世界。

周一要去新公司上班，只能在燕平市过一夜，所以不用带什么行李，陶知越背上包就出门了。

一路上，他重温了很多年前去大学报到的心情，既忐忑又兴奋，沿途见到的一切都带上了别样的色彩，深深地刻入了记忆。这种心情在飞机落地滑行的时候达到了顶峰。

他明明很想见到霍燃，却硬是粘在座位上耗到最后一个下飞机。被空姐们温柔的微笑包围着，陶知越不好意思地低下头，快步走出去。

走在廊桥上，他看着四周透明的玻璃，不由自主地停下脚步，照起镜子。

宿醉之后，眼睛好像有一点点肿。陶知越凑近玻璃窗，试图从反光里确认浮肿的程度。

然后他猝不及防地撞上了别人的视线。站在行李搬运车旁的装卸工恰好抬头，正好奇地望着他。

……今天是羞耻日吗？陶知越欲哭无泪，连忙停止自己的傻瓜行为，离开这条羞耻度爆表的廊桥。

一路顺着详细的指示标，陶知越很快找到了跟霍燃约定见面的 W2 出口。从他下机的地方出来，W2 是最近的一道门，这是霍燃提前告诉他的。临近见面，他却悄悄放缓了脚步。

周围有很多旅客拉着行李箱，又提着大包小包的行李袋，三三两两地向出口走去。

从里面望出去，可以看见很多接机的人挤在扶栏外，有人举着写有姓名的牌子，也有人朝陌生的人群急切地招手，寻找着那个特定的人。到处是笑声和说话声，空气里飘浮着重逢的气息。

陶知越被人流裹挟着，捏紧了背包带子，紧张地走出去。

见到他的第一眼，霍燃就露出了明亮的笑容，在人群里简直闪闪发光。不过霍燃想到了什么，连忙敛起表情，只顾着朝他挥手。

陶知越被气氛感染，也跟着伸手回应，完全忘记两个人明明已经很近。

被人等待的感觉很好。陶知越觉得自己会永远记住这个瞬间，有一个人站在那里，好像已经等了他很久很久。

"在飞机上睡觉了吗？"

趁陶知越在发呆，霍燃顺手接过了他的背包。

陶知越回过神来，假装镇定道："没睡，不困。"

何止不困，座椅储物袋里的机上杂志他翻了至少五遍，虽然什么也没看进去。

他们并肩往外走去，心跳落入同一频率。

"晚上想吃什么？"霍燃开始报菜名，"这个季节的海鲜很好吃，你想吃吗？有小龙虾、扇贝、海胆……"

陶知越条件反射地拒绝道："不要小龙虾！"

"肯定是重现方法不对……"他被勾起了惨痛的回忆，不禁喃喃自语，"旧的没捉住，还搞出了新 bug，要吸取教训改进。"

"重什么？"霍燃竖起耳朵，"重逢吗？"

"什么重逢？"陶知越茫然地跨频对话。

霍燃认真地算了算："足足六天了，确实是重逢。"

说着，霍燃很自然地笑起来，眼眸映出近在咫尺的身影："再见到你真好。"

琢磨着这句感慨支吾半天，陶知越很小声地憋出一句："你笑了，说好不笑的。"

于是霍燃再也收不住笑容："这个不算，这是因为我很开心。"

第十章

相 见

那段无人分享的回忆，终于有了停泊的港口。
它和细心叠好的星星、随风摇曳的梧桐树一起，
被收藏在世间唯一的博物馆里。

走出候机楼，一辆黑色宾利已经在外面等候，戴着白手套的司机站在车门旁迎接他们。

陶知越很早就知道小说里的霍燃非常有钱，在小说后期更是极尽高调、奢华之能事。但他现在认识的霍燃和普通人并没有两样。

今天，霍燃和所有接机的人一起挤在出口，没有安排什么特别通道，也没有大动干戈，搞得场面很隆重。一切都平平常常，不需要陶知越调整心态去适应。对有钱人生活的忐忑慢慢淡去，但陶知越马上就意识到，现在他正面临一个很严肃的问题：他不能跟霍燃坐同一辆车，他还不能把真正的原因告诉霍燃。

他僵硬地停下了脚步。

霍燃对他的纠结一无所知，司机恭敬地打开车门，霍燃便回头看他，等待他先上车。

陶知越的大脑立刻极速运转起来。在可以预见的很长一段时间里，他都不能跟霍燃同车出行，并且必须找一个合情合理的借口。

"那个……我晕车。"他急中生智，"对不起，忘记告诉你了。"

霍燃显然有一点意外："不可以坐这种车吗？"

"不可以，会头晕难受。"

白手套司机立刻提出替代方案："大少爷，从机场到市区还可以坐地铁，就是人会多一些。"

陶知越愣了一下，尽量恢复自己之前轻快的语气："地铁也不行……我还晕地铁。"

惊讶之余，霍燃忍不住笑了："如果不是机场太远，其实我很想和你走回去，我还没跟你一起走过很长的路。"

虽然逐渐习惯了霍燃的说话方式，但他还不能做到泰然处之。听起来明明是在陈述事实，可就是会让人觉得很不好意思。

霍燃还在异想天开："或者我们骑自行车过去？我之前骑行过，不知道你能不能适应。不过现在是夏天，天气已经开始热了，骑自行车会很辛苦，还会被晒黑。"

"……骑自行车是不是太夸张了？"陶知越努力想到了一个折中的办法，"机场有大巴吧，可以坐大巴。"

根据之前推演的，多人乘坐的车辆如果遭遇车祸，会波及大量的无辜群众，对特定人物的伤害也会很不可控。这样就不是简简单单的青春小说了，整个故事都会变得沉重起来。

陶知越有一种坚定的直觉，剧情不会安排这样的发展。

"大巴不晕吗？"霍燃很好奇。

"反正目前不晕大巴。"他边说边觉得心虚，"可能因为人多，比较有安全感，所以不会觉得难受。"

"原来是这样。"霍燃若有所思。

因为说了一连串谎话而羞愧难当的陶知越正想再次道歉，就看见霍燃的眼睛陡然亮了起来。

很多结伴而来的年轻人一边拖着行李，一边叽叽喳喳地聊着天，走向另一侧的机场大巴售票处。

"一起坐大巴也是难得的体验。走吧，我们去买票。"

霍燃转头对白手套司机说道："张叔，你回去吧。这两天我们都坐大巴。"

张叔点头应好，朝陶知越露出和蔼的微笑，转身上车。

霍燃带着他跟随人流往售票处走去。半小时后，他们坐在了满满当当的大巴上，前排还有小姑娘望着他们窃窃私语。出门在外能见到很多漂亮的女孩子，但长得顺眼的男生就很少了，何况是外形出众的两个男生坐在一起。

陶知越又开始感到羞耻了。见面前没考虑那么多，凭着一腔冲动就跑过来了，没想到和霍燃待在一起时的出行方式成了一个巨大的难题。以后不会真的要靠走路和自行车吧……

陶知越心情复杂，大脑高速运转着，思考对策。

霍燃好奇地问道："你额头出汗了，很热吗？"

陶知越还没来得及说话，就看见霍燃伸手去调整头顶上方空调出风口的扇叶了，把出风方向拨向他。

这回意外的人变成了陶知越："你好像很熟练。"说好的不食人间烟火的冷酷总裁呢？

"什么熟练？"霍燃愣了一下，很快反应过来，笑道，"是不是以为我从来没坐过大巴？"

"小说、电视剧里都是这样写的。"陶知越试图辩解，"有钱人跟……好朋友第一次坐公交车会很笨，不知道怎么刷卡，也不适应车里拥挤的环境。"

霍燃像是打开了新世界的大门："原来你爱看这类电视剧，我妹妹也经常看，一边看一边骂，骂完了继续看，还非要拉着我一起看。"

陶知越被逗笑了："有妹妹真好，我也想有一个妹妹。"

"我可以把妹妹借给你。"霍燃很体贴地抹平了这句话里带的些微惆怅，"我爸肯定也会同意的。"

紧张的感觉渐渐淡去，陶知越自然地把手放在了自己的腿上。

"妹妹听到会伤心的。"

"她才不会，她巴不得跟着你。"霍燃说漏了嘴。

陶知越很惊讶："她知道我吗？"

霍燃看着他："你会生气吗？

"我没有什么都说，只是那天吃完火锅回来太兴奋了，忍不住想找人炫耀，然后就……

"而且她很喜欢你这样的性格和长相，所以跟她炫耀起来特别有满足感……"

陶知越的脸差不多红透了，他想了半天，郑重地送上绝杀："我没生气，大少爷。"

霍燃："我早就让张叔不要这么叫我了，下次一定要改。"霍燃默默地别开了脸，耳朵泛红。

嗯，好朋友就应该一起羞耻，毕竟今天是羞耻日。

大巴满载着一路不着边际的悄声细语，平稳地驶向市区。

机场大巴的终点站在老城区，附近很热闹，刚入夜，到处都支起了大排档的摊子。

一下车，便传来辛辣鲜香的炒蟹味道。霍燃原本规划的豪华晚餐瞬间被抛诸脑后。陶知越也不想去什么让人拘束的高级餐厅，一座城市里最好吃的东西，往往就藏在街头巷尾。

他们慢悠悠地穿梭在人群里。

"我才发现，这里跟南山路很像，以前很少来。"霍燃笑着看他，目光被夜色渲染得很温柔。

陶知越更遗憾了，那一晚他只能在家吃番茄炒蛋，吃完后还要补白天没做完的工作。

"那天你买了多少小吃才选出了那几样最好吃的？"

"也没有很多。"霍燃挠挠头，"不知不觉就把看起来你会喜欢吃的都买了。"

"那你喜欢吃什么？"

"我不挑食，基本什么都吃。"

霍燃想了想，补充道："我不喜欢吃萝卜，还有就是不吃臭的东西，那东西太可怕了。

"前几年我去瑞典，还不知道当时已经在网上大名鼎鼎的鲱鱼罐头，当地朋友热情地劝我尝试一下，我看它就是一个小小的铁罐头，怎么也没想到打开之后会有这样大的杀伤力。

"后来我连夜上网搜索其他国家的臭味美食，生怕再不小心闻到什么不该闻的。就闻那么一下，鼻子缓了好久才恢复正常。"

陶知越听得乐不可支，眼睛弯成了好看的弧线。

霍燃继续说道："……不过现在想起来，好像也没有那么惨。"

陶知越推推霍燃："走吧，我们去吃香辣蟹。"

片刻后，他们坐在路边简陋的小桌旁边，就着喧嚣夜色与和煦的晚风，进行幼稚的拆蟹比赛。

陶知越的家乡沿海，他从小就经常吃螃蟹，动作相当熟练，半只蟹身很快就被吃得干干净净，一点都没浪费。

陶知越很得意："我赢了，你好慢。"

霍燃还在跟包着白色软壳的蟹肉做斗争。陶知越看了一会儿，觉得霍燃实在是很笨，便忍不住亲自上阵指导。

"不要竖着吃，要横着掰开，肉就是一条一条的，很完整。"他伸手把霍燃的错误姿势摆正。没多久，霍燃就上手了，把一条满是白色蟹肉的蟹腿放进陶知越的碗。

"我把壳都拆掉了，这是最完整的一块，我学得很快吧？"霍燃的语气很得意。

说"谢谢"好像不能完全表达自己的心情，陶知越愣了一下，索性动手往霍燃的杯子里倒可乐，小小的气泡在一次性塑料杯里翻涌。

这顿晚餐结束之后，和霍燃一起散着步走向酒店的时候，陶知越模模糊糊地想，这应该是他人生中最喜欢的一天。

他永远也想不到，下一刻，这个人会给他带来什么样的惊喜。所以今天或许还不是他最喜欢的一天，因为他会喜欢往后的每一天。

霍燃早就帮他订好了市里最好的酒店，陶知越没有推辞。他在慢慢地学习坦然接受别人的好意，畏怯地拒绝并不是最好的处理方式，以同样的热忱回应才是对等的、长久的。

只是霍燃跟他一起走进电梯的时候，陶知越很惊讶。

"今天我住在你隔壁。"霍燃抢先解释道，"因为前段时间作息不规律，又有那些……我怕影响到家里人，所以搬出来一个人住了。一个人住挺无聊的，刚好你过来玩，有什么事可以随时叫我，明天一起出发也比较方便。"

陶知越走进房间。房间的布置优雅简洁，落地窗前的纱帘敞开着，能俯视整个灯火辉煌的燕平市，壮丽的景色令人目眩。

陶知越坐在宽敞的床上，看着花里胡哨的电视机画面发呆，一句话都没听进去。几分钟后，隔壁房间的人发来消息。

HR：睡觉了吗？

陶：没有。

陶：［裹紧我的小被子 .jpg］

HR：好巧，我也是。

HR：肯定是因为吃撑了！

HR：［狗狗打滚 .gif］

陶：明明散了一小时的步，怎么还会撑？

HR：［小熊不知道 .jpg］

HR：我坐在床上看电视。

HR：不好看。

陶知越下意识地看了一眼电视机，原来此刻的霍燃跟他坐在同样的地方，同样把电视声音当成背景音，玩着手机。

陶：我也觉得不好看。

陶：明天去哪里玩？

HR：保密！

HR：对了，忘记给你看早餐的照片了。

HR：我现在发给你。

霍燃立刻发来了很多张图片，从油条、粥到糯米团，什么都有。陶知越没来得及细看已经眼花缭乱，不禁由衷地感叹。

陶：你今天早上真的吃了很多……

HR：……

HR：我上午运动了！不会胖的！

HR：我有腹肌！

陶：［给大佬递可乐 .jpg］

陶：我看看。

发出的瞬间，陶知越意识到这句话会产生歧义，连忙打补丁。

陶：是看早餐！

陶：你爱吃哪个？

陶：不对，你肯定会说你都爱吃。

HR：我都爱吃！

HR：啊，被发现了。

HR：[猫猫傻笑.jpg]

于是陶知越跟着这个表情包一起傻笑起来。

他仔细地看起霍燃发来的照片。在一堆诱人的食物里，他的目光马上被其中一张褐色的大饼吸引了。饼身金黄色和褐色相间，表面有凹凸不平的横条，十分巧合地凑成了一张好笑的丑脸。

他把这张图片转发回去。

陶：我想吃这个。

HR：这个是糖油饼，很好吃！

HR：但是非常甜！你会爱吃吗？

陶：吃！

陶：这个长得最丑，很可爱。

HR：好的。

HR：明天我们一起排队去买，刚出锅的最好吃，我今天吃的已经冷了。

HR：而且后面的人看见了会很馋。

HR：[小熊转圈.gif]

这个人好幼稚，陶知越忍不住笑起来，然后转念一想，隔着一道墙用手机跟对方聊天的自己好像一样幼稚。

他们就这样幼稚地隔墙聊了一晚上，甚至还互掷了十分钟骰子，聊到实在困得不行，才握着手机睡着了。

第二天上午，两个人并肩坐在大巴上，窗外的景色如流光掠过。

明明没睡多久，陶知越却一点都不困。他抱着随身携带的背包，好奇地望着窗外的一切，好像连眼前的世界都明亮了一点。

燕平的城市风格和晋北完全不一样，行走在街上的人脚步匆匆，经常能见到古朴典雅的历史建筑。虽然刚穿书过来时就在燕平，他却从未留心观察过这里的任何事物。

霍燃注意到他的视线，马上凑过来给他介绍："那个是三千年前建的老城墙，现在不可以上去了。我很小的时候住在附近，每天都跑到这里来玩泥巴。"

"燕平这些年变化很大，每一年、每一天都在变。"说着说着，霍燃又开始热情地拉客，"所以你可以经常过来玩，永远都有新的风景。"

陶知越笑起来："我会的。"现在他不需要逃避任何人和事了，也许未来某一天还会搬回来。

按照昨天的计划，霍燃带他去吃了丑丑的糖油饼。好大一块深褐色的蓬松油饼！陶知越一口咬下去，甜得连舌头都快融化了，但很好吃。陶知越从没想过，甜到极致的食物也可以这么好吃。

他和霍燃站在店门口吃得很开心，后面排队的人果然露出了羡慕的表情，急切地探头往油锅里看，数着还要炸多少块才能轮到自己。他们心照不宣地笑起来。

余下的时间里，霍燃陪他去了燕平最有名的两个景点，走马观花地领略了一下首都惊人的人流量，然后在全市最高的楼的豪华空中餐厅吃了一顿精致的午餐。

陶知越觉得自己大概是唯一背着双肩包来这里吃饭的成年人。而且不知什么时候，背包又被霍燃接过去了，替他拿着。

霍燃一路上都对他的背包很好奇："这里面装了什么？有点分量，但是一个上午都没见你打开过。"

陶知越采用同样的话术："保密。下午去哪里玩？"

他订了晚上回晋北的机票，只能简单吃个晚餐，就该去机场了。

霍燃纠结了一下，老实地回答："下午我想带你去一个很特别的博物馆。"

陶知越有点惊讶："博物馆？"

"不是很多人会去参观的那种。"霍燃努力解释道，"没有别人去过。不知道你会不会喜欢，但是我希望你会喜欢。"

直到下了车，走了长长的路，视线尽头出现了一座座幽静雅致的别墅，陶知越才慢慢反应过来。

这里大概是富人区，很安静，每一栋别墅都隔得很远，带独立的花园，环境优美怡人。

霍燃带他来到其中一座房子前，院子里种满了绿意盎然的梧桐树。在微风的吹拂下，梧桐叶簌簌地摇晃着，投下斑驳的光影。

陶知越连声音都放得很轻，生怕破坏了宁静的氛围："这里很漂亮。"

霍燃则肉眼可见地紧张起来，深呼吸，走到了大门口。

"其实不能算是博物馆，我开玩笑的。"开门前的那一刻，霍燃开始努力打补丁，"只是我自己的收藏，但是我很想跟你分享……"

被他的情绪感染，陶知越也紧张起来，眼睛都不敢眨。然后下一秒，大门被轻轻地推开，他看见了最绚丽、最别致的风景。

一楼本该是客厅，却摆着好几排原木色的陈列柜，放满了各式各样稀奇古怪的小玩意儿，满目流光溢彩。

"我以前一放假就跑出去玩，去了很多国家和城市，在每个地方都有难忘的回忆，总想留下纪念品，慢慢地就积攒了这么多。"霍燃在他身旁小声地介绍。

陶知越的目光被深深地吸引，他屏住呼吸，脚步很轻地往里走去。

他仔细地一排排看过去，有精美的木刻画、光泽细腻的银器、被细心地摞在一起的外文车票、被时光凝固的琥珀……有几个格子里放满了五颜六色的木头套娃，有的很漂亮，有的长相古怪，整齐地排成队列。

霍燃始终注视着他的一举一动，见他在这里停步，就有点难为情地解释道："这个很可爱，我没忍住，就买了很多……连丑的也很可爱。

"最后我回国的时候，箱子里放满了圆圆的套娃，其他什么东西都没放。过安检的时候，安检员还特意让我打开检查。

"我一开箱子，他们都围过来看，发现全是花里胡哨的套娃，都很震惊。可能是感觉太奇怪了，所以又一个个打开来看，以为里面藏了什么……那天我好尴尬。"

陶知越却听得很开心，眉梢眼角都是笑意。

过去他忙着读书升学，好不容易毕了业，实习后直接转正工作，后来却一直很忙，几乎没出门旅游过。

可今天，他见到了很多以往只在旅游杂志里见过的纪念品，听到了独属于霍燃的故事。

附近的柜子里有一座很精致的软陶小房子，白色城堡的外形，天蓝色的半圆屋顶和门窗，屋顶立着一个小小的白色十字架。旁边还放了一张照片，照片里的霍燃笑得很阳光，看起来比现在青涩一些，身后是和软陶摆件一模一样的蓝白色建筑物，以及湛蓝无垠的海面。

"这是在圣托里尼拍的。那个摊主很聪明，在最热闹的小广场上卖软陶纪念品，买了就可以帮你在建筑前拍一张照片，正好和他卖的摆件一样。我觉得很好玩，就买了。那里真的很漂亮，像童话故事一样。"

陶知越一边听，一边专心地看每一件被霍燃摆在这里的收藏品，像要把每个细节都铭刻于心。

不光有可爱精美的纪念品，还有很多奇奇怪怪的东西。陶知越看到了一个被透明袋子密封起来的红黄色罐头，上面有简笔画小鱼。

"这是……鲱鱼罐头吗？"

"对，因为它太特别了。"霍燃不好意思了，"不过不用担心，洗得很干净，还用袋子封起来了，不会闻到臭味。"

听到霍燃的话，陶知越忍不住提起来闻了一下。

霍燃一副"果然如此"的表情："这么说的话，就一定会拿起来闻。"

陶知越瞪了瞪霍燃，然后看到了霍燃身后的陈列架上有一顶装饰着塑料花朵的草帽，很有热带风情，只是有些旧旧的。

"这也是你买的吗？"他好奇地走过去看，草帽似乎还萦绕着海风的味道。

"对，那天太阳特别大，沙滩上很多人都戴着，我买的已经是最朴素的了。

本来没想过要带回来，只是临时挡挡阳光……"

霍燃说着，想起了什么，表情生动地描述起来："我买了这顶草帽，盖住脸，躺在沙滩椅上睡了一觉。等阳光弱一点了，就去海边骑车。

"骑着骑着，忽然刮起了大风，我忘记系好防风绳，所以草帽一下子就被吹跑了。

"它在路上一边滚着往前跑，我一边骑着车追它，追了很久，风才停下。

"我把它捡回来后，虽然它变得有点脏，但我舍不得丢掉它了，因为是我把它从风的手里抢回来的。

"它很大，容易折坏，不好放进行李箱，我索性一路戴着这顶草帽回来，路上总有人看着我偷笑。"

于是陶知越也笑了，他的眼前好像真的浮现出霍燃描述的画面——余热未消的太阳、柔软的沙滩、高大的椰树……咸咸的海风忽然吹走了开着花的草帽。

一整个下午，他在霍燃耐心的絮语里，逛完了这个特别的博物馆。

霍燃把对广阔世界的所有难忘的记忆，无论好与坏，无论多么琐碎细微，都小心地收纳在这里。

陶知越在这里看到了不曾见过的世界的模样，又想起之前霍燃说过的话，很认真地回应道："我很喜欢，谢谢你。"

霍燃松了一口气，眼睛亮亮的："幸好你喜欢。"

在太过安静的空气里，夕阳发出了声音，热烈地烧灼着天边的云。

这是陶知越收到的最真挚的礼物，他笑起来："其实我也有一个礼物想送给你，但是一天快过去了，我还没找到机会送……因为这个礼物很小，也很普通，而且已经被你偷偷拿走了。"

霍燃随之侧过头，看向自己一直忘记摘下来的背包："在这里面吗？"眼神里充满了期待。

陶知越点点头。

霍燃立刻拉开背包的拉链，看到了一只透明的玻璃罐子，里面装满了五彩斑斓的纸星星。

"我也想给你你喜欢的东西，然后告诉你，你对我来说很重要，是这个世界里最重要的朋友……我想这样会显得更真心。

"但是我对你的了解还不够，不知道你喜欢什么。我前天晚上故意喝醉了，我以为可以回想起同样喝醉的那一天，想起那天你是不是告诉了我什么。

"可惜我失败了，提前准备好的纸上一片空白。"陶知越看着霍燃笑起来，唇角微微抿起。

"我不记得那天晚上我到底做了什么。

"但是第二天醒来，我走到客厅，看见餐桌上放满了折好的星星和彩纸。

"也许是因为我清楚地记得，从火锅店里走出来的那个晚上，你看着夜空，说今晚没有星星。

"连喝醉后的我也记得，所以给你准备了这个幼稚的礼物。"

在酒醒后被遗忘的前一夜，陶知越一边给霍燃发着感叹号，一边固执地出了门。

他回到那家二十四小时便利超市，让老板找出了小孩子才会买的彩色长条折纸，又摇摇晃晃地踩着自己的影子回去，每隔几分钟还要给霍燃发消息报平安。

在漫长而寂静的深夜里，他红着脸端端正正地坐在餐桌旁，在重新贴回墙上的桃园三兄弟的陪伴下，将长长的彩纸折成一颗又一颗小巧的星星。

没有人知道那一夜发生的事，连陶知越自己也不记得。但他很确定，这是自己为霍燃准备的礼物。

霍燃还陷在震撼里，低头望着玻璃罐子里满满的星星。而陶知越始终看着霍燃，日光为他镀上了淡金色的浅影。他恍惚地想起来，这样的天色和两周前那个大雾散尽的黄昏很像。那时他凝视着渐渐沉落的夕阳，安静地等待着。

现在，他等到了。

霍燃愣了至少五分钟才找回自己的声音，虽然有点语无伦次。细碎柔和的话语像云朵轻飘飘地落下："我可以把它放在这里吗？我要放在最中间的柜子上。我想想，重新做一个专门的柜子。

"不对，不能放在这里，我应该随身带着。但是罐子有点大，我要想想怎么带。"

然后他真的盯着大大的玻璃罐子，一本正经地思考起来。

陶知越看着霍燃低垂的眼眸，想起了第一次见到霍燃的那天。西装革履的霍燃从人群里走来，戴着口罩，只露出英气逼人的眉眼，气质出众，看起来简直像另一个世界的人。

现在被薄红的夕阳照着，他们之间的距离又那么近，一切错觉都退去了，只有伸手可及的真实感。

"放在这里吧，我想放在草帽的旁边。"陶知越轻声打断了霍燃肯定已经跑偏的思绪，"这里环境很好，旁边有那么多有趣的收藏品，外面还有梧桐树，这是最好的地方。而且，这是这间屋子里第一个不仅仅属于你的回忆。"

听见这句话，霍燃突然反应过来，感受到巨大的惊喜，想起了被淹没在其他语句里的那一声"你对我来说很重要"。

"所以……"霍燃很罕见地卡壳了，表情很傻，眼神里写满了希冀。

陶知越勇敢地递出在心里埋藏已久的那句话："谢谢你，让我在这个世界里不再孤单。"

在全世界独一无二的博物馆里，他不再脸红瑟缩，因为周围的每一样东西都传递着认真生活才能见到的可爱与美好，都涌动着眼前之人对斑斓万物的点滴体验和心情。

他被最柔软真切的生活包围着，所以有了面对未知的无尽的勇气。

"我没恋爱过，在你之前，也没有特别好的朋友，也就没因为感情而试着对别人付出过。

"而且以前我工作很拼命，有时候连家人都会忽略，还会忽略自己，那样不好。现在我不会了，我会改过来，希望可以不再犯以前的错误。

"也许以后的日子里，我会有很多做得不够好的地方，但是我会努力学习怎么和亲近的人相处，我一定会付出全部的努力。

"我读书的时候很认真，工作的时候很认真，对待朋友一定也会很认真的。"

陶知越絮絮地向霍燃保证。霍燃看着他，眼睛都不敢眨。

语言不能表达万分之一，最终他很用力地点点头，把每一句话都铭记在心里，身边流光溢彩的物件都成了隐没的布景。

可惜天色将暗，陶知越订了晚上八点多的机票，应该准备出发去机场了。

他们一起走出房子，天边霞光似火，将整座院子里的梧桐树都染成了金色。

在这漫长的一天里，陶知越听霍燃讲述了很多故事，总有一种想要反过来跟霍燃说些什么的冲动。然而他自己过往的日子太乏味，听起来就很好玩的趣事很少。

不过他忽然想起了一件有些久远的事，忍不住想开口。那是唯一一件陶知越曾想过要和人分享的事。

"很久以前，有一天我在公司上班。那时候我跟人合租，出租屋的燃气费用光了，刚好燃气卡在我这里，那周轮到我缴费，一直没有时间，就忘记了。

"那天真的很忙，项目马上要上线，每天忙得连上厕所的时间都没有，但室友在群里催着说中午要做饭，我只能上午偷偷溜出去，骑车去银行。

"我很久没骑自行车了，骑得歪歪扭扭的，总以为自己会摔跤，所以大气不敢出，很紧张地握着车把，连一直在想的代码都被抛诸脑后了。

"我很专心地留意着旁边擦肩而过的车，还有前面的路。

"那时候是秋天，太阳很明亮，但不晒，风吹起来是暖的，空气好像会发光，马路两边全都是梧桐树，是很漂亮的金黄色。

"我从树下经过的时候，树叶就从我的眼前飘落下来，像无数只扇动着翅膀的蝴蝶。"

陶知越以为自己从回忆里拣出这件事对人倾诉的时候，会控制不住地想哭，但是没有。他微笑着叙说，眉眼生动，任凭日光描绘出他温柔的轮廓。

"真好。"尽管心神还有些恍惚，霍燃仍专注地聆听着，"很像电影里的画面。"随即积极地补充道，"我自行车骑得很好，下次你想骑车的时候，我可以在旁边看着你，你肯定不会摔跤的。"

于是陶知越想象了一下那画面，点点头："好。"

真好，那段无人分享的回忆，终于有了停泊的港口。它和细心叠好的星星、随风摇曳的梧桐树一起，被收藏在世间唯一的博物馆里。

离开这里的时候，陶知越回头凝望这座宁静、别致的小院，努力把这里的每一个细节都印刻进心底。

　　今天也是他人生中最喜欢的一天——之一。

第十一章

朋　友

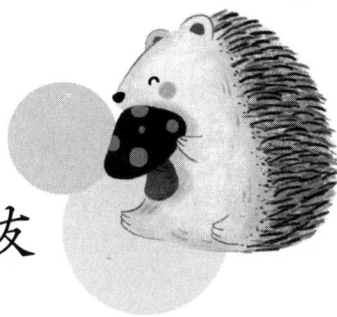

成年之后的霍燃大概很少再被人摸头，
有点不好意思地看着他，
半天吐出一句："一比一，我们打平了。"
"……这个比喻好奇怪，你是在打球吗？"

城市华灯初上，马路上整齐地排成长龙的汽车一眼望不到边际，红色尾灯在夜色里闪烁，制造出朦胧的幻影。

机场里灯火通明，宛如白昼，拉着行李箱的人们来来往往，倒映在光滑的地砖上。

陶知越站在安检通道外，看着今天总是慢半拍的霍燃，笑道："是不是应该把背包还给我了？"

昨天出发的时候，除了最重的玻璃罐子，他只拿了身份证和手机充电器这些必备的东西，换洗衣物之类的都没带，现在包里空空荡荡的。

霍燃闻言反应过来，拿下挂在肩头大半天的背包，递给他："太轻了，我都忘记了。"

队伍不断前移，霍燃看了一眼安检口，讷讷地说道："你要走了，一路上太堵了，都没能好好吃顿晚餐。时间过得好快，一天就这样结束了。"

陶知越也有这样的感觉，明明这一天里他们说了很多话，有了无数回忆，但到了离别时刻，时光总显得那么短暂。

陶知越藏起了惆怅，笑着回道："明天要上班，只能赶回去，等一下可以吃飞机餐。

"对了，忘记告诉你，我辞职了，明天开始在新公司上班，同事们人都很好，工作环境也很舒服，在别墅里。"

陶知越强调道："我好像跟你说过，我之前在游戏公司做程序员，现在跳槽去的这家公司，应该会做真正让我有热情的游戏，给的薪水也很好，所以我很开心。

"之前没说，是因为我想当面告诉你这件事。"

霍燃看着他抑制不住的兴奋表情，跟着笑起来："真好，你工作一定很出色，那天看你写调查问卷的时候我就这样觉得。虽然我看不懂，但可以感受到。"

没有人不喜欢被夸奖，于是陶知越沉着地点点头："中肯地说，不算太差，但还可以再提升。"

听见他提起自己的工作，霍燃跟着感慨起来："回去以后，我也会努力的。前两个月什么都没做，每天就是跟人交际，该认识的人都已经认识了。从明天开始，我会打起精神干正事的。"

"加油！"陶知越的思维跳跃了一下，"我们两个像不像互相发誓以后要好好学习的小学生？"

"像。"霍燃接着认真地保证道，"我会好好学习的，无论是工作，还是生活。"

新的关系刚建立，新的人生阶段也才开始，一切都需要学习。

"所以，在这个很有意义的瞬间，是不是应该有一个纪念仪式？"陶知越话锋一转。

霍燃没能跟上他的节奏，一脸茫然："什么仪式？"

话音刚落地，霍燃就看见陶知越伸出手，轻轻地揉了揉霍燃的头发。游戏里的小刺猬被大棕熊拍了拍长满尖刺的背，现在恰好反过来了，这是小刺猬迟来的回应。

成年之后的霍燃大概很少再被人摸头，有点不好意思地看着他，半天吐出一句："一比一，我们打平了。"

"……这个比喻好奇怪，你是在打球吗？"

"我每周都会去打篮球，"霍燃不好意思道，"刚才脱口而出了。"

在分离的通道口，不同人的话语和笑声低低地漫进空气。

最后陶知越背着包走进队伍，时不时地回头看，霍燃就一直站在原地向他挥手。

他将背包放进安检筐，看着它被慢慢送进垂着帘子的机器，不禁想起了陈列柜上那一个个或可爱或古怪的套娃，低着头笑起来。

等过了安检，彻底看不见霍燃的身影之后，他摸出一整天都没怎么用过的手机，给对方发去消息。

陶：我顺利通过了。

陶：每次过安检的时候，你会想起那一个个被人打开的套娃吗？

HR：……

HR：现在我想起来了……

HR：我又尴尬了，啊啊啊啊！

陶：没关系，以后我每次看到安检机，也会想起它们的。

陶：［狗狗打滚.gif］

周末的燕平到处都堵，他们差不多是卡着点到机场的。他到达登机口后，很快就通知登机了。走过登机廊桥的时候，在沉沉夜色里，他依然能看到大晚上还在辛苦工作的行李装卸工。

这一次，他望着陌生人的背影，露出浅浅的笑容。他知道霍燃此刻在凝望这架即将起航的飞机，看着它慢慢升入深邃的夜空，飞往另一座城市。

他终于不再孤单了。

第二天，旭日初升，陶知越早早地出了门。

新公司离家比较远，通勤时间差不多要一小时。

幸好他坐的不是热门公交线路，还能找到站立的空地。上车后，他一手握住扶栏，一手给霍燃发消息。

陶：早上好。

陶：出门上班。

半小时后霍燃才回复。

HR：早上好！我刚睡醒。

HR：这么早吗？昨晚快十二点才到家，不困吗？

陶：不困，很精神，以后都要这个时间出门。

陶：一想到今天是去新公司上班的第一天，就很兴奋。

陶：［小熊转圈.gif］

HR：那从明天开始，我再早一点起床！

HR：洗漱完也赶紧去公司！

HR：我爸肯定会很震惊。

陶知越想象了一下霍振东震惊的表情，不由自主地笑出了声。以前在网上搜索霍氏的信息的时候，霍燃的消息无处可寻，能找到的只有霍振东神情严肃的照片，他一度想通过这些照片来推测霍燃的外形。

再一次来到过去被官宇冬挂在嘴边的阳光别墅前，不需要再等待谁来开门，陶知越低头在电子门锁上输入了密码。

沐浴着晨光的爬山虎郁郁葱葱，攀在墙壁上轻轻摇晃着叶子。

陶知越来得很早，是全公司第二个到的。

第一个到公司的人竟然是老板江野。

陶知越进门走过玄关，就看见阳台的小圆桌上摆着青翠蓬勃的垂叶榕，江野坐在圆桌前正拿着一本书在翻阅。

陶知越突然蹦出了一个神奇的念头：真是恩爱啊！

江野听到动静，抬头看他，没什么表情："早。"

"早。"

陶知越记得榕树会长得很大，听其他员工的描述，"榕总"似乎已经在这里很久了，但还只是一棵不算太大的盆栽。

他斟酌了一下措辞，好奇地提问："老板，你的树如果长大了，带起来会不会不方便？"

江野摇摇头："养了二十年，已经长大很多次了。太大了就留在家里，取一部分重新栽。"

见陶知越有点惊讶，江野补充道："它们的基因依然属于同一棵树。"

原来还是青梅竹马，就是形式有点特别。

"老板你真的很长情……"陶知越一时间有点失语，便试图转移话题，他看向江野手中的书，"这个跟游戏有关吗？对了，公司里有什么推荐大家看的书吗？"

既然要开始大量输出，就应该保持稳定的输入，陶知越打算买一些与游戏有关的书提升一下自己。

江野继续摇摇头："去问时武吧，我不懂游戏，也不会干预你们的具体工作。"

江野随意地举起手里的书，陶知越看见了书名——《原子物理学》。

"……好的，老板，打扰了。"

受到极大震撼的陶知越立刻转身，走到那天给他安排的工位上默默坐下，等待其他同事的到来。

这样一位专心养树，只负责掏钱，不管闲事的老板，真是难能可贵，堪称楷模。

同事们陆陆续续到岗。主策划方时武找到陶知越，问他以后想不想转型做游戏制作人，更多地参与到游戏设计中来。

部分程序员大佬会兼任或转型成制作人，但常常会有一些相似的思维缺陷，比如大局观不够，容易对细节过分看重。

陶知越思考了一会儿，给出了否定的答案："现在我只会写代码，还没有能力做别的事。虽然上次提出了一些想法，但我只能在程序上试着去实现。我对构成一个游戏的其他方面还不了解，比如让我判断什么样的剧情更吸引玩家，我肯定不行。我想先在编程领域突破自己，再做延伸。"

方时武有些意外，随即点点头，接着把周末自己在家完善的一些想法和大家做了分享。坐在开放式的长条形办公桌周围，大家热烈地讨论着，在陶知越提出的构想上，新的游戏雏形渐渐丰满。

到了午饭时间，二楼的其他项目组同事也下来了，跟新人陶知越简单寒暄后，就积极地去厨房拿午餐了。公司有专门过来做饭的阿姨，应一些同事的呼声，今天中午阿姨做了冷面，还准备了小炒和米饭给不想吃冷面的同事。

陶知越小心地从厨房端来一碗冷面——汤水清澈，面上摆着辣白菜、黄瓜丝、鸡蛋和牛肉片，颜色很好看。他尝了一口，酸酸甜甜的，沁人心脾，驱散了轻微的暑气。

陶知越心念一动，拍下照片，发给同样认真工作了一上午的霍燃。

陶：今天中午吃冷面！

陶：好清爽，夏天的味道。

HR：啊!! 公司没有。

HR：我也要吃，我叫个外卖！

陶：真好吃。[微笑.jpg]

陶：这里的做饭阿姨手艺很好。

陶：今天一切都很顺利。

HR：真好啊！

在酸甜冷面的抚慰下，下午也很快过去了。六点一到，就有同事关电脑下班了。每当有人起身，房子里总会响起一声又一声的"明天见"。

这曾是陶知越最渴望的工作——有能实现自我价值的工作内容、很好相处的上司和同事、优美舒适的办公环境。

而且中午能吃到很美味的食物，他可以拍下照片，炫耀地发出去馋别人。

傍晚下班的时候，他已经完成了所有任务，所以能抛开工作，安心地回家，享受属于自己的时间。

他刚刚走出公司，就收到了霍燃准时发来的消息。

HR：今天晚上吃什么？

陶：还没想好，去超市看看。

HR：我也没想好。

HR：中午点了外卖的冷面，送来时面都坨了，没有你那碗看起来好吃。

看到这条消息，陶知越不禁笑出声。他想象着两个人在不同时空里吃着同一种食物的奇妙画面，忽然灵机一动。

陶：你想不想学做菜？

HR：想！

HR：［小熊贴贴.gif］

陶：明天晚上，我们一起做菜吧！

陶：做同一道菜。［微笑.jpg］

第二天如期而至。

霍燃果然起得很早，洗漱，吃饭，上班。一想到今晚隔空做菜的约定，沿路的风似乎都格外凉爽。

一到公司，新助理就汇报了老霍总发出的二十分钟后去会议室集合的最新指令。霍振东这段时间除了要杀进游戏市场，还在不停地开会研讨另一项可能会改变集团未来发展方向的大投资——在燕平市建设第二座TOD综合体。

TOD是以公共交通为导向的房地产开发模式，最常见的是以地铁、轻轨站为中心，在一定半径内，打造一个微缩版的都市。

和当下流行的在地铁站上方盖商场的模式不同，TOD综合体更全面地囊括了城市生活的各个方面——从衣、食、住、行到教育、医疗、商务办公等多种业态，无所不包。TOD已经在不少国家有了成熟的落地案例，会是未来城市发展的新方向，还能有效缓解越来越普遍的交通拥堵问题。

霍振东当然不会错过这个风口。

可惜有专做房地产开发的企业嗅觉更为敏锐，抢先一步在燕平市谈下了第一个TOD项目，现在已经动工。在首都落成的第一座TOD综合体，很可能会拥有世界级的影响力，但建成、建好的难度显然也是世界级的。

霍振东不甘心落后，找来了一帮相关领域的专家和评估人员，从选址、成本、周期、阻碍等各个方面做深入讨论。

霍燃带着笔记本，专心地记录着有价值的发言。

讨论的气氛很热烈，到中午都没人愿意离座，在座位上吃完了送来的午餐，继续交锋。时间一晃，大半天就过去了。

最后散会的时候，霍振东特意叫住了霍燃。

听了一天激烈的争论，难免有些头昏脑涨，霍振东揉着太阳穴问他："你怎么看？"

"我觉得，鸡蛋不能放在一个篮子里。"霍燃想了想，"在燕平建成第一座TOD综合体很重要，但这不是唯一的选择。"

霍振东愣了愣："你说。"

"这类项目的周期太长，再顺利都要好几年。尤其燕平是首都，环境越复杂，推进得就越慢，做完一个再做下一个，就更加慢了。

"虽然在房地产开发领域我们的盘子不够大，但是想要几个项目同时开工还是很容易的。

"现在几座大城市都陆陆续续有人瞄准这块蛋糕了，一些知名度高、独具特色的中小型城市反而是一片空白。我觉得这是一个切入口。"

霍燃建议道："现在这类比较成功的项目都有鲜明的地域特色，也许可以找一些开发难度小、扶持力度却很大的城市，同时推进特色TOD综合体的建设，跟其他规划中的这类项目——比如燕平第一个TOD综合体——做出差异。这样只要其中一个成功了，就会形成品牌的连锁效应。"

霍振东陷入思考："你说得有道理，明天可以从这个方向再讨论。"

见霍振东皱着眉头进入雕塑状态，霍燃按捺不住地想往外走："今天我要提前下班。明天见，爸。"

霍振东没忍住，提出了疑问："你看起来怎么比昨天还兴奋？头发都快竖起来了。"

霍燃深沉地说道："一想到这么宏大的构想在未来可以成为现实，我就很激动。"

霍振东将信将疑："……哦，你去吧。"

虽然很想把自己回国之后结交的第一个朋友介绍给霍振东，但霍燃暂时摸不准古板的老父亲会怎么看待网友这个最初的身份，也不知道会不会给陶知越的生活带来什么难以预料的影响。

在告诉父亲之前，他要先征询一下陶知越的意见。

霍燃出了公司，戴着白手套的张叔早已候在一旁，微笑着为他拉开车门。

令人期待的夜晚终于到来了。霍燃在去超市的路上，非常认真地思考着晚上应该做什么菜。在他过往的烹饪经历中，最复杂的是番茄炒蛋，其次就是水煮鸡蛋和泡面了。

今天是第一次在陶知越面前展现厨艺，尽管对自己的水平心知肚明，霍燃也绝不愿意局限于番茄炒蛋。

至于搜索引擎里推荐的可乐鸡翅、电饭煲焖排骨之类的新手入门菜，霍燃想都不想就排除了。就算厨艺不行，也要展现出在这条未知的道路上一往无前的勇气。

霍燃自信地浏览着一大堆复杂的菜名，再参考昨天陶知越对冷面的高度评价，决定选一样酸口的荤菜，再搭配一道清爽的炒时蔬。

在日渐炎热的夏天，就是要吃酸的才开胃。

HR：我选了两道菜——酸汤肥牛和腐乳炒空心菜，你爱吃吗？

现在刚好六点出头，陶知越应该下班了。等了几分钟，对面果然回复了。

陶：好啊，这个季节的空心菜很好吃。

陶：但是……从番茄炒蛋一步跨越到这里，你可以吗？

霍燃盲目自信地打下六个字。

HR：我觉得我可以！

陶：［发呆.jpg］

陶：那我直接出发去超市啦，大概七点半到家。

HR：好的。

HR：到家见！

霍燃上一次逛超市买菜，可能要追溯到霍思涵之前豪迈地表示要大秀厨艺的时候。简而言之，就是很久以前。

在熙熙攘攘的超市里，霍燃翻看着复制到手机备忘录里的菜谱，照着买食材。肥牛卷、金针菇、小米椒、杭椒、空心菜……他提着购物篮选完了这些很好找的菜，还顺手拿了几罐冰冰凉凉的饮料。

接下来，霍燃准备去调料区找做酸汤肥牛需要的黄灯笼辣椒酱，以及炒空心菜需要的瓶装腐乳。

他探索着走过一排排陌生的货架，半天才找到。但这会儿有个穿着连帽卫衣的瘦弱男生正站在摆满调料、酱菜的架子前，挡住了他。霍燃站在一旁，想等男生拿完再过去选。

对方好像在走神。霍燃见男生磨磨蹭蹭的，寻思着急也没用，目光不由自主地放空，开始畅想今天这顿特别的晚餐。

直到突然被一道略显胆怯的声音叫醒："你要买什么？要我帮你拿吗？"

瘦弱的男生不知什么时候回过了头，有些紧张地注视着他。

男生皮肤很白，个子不高，站在霍燃面前，整个人看起来有种单薄的感觉。

"……"霍燃怔了怔，"不用，我可以自己来，我是在等你拿完。"

闻言，对方才反应过来，不好意思地跟他道歉："对不起，刚才在发呆，没发现有人过来，没想到挡住你了……"

霍燃看他欲言又止，欲止又言，最后没忍住打断道："所以……你挑完了吗？"

瘦弱的男生错愕地望过来，清澈的眼睛眨了眨，不知在想些什么，随即伸手从货架上拿起一盒罐头，快步走开了，背影很快隐没在人流里。

霍燃收回视线，疑惑了一下，不过并没有把这个小插曲放在心上。他抬手看了看时间，快七点了，顿时着急起来，想赶紧回到家，给陶知越打电话。今天他明明比陶知越早下班，不能比他到家还晚。霍燃心中奇怪的胜负欲又涌上来了。

他动作利索地结了账，出了超市上车，一路争分夺秒。

三十分钟后，霍燃提着沉甸甸的塑料袋，在家门口低头输入密码，用力地推开了大门。

与此同时，在相隔很远的一座居民楼里，陶知越反手锁上门，啪嗒打开了客厅的灯，被夜色浸透的房间一下子填满了温暖的光线，时钟指针刚好走过七点半。

陶知越换上拖鞋，把菜拎进厨房，口袋里的手机准时振动起来。

HR：我来了！

HR：到家了吗？

陶：刚进门。

陶：准备动手啦！

他的消息刚发出去，霍燃就打来了视频通话。这是他第一次跟霍燃通视频电话，镜头里的霍燃看起来和真人完全一致。

"现在开始吗？这两道菜做起来还挺简单的。"

"好！我做好准备了！"

说着，霍燃特意移动手机，给他展示了一下自己的围裙，上面印着一只棕色小熊："好像是买锅的时候送的，也可能是我妹偷偷拿来的，是不是很好笑？"

陶知越想象了一下霍燃一米八几的个子穿着小熊围裙，忍住笑："不会，很适合你。"

"是吗？那我就不重新买了。"

"不要换掉，就穿这个。"

正式开始做饭时，手机被架在一旁，在菜刀敲击砧板的声音里，他一边教霍燃怎么操作，一边同霍燃有一搭没一搭地聊着天。

"切掉金针菇的根部，然后用手把它们压散，再焯水……"

"我在烧水了，马上就好，等我一下。"另一边传来咕噜咕噜的烧水声，还有霍燃的声音，"今天工作顺利吗？"

"很顺利，写得很流畅，中午还睡了午觉。你呢？"

"开了一天会……"

食物的香气与平淡的日常交织在一起，令人不自觉地沉溺其中。

"菜的分量不一样，做出来的口味也不一样，所以具体放几勺调料没办法教你，你自己看着来，不确定的话，就随时尝一下味道。"

"好，我可以的！"霍燃信心满满，"这道菜真的很简单。"

"不要给自己立 flag①……"

"这个网络语我知道！不会的！"

金黄的汤汁浸没了浅褐色的肥牛，在大火的炖煮中，冒着小小的气泡，散发出灯笼椒特殊的香气。

---

① flag 在英文中的意思是"旗帜"。中文语境中的"立 flag"指立一个目标。

陶知越舀起一勺汤，轻轻吹气，小心地尝了尝。酸辣交织，瞬间激活了味蕾，味道调得刚刚好，可以出锅了。

霍燃也学他的动作，喝了一小口汤，结果立刻拧紧了眉头："为什么我的这么酸?!"

陶知越忍不住笑出了声："是不是……醋放多了?"

在陶知越的倾情指导下，醋放太多的霍燃又撒了很多糖进行中和，放完了感觉还不对，又乱七八糟地放了一堆调料尝试挽救。

最后，视频里的霍燃忐忑地举起勺子尝了一口，表情变了几秒钟，强行给出了一个自信的评价："……好吃!"

见证了霍燃做菜全程的陶知越忍着笑咳嗽一声，假装严肃地进行点评："颜色还挺好看的，我也觉得味道肯定不错。这是你第一次做稍微复杂一点的菜，已经做得很好了。"

霍燃叹了口气，眼巴巴地看着视频另一端明显更赏心悦目的酸汤肥牛，言不由衷："这道菜很有纪念意义，所以我决定明天给妹妹打包一点送过去。不能只有我一人品尝到这样的美味，要跟大家分享。"

陶知越跟着出馊主意："不如给你爸也带一份?"

"……好主意!"霍燃一拍桌子，兴奋地说道，"就这么决定了，幸好买了三斤肥牛卷，一人一斤!"

陶知越看着霍燃一系列的神情变化，笑到不行。

"对了，说到我爸……"霍燃组织了一下语言，通过屏幕观察着他的表情，"我能把你介绍给我爸吗? 他一直担心我回国之后跟同龄人相处得不好，我想让他放心，这样以后你也方便来家里玩，我妹妹一直说想见你。"

陶知越有些惊讶，其实他还没有做好跟这个世界的其他人产生联系的准备。但不得不说，霍燃的家庭关系出乎他的意料，丝毫没有传闻中豪门钩心斗角的感觉。而且在霍燃的不懈努力下，白手起家的冷峻富豪霍振东在他心目中的形象已经跟一个普通的中年人没什么两样了。

陶知越悄悄下了决心，提醒道："那你别告诉你爸这个酸汤肥牛是我教你的……"

霍燃反应了一下，眼睛亮了："你同意了！"

"明天就告诉他。"霍燃兴奋地说道，"过几天去看我妈的时候，也顺便跟她说一声，省得她总是被我爸误导，以为我完全交不到朋友。"

听霍燃这么说，陶知越才意识到从来没听霍燃提起过母亲，网上也不曾搜到过她的信息。

霍燃见他表情有些疑惑，马上解释道："好像没跟你说过。他们前几年就离婚了，后来我妈再婚了。她说是真爱，对方又年轻又帅，总之过得比以前开心多了。

"去年她刚生小孩，每天要围着小朋友转，很忙，又要调养身体，所以这一阵接触得比较少，我也不想太打扰她的新家庭。"

最后霍燃总结道："总的来说，我爸妈属于感情破裂后和平分手，没有什么复杂的纠葛和矛盾，是还能坐下来一起喝杯茶，聊聊我的终身大事的那种。"

看着霍燃郑重的表情，陶知越忍不住笑道："你看起来好像在做报告。"

霍燃认同地点点头："差不多，我觉得朋友之间多点了解很重要。"

陶知越随口附和道："那你了解我就可以了，不过我没有别的情况。"

霍燃闻言顿了一下，试图转移话题："啊，菜要凉了！"

酸汤肥牛出锅后，两个人又各自炒了一盘空心菜。刚才在做前一道菜的间隙，两个人已经把空心菜洗净了，腐乳也用勺子压碎了。直接炒蔬菜很快，几分钟就做好了。

大功告成，陶知越看着面前冒着热气的两道菜，又看看视频里霍燃家餐桌上一模一样的两道菜，总有种奇妙的感觉。

霍燃同样盯着手机屏幕，发出了惊讶的声音："为什么你的菜梗是白色的？"

陶知越解释道："是这边特有的品种吧，我觉得比绿梗的要脆，很好吃。"

"没想到今天我一败涂地……连菜梗都输了。"霍燃沮丧地说道，"好想去晋北啊，想吃你做的菜。做菜真难。"

"现在刚换了公司，新项目我很喜欢，暂时不能走。"陶知越略带歉意地安慰道，"平时周末或者放假了，我会尽量过去的。"

霍燃像在思考什么："没关系，我也会想办法的。"

就着客厅明亮的灯光，相隔千里，他们开始共进晚餐，这一夜就在越扯越远的闲聊中度过。空气里始终飘荡着引人垂涎的酸辣香气，两人脸上的笑容怎么也止不住。

第二天早上，陶知越准点去上班的时候，连"单身癌"患者官宇冬都发现了他溢于言表的快乐。

"昨天下班出去玩了吗？"官宇冬从对面的电脑屏幕后探出脑袋，羡慕地望着他。

陶知越觉得这个说法基本正确，点头认可道："对，跟朋友一起吃晚饭了。"

"呜呜呜！真好，而我只能在家玩游戏……"

"游戏"这个词提醒了官宇冬，官宇冬突然问道："对了，昨天忘记问你了，你上次说的那个吸血鬼游戏听起来好好玩，但我周末搜了一圈也没找到类似的。那个游戏叫什么呀？现在还能玩吗？"

陶知越正在敲键盘的手指僵硬了一下。

"那个……啊，可能玩不到了吧，很老的游戏。"他有点吞吞吐吐的，"是很久以前玩的了，别人传给我的，名字是乱码，所以我都不记得叫什么了。"

他不喜欢撒谎，但这个谎不得不撒。

"原来是这样。"官宇冬遗憾地缩回头，"那我再努力找找'代餐'！那个设定好有趣啊，实在不行就只能等我们自己把这个做出来了。"

见官宇冬没再问下去，陶知越默默地松了一口气，平复着心情。其实他有点后悔，那天沉浸在令人头脑发热的激情里，一时间忘记那是另一个世界的产物了。这个世界里并不存在他描述的那款吸血鬼游戏，希望那天在场的同事不会深究这个问题。

昨天整个项目组一起讨论，给要做的这款恋爱向 AVG 手游暂定名为《新世界》。陶知越来这边之前，是黄程序负责程序框架的编写，现在底层逻辑有了变动，所以两个人要一起进行修改。

由于在面试那天非常果断地认了"爸爸"，黄程序现在怎么都不肯被叫成黄哥，在陶知越哭笑不得的劝说下，以两个人互称小黄和小陶告终。一整个上午，两个人时不时凑在一起小声讨论技术问题，导致陶知越脑子里除了代码，就是一声又一声小黄。直到午饭时间霍燃发来消息，他依然没缓过来。

HR：给你欣赏一下两个珍贵的瞬间！

霍燃发来了两张照片。

陶：好的，小霍，我看看。

一张是霍振东穿西装、打领带坐在办公桌前的照片，他面前摆着一份酸汤肥牛，表情里有种显而易见的困惑。

另一张照片里则是一个年轻女孩，嘴巴鼓鼓的，似乎正在吃东西，和昨天神情变幻莫测的霍燃一模一样。

陶知越立刻猜到了她的身份。兄妹俩不光长得像，而且都有一种阳光的气质，一眼就让人心生好感。

陶知越脸上泛起笑意，疲惫的大脑渐渐放松下来，回过神，他才意识到自己刚才回复了什么，而霍燃已经对此发表了大量个人看法。

HR：我喜欢这个叫法！

HR：这个语气也很特别，令人过目难忘。

陶：……

陶：刚才叫同事叫顺口了……

HR：我不管，以后我就是小霍了！

HR：本来想改昵称，但是不能让别人这么叫，所以你给我改个备注吧！

HR：［狗狗打滚 .gif］

思考的当口，只见霍燃满屏幕打滚，他只好笑着应下。

陶：改改改！

陶：好啦！

对面的官宇冬端着午餐回来，恰好看见他对着手机屏幕傻笑。

"可恶，明明还没吃饭，为什么我已经饱了……"小官愤愤道。

小霍：为了感谢同事给你带来的灵感……

小霍：我想请你的同事们喝下午茶，可以吗？

小霍：［星星眼 .jpg］

陶知越的视线在官宇冬的表情和小霍的发言之间游移了一下，忍不住提醒道："慢慢吃，下午还有。"

官宇冬当即哀号："我不想长胖!!!"

下楼吃饭的江野从一旁路过，瞅了聒噪的小官一眼，提着水壶象征性地给垂叶榕浇了一点水，才慢悠悠地走向厨房。

官宇冬已经撑到麻木了："我都忘了还有每天的喂饭环节，这个世界好残酷……"

陶知越笑得更厉害了。

他没推辞，把公司的地址发给了霍燃，顺便叮嘱了几句。

陶：如果方便的话，再买一包植物肥吧。

小霍：植物肥? 你在养花吗?

陶：不是我。

陶：这个问题比较难解释……

陶：好像太麻烦了，还是带一瓶矿泉水吧。

陶：就算不能浇……不能喝，也是一份心意。

陶：［小熊鞠躬 .gif］

小霍：好的!

小霍：虽然我听不懂，但是感觉很神奇。

陶：没关系，我懂了也觉得很神奇。

下午三点多，窗外阳光普照，正是打工人最困倦的时候。门铃响起，霍燃精心安排的下午茶送到了。

陶知越主动跑去开门，开门的刹那，即使做好了心理准备，也还是被眼前的阵仗吓了一跳。

一排穿着制服的送餐员工，推着数辆盖有透明罩子的小餐车，冲他露出礼貌的微笑。

点心车上摆满了花样繁多的甜品等食物——缀满奶油花的杯子蛋糕、色彩缤纷的马卡龙、滑嫩软弹的布丁、造型逼真的盆栽慕斯、甜味四溢的爆米花，甚至还有方便随手拿取的寿司和刺身。

饮料车上各种饮品一应俱全，有手冲咖啡、现泡奶茶、鲜榨果汁、冰镇可乐等，还有一排高端矿泉水。

送餐员工推着小餐车鱼贯而入的时候，屋里的同事接连露出了震撼的表情。

有人大胆地叫醒了正在阳台上打瞌睡的江野："老板，你偷偷和榕总领证了吗？这难道是婚礼现场？你们这是闪婚吗？我们应该送红包，还是送点别的？"

睡眼惺忪的江野："……"

官宇冬先反应过来："啊啊啊，下午！陶陶，是不是你朋友送的？"

陶知越鼓起勇气回道："对。"

霍燃不仅买了矿泉水，还买了植物肥，陶知越将这些一并送到了榕总面前。江野有些意外，对他说了一声谢谢。

分享快乐的时候，人和植物是平等的。

在诱人的甜品前，"真香"总是来得很快。官宇冬完全忘记了不想长胖的誓言，吃得不亦乐乎。

其他同事也一样，暂时放下了千头万绪的工作，穿梭在令人眼花缭乱的小餐车之间，叽叽喳喳地聊着天。

陶知越拍下一张照片，给霍燃发过去。

陶：收到了，大家吃得很开心，都说谢谢你。［微笑 .jpg］

小霍在线蹲守，几乎秒回。

小霍：我也很开心!!

小霍：［小熊转圈 .gif］

屋里一片欢腾，熏风从窗户缝隙里偷偷钻进来，拥抱满室的甜意。

陶知越笑着挑了一个可爱的小熊表情回过去，顺手摸了摸被风吹起的头发。

阳光倦懒，身后的垂叶榕轻轻抖动着嫩绿的叶子。

窗外艳阳高照，中央空调簌簌地持续吹出冷气，仍有人拿纸巾擦着额头上的汗水。

会议室里回荡着专家们激烈的争论声，霍振东坐在主座上凝神聆听，秘书在一旁做着速记。

霍燃坐在霍振东的另一侧，时不时低头在笔记本上写点什么。他和霍振东一样，穿着高级定制西装，表情冷峻，仿佛在思考几个亿的大问题。

而在深咖色的厚重桌板下，他先不动声色地跷起了二郎腿，又突然想起昨天晚上陶知越随手转发给他的文章《注意，这种坐姿要不得！》，只好自觉地放下腿。

又是在会议室里坐到屁股发麻的一天。

从他上次给霍振东提的建议出发，经过反复研讨，现在霍氏的 TOD 项目的开发方向有了很大的变动。因此这几天所有人都很忙，霍振东更是天天在办公室里待到深夜，他一下子也找不到合适的机会跟霍振东聊聊最近的生活。

霍燃偷偷地看了霍振东一眼，正在观察众人表情的霍振东接收到了他的视线，微微侧过身来，低声问道："是不是有什么想法？"

霍燃也稍稍凑过去一点，正色道："我觉得说着说着又开始跑偏了，还是先确定第一批项目落地的城市，再讨论细节。"

在很多人同时讨论一件事的时候，很容易出现这样的情况，专业背景各异的人会揪着一个还没确定的东西，不停地讨论可能的利与弊，由此不断延展，最后发现半天下来聊了个寂寞，这个东西可能根本不会出现在方案里。

霍振东沉思了一会儿，找到一个缝隙插入话题："现在有两条路，或者一路走高投入、高收益的大城市，或者先拿下影响力比较小的中小型城市。现在数据也收集得差不多了，先选一条路吧。"

眼见两派又要开始漫长的各抒己见，霍燃快速地翻阅了一下这几天写下的东西，抢先开口："各位，鉴于我们在商业目的上主要考量的是打造品牌影响力，我想从年轻人的角度提供一个思路。"

他的表情很认真："TOD 服务的基本对象是本市居民，但真正能让它声名远播、拥有巨大影响力的，其实是来自全国各地乃至世界各地的游客。

"现在，游客群体的主力军是掌握了网络话语权的那一批年轻人。我觉得应该从他们最有共性的兴趣点出发。

"除了无法被简单复制的当地景区，我认为最重要的两个吸引点是美食和购物。其中美食的门槛更低，近几年名声大噪的几座旅游城市，基本都是以特色美食为卖点的。

"可以想象这样一个场景：周末或者工作日夜晚的短途出行，在地铁站甚至机场车站，直接在TOD综合体中完成一站式美食和购物体验，城市的特有风格在这个微缩的都市圈里也会有所体现。

"虽是即来即走，但短短几小时就可以领略这座城市最具吸引力的风景，将跨市跨省旅游变成一种日常行为，重复到访率会大幅提高，由此产生的话题度和影响力是呈指数级增长的。

"如果从这样的愿景出发，我认为应该优先考虑这座城市是否具备持续的旅游吸引力，而不是城市规模。"

话音落下，会议室里安静了一会儿，众人很快又沿着这个方向展开了热烈的讨论。霍振东倒是有些意外地看了他一眼。

今天的会议初具成效，散会后，老霍总又留下了火急火燎想下班的小霍总。等其他人都走完了，霍振东喝了口茶，开门见山："说吧，最近是不是遇到什么事了？"

霍燃卸下总裁的标准表情，松了松领带，诧异道："有这么明显吗？"

"你从小就对我的生意没有兴趣，大学也不愿意念商科，毕业后玩了一年，居然真的按时回来了，这就已经让我很吃惊了。"霍振东语气平静，"我本来以为你会到处流浪几年，最后没办法了，不得不回来。不过你回来了我也没让你马上接触公司的具体事务，而是先从跟人打交道开始，慢慢培养兴趣，免得一堆事抛过来，你直接撂挑子。"

霍燃心虚道："哪儿有这么夸张……而且也不能怪我，没兴趣就是没兴趣，这是天性。"

"那怪望远镜？"霍振东难得跟他开了个玩笑。

"当然不是。"霍燃立刻否定道，"实在不行就怪基因突变吧。"

霍燃五岁生日的时候，事业已经初具规模的霍振东本来打算给他买一套讲理财的启蒙童书作为生日礼物，从小培养他的财商。

结果那天突降大型流星雨，坐在前往商场的车上还忙碌地打着工作电话的霍振东一晃眼就看到了。

坠落的流星拖着长尾从天际划过，灿烂无比，路上的行人不约而同地驻足抬头，深深地凝望着被光芒点燃的夜空。

霍振东摇下车窗，一时间连话都忘了说，任由电话那端传来"喂喂喂"的声音。

最后他在商场图书柜台前犹豫了一会儿，放弃了买书的念头，走到另一层的柜台前，给霍燃买了一个精度很高的天文望远镜。

从那一晚收到礼物开始，霍燃便被浪漫、恢宏的星空吸引，没事就缠着管家带他找个好位置看星星。再长大一点，他开始天天嚷着要环游世界，对霍振东日进斗金的生意毫无兴趣。

霍燃环球旅行结束回国之前，除了从小认识的朋友，几乎没有人知道他是霍振东的儿子，连大学室友都以为他只是家庭条件还不错而已。

有他这个在富二代之路上完全跑偏的哥哥，妹妹霍思涵更是有样学样，看不出半点大小姐的样子。

"不过我还挺好奇的，如果那天你按照原计划给我买了书，现在我会是什么样的。"霍燃不禁有点感慨，"我会变成那种特别有商业头脑的工作狂吗？"

"没有如果。"霍振东摇摇头，"每一条路上都有无数分岔的小径，走向哪里，既是命运，也是偶然。"

谈到这里，霍燃觉得是一个很好的契机。

他清清嗓子，郑重地说道："爸，其实我最近的确遇到了一件在你眼里可能有些特别的事……"

霍振东顿时有些紧张起来，背都挺直了："你说吧，我承受得住。"

"……先不用露出那种随时准备大义灭亲的表情。"霍燃忐忑道，"我就是交了个网友，还见面了，没有那么严重。"

霍振东怔了怔，直直地看着他。

霍燃揣摩着霍振东的神情，忍不住又端起杯子喝水，准备迎接即将到来的暴风雨。

沉默片刻后，霍振东点点头："哦，知道了。"

霍燃等着霍振东继续往下说，结果霍振东就这么停住了，低头盯着杯子里澄澈的茶水中浮动的叶片，不知在想些什么。

霍燃的心还高高地悬着，只好没话找话："你有什么想法都可以跟我说，无论是觉得不靠谱还是不理解，不要憋着，有脾气就发出来，然后我再想办法跟你达成共识……"

在他的絮语里，霍振东冷不丁地问道："你最近来公司上班很用心，是因为这个网友吗？"

"啊？应该吧。"霍燃挠挠头，"我没这么想过，但你这么说，好像是有这个原因……"

说着，他自顾自地分析起来："其实也不能说我对你的生意完全没有兴趣，也许是之前一直认为你已经在这方面做得很好了，我大概没法超越你，所以下意识地觉得与我无关。"

"现在不知道为什么，忽然感觉有了动力。不过他工作真的很努力，我肯定受到了感染，所以你说得对，是受了他的影响。"总结之余，霍燃还不忘给朋友贴个金。

霍振东看着他的表情，目光里渐渐透出无限的怀念。

"你很像二十多年前的我，但比我幸运。那时候日子过得太苦，连帮我补件衣服，你妈都得时刻盯着线团还剩下多少，更不敢生孩子，怕害了你们。

"后来我辞了工厂的活去做生意，从摆地摊开始，每天收工数钱的时候，也跟现在的你一样，兴奋得头发都快竖起来了。

"后来我走对了一条被人说是奇迹的路，可惜也走错了一条更重要的路，你要以我为鉴。"

在霍振东低声的感慨里，霍燃觉得心好像被轻轻地撞了一下。

"最近去看过你妈吗？"霍振东问道。

"前天晚上去了，她又胖了一点，看起来很健康，居然还反过来说我胖了。"霍燃敛起情绪，边回忆边笑起来，"这件事也告诉她了，她惊讶了半天，说没想到我还会跟人在网上聊天。本来前几天就想跟你说的，但你太忙了，没有找到机会。"

"那就好。"霍振东脸上露出微笑，牵起了眼角的皱纹，"时间差不多了，你想下班就快回去吧。你的私事我不干涉，我相信你知道自己在做什么。"最后说道，"我应该更早相信这一点的。"

霍燃过了很久才反应过来，这是霍振东在对往事表达歉意。他站起来准备离开，转身之前，想了想，伸手跟霍振东握了握。

"爸，谢谢你。"他的声音很诚恳，"明天见。"

霍振东坐着目送他离开，微微颔首，应声道："明天见。"

第十二章

心 墙

霍燃站在最耀眼的那道光下面，
兴奋地向他招手。
很像时光倒流，又像人生重构。

小霍：早上好！

小霍：又到周五了！

陶：早上好！

陶：今天会叫我什么？

小霍：我掐指一算，会在你吃完早餐后随机生成。

小霍：所以快起床洗脸刷牙！

被闹钟叫醒的陶知越本来还有点迷糊，看到霍燃字里行间洋溢着活力的消息，很快就清醒了。他起床，换好衣服，快步走向卫生间。

上次霍燃说以后要早起，结果在这一周的时间里，霍燃真的坚持做到了，比他醒得还早。于是陶知越每天清晨一睁眼，就能看到霍燃朝气蓬勃的"早上好"。而且，每天都有一个小小的惊喜——今天霍燃会叫他什么。

霍燃想了很久，都不满意自己给他想出来的称呼，最终决定把一切交给天意，每天想到什么就叫他什么。

周一是中规中矩的"知越"。周二开始剑走偏锋，突然转变物种成了"麻团"。周三被叫了一天"靓仔"。周四是意味不明的"吱吱"，搞得陶知越一听见窗外的蝉鸣，就有种被点名的错觉。

今天会是什么呢？陶知越思考着这个问题洗漱完毕，走到厨房煎了一个荷包蛋，用微波炉热了一下吐司，再倒一杯牛奶，就是一顿丰盛的早餐。

他例行拍下照片，给霍燃发去。霍燃立刻回复了。

小霍：好！

小霍：蛋包荷！

陶知越咬着荷包蛋笑了出来。

陶：我应该假装没看出来，这是把荷包蛋倒过来叫了吗？

小霍：应该！

小霍：［猫猫傻笑.jpg］

陶：我已经发现规律了。

陶：这周生成称呼的主要数据来源有我的名字、我的早餐、你的早餐，还有你早上看手机时接收到的随机信息——以搞笑段子为主。

陶：要不我给你写个随机生成器？

陶：这样你会充满惊喜。］

陶：［蒙混过关.jpg］

小霍：不用！

小霍：明天我就换一个你猜不到的命名方式。

陶：是吗？

陶：上午要专心工作，午餐时间太晚了，用不上，再根据你基本固定的行动路径判断，就只能是上班路上看到的东西了。

陶：那样的话，数据量就太大了，不好预测。

陶：你应该不会叫我红绿灯吧？

小霍：［打.jpg］

小霍：我再换一个方式！！

小霍：明天你一定猜不到！

在令人心情愉悦的幼稚对话里，陶知越吃完早餐出门，坐上公交车前往公司，精神抖擞地度过本周最后一个工作日。

一眨眼，陶知越已经在一棵树游戏公司上了两周的班。

别墅里的空间很集中，在工作之余，这里有很浓厚的生活氛围，每天中午阿姨做的饭更让人有种回家的感觉。

在这样毫无距离感的友好环境里，陶知越和项目组的同事们很快熟悉起来，时不时会聊些生活琐事。现在陶知越到公司之后，都会先和同事们随意聊几句天，九点再正式开始工作。

今天程序小黄一来就很兴奋，甚至给每个同事都发了一包糖。

官宇冬盯着手里包装粉嫩的软糖，震惊地判断道："这必不可能是喜糖。"

小黄就差手舞足蹈了："我老婆出重制版了！八年了，终于重制了!!"

"冷静一点，这样听起来很吓人。"方时武接着问道，"伊蒂丝的手办终于重制了？"

"对对对，再也不用供着翻车版了。"小黄疯狂点头，"新版本细节做得真好，上色也好看，昨天有大佬说实物更好。我的青春回来了!!"

官宇冬松了口气，刺啦扯开了包装袋，放心地吃起了糖："哼，谁还没有个纸片人老婆！"

"不光一大批手办要重制，还有人放消息说跳票了这么多年的第二部动画也要出了！"

"哇，真的吗？《光辉学园》？那我的青春也回来了！"

一旁的陶知越听他们聊天，轻轻地捏了捏手中装满软糖的包装袋。透明的塑料袋子发出咯吱咯吱的声响，他顿了顿，安静地转头打开电脑。

一切都很好，但似乎存在一个小小的问题。

周五下午是一棵树游戏公司固定开周例会的时间。在这个大家普遍不想工作、归心似箭的下午，开这样不太费脑的小会再合适不过了。

为了保证充足的带薪闲话时间，在由主策划、主美术和主程序分模块总结了本周项目进度，并由主策划兼制作人方时武展望了下周目标之后，大家还会选一位同事来做个人分享。内容可以是向大家介绍一款自己最近玩过的游戏，也可以随便说些什么，比如安利自己的小众爱好，甚至说一说出去旅行的经历。

大家会自然而然地就这个话题展开气氛轻松、融洽的讨论，然后愉快地结束这一周的工作，回家欢度周末。

这一周轮到官宇冬做分享。

会议室里，等方时武推着眼镜总结完下周的目标任务，大家鼓完掌，氛围就彻底轻松了。大家嘻嘻哈哈地调侃着正要打开 PPT^① 的官宇冬。

"等一下！先别放！让我们来押一下这周呱呱要分享的是猎奇游戏，还是悲伤的感情经历。二选一，反正没有别的可能了。哈哈哈哈！"

"我赌五毛钱是求助被妹子拒绝了该怎么办。我有证据！我看见小官昨天下班的时候偷偷去卫生间照镜子了。"

"最近公司里充满粉红色的气氛，所以呱呱你会带来一个出乎我们意料的好消息吗？虽然我觉得可能性很小。"

官宇冬白了这群幸灾乐祸的人一眼，愤而说道："我保证今天分享的游戏不猎奇，而且非常有现实意义！"

官宇冬打开演示文稿，投影屏上立刻出现了一个体验感极佳的标题——《如何杜绝被吸血：蚊子传奇》。

当即有人吐槽："这是游戏？这明明是人间纪实。"

胸有成竹的官宇冬喝了口水，自信地开始今天的分享。

官宇冬先看了坐在一旁的陶知越一眼，大声说道："首先我要感谢陶陶！"

陶知越猝不及防地被点名，从游离的思绪中回神，仓促地摆好微笑。

"我对陶陶上次说的那个吸血鬼游戏特别感兴趣，不过搜了一圈没找到，陶陶也说玩不到了。但我每天没事的时候就会用关键词搜一搜，万一出现奇迹了呢！

"皇天不负苦心人，虽然没找到那个游戏，但我发现了这个神奇的网页小游戏！年代很早了，制作者留的个人域名都过期删除了。

"但是，这个游戏真的好好玩，脑洞超级大，画风很夸张、很搞笑，一小时不到就可以通关，结局至少有十种。我还没全部试完，这周末继续。

"开局你是一只不停嗡嗡嗡的大蚊子，可以通过吸不同生物的血发生变异。吸不同生物的血液、不同的吸血顺序会导致不同的变异方向。

---

① 演示文稿。

"然后蚊子的形态、吸血量都会发生变化，还可以不断进行繁衍，然后操纵密密麻麻的蚊子群攻击人类和其他生物。啊，繁衍之后真是满屏的嗡嗡嗡，太有真实感了，全身都痒了起来。

"被变异的蚊子吸了血的生物，也有概率发生变异，有时候场面会发展成变异生物大乱斗，附带各种'鬼畜'的特效。

"目前我打出的最满意的结局，是我的蚊子以摧枯拉朽的气势消灭了变异人类后，第六次物种大灭绝来临，一切从孢子开始进化，直到重新出现恐龙！不得不说，恐龙的画风比丑蚊子精致好多，好帅啊！"

官宇冬刚说完，全程目瞪口呆的美术组妹子立刻表示抗议："你还说不猎奇，这明明比上次那个从下水道开始挖穿地心的游戏更离谱！"

"不行，一听到'蚊子'这两个字，我的手臂就开始痒了……太可怕了，这种生物已经学会意念攻击了吗？"另一个同事说道。

小黄条理清晰："我觉得可以跟挖穿地心并列第一。当然，最猎奇的是呱呱本人。"

"附议！"

"这个游戏我记得，年轻的时候玩过。"在场年龄最大的方时武感叹道，"我记得那时候宿舍里不让挂蚊帐，时间一长，花露水也没用了，天天被咬得满身包。我上网搜还有什么解决办法，看到这个就兴奋地点进去，居然是个游戏。我好奇地玩了玩，结果玩得人都傻了，最后还真的杜绝被吸血了，因为人类都灭绝了，蚊子还吸什么……不愧是蚊子传奇。"

"我好像也有印象，前几年是不是在微博上被人翻出来火过一阵？"

"对，我记得有张游戏截图，是通关后会看到的制作者写的一句脏话，大意是他放弃跟蚊子搏斗了，打不过就加入，看谁玩得更大。当时乐死我了。"

大家聊得热火朝天，时不时爆发出欢快的笑声。陶知越听着，也不自觉地笑起来。

很多充满才气的游戏人会抓住生活里灵光一现的感受，做出这种十分特别的小游戏。

在周围的人热烈讨论的时候，他曾无数次想加入，分享记忆里那些令他难忘的事。但是不可以，理智先于情感，阻止了每一句快要脱口而出的话。

在嘈杂的聊天声中，官宇冬特意问陶知越："陶陶，你玩过这个吗？我觉得你会喜欢的，真的好有趣！"

"没玩过，也许在微博上见过吧。"陶知越镇定地说道，"我回去玩一玩。"

这是独属于生活在这个世界的人的记忆。因为两个世界的形态高度相似，甚至绝大多数与人们生活息息相关的产品，包括软件，只是换了个名字，功能大同小异，所以陶知越几乎从未觉得陌生或者格格不入。

他过了一年多封闭又安静的生活，不做多余的交际，不与人交心，也就没有机会发现那些隐藏在细节中的微小差异。

凭身体本能生活只牵涉物品的最基本的功能，可以吃，可以用，可以看，就能够借此活下去。而试着用心与人交往，试着和别人交换生命中值得一提的故事时，就会不可避免地触碰到记忆。那是附着在所有物体之上的无形的，却充满情绪和感受的记忆。它像一堵墙，最简单也最坚硬，轻而易举地挡住了贸然闯入的外来者。

每周例会结束了，大家闹哄哄地回到工位上，收拾东西准备下班。

陶知越关掉电脑，正要离开，又看见那包原封未动的软糖。他怔了一会儿，最后还是拿起来，默默地放进了口袋。

和同事们一一道别后，陶知越独自走在前往公交车站的路上，听着自己轻缓的脚步声。

他忽然想起来，很久以前，跟朋友打发时间的时候，玩过一个简单又上瘾的多人小游戏，叫作《谁是卧底》。

每人抽一张词语卡片，譬如五个人中会有四个人抽到"豆浆"，还有一个人抽到"牛奶"。所有人轮流描述自己抽到的卡片，但要描述得很谨慎，直到确认自己属于多数派，然后致力于揪出那个混迹其中的"异类"。慢慢地，那个抽到不同卡片的人会发现原来别人描述的东西并不是牛奶。为了不被发现异样，他需要仔细地判断别人究竟在描述什么，然后尽力朝他们靠拢，假装自己和大家是一伙的，在谈论相同的事物。

现在，陶知越就是那个正在努力隐藏手中卡片内容的异类。

另一个口袋里，手机传来叮叮咚咚的消息提示音。

小霍：我下班了，蛋包荷同学！

小霍：［狗狗打滚.gif］

小霍：今天晚上要看恐怖片吗？

陶知越停下脚步，想了很久才发出一条消息。

陶：你玩过一个叫《如何杜绝被吸血：蚊子传奇》的游戏吗？

小霍：这是什么东西？

小霍：还有这样的游戏？是指导怎么防蚊的吗？

陶：不是，是玩家操纵蚊子，反过来消灭人类，甚至毁灭世界。

小霍：好神奇！我又学到了新的游戏知识。

小霍：说起来，可能因为我体温高，只要我没提前做好防蚊措施，蚊子就一定会咬我，看都不看别人一眼。

小霍：我小时候一度怀疑，有些同学一到夏天就喜欢跟我玩，就是为了防止被咬。

小霍：所以你有没有一种十分幸福的感觉？

心情低落的陶知越被霍燃逗笑了。他想回答"幸福"，又看见霍燃发来了新的消息。

小霍：那晚上就玩这个游戏吧！［微笑.jpg］

小霍：周末到了，是时候一起毁灭世界了！

晚上回到家，陶知越吃完饭，把碗筷塞进水池，就迫不及待地奔向电脑了。

不想洗碗了，明天再说。人不偷懒枉周五。陶知越这么想着，心安理得地在电脑前坐好，给霍燃拨去了电话。

一接通，霍燃就发来热情洋溢的问候："晚上好！我刚吃完饭，正往楼上走，准备去开电脑。"

听筒里传来踢踏踢踏的脚步声，陶知越仿佛能清晰地想象出那个画面。

想起霍燃说过自己最近搬出来一个人住，他好奇地问道："你要一直自己住吗？现在那些麻烦已经解决了，搬回去跟家里人住会比较热闹吧？"

"啊，对！之前本来打算搬回去的，但是又发生了一点意外。"霍燃语气抱歉地接着说道，"说到这个，这周末你不用来燕平了。公司现在在规划一个大项目，很忙，明天我就要去外地出差考察了。后面我可能一直要往外面跑，我爸也会天天不着家，我妹又准备跟朋友去毕业旅行，家里没人，所以我懒得搬回去了，忙完了再说。"

"原来是这样。"陶知越有点遗憾，但也能理解，比起小说里那个每天都在疯狂工作的冷酷总裁，这个每天准时下班跟他聊天的霍燃已经很好了——简直不像一个公务缠身的总裁。

不过他还是感到一丝惆怅，一个人的日子总是很无聊。

霍燃感受到他的情绪，立刻安慰道："时间过得很快的，不用等到下个周末，这次出差结束我来找你！"

"好，那我提前做个攻略，找找晋北有什么好玩的。"

霍燃相当积极地提建议："可以上天空论坛的旅游版块看！"

陶知越失笑："这明明是我告诉你的，你怎么还反客为主了？"

"我怕你忘了嘛！"霍燃试图蒙混过关，"我打开游戏页面了，是在网页上玩的那个吗？"

"对，就是那个，画风很粗糙。"

"确实很粗糙。"霍燃深有同感，"我们比比看谁先毁灭世界！"

说话间，陶知越也打开了游戏。

开局是一只简笔画的灰色大蚊子。场景的绘制水平非常有"弹性"，有的地方画得还算认真，有些稍微复杂一点的物体就直接画个框，标上几个大字，比如电风扇。这个游戏里的生物也一样，有些画得很形象，有的全靠注释文字辨认。

看得出来，制作这个游戏的人，当时的心情肯定跌宕起伏。大概是一只手在拍蚊子，另一只手在抹风油精，然后用脚狂踩键盘。

玩的时候，陶知越全程表情惊奇，时不时能听到霍燃一本正经的吐槽："我看出来了，这个老虎是把猫复制粘贴过来的吧！就在脑门上写了个王字，笔画还是歪的。

"我以为这是刺猬……居然是榴梿！但是蚊子吸血的游戏里为什么会有榴梿啊？真的会有蚊子去咬榴梿吗？

"我试了一下，结果嘴断了，榴梿果然很硬……咦，现在嘴又长出来了！"

陶知越听得乐不可支，玩游戏的快乐加倍。

他对官宇冬说的物种大灭绝后重新出现恐龙的结局很感兴趣，所以思考了一下其中的逻辑，然后特意搜了搜恐龙的近亲，准备挨个咬一遍，试图激起它们的怒火，等待欣赏恐龙重生的大场面。

在陶知越为第六次物种大灭绝而努力奋斗的道路上，霍燃不断地发出新奇的感叹。

"我的蚊子繁衍出了好多小蚊子！

"咦，蚊子还会说话啊？虽然只是在复读。"

"对，我也看见了。"陶知越在游戏中繁衍蚊子的时候，看到过"我变强了！""我又变强了！"的文字气泡，出现最多的是时不时弹出来的"嗡嗡嗡"。

一嗡起来，他就觉得手臂有点痒："这种心理作用太强了，你觉得身上痒吗？"

"不痒，我今天做好了防蚊措施！"霍燃很自信，"对了，我买过一个驱蚊灯，特别好用，你要吗？我叫人送一个给你。"

"这个真的有用吗？"陶知越不确定，"我以前想买，又看好多人说没用。"

"我觉得很有用，你试试看，不好用可以飞过来打我。"

"好的，那我信了。"

陶知越顺手把地址发过去，调侃道："你现在自信的样子，好像那天做菜的样子啊！"

提到这个霍燃就郁闷："为什么我就是调不好味？前几天本来想给我妈也带一份，又做了一遍，结果味道还是那么复杂……凭感觉放调料真是一门深奥的学问。"

陶知越憋着笑安慰道："下次我手把手教你一遍，应该会好很多。"

"好！我会用心记……"

闲聊着，霍燃突然惊恐起来："完了，我把游戏玩坏了。"

"什么？"陶知越一脸蒙，"玩坏了？"

"就是我玩着玩着，突然黑屏了，上面冒出来一句话，说蚊子灭绝了，我把游戏玩坏了。"霍燃语无伦次，"我没有啊，我什么都没做，我很正常地在玩啊！"

陶知越也很震惊："还有这样的结局？你是怎么玩的？"

"我就是……正常玩的？"在拉长的声音里，霍燃渐渐不自信起来，"我咬了几个人，发现蚊子的翅膀和嘴会变，我就想，形状可以变，那颜色是不是也可以变？现在这个灰色的太丑了。我刚好遇到一头猪，就咬了它，又找了一些粉色的东西咬，比如火烈鸟、海星等，还有人类粉红色的头发……为什么头发也可以被吸血啊?! 虽然这个变色的逻辑很奇怪，但是我的蚊子真的变成粉色了。而且蚊子开始说话，冒出很多文字气泡。"

陶知越这才反应过来，他们看到的文字内容应该不太一样："你的蚊子说什么了？"

"就说三个字——变色了。满屏都是'变色了'。我以为这是普通的变色提示。"

陶知越捂住话筒，开始笑了。

"蚊子变成粉色后，我又想知道，如果再咬其他颜色的动物，会直接变成那个颜色还是会把两个颜色中和一下。

"所以我又咬了一些蓝色的动物，比如蝴蝶、蓝鹦鹉……呃，还有蓝色的头发……这个制作者真的画了好多奇奇怪怪的东西。蚊子最后直接变成蓝色了，没变成紫色。

"然后变色提示又弹出来了。好吵，所有的蚊子都在复读。"

陶知越觉得自己找到思路了，强忍着笑意："你黑屏之前蚊子是什么颜色？"

"我想想……好像是黄色。"霍燃努力回忆道，"我想，既然能咬榴梿，就应该能咬其他水果，所以试着吸了一些芒果、菠萝……

"居然真的可以！蚊子慢慢变黄了。我又咬了几个皮肤特别黄的黄种人，蚊子就更黄了。

"然后在满屏幕'变色了'的时候，画面卡住了，弹出来一个红色标题的警告，内容全是英文，我还没来得及细看就黑屏了，一直没再变回来。我截图给你看。"

陶知越点开霍燃发来的图片，扑哧笑出了声。

在黑色屏幕中央趴着一只吐泡泡的大河蟹，旁边飘着一行字："蚊子灭绝啦！恭喜你成功玩坏了游戏！"

霍燃又发来一张截图：屏幕上大片大片的黄色蚊子，层层叠叠的文字气泡里写满了"变色了"。

霍燃忧心忡忡："这不是真的玩坏了吧？能重新开始吗？我还没毁灭世界啊，怎么反而把蚊子灭掉了？

"为什么蚊子变色了，屏幕上会弹出惊悚的英文警告？为什么蚊子会突然灭绝？

"我明明没造出来什么能对蚊子造成威胁的生物……难道是最后这只螃蟹干的？这也不合理啊！它是怎么做到的？用吐出来的泡泡封印了蚊子吗？"

在霍燃相当天真的十万个为什么里，陶知越整个人都快笑没了。

他尝试憋住笑，回答得断断续续："没坏……这是设计游戏的人在开玩笑……就是河蟹干的，不要慌。"

"这是什么玩笑？"霍燃对他的快乐一无所知，疑惑道，"你在笑吗？怎么声音听起来怪怪的。"

"我才……没笑。"陶知越笑得肚子痛，实在藏不住了，"玩笑太多了，解释不清，反正就是……你很可爱。哈哈哈哈哈！"

不能只有他一个人笑成傻瓜。本着独乐乐不如众乐乐的想法，陶知越一边笑，一边颤抖着把变色截图和玩坏截图发给官宇冬，感谢官宇冬分享了这款神奇的游戏。

是官不是呱：我的天，还能这样?!

是官不是呱：陶陶，你是怎么做到的？求求你告诉我，我想复刻。啊啊啊啊！

陶：不是我，是我朋友打成这样的。

陶：他说是咬了一些颜色差不多的生物，后来就莫名其妙变成这样了。

陶：迎来这个结局之前，蚊子是黄色的。哈哈哈哈哈！

是官不是呱：呜呜呜！啊啊啊！嗷嗷嗷！

是官不是呱：可恶，为什么制作人的联系方式失效了？我好想爬进他的脑洞里观光。

是官不是呱：我有思路了，下次我要试试看专咬成双成对的生物，饶单身动物一命，说不定会触发什么奇怪的变异。

是官不是呱：我相信这个制作人不仅仅被蚊子伤害过。呜呜呜！

陶知越笑得停不下来。

陶：好主意，不愧是你！

电话那端的霍·十万个为什么·燃还在不知疲倦地提问："虽然你夸我，我很高兴，但是我想知道我可爱在哪儿，下次争取再加油。"

"不要加油，这样最可爱。"陶知越使劲揉着快要笑裂了的脸，倦意上涌，"我笑累了，居然有点困了。"

"那今天我们早点睡。正好明天我要早起，不能睡太晚。"

周五晚上毁灭世界的计划失败，不过始料不及的是霍燃为陶知越打开了一个新世界。洗完澡钻进被子的时候，陶知越觉得自己像躺在软绵绵的云上面，整个人都很放松，仿佛下一秒就可以坠入柔软的梦乡。

睡前聊天的时候，霍燃依然对这个逻辑奇特的游戏耿耿于怀，喃喃自语："为什么会是螃蟹灭了蚊子？"

陶知越又想笑了，看了看朦胧夜色，又正经地说道："这个问题不适合晚上解释，下次白天告诉你。"

"原因很恐怖吗？我以为这是一个搞笑游戏。"霍燃惊讶道，"那我等白天再问你。"

"好，白天一定。"

在漫无边际的闲聊中，陶知越很快就睡着了，等他的呼吸变得轻缓、规律，另一端的霍燃悄悄挂掉了电话。

"晚安，好梦。"

于是这天晚上，陶知越真的做了一个很好的梦。

他梦见了一个只有线条的苍白世界，造物主很懒，所以画风就像那个蚊子游戏一样粗糙，近处是轻轻抖动的粗线条，远处则全是歪歪扭扭的文字："公园""斑马线""树""一群人"。

不知道什么时候，彩色立体的霍燃出现在他身边，然后世界渐渐有了形状和色彩。

树变成了真的树，慢慢长出青绿的叶子和深棕的枝丫。

人有了具体的模样。一个和妈妈牵着手的小女孩蹦蹦跳跳的。她穿着一身粉红色的连衣裙，连头上的发卡也是粉色的。她兴高采烈地说着话，专心聆听的妈妈低下头，笑着伸手捏了捏她的脸蛋。

街道对面的公园里，一只蓝色的蝴蝶翩然飞舞。

柏油马路向远方延展。灼热的太阳光照耀着路面，高悬天际的云朵缓缓飘浮，向地面投下明灭不定的阴影。

绿油油的行道树和流光溢彩的建筑交织成金色梦乡，而霍燃正在他耳边说话。

日光向他们倾泻，他不由自主地张开了双臂，空气温柔地闪着光，好像一伸手就能摘到太阳。

他摘到太阳了。

……

从梦中醒来的时候，陶知越望着照亮房间的晨光，只依稀记得自己梦见了霍燃，似乎是一个让他很开心的梦。

陶知越闭上眼睛，抱着被子又回味了一会儿才彻底清醒。

他的生物钟很规律，即使是周末，也只比往常多睡一小会儿就醒了。

现在一睡醒，他就会下意识地看手机。

今天霍燃起得也很早，六点多发来了早安问候。

小霍：早上早上好！

小霍：今天的天气真好，我觉得很适合出门玩。

小霍：可是我要出差。

小霍：［流泪猫猫头.jpg］

陶：你是不是困得神志不清了……

陶：早上早上早上早上好！

霍燃回复消息很快。

小霍：你又笑我！

小霍：你醒啦？那我让人把驱蚊灯给你送过去。

陶：好。

陶：我先去洗漱、吃早饭了。

陶：你快去忙吧！

小霍：好的。

小霍：［猫猫挥手.gif］

陶知越刷牙洗脸之后，走到厨房准备做早餐，拿鸡蛋的时候，想起昨天霍燃拙劣的起名方式，忍不住发笑。

他决定今天不吃吐司了，改成煎两个蛋。一个是标准的中间黄、周围白的煎蛋；另一个则特意把蛋戳破，让蛋黄流到蛋清的外面，变成黄包白。

小心翼翼地煎完了蛋，陶知越兴奋地给霍燃发去照片。

陶：荷包蛋和蛋包荷！

消灭了两位蛋兄弟，陶知越背着手在小小的房子里溜达了一圈。上次的大扫除没过去多久，平时他经常会扫地，所以房子里还很干净，不用怎么收拾。

在陶知越以前给自己规定的周末任务里，晴天是去公园散步，雨雪天是涮火锅。那时候是为了排遣无聊，免得让无事可做的自己陷入漫长的寂寥。

今天是晴天，但陶知越一点也不想去公园跟着老爷爷打太极。他的心情很好，好到打开电视随便看个"你好冷酷、好无情、好无理取闹"的电视剧，也能突然笑出来。

他窝在沙发里看了一会儿电视，门铃响了，应该是来送货的快递员。

"来了——"陶知越跳下沙发，走向门口。

他打开门，看见了那个完全在意料之外的人。

陶知越揉揉眼睛，又上上下下看了几遍，确定自己没出现幻觉。最后他的视线落在对方空空的双手上："你……你的驱蚊灯呢？"

霍燃的语气有点得意："我就是最好的驱蚊灯啊！

"我去搜昨天那个游戏的时候，看到好多人说本来是搜解决蚊子的办法的，结果阴错阳差地找到了那个游戏。我就猜你是不是被蚊子烦到了，才发现那个游戏的。

"所以我来了，这个周末你肯定不会被蚊子咬了。

"对了，我没都骗你。晋北真的是公司项目要考察的地方，只是大部队周一出发，我提前过来了而已。"

陶知越愣了半晌，不知所措，又莫名其妙地开始眼睛发酸。他连忙低下头，想给霍燃拿双拖鞋，但鞋架上空空如也，只有自己穿着的这一双。他从来没为别人准备过拖鞋。

霍燃发现了他的无措，连忙说道："不用找了。我没提前跟你说，所以我就不进去了，我站在这里等你准备好，一起出发。

"今天天气这么好，很适合出门走一走。

"'早上早上好'，我没多打字，今天你就是我的早上。"

霍燃朝他露出明亮的笑容："我保证过你猜不到的！"

锁好门，陶知越和霍燃一后一前走下窄窄的楼梯。

周围是再熟悉不过的环境，却因为霍燃的出现，显得不同起来。

"那天你数着台阶走上来，数了五十二步。"霍燃的声音回荡在狭小的楼梯间里，"你酒醒之后就忘记了，不过我记得。现在我也踩到你数过的台阶了。"

陶知越跟在霍燃身后，专心地听霍燃说话，脚下普普通通的灰色台阶仿佛也带上了不一样的色彩。

出了居民楼，有邻居在小区里遛狗带娃，时不时好奇地打量面孔陌生的霍燃。

霍燃对这种目光习以为常，仍在兴致勃勃地跟陶知越说话："我们去坐公交车吗？我刚才找到公交车站了，很方便，出小区左拐就到了。"

"你是今天早上过来的吗？"

"对，坐早班飞机来的。昨天晚上睡得很好，所以现在很精神。"

陶知越想到自己睡醒发去消息后对方十分及时的回复，忍不住好奇地问道："在等我睡醒的时候，你人在哪里？万一我很晚才起床怎么办？"

"你回复我的时候，我在逛超市，刚好看到了你说过的白梗空心菜，看起来就很好吃。"

"我从机场直接过来，在附近逛了逛，生活氛围真好。而且走在路上的时候，一想到你见过同样的风景，我就很开心。"

"我看到了大超市、便利店、车站，都很好。离小区几分钟路程的地方还有一个公园，我看好多人都往那里面走，所以跟着过去看了看。"

"公园里的风景很好，很多人在晨练。到处开着白色栀子花，很香。"

说到这里，霍燃特意侧过脸，很显摆的样子："我还遇到了一个三四岁的小女孩，她夸我长得帅。"

陶知越听到这个格外熟悉的描述，笑了起来："她是不是在捉蝴蝶？"

"你怎么知道的？"霍燃很惊讶，"她待在草坪上，等蝴蝶飞过来就努力扑。她的手很短，又胖乎乎的，特别可爱，路过的人看到她就会笑。"

陶知越忍俊不禁："因为她也夸过我帅。"

"这个小朋友真的很有眼光。"霍燃闻言立刻下结论，"怪不得这么可爱。"

"你是在夸我还是夸你自己？"

"当然是一起夸！"

街道两旁绿树成荫，在地面上抖落斑驳光点。霍燃走在他身边，轻快的脚步声落进夏日闷热的空气。

太阳明亮而炽热。

陶知越觉得这个场景很眼熟，却怎么也想不起来。

他们登上公交车，肩并肩坐在后排的双人座上，风从敞开的车窗吹进来。

所有他曾独自经历的事，都被悄然刷新，因为加入了另一个人物。

"这个车站只有一趟车，所以先坐它出去，再换乘。趁这个时间，我们可以讨论一下去哪里玩。昨天关掉游戏就睡了，我没来得及做攻略。"陶知越有点不好意思，"我平时太宅了，对晋北没什么了解，一下子想不出来可以去哪里。"

现在人们出门玩的内容其实很单调，最常规的就是吃饭、逛街、看电影，时下还流行玩密室逃脱，去桌游馆、游乐场之类的，不过也要看每个人的兴趣。

晋北市名声在外的是美食。景点大多是自然风景区、名人故居之类的，没有特别好玩的地方。

"没关系，我做过功课了！"霍燃胸有成竹，"这次我认真地做了研究，最近上映的电影都不好看，唯一被吹好看的那部是被营销起来的，所以今天不看电影。吃饭的话，晚上我们可以一起去逛南山路，我可以给你推荐很多好吃的。"

陶知越好奇地问道："那白天呢？"

"白天，当然是打游戏！"霍燃斩钉截铁。

"昨天没分出胜负，今天一定可以！"霍·奇怪的胜负欲·燃不忘初心。

来到晋北市最大的电玩城门口的时候，陶知越松了口气，幸好不是真的去网吧继续玩蚊子传奇。

陶知越上一次去电玩城还是初中的时候，是被班上最爱赶潮流的同学带着去的。那时他是个书呆子，不怎么会玩游戏。对这段经历最深刻的记忆，反而是后来坐公交车时不小心把没用完的游戏币当成硬币，放进投币箱后才惊觉，尴尬得面红耳赤。

后来随着年岁增长，陶知越身边再也没有那样热情似火的同学了，他也没了在这类地方消磨时光的闲情逸致。

很多年后的这一刻，灯光炫目的电玩城充斥着动感的音乐。霍燃站在最耀眼的那道光下面，兴奋地向他招手。

很像时光倒流，又像人生重构。

于是他回以笑容，快步往前走去。

霍燃在自助购币机前买游戏币，陶知越站在旁边，专心地盯着出币口噼里啪啦地往外吐闪亮的游戏币。

霍燃偷偷观察他的表情："你好像很开心。"

"嗯，很开心。"陶知越回应道。

"那就好，看来我选对了。"霍燃也跟着开心，"你做游戏，肯定也很喜欢玩游戏，所以我选了这里。"

"选得很好。"陶知越想起方才回忆的事情，随口问霍燃，"你会不会不小心把游戏币当成硬币用？"

闻言，霍燃端详了他一下："你这么一说，游戏币还真的很像一块钱硬币。虽然我没拿错过游戏币，但小时候有一次拿错了别的。"

"你拿错了什么？"结合霍燃的家庭背景，陶知越不禁往贵重了猜测，"特别值钱的黄金纪念币？"

霍燃摇摇头："不是。是小学坐公交车的时候，我把学校发的圆形小奖券当成硬币了。那天考试成绩不好，我很紧张，完全没注意到手感不对。

"那奖券比普通硬币要厚，我一边走神，一边努力地把它往投币口里面塞，直到司机看不下去了，问，小朋友你在干吗，我才反应过来。

"太丢人了！我本来一直坚持独自上下学，从那天后我就放弃了，老实地让司机来接，因为很害怕再遇到那个公交车司机。"

在霍燃的感慨里，陶知越笑得眼睛都弯了："你好傻。"

霍燃纠正道："是小时候傻，现在不傻。"

"哦，那过安检的套娃……"

"不要提套娃！"

"套娃那么可爱，为什么不能提？"

霍燃无言以对，窘迫地拿起装满游戏币的塑料碗，带着他往人群里走去。

霍燃玩什么都很棒，运动神经特别发达，打节奏的时候一拍都没漏下，引来了好多围观者。

射击和赛车也是。陶知越是普通人的水准，不好也不坏。而一旁的霍燃独占鳌头，超了所有玩家足足一圈的路程。

看着霍燃全神贯注地观察前方路况的样子，陶知越闪过一个奇怪的念头：这大概是唯一能亲眼看到霍燃"开车"，还不用担心发生危险的地方了。

这局游戏结束的时候，陶知越问霍燃："你平时喜欢自己开车吗？"

"一般吧，现在很少自己开车。有时突然有工作要处理，不能分心，所以让司机开比较省事。"霍燃沉浸在风驰电掣的快乐里，"但是我喜欢玩赛车游戏，很刺激。"

"那我们以后可以经常来这里玩。"

霍燃眼睛一亮："你也喜欢玩吗？那可以买两台机器，随时能玩。"

……差点忘了，霍燃还拥有"钞能力"。

游戏币很快用完了，霍燃积极地要去买新的。陶知越抱着打游戏赢的一大堆彩票，强迫症发作了，认真地将其整理成长度一致的一沓。

彩票叠完了，霍燃还没回来。不会是迷路了吧？

陶知越起身去找，才走了几步，就看见霍燃拿着空空如也的塑料碗，站在一台推币机前看得入神。他好奇地走过去，想看看是什么这么吸引霍燃。

推币机的玩法很简单，玩家只需要不断地投入游戏币。游戏币下落的路径上有随机障碍，导致游戏币掉落的位置千奇百怪，如果能落进不断移动的特殊入口，就会触发一次抽奖。

抽奖时，屏幕上的不同图案会随机排列组合，如果运气好，出现同一图案，机器就会掉落大量游戏币进行奖励。

所有投入和奖励的游戏币都积累在机器下方的游戏币奖池中，每次有新的游戏币落进去，堆成小山的闪亮硬币就会被往外推，在台子边缘摇摇欲坠，似乎下一秒就能成堆坠落，哗啦啦地滚出机器，变成玩家的战利品。

现在在玩推币机的这个中年人表情很兴奋，机器里的奖池已经垒得很高，看起来分分钟就能被全部推落，所以他加倍用力地往投币口塞着币。

陶知越不知不觉也看得入神了，专心地盯着台子边缘即将掉落的游戏币。他和霍燃一人占据了一侧，紧张地观察战况，大气都不敢出。几分钟后，两个人身旁也渐渐站满人。有的人在看扣人心弦的推币过程，有的人在看外形亮眼的他们，还有人就喜欢人挤人。

抽奖时终于触发了一次大额游戏币奖励的中年人，心满意足地把稀里哗啦滚落的游戏币往塑料碗里装，接着不经意地回头一看，差点被黑压压的围观群众吓出心脏病。

霍燃跟着回头，也吓了一跳，回过神来才看见不知什么时候出现在身旁的陶知越。两个人茫然地抬头，忍不住笑起来。

在商场里随便吃了一顿午饭后，陶知越和霍燃意见非常统一地回到电玩城，跟推币机搏斗了一个下午。直到夜色降临，他们才依依不舍地离开电玩城，前往晋北最有名的南山路美食街。

"我打出了三个二等奖，掉了好多币，可惜一直没触发大奖。"霍燃念念不忘，"奇怪，这么简单的游戏，居然能玩这么久。"

"因为这个游戏有随机性，会让人产生奖励唾手可得的错觉。"陶知越试图理性分析，"很多玩法简单的游戏吸引人都是这个原因。"

"我第一次玩游戏这么上瘾。"霍燃点点头，"感觉跟赌博差不多，总觉得下一秒就会有好运降临，赢得所有奖励，就会一直不甘心，想赌下去。还好我爸一直教育我，绝对不能碰那些。"

"所以千万不能相信自己的自制力，这是人性的弱点。"

"有道理，要少玩这些。"霍燃附和之后面不改色，"刚才赢的币都存进会员卡了，还有很多币，我们下次什么时候再来？"

"下周末？那时候你应该不用忙工作了吧？"

"好的，下周我一定能打出大奖！"

"肯定是我打出来，你手太'黑'了。"

"我打出了三个二等奖!!"

"可是我打出了七个。"

"……等你打出大奖，我们就用那些币继续去开赛车！"

"说起来，那么多彩票，换点什么好？"

"我看到奖品兑换区有那种特别大的玩具熊，换那个吧，我们一人一个。"

"你好幼稚。"

"你刚才明明点头了！"

在跟好朋友一起玩游戏的快乐前，理性和自制力不值一提。

陶知越在晋北住了一年多，第一次来南山路。霓虹灯的灯光与食物的香气混合在一起，同时刺激着视觉与味蕾。街上人头攒动，到处是火热的气息。

他望了一圈，视线最终落在霍燃的脸上，目光浮动，眉眼间不禁染上一丝笑意。

"你干吗一直笑？"

从下车走进这条街开始，不对，应该是从今天见面开始，霍燃脸上的笑容就没消失过。

"因为开心。"熠熠灯火都落进霍燃的眼眸，"上一次来这里，其实还没过多久，但总觉得过去好多天了。而且今天跟你一起来，感觉好像一切都不一样了。"

霍燃环视着旁边的小吃摊，试图找例子进行证明："连辣炒花甲都闻起来比上次要香一点。"

陶知越准确地抓住了重点："我明白了，你真的饿了。"

于是第一个被选中的幸运儿——辣炒花甲——诞生了。

点完单，在等待的间隙里，两个人又一起去买了奶茶，还是熟悉的配方——奶茶上缀满香甜的奶油和坚果碎。

陶知越尝了一口，感慨道："好像比那天在火锅店喝到的更香。"

老板娘端来刚出锅的辣炒花甲，香气四溢，风味十足，再配上清甜可口的奶茶，一切都刚刚好。

霍燃吃着吃着忽然想起一个问题。

"我今天总感觉忘记了什么事，刚刚终于想起来了。"是旁边那桌的避风塘炒蟹激发了霍燃的记忆，"但现在又是晚上了，我可以问吗？"

"什么？"

"就是……为什么会是螃蟹灭了蚊子？"

"……哈哈哈哈哈！"陶知越始料不及，"原来你还记着这个问题啊！"

霍燃郑重地说："对，我早上在飞机上没事干，琢磨了半天，本来想见到你就问的。现在可以说吗？应该不是很恐怖吧？反正我在你身边，你不用怕。"

"不是恐怖，只是比较……嗯，好多意思叠加在一起。"结果十分钟后，听完了陶知越磕磕巴巴的解释的霍燃表情僵硬，跟桌上躺成一片的花甲壳大眼瞪小眼。两人之间的空气沉寂了半晌，最终由霍大胆同学勇敢地打破了这种静默。

霍燃故作镇静："花甲吃完了，接下来你想吃什么？我们再逛逛？"

陶知越跟着起身，两人各自捧着奶茶一前一后走了几步。霍燃开始不停地制造新话题："上次我买了这家的小笼包，很好吃，那天送到火锅店的也是这一家的，你想再尝尝吗？除了蟹黄味，还有别的口味。

"或者吃点新的，比如那个红油串串，那天排了很长的队，今天人少，我们可以去买。

"原来这里也有烤冷面，看起来跟燕平那边的做法不一样，燕平那边会放番茄浆——是新鲜番茄做出来的汁，不是番茄酱——酸酸甜甜的，特别好吃……"

陶知越微微侧过头，偷偷观察霍燃的表情。霍燃看起来非常严肃、正经，镇定自若地对沿路看到的小吃发表长篇大论。

他实在忍不住，脸上荡漾起笑容。霍燃感受到了他的视线，侧目过来，于是跟他一起笑了。

周围是数不清的食客，如此喧嚣，这个世界却仿佛安静得只有彼此的呼吸。

场景不变，角色调换，现在成了陶知越的笑容挥之不去。

霍燃有样学样："干吗一直笑？不要笑我了。"

"我没笑你。"陶知越鹦鹉学舌，"是因为开心。"

"真的吗？"霍燃将信将疑，"为什么感觉你是在笑我？"

"一定是奶茶的错，你出现幻觉了，下次我们换个饮料。"

"柠檬茶怎么样？这里的柠檬茶好像也很有名，上次我太撑了，就没买来喝……"

繁华的长街望不到尽头，闪烁的霓虹灯与人们的笑靥交相辉映，化作一条流淌心间的长河。

原来在平凡的日子里，也可以体会到难以名状的永恒。他不断地和陌生人擦肩而过，身边却有人从未变过。

吃饱喝足之后，陶知越又开始计划新一天的行程："明天去哪里玩？"

"明天上午公司有点事要处理，刚好你可以睡个懒觉。"霍燃沉吟道，"下午干点什么好呢？你有想去的地方吗？"

"好像没有什么好玩的地方了。"陶知越想了想，"我不喜欢逛街，今天游戏也玩够了，又没有好看的电影。要去景区吗？"

"人会很多吧，而且会很累。"霍燃有点遗憾，"我想看电影。"

陶知越有了主意："要不在家看恐怖片吧？这次我一定不问奇怪的问题了。"

"在你家吗？"

"嗯，可以用客厅的电视看。你爱吃什么？我上午先去买菜，看完电影我做晚饭，正好可以教你，上次答应教你调味的。"

陶知越觉得这个安排很完美，之前都是霍燃来规划一切，难得由他来主导一次："怎么样？可以吗？"

霍燃半天没回应，陶知越侧过脸看霍燃："你干吗这个表情？"

霍燃解释道："很期待，因为从小很少有朋友邀请我去家里玩。"

……

这天晚上，陶知越在床上翻来覆去。他一会儿觉得自己太冒失，不应该贸然把人邀请到家里来，万一霍燃觉得他住的地方很烂怎么办？一会儿他又开始想象明天一起看电影的画面。就不要看那种美式暴力电影了，日本的恐怖片倒是比较清新……或者看点别的类型？

实在睡不着，醒着也是醒着，陶知越索性爬起来收拾屋子。

虽然早上刚巡视过一圈，当时下的结论是很干净，不用打扫，但现在换了心情，看哪儿都有毛病。书架上的书可以摆得再整齐一点；角落有积灰，再拖一遍地板；电视机上的灰尘也要擦干净……最后连藏在衣柜里的衣服都被他重新拿出来折了一遍。

折腾了一大顿，精疲力尽的陶知越好不容易睡下，第二天又早早地自然醒了。

小霍：早上好！昨天睡得好吗？

陶：早，睡得很好。

小霍：我也是！现在要出去办事了。

小霍：下午两点见。［微笑.jpg］

不知道霍燃有没有骗人，反正自己是撒谎了，陶知越默默地想。

尽管没睡多久，但他精神得要命，专程赶去两公里外的大型连锁卖场，效率很高地逛了一圈，买了一大堆东西：天蓝色的男士拖鞋；一看就很夏天的锤目纹玻璃杯；浅咖色的格纹桌布——其花纹让人想起童年的塑料水果盘……

早上见新一天的阳光洒进来的时候，他忽然觉得家里的一切都太平淡了，连脚上的那双灰色拖鞋都显得格外暗淡。

他买了一堆全新的生活用品，又按照霍燃报的菜名挑好了新鲜的蔬菜和肉。

拎着三个重重的大袋子出来打车的时候，他看见一旁的公交站里有人在卖十块二十块钱一束的鲜花。颜色各异的花朵簇拥在一起，有紫罗兰、洋甘菊、满天星、康乃馨、向日葵……

霍燃在电影院里送给他的那束向日葵与白玫瑰已经凋谢了，他挑了一些花瓣晒成干花，收纳起来放在书架上当书签用。

现在那只花瓶依然摆在桌上，只是里面空空如也。

陶知越回到家，匆匆放下东西，先把向日葵拿到厨房修剪枝叶，按照从网上学来的办法，用热水浸泡了根部，保护它的切口，然后插进倚在窗边的透明花瓶。

安顿下来的向日葵热情地朝他微笑，橙黄色的花瓣随风轻颤。

下午两点整，敲门声准时响起，窝在沙发上看着焕然一新的客厅发呆的陶知越猛地跳起来。

他一步一步地走到门口，深呼吸，调整好表情才打开门。

霍燃一见到他，就举起了手里满满当当的两个袋子。

"下午好……西瓜！"

"西瓜！"陶知越果断抢答，跟霍燃几乎异口同声。

"……"霍燃很意外，"为什么又被猜中了？不应该啊！是我说得不够快吗？"

陶知越接过霍燃手里的西瓜和零食，开始瞎扯："因为我聪明。"

霍燃换上摆在门口的天蓝色拖鞋，还在纳闷："为什么不猜零食？我买了很多零食，有瓜子、薯片、鱿鱼丝、爆米花、果冻、可乐……这些名字明明都有可能的。”

“你要是叫我瓜子，我就把你的备注改成燃气灶。”

“……不行，我喜欢小霍。”

一整个西瓜太大，放不进冰箱，陶知越把它提到厨房，熟练地切成两半。

霍燃跟在他身后，观察着他的动作：“这个瓜好吗？我挑了半天，把摊子上的每一个瓜都敲了一遍，但是声音好像差不多。最后摊主受不了了，给我选了一个。”

陶知越笑道：“很红，闻起来就很甜。郑重提出表扬。”

他把西瓜用保鲜膜裹好，放进冰箱冰起来。

“可惜现在夏天的自来水很热。”陶知越在洗手时忍不住感叹，“我小时候，我爸买西瓜回来是整个放在水桶里，用冷水泡着，下班回来泡上，九点切开吃，很凉爽。”

“我见过。有一次去爬山，路过山民摆的小摊，他用那种很大的银色盆子接了山泉水，泡着小西瓜、番茄、青瓜……都是吃起来很方便的水果。那个西瓜很小，看起来特别可爱。”霍燃靠在厨房的拉门旁，用手比画，“大概是我两只手掌围起来那么大。我买了一个，切成两半，用勺子吃，很解渴，但是三分钟就吃完了。吃完以后很恍惚，总觉得什么也没吃。我犹豫了一下，走回去又买了一个。……然后我就吃撑了。”

空气里残留着西瓜清甜的气息，陶知越擦干净手上的水滴，笑着回过头，发丝轻轻地擦过耳畔。

在从厨房玻璃窗照进来的阳光的笼罩下，正在絮叨的霍燃看起来是金色的——和向日葵一样灿烂的金色。

铺着浅咖色格纹桌布的茶几上放满了零食，霍燃十分严谨地把它们摆放整齐。最前方是两罐可乐，冰凉的罐身上凝着细密的水珠。

陶知越按着遥控器，在影视版块里翻找着电影，今天他特意开了会员，有很多影片可以挑。

“你想看恐怖片吗？别的类型也可以的，你来选。”在密密麻麻的影片库前，陶知越的选择恐惧症犯了，索性把决定权交给霍燃。

霍燃停下手上的动作，接过遥控器来，仔细地看着，时不时在手机上搜一下评价。

陶知越起身去拿冰格，把刚冻好的冰块倒进光泽熠熠的玻璃杯，再倒上可乐，瞬间就有大量刺激的气泡冒出。

"最近经常喝可乐。"他喝了一口，随即反思道，"这样不好。"

"多运动就可以了，我每天早上起来先跑步一小时。这里面好像没什么好看的恐怖片，评价都不行。"

霍燃翻着翻着，目光蓦地被一个片名吸引："看这个怎么样？是一部欧洲的文艺片，我看评分还挺高的。"

陶知越看过去，片名叫《在夏日》，忍不住笑了："就这个吧。"

蔚蓝大海边的金色沙滩上，被琐事缠身的画家女主角来到海边别墅散心，遇到了来这里旅行的男主角。在短暂的几次接触后，年轻俊秀的男人成了女画家的模特。在缠绵的凝视和浓郁的色彩中，二人情愫渐生。

霍燃抱着罐装爆米花评价道："会画画就好了，做模特也不错。"

"不能动，很累的。"陶知越从霍燃的怀里拿爆米花，"还是电影院里卖的好吃。"

"我也觉得。那吃薯片吧，我买了三种口味。"

"我喜欢黄瓜味的，很清爽。"

"我买了，我也爱吃！"

看了一小时后，在霍燃迫切的目光下，陶知越从冰箱里捧出了西瓜。两个人窝在沙发上，各自捧着半个冰冰凉凉的西瓜，边看电影边用银色勺子挖着吃。

空调吹出冷气，电风扇开足马力嗡嗡地转着，驱散了闷热的暑气。窗外传来长长的蝉鸣。

在这个漫长的夏日午后，陶知越觉得时间仿佛静止了。

吃完西瓜不久，两个同样失眠了大半个晚上的人，在轻柔舒缓的电影配乐里不知不觉睡着了。

陶知越迷迷糊糊醒来的时候，脖子酸酸的。他伸手揉了揉脖子，一晃眼，只见窗外夕阳将坠，晚霞晕红了湛蓝的天空，地平线泛着淡淡的金色。

电影仍在播放。一场令人黯然神伤的误会与争执过后，女画家坐在晨间的海边，吹着咸涩的海风，身后传来清晰的脚步声，有人低声感叹："清晨真美。"然后他们拥抱，亲吻，眼泪落进潮湿的风。

光影缓慢变幻，向日葵被黄昏浸没。

陶知越没动，他安静地看了窗外很久，直到夜色垂落，荧幕里的故事走向尾声，定格在一个浪漫且富有诗意的空镜。

霍燃不知什么时候醒了过来，茫然地眨眨眼睛，回过神来，镇定地拿起玻璃杯喝了一口没气的可乐。

陶知越悄悄坐直，故意问："你刚才是不是睡着了？"

"没有！你睡着了吗？"

"我也没有。"

霍燃定睛一看，才发现电视里已经在播放片尾字幕："……怎么放完了，那个画家的朋友过来后，他们是不是吵架了？"

"吵架了，然后又和好了。"

"啊，怎么和好的？"

"不告诉你。"陶知越笑道，"你不是没睡着吗？"

"……可能睡了一小会儿。科学证明吃完甜食很容易犯困，我们足足吃了一个西瓜。"霍燃使出话题转移大法，"我饿了，现在做饭吗？我给你打下手。"

这套一居室面积不大，厨房刚好能容下两个人。

说是打下手，其实就是洗菜。霍燃把一袋子西红柿洗好，一个个递给陶知越，然后站在积满水的水池前观察他切菜。

应霍燃的要求，陶知越今天做番茄鱼。

修长的手握着菜刀，陶知越轻轻地切开一个西红柿，除掉蒂头，切成八瓣，和汁水一起拢进盘子里。

他不禁笑道："番茄炒蛋，番茄浆烤冷面，番茄鱼……你真的很喜欢吃番茄。"

"因为酸酸甜甜的。"霍燃正经地说道，"我以前最喜欢的是糖拌西红柿，但现在的西红柿没有以前的味道浓，直接凉拌不那么好吃了。"

陶知越看着一大碗切好的西红柿，沉思道："今天买的好像不错。"他捏起一片，撒上一点糖，尝了尝，点点头："好吃。"

霍燃探头过来："我也要吃。"

"不行，再吃就没了！"

"就一片，我保证不多吃。"

很快，锅里浓郁的汤汁中浮起嫩滑的鱼片、菱形的青笋。番茄鱼汤色橙红，最上面点缀着一小把翠绿的葱花。

袅袅的白色热气被风扇吹往窗户的方向，在星光点点的夜色中像梦一般消散了。平凡的夜里，无数幢高楼，无数扇窗户，都亮着相似的灯光，菜香悄悄钻出了窗缝。

第十三章

搬 家

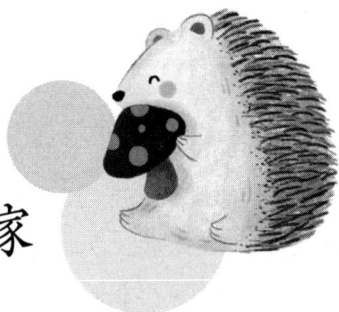

所有的纸箱都清空归纳完毕，
昨天还像个样板房的屋子里，此刻充满了生活气息。
陶知越的手机也换上了新的锁屏——一张霍燃穿着
家政围裙坐在沙发上拆纸箱的照片。

在日复一日的蝉鸣中，气温渐渐升高。转眼之间，已近盛夏。

应员工们的强烈要求，公司厨房的冰箱里摆满了雪糕，在大家的极速消耗下，隔天就要补一次货。

据陶知越观察，小官每天被 bug 折磨时的固定动作，从盯着纸片人老婆的可爱手办抓耳挠腮，慢慢变成了冲向厨房精挑细选出一根雪糕。

小黄本来是一个朴素的黑咖啡爱好者，坚持用咖啡续命，但实在架不住旁边总有人在啃甜味雪糕，并且这个人会一边啃一边咆哮："我恍然大悟，原来是这里卡住了!!"

雪糕不仅能降温驱暑，还能帮忙捉 bug，这很难令人不心动。

一开始，小黄严谨地选择了清爽透明的老冰棍，后来时不时会跟最经典的绿豆棒冰轮换，但从昨天开始，他的口味已经进阶成了奶油巧克力脆芯蔓越莓千层雪糕。

作为每天见证他们成长的脚步的第三位程序员，陶知越把每天坚持做晚饭的自制力分了一半出来，告诉自己不能再吃甜食了。

官宇冬竟然能毫不心虚地看着他说："陶陶，你好像胖了一点。"

"……我们在共同进步，技术上和体重上都是。"陶知越敲着键盘，淡定地回击道，"你好像有双下巴了。"

官宇冬伸手捏捏自己的下巴，更淡定地说道："没关系，至少我们有了一个共同点——幸福肥。"

"四舍五入就是我也脱'宅'变成'现充'了。"官宇冬不禁感叹起来，"有点快乐，又有点想哭。"

"……"陶知越发自肺腑地说道，"你是我见过的最乐观的人，我要向你学习。"

"不用客气，记得分我一点'现充'运。说起来，我还没见过你那个有钱的朋友呢，什么时候拉出来遛遛？"官宇冬的眼神里充满了渴望，"我要当面感谢他。那顿让人回味无穷的下午茶，一定是我青年发福的源头。呜呜呜！"

"不要找借口了，你就是贪吃。"陶知越毫不留情地戳穿官宇冬，"他最近工作比较忙，平时晚上没空，周末把大家叫出来又不太合适，等这一阵忙完了就请大家吃饭。"

"好啊好啊！要是想不出吃什么，我可以无私分享我想去的餐厅清单。"

"不用担心，他肯定会想好的。"陶知越温馨提醒道，"应该会让你的下巴再'进步'一点。"

这个月里，霍燃已经从需要在天空论坛旅游版块安利帖中学习知识的外地人，变成晋北市吃喝玩乐智能小助手了。

工作日里霍燃很忙，连晚上基本都要用来社交，不过周末通常可以保留下来。

每个周五晚上，霍燃会把这一周学习到的吃喝玩乐知识总结出来，发给陶知越，然后一起讨论周末去哪里玩。周末躺在家里思考该干什么的日子彻底远去。

每晚六点下班之后，陶知越会期待新一天的项目进展。周末玩够了回到家，他又会期待新一周的行程。

生活里充满不期而遇的惊喜，日子就像流水一般飞快逝去。当然，体重也在不知不觉中增长起来。

霍燃的日常就是到处奔波，忙碌之余，还每天坚持抽空在酒店的健身房里运动一会儿，所以完全没发胖，甚至还瘦了一点。

而陶知越每天坐在电脑前敲代码，回家要自己买菜做饭，还要抵制无良同事在自己眼皮底下狂吃雪糕的诱惑，每天有限的自制力所剩无几。

两个月前拿出来放在玄关鞋架上的跑鞋只穿过一次，现在又落满了灰——反正，明天一定。

现在《新世界》游戏的程序框架基本确定，在三位"幸福肥"患者的不懈努力下，陶知越面试时提出的构想差不多实现了。

策划每天边掉头发边想剧情，美术马不停蹄地出了好几版概念图，所有人都痛并快乐着。

上午十点半，智能小助手霍燃准时发来"起来走走"的提醒。

小霍：十点半了！快起来走一走，不要久坐。

小霍：今天上午不算忙，等会儿有个惊喜要给你。

小霍：［小熊贴贴.gif］

陶：起来了，我去厨房泡杯茶。

陶：我很期待，但是不要下午茶。

陶：［小熊鞠躬.gif］

小霍：哈哈哈哈哈！

小霍：那明天我们去爬山吧！

没错，今天又是快乐的周五。

陶知越端着热气袅袅的杯子回来，心如止水地路过又在啃雪糕的官宇冬。

今天的别墅好像哪里不对，趁着喝茶休息，陶知越四处张望了一会儿，总算发现了异样。

阳台小圆桌上的垂叶榕今天没出现，每天都是最早到公司的老板江野竟然还没来上班。

正常情况下，普通人在一家公司入职一个月后，会从最早来上班的一批人逐渐步入中间阶层，随着时间推移，最终会变成精准踩点的老油条。

因为住得远，陶知越现在基本是掐点走进公司，所以身为老板却常年坚持第一个到岗的江野给他带来了极大的震撼。

他好奇地问一旁正在犹豫要不要去摸冰箱的小黄："老板今天是不来

了吗？"

小黄沉思了一下，十分严谨地回答道："从他过往的行为数据推断，1%的概率是他临时有事，99%的概率是榕总有事。但不管怎么样，老板都会来公司一趟，而且会陪着榕总无所事事地待到下班。等会儿你可能会见到一个不太一样的老板，不要太惊讶，平常心。"

"……"陶知越也沉思了一下，"这应该算是恋爱脑还是事业心呢？"

小黄一脸肃然："不好判断，也可以说是浑然一体。总之老板是我见过的最神奇的男人，我对他充满了敬仰。"

陶知越深有同感地点点头。

十几分钟后，江野抱着盆栽出现了。

尽管小黄给他打过预防针了，他还是吃了一惊——万年不修边幅的江野，今天居然把胡子剃光了。

官宇冬的招新广告词"阳光、别墅、下午茶，老板又帅又听话"中的帅，终于在今天得到了验证。

没了邋遢的胡楂，江野看起来精神了很多，就是全身上下都透着一股忧郁，走进门，也没有心情跟别人打招呼，抱着盆栽缓慢地走上了楼。

说好要平常心的小黄比陶知越还吃惊："一天不见，榕总居然掉了这么多叶子，不会是生病了吧？"

公司小群里瞬间展开了激烈的讨论。

是官不是呱：啊啊啊，怎么会这样？好突然，我以为这次可以看到老板把胡子留到肩膀那么长。

明天一定能画完：榕总真是肉眼可见地稀疏了。不要啊，不要！呜呜呜！

圆时文：昨天晚上风挺大的，难道忘记关窗了？我扫了一眼，榕总看起来挺健康的，就是叶子掉得多了点。

陶知越看得一头雾水，半天才梳理清楚。他又一次备感震撼，忍不住跟小霍分享。

陶：我们老板好深情啊！

小霍：这么高级的形容词！

小霍：他做了什么？

陶：他平时从来不剃胡子，但是今天剃光了，你猜是为什么。

小霍：因为……剃须刀修好了？

小霍：因为他终于遇见了让自己想要改变面貌的人？

陶：不是人，是树。

陶：他喜欢一棵树，每次树掉叶子了，他就会相应地刮掉一点胡子，像是陪它一起掉叶子。

陶：昨天树掉了很多叶子，所以今天他把胡子剃光了。

霍燃显然也震撼了一会儿。

小霍：怪不得上次你说要植物肥。

小霍：他需要植物医生吗？

陶：没事，应该是昨天晚上被大风刮的。

小霍：那就好。

小霍：[小企鹅抱抱.jpg]

办公室里莫名沉重的气氛，在方时武特意上楼找江野确认了一下后，总算缓解了。

圆时文：主干没有受损，养几天就好了。

圆时文：这个季节天气阴晴不定，天气预报不能全信，过一阵还有台风，大家晚上睡觉记得收好衣服、关窗啊，不要把杂物留在窗台上。

明天一定能画完：太好了，那我可以放心'嗑颜'了，情感道路上的珍贵瞬间就由我来为野哥记录！

小黄小黄：那么……明天一定能画完吗？

明天一定能画完：……走开啊！！！

波澜起伏的上午很快过去，下午是每周例会，不用工作，所以四舍五入，周末提前到来了。

今天的午餐是炸酱面，阿姨用独家秘方炒的肉末酱香四溢，香味甚至一路飘上了三楼。

陶知越犹豫了两秒钟，决定暂时放弃减肥的念头，遵从本心盛了一大碗，在劲道十足的面条上铺满肉酱和黄瓜丝。

一碗炸酱面刚进肚，已经完全掌握他吃饭速度的霍燃立刻发来消息。

小霍：吃完了吗？

小霍：要是吃完了，就去看晋北一台十二点半的午间新闻。

陶：好的。

陶：是市里有什么大新闻吗？

小霍：不告诉你，快去看！

小霍：［狗狗打滚.gif］

今天吃得好撑，要起来走走。陶知越想了想，索性去一楼的休息室里站着看电视。

休息室里的超大屏电视机看着很爽，工作需要时，大家会用它来体验游戏，下班后也会有同事约好了留在这里玩会儿游戏机。

现在休息室里没人，陶知越打开电视，调到晋北一台。时间刚刚好，激昂的片头音乐响起后，端庄大气的女主持开始播送今日午间新闻。

"5 月 29 日上午，TOD 旅游新模式与城市未来发展论坛在晋北市会展中心开幕，本台记者在现场发来报道。"

画面转向人声鼎沸的论坛会场，在平稳移动的镜头中，陶知越一眼就看到了那个熟悉的身影。

霍燃穿着规整的黑色西装，目光深邃，坐在台下第一排，外貌在一群中年人里格外醒目。

"我省首个 TOD 综合体项目将落地晋北新城……"

外面有闲着没事到处溜达的同事眼尖，看到休息室里十分罕见地在放新闻，摸着被炸酱面填满的肚子进来凑热闹——反正下午不用工作。

小黄没能抗住诱惑，举着消食解渴的老冰棍到此一游："咱们市又有大动作了啊？是不是又要边施工边堵车了？"

小黄的话正好被 PP 名为"明天一定能画完"的美术组妹子小宋听到，小宋马上抓住机会反击："前段时间本地论坛就有消息传出来了，你好迟钝。燕平好几家大公司一起过来考察过，据说这个项目就是为了解决交通拥堵问题的，而且是在新城建，堵不到你……咦，这个人好帅！"

女主持人仍在介绍这个陌生名词的基本定义和该项目对晋北未来的影响："TOD综合体囊括了城市生活的各个方面，可谓一个微缩版的都市。居民生活必需的餐饮、住宿、医院……"

这时，画面切换，霍燃走上台，身形笔挺，表情沉稳，开始发言。

镜头拉近后，陶知越认出了霍燃西装里的那件白衬衫。那是他们上上周在商场里闲逛的时候一起买的，作为内搭，正面看起来十分正式，但是在被外衣挡住的衬衫背后印着一头彩色的大狗熊。

他忍不住笑了起来——果然是惊喜。

"我听见什么了？这就是那个传说中的富二代吗？"小宋一脸震惊，"这么帅为什么不早点露面？霍氏出来挨打！"

小黄不肯认输："你刚说要画老板，这就变心了？"

休息室里人声鼎沸，官宇冬闻声赶来看热闹："陶陶，你居然一个人偷看帅哥不叫我！"

官宇冬和重点全跑偏的一票同事一起看了一会儿，不自觉地开始挠头："我怎么觉得这个人有点眼熟，好像在哪儿见过……是在梦里吗？不过这好像是他第一次露面……不对，我真的见过！我发誓！"

陶知越瞥了一眼官宇冬手里冒着凉气的草莓夹心雪糕，决定报连日来的一糕之仇，小声说道："你在我手机锁屏上见过。"官宇冬差点没稳住，全靠身体本能救回了无辜的草莓夹心雪糕。

"等一下。"在十分有冲击力的话语之下，官宇冬恍惚了，"我再想想……我真的见过吗？"

"啊啊啊啊！我真的见过！这就是真正的次元壁碎了吗？可这也太碎了……"

旁边的其他同事没听清陶知越的话，还以为平时活蹦乱跳的小官又抽风了。

"早让你不要吃那么多雪糕了，一天三四根，会吃傻的！"始作俑者陶知越在一旁佯装淡定，眼观鼻、鼻观心，还悄悄掏出手机对着电视机屏幕拍了张照作为留念。

在官宇冬向他手里的手机投来渴望求证的视线时，这一段新闻刚好播完了。陶知越充满鼓励地拍拍官宇冬的肩膀，关切道："少吃雪糕，多喝温水。"然后心情愉快地走出了休息室，低头给霍燃发消息。

陶：今天穿得很帅。

陶：［猫猫傻笑 .jpg］

身后远远地传来官宇冬炸裂的声音："你们根本不知道我承受了什么……无知真好。呜呜呜！"

小霍：［猫猫傻笑 .jpg］

小霍：刚才吃午饭的时候，我差点脱掉西装。

小霍：还好我及时反应过来，停住了解扣子的手，假装在撑衣服的褶皱，然后若无其事地放下手。

陶：有画面了。

陶：我在准备下午的分享。晚一点论坛还要继续吗？

小霍：对，不过下午没我的事了，我在下面坐着听就可以。

小霍：保持这个表情真累，脸都快僵了。

陶：那就给你一拳。

陶：［打 .jpg］

在下午的论坛上，霍燃不用再发言，但在一棵树游戏公司周五的例会上，终于轮到陶知越做分享了。

一个月前官宇冬分享蚊子游戏时，大家热闹地聊起与它有关的共同记忆，陶知越因此失落了一个下午。

一周前，美术组小宋分享了隐藏在晋北市街头小巷里的冷门美食，会议室里口水流了一地，大家纷纷发出想吃的声音。

陶知越望着屏幕上一张张闪过的食物图片，惊讶地发现每一样他都吃过。虽然代价是脸变圆了那么一点点，但看着色泽诱人的食物，陶知越仿佛回忆起食物入口的感受和心情：食物很好吃，而那一刻站在他身边的人笑得也很好看。

现在，看完午间新闻的同事们在一旁脑洞大开地讨论着晋北市即将开始建设的 TOD 综合体。

有人在想象未来更便捷、更宜居的生活环境，有人在期待新闻里描述的那个微缩都市，也有人在幻想让开发商顺便搞一个 IP 主题公园。

远处的晋北新城有大片空地等着投资和开发，但此时在无数人的想象里，那里已经建起了崭新的大厦。

陶知越站在窗口凝视了很久，天空明净如洗，夏日骄阳似火。

午休时间结束，大家悠闲地走入三楼的会议室。

和往常一样，项目组分部门总结了本周进度，方时武规划好了下周的目标。在稀里哗啦的掌声中，本周的工作彻底结束。陶知越拿着自己的电脑走上去，准备播放提前做好的 PPT。

方时武很贴心："不用紧张，随便聊聊，想到什么说什么就可以。"

"小陶第一次做分享，很难预测他会讲什么内容，今天还要'开盘'吗？我先盲押一个游戏。"

"除了固定二选一的呱呱，其他人的都不好预测吧，哈哈哈哈哈！"

"说起来，呱呱你怎么了？为什么中午吃完雪糕就变成这样了？不会真的冻傻了吧？需要健胃消食片吗？"

此时的官宇冬灵魂出窍，捧着一杯温开水，迷茫地望着台上的陶知越。

陶知越忍住笑，镇定地打开 PPT。封面是一张游乐小镇的照片，一半是很有童话气息的彩色建筑，另一半却是废墟。

台下立刻有人开始挠头："好眼熟！我好像去过。叫什么来着？是不是那个什么天……"

陶知越回答道："天堂小镇，在晋北市的郊区。"

这是霍燃在看工作资料时发现的。天堂小镇作为一个运营了快二十年的大型游乐小镇，是很多本地人的童年回忆。后来因为设施落伍，天堂小镇在前年停止运营了。不过拆迁进程缓慢，艳丽的色彩和破败的建筑融为一体，反而成了一道独特的风景线。所以上周末，陶知越和霍燃就去这个荒芜的小镇逛了一圈，在它彻底消失之前，留下了很多照片。

"对对对，就是天堂小镇，我小学那会儿每次考得稍微好一点，就跟爸妈喊着要去玩。现在是要拆掉了吗？"

"前几年爆出新闻的时候不是好多人说要去最后玩一趟吗？令我震惊的是竟然这么久还没拆完……"

听着大家的感慨，陶知越播放着幻灯片，并配以解说："上周偶然知道了这个地方，我就和朋友一起去了。

"那里绝大多数设施都停运了，但可能是因为一直有市民过来拍照留念，有一条贯穿小镇的低空索道还在运营。

"坐在缆车上望下去，风景很奇妙。"

一张张从空中俯瞰的照片里有各种各样的游乐设施，色彩饱和度很高，充满复古情调，有恐怖屋、古堡、旋转木马、带着小火车轨道的树屋等，让人仿佛置身于童话世界。

与之相伴的却是黄色挖掘机和断壁残垣。土灰色的砖瓦和颜色纷乱的杂物堆成高高的小山。随处可见的景区广告牌长期经受风吹雨打，都被撕裂了，热情的宣传语上冒出一个个空洞。人行道上布满杂草，被丢弃的汽水罐扭成一团。

快要干涸的湖的边上却立着几株正值花期的蓝花楹，一树的紫色繁花在废墟里盛放，仿佛停满了翩然的蝴蝶。

缆车单程十分钟，虽然已经运行得很缓慢了，陶知越依然觉得看不够，和霍燃一起来回坐了好几趟。

那天轮到他发出感叹："要是我会画画就好了，这里太特别了。"

"那我们一起学画画。"

在细碎的交谈声和笑声里，悬在半空中的双脚掠过童话般的梦境，风拂过脸颊。

直到此刻，陶知越仍记得那种身处天堂的感受。

会议室里的其他人显然被大量照片带进了同样的氛围，尤其是两个美术组成员，其中一个忍不住开口问道："可以把照片发给我吗？我现在就想回去摸板子了。"

"真好看啊！这周末有地方去了。"

"一个人去好凄凉，有没有要组团过去的？"

"高中生可以春游，我们是不是可以安排一个夏游？在这样的环境里写代码、编剧情，会不会有特别的灵感？"

"不会。醒醒，野餐打牌不好吗？"

七嘴八舌地聊了一会儿，大家心有灵犀地进入正题。

小黄发言："既然是和别人一起出去玩的，怎么能没有双人照？所以我对小陶的本次分享不是特别满意，建议当场打补丁。"

小宋跟上："附议，想看'下午茶'的真身！"

陶知越刚关掉PPT，把文件发到公司群里，闻言愣了愣，正在思考该怎么回应。刚重建完世界观的官宇冬比他反应快一步，扭头看着这群无知的凡人，心头忽然滋生出一种奇妙的自豪感。

"你们已经看过了啊，中午在休息室里看的。超清4K画质，大屏直出，跟小陶一样帅的那个就是'下午茶'。如果记不清了，下午还有重播。走啊，一起重温！"

片刻的寂静之后，看着同事们满脸"我一定是在做梦"的表情，官宇冬心满意足地喝了一口温水。不能只有他一个人受到灵魂冲击。

本周内容异常丰富的分享就这样在大家的震惊和号叫中圆满结束了。

陶知越其实很不好意思，好在大家感叹完也没多问，最多跑来跟他握了握手，表示要带着这份运气去游戏里抽卡，希望能"一发入魂"。

哭笑不得的陶知越回到座位上，慢吞吞地关电脑，准备下班。

陶：分享结束了，大家看起来都很喜欢，还说要去天堂小镇里重温一下童年。

陶：有同事中午跟我一起看的电视，现在他们知道那个人是你了。

陶：你的新外号——下午茶。

小霍：我早上应该做个造型的，居然只是随便抓了抓头发。

小霍：完了，我忘记我上午都说了些什么，应该没出丑吧？

小霍：希望你的同事也觉得我很帅。

小霍：[流泪猫猫头.jpg]

陶知越又被逗笑了，想起那只藏在西装下面的彩色大狗熊，心头蓦地涌起一股想见面的冲动。

陶：不用担心，大家都觉得你是正经总裁，这种错觉目前来看很顽固。

陶：晚上还要忙吗？

小霍：论坛快结束了，傍晚有个冷餐会，然后我就可以自由活动了。

小霍：要不要一起吃夜宵？

陶：好主意。

陶：但我还是看着你吃吧！

陶：明天早上我一定去跑步。

小霍：［狗狗打滚.gif］

小霍：你昨天也是这么说的。

小霍：我觉得，你需要一个时刻督促你锻炼的健身教练，这样你就可以放心大胆地吃东西了。

小霍：说起来，你现在的公司离家那么远，每天都要起很早。

小霍：考不考虑搬个家？

小霍：项目基本定下来了，我要正儿八经找个小区住，不想一直住酒店。

小霍：然后，说不定很凑巧，我们会成为邻居。

小霍：附赠健身指导和剩菜消灭服务。

小霍：［蒙混过关.jpg］

这是霍燃第二次提起这件事，上一次则比较委婉。

那天晚餐做多了，陶知越觉得第二天热过之后味道肯定会变，可是一顿实在吃不完，只好把菜包好放进冰箱，随口跟霍燃抱怨了一下。

大晚上还忙着开会的霍燃抽空回复："我爱吃夜宵！"

陶知越事后才反应过来，想要回应，却找不到合适的契机。

蒙混过关的小企鹅在屏幕上躺成圆圆的一团，他的手指在屏幕上游移，内心还有一丝犹豫。

彼此的距离越近，可以分享的琐事就越多。陶知越担心自己会混淆两个世界的区别，不小心讲出一些不属于这个世界的经历，比如吸血鬼游戏和下班买西瓜回来用凉水镇一下的父亲。

他觉得自己在平凡又温馨的日常生活中做不到为保守秘密而时刻提防，准备掩饰、撒谎，那样太累了。

别墅里的其他同事基本走光了，陶知越呆坐在椅子上纠结的时候，楼梯上传来略显急促的脚步声。

他条件反射地抬头，就看到江野抱着垂叶榕有些兴奋地走下来，跟早晨那个忧郁的男人判若两人。

江野看见他，很自然地打招呼："还没走吗？"

陶知越点点头，好奇地观察着江野的动作。江野小心地把垂叶榕放在阳台的小圆桌上，对着金色的阳光仔细看了一会儿，长长地舒了一口气。

"没看错，真的抽芽了。"江野好像在自言自语，又像在跟唯一在场的陶知越分享。

垂叶榕经历了昨晚的大风，叶片稀疏了不少，细细的旁枝也有部分折断了，露出了浅黄色的新鲜伤口。

但在江野的目光落下的地方，棕色的树皮微微隆起，冒出一丁点颜色淡淡的芽。江野专注地看着，脸上渐渐露出笑容。

陶知越来公司这么久，第一次看到江野笑，却意外地觉得江野的神情很熟悉。他怔怔地回忆了一会儿，才发觉霍燃似乎也总是这样笑着看他。

垂叶榕面朝太阳，吸收着快要西沉的日光，绿油油的叶子随风轻颤。

江野从小圆桌的抽屉里摸出了一个速写本，坐在椅子上低下头，开始写写画画。

陶知越静悄悄地下班了，动作很轻地关上大门。

陶：好啊！［微笑 .jpg］

陶：这周末的行程——看房！

晚上八点整，陶知越刚走到烤肉店门口，就看见一个熟悉的身影走下刚刚停靠在路边的汽车。

他定睛一看，略显失望地叹了口气："你怎么换衣服了？"

此刻的霍燃跟中午在电视上看到的判若两人，换上了一身轻便的 T 恤和长裤，看起来像个大学生。

"……你一说要吃烤肉，我就聪明地发现了你的意图。"

霍燃很自然地走到他身边，严肃地说道："我是不会在大庭广众之下脱外套的。"

"什么脱外套？"陶知越面不改色地胡扯，"你刚从冷餐会回来，当然要吃点热的了。"

霍燃思考了一下："那你等一下要看着我吃吗？你前面说不吃的。"

"……"陶知越咳嗽一声，试图转移话题，"我还没吃晚饭，这不算夜宵。快进去，刚好有空位。"

第一回合结束，勉强平手。

二人走进烟雾缭绕的烤肉店坐下，服务员拿来两份菜单，陶知越刚开始看，就听到对面一目十行的霍燃报起了菜名。

"这个厚切五花肉看起来很好吃，再加上秘制梅肉，还有雪花牛肋条、澳大利亚牛肉粒。哦，还有牛舌……都点一遍。"

陶知越哭笑不得："点那么多肉干吗？"

霍燃一边在纸质菜单上打钩，一边光速换了一套说辞："不用担心，你马上就有教练了。而且明天看房要走很多路，四舍五入等于爬山，所以今天放心吃。"

很有道理。陶知越犹豫了一下，然后果断加入了报菜名的行列："再点个蘑菇吧，烤的时候会渗出蘑菇汁，很鲜。还有冷面，希望能跟公司阿姨做的一样好吃……"

片刻之后，桌上堆满了盘子，新鲜的肉和蔬菜看得人眼花缭乱。

霍燃拿着夹子，往抹好食用油的烧烤纸上疯狂铺肉，很快就响起了嗞嗞的声音，五花肉往外冒着金黄的油星子。

"对了，关于搬家，我刚才做了一点研究。"陶知越是行动派，一旦下定决心就马上付诸行动。

"你以后会经常往新城跑，所以我把我的公司和新城作为两个端点，以半小时通勤时长为标准，从地图上拉取了所有符合条件的小区。"趁着肉还没熟，陶知越很认真地开始分享自己的研究成果，"交通要方便，周围生活配套齐全，最好有可以锻炼或者散步的公园，户型要合理，小区环境和物业也要过关……这是我对租房的要求，你有什么其他想法吗？"

霍燃专注地听着："没有了，很全面。"

"按照这些条件，我筛选出了七个小区，里面有一些老小区，也有租金特别贵的高档小区。考虑到你平时的居住条件和实际需求，我排除了老小区和来往人员比较杂乱的商住混合楼。"

霍燃愣了一下，正想说话，又听他继续说道："对我来说，高档小区的性价比不是很高，所以也排除了。最后我选中了一个相对条件较好的小区，是五年前交房的嘉安名苑，距离我公司和新城都是十五分钟左右的车程。现在小区入住率很高，不用担心装修噪声。小区绿化很好，楼间距合理，我觉得采光会很不错。"

陶知越翻出存在手机相册里的小区照片，越过炉子展示给对面的霍燃。

"开发商的定位是花园式宜居小区，花园通过照片可以判断。为了确认是否宜居，我抓取了很多提到小区名字的网络评论，好评率很高，业主大多是二次购房的中间阶层，很多都结婚生子了。

"通过抓取的其他关键词可以判断，小区位置靠近地铁站和公交站，租金比周围的小区要贵不少，所以大部分是业主自住，没有太多流动人口。小区管理也很严格，出入需要刷卡。

"我猜是因为小孩比较多，所以业主们的安全意识都比较强，社区氛围良好，定期举办聚会和活动，见到陌生人会很警惕，变态悄悄溜进来的概率应该很小。

"在所有租房网站上，我发现嘉安名苑一共有十五套房子在出租，选择空间很大，明天可以实地一套套地看。"

陶知越一本正经地总结陈词："其实这个小区很符合我未来的购房标准，但我还在努力工作挣钱，希望这个项目可以顺利上线，多发一些奖金。现在算是提前感受我理想中的居住环境，也许这会让我每天工作更有动力。我觉得你应该也会满意这个小区的。如果不满意的话，我可以再做备选方案。"

陶知越介绍完毕，放松地喝了一口柠檬水，看着堆满肉的烤盘，诧异道："肉好像冒烟了。"

霍燃听得完全忘记给肉翻面了，闻言连忙拿着夹子开始扯粘在烧烤纸上的肉片。

陶知越抓住机会展开了第二回合的嘲笑："你好笨，要不我来烤？"

"不行！"霍燃坚决捍卫自己掌控夹子的权力，"你在找房子上完胜，我只剩下肉可以烤了……你是早就开始查了吗？好详细。"

陶知越摇摇头。"没有，傍晚回复你的时候才决定的。我不想打扰老板的'二人世界'，所以去了一趟网吧。"随即他自言自语道，"回家我要优化一下程序，做一个能在手机上稳定运行的爬虫，这样就不用每次都急着找电脑了。"

霍燃不禁感慨："效率真高！我还停留在到处找房的想象里，结果你已经精确到具体房子了。现在我可以想象你工作时的样子了，有你这样的同事真好。"

陶知越十分警觉："这个项目结束前我不会跳槽的，就算是你，也挖不走我。"

"真的吗？"霍燃给他夹肉，假模假样地垮下脸，"我们真的没有机会成为同事吗？"

"……我可以给你发一张周末限定体验卡。"陶知越拿起筷子，迫不及待地戳着像小碗一样的烤蘑菇，"如果你还有别的需求，随便提，我可以继续优化明天的看房方案。"

蘑菇盛满了浅棕色的清澈汁水，鲜香四溢。

"没有了，我觉得很好。"霍燃很认真地回答，"每个地方都考虑得很全面，完全超出了我的想象，我已经想连夜搬家了。"

陶知越笑起来："有你这样的同事也很好。"

他小心翼翼地把烤熟的蘑菇拿起来，尽量不让珍贵的蘑菇汁洒出来，然后放进霍燃的碗里："请你吃个蘑菇。"

"好香！但是我想喝可乐了。吃烤肉怎么能没有冰可乐?!"

"那就不要吃肉，多吃蘑菇和蔬菜。"

"……我突然发现柠檬水也很好喝，等我问服务员要点冰块。"

冰块陡然落进透明的柠檬水，鲜黄的柠檬片沉到杯底，小小的气泡浮起。

在浓郁的烧烤香气里，霍燃的烤肉技术逐渐精进，甚至可以提供精确到几分熟的服务了。

在美食和新生活的双重作用下，陶知越心情很好，然而他忽然察觉到邻桌有个中年男人正好奇地打量着霍燃，还时不时看一眼手机屏幕，像在确认什么。

中年男人不小心对上了他的目光，抱歉地笑了笑，索性往这里挪了挪。

"请问一下，你是今天新闻上的那个霍……霍燃吗？"男人晃了一下手机，屏幕上是本地论坛对今天这个大新闻的讨论，上面有一张霍燃一脸沉稳地在论坛上发言的截图。

陶知越第一次遇到这样的场面，还没反应过来，就见正在悉心研究肉质的霍燃抬起头，表情十分茫然。

"什么燃？"霍燃扫了中年男人的手机一眼，"我跟这个人像吗？"然后无比错愕地说道，"不是吧？我有那么老吗……"

中年男人："……"

陶知越："……"

中年男人尴尬地退了回去，没好意思再细看："真不好意思，我认错人了，打扰你们了。"

陶知越单手撑住脸，很努力地把笑憋回去，不想让中年男人发现异样。

"你的语气为什么那么理直气壮……"

霍燃别过脸笑起来，小声说道："我上班时的着装风格和表情、语气都是模仿我爸的，我觉得综合效果应该会让我看起来比实际年龄大一些。现在看来，这套上班限定皮肤很有必要。"

"今天失策了，光顾着换衣服，忘记换发型了。"霍燃检讨道，"第一次上电视，下次我一定注意。"

之前陶知越和霍燃一起出去，顶多会因为外形受到瞩目。现在 TOD 项目确定后，霍燃作为长期驻扎在这里的负责人之一，免不了要经常参加各种公开活动，公众认知度会越来越高。以后霍燃就很难像过去那样光明正大，不做任何伪装地到处溜达了。

陶知越在选房子的时候，考虑到了隐私性和安全性，只是没想到中午才播完新闻，这么快霍燃就被人认出来了。

　　"明天怎么办？房屋中介熟知跟土地有关的大事小事，今天的新闻估计看过好多遍了，明天就会用到推销新城那些楼盘的话术里。"

　　回想起两人第一次见面时双双戴着口罩的场景，陶知越就觉得好笑，又有点忧虑："现在天气那么热，戴口罩会很闷的。"

　　显然霍燃也想起了那令人难忘的一天，沉思片刻，有了灵感："那就换个位置遮！"

　　第二天上午，按照陶知越跟中介约好的时间，两人出现在嘉安名苑小区门口。

　　望着小区里遍布的绿树和花坛，陶知越点头认可："实物跟照片相符。"

　　"我觉得门卫看起来有点紧张。"霍燃在他耳边说道，"我们像不像两个保镖？早知道我就穿西装了，效果更好。"

　　"不知道，但我感觉眼睛像糊了一层蘑菇汁。"

　　"啊，我又想起昨晚的烤肉了！一个月内都不想吃了，好撑。"

　　"两周前从烤肉店里出来的时候，你也是这么说的。"

　　"真的吗？我怎么不记得……"

　　"下次我会录音的。"

　　提着一大串钥匙的中介小姐姐在一旁的大树下观望了很久，紧张地看着这两个站姿端正的墨镜男低声交谈，发现周围确实没有其他人像客户了，便忐忑不安地迎上去。

　　"两……两位好，是预约了看房的陶先生吗？"

　　两个人很默契地停止聊天，转过头，透过墨镜望着她，整齐地点点头。

　　中介小姐姐："……"诡异的气氛凝滞了几秒，钥匙叮叮当当地在风中摇晃。

　　仰视着比自己高不少的两位客户，中介小姐姐抓稳了钥匙，镇定地说道："两位陶先生好，我是今天带你们看房的中介，叫我小孙就可以了。"

　　她看见稍矮一点的那位陶先生朝她笑了笑，语气很温和："好的，今天就麻烦你了。"

那位高大的陶先生点点头，继续一言不发。

小孙明白了，这应该是兄弟俩，而且是经典的"好脾气"和"不高兴"组合。他俩很有个性，而且就算戴着墨镜也很养眼。

冷静下来的小孙逐渐进入工作状态，露出标准的礼貌性微笑："两位想先看哪套房子呢？或者我们按楼号和层数一套套过去看？除了两位昨天在网站上看到的房子，我们系统里还有几套没来得及挂上去的新房，要先看一下吗？"

"不高兴"的陶先生正要点头，"好脾气"的陶先生微笑道："如果是好房子就去看，比较一般的就不用了，这样比较节约时间。先看我昨天给你圈出来的那五套，上午阳光正好，我想看看屋里的光线。如果都不满意，我们再看其他的。我们不着急，有合适的就定下来，没有的话就去看别的小区。"

看房时，中介通常会带客户去看两套很久都没能租出去的房子，要么采光很差，要么格局和装修不好，大概率会让人觉得没法住。之后再去看整体还可以的房子，客户就会有眼前一亮的感觉。中介再加上一些话术，比如"同事刚刚带其他客户看过，可能很快就会被签走""这套是这个小区里性价比最高的了，看着很舒服"，客户就会一时脑热，不再犹豫，马上决定要租。

陶知越作为资深租房人士，已经深谙此道。

小孙愣了一下，收回了本来想说的话，一边带着他们往里走，一边介绍小区里的设施。

"好的，那我们先去看您选中的那套四面都是落地窗的，是5号楼的1901室。在同一栋楼的十五层还有一个您选中的小套，可以一会儿看。

"这栋楼离快递代收点很近，代收点旁边有个小超市，临时需要买东西的话会很方便……"

听着小孙的介绍，陶知越偶尔会提几个问题，一旁的霍燃始终步伐矫健、面无表情。

陶知越瞅了霍燃几眼，觉得很好笑，忍不住问道："你干吗一直不说话？"

霍燃立刻偏过头，凑到他耳边小声说道："保镖就是这样的，沉默寡言，但是看起来很有安全感。而且中介要是真的看过很多遍新闻，那我一说话就会被认出来，所以要谨言慎行，这样保险一点。"

"……"陶知越毫不留情地戳穿霍燃，"不要找借口了，你就是觉得装成保镖很好玩。"

霍燃没绷住，笑了一下，又咳嗽一声，飞快地敛起表情："老板英明。"

按下电梯键，回头请他们先进电梯的时候，小孙看见的依然是那个"不高兴"的陶先生。

"有一个精明又机智的弟弟，真是省心啊！"小孙在心里感叹道。

在身后两座小山的注视下，小孙已经渐渐适应了这种神秘的气氛，她在密码锁上按了几下，推开大门。满室的日光瞬间倾泻出来，与略显昏暗的封闭式楼道形成了鲜明的对比。

"因为全屋都是落地窗，所以采光和通风非常好，装修也特别好，都是全新的木制家具，还没有人住过。

"房东一家出国了，本来是想卖掉的，但因为面积大，报价比较高，最近经济又不景气，挂了很久都没有动静，所以才打算拿来出租。当然了，租金也会稍微贵一点……"

小孙十分熟练地补充道："不过昨天刚出了新闻，离这边十几分钟路程的新城要大搞开发了，未来就是晋北的第二市中心，市政府可能都要搬过去。这个小区的地理位置特别好，闹中取静。现在这个消息还没落实到租金和房价上，再过一阵肯定会大幅度上涨。两位有意向的话，可以签个几年的长租合同，属于捡漏价了，比较划算。"

她话音刚落，就看到两位陶先生整齐划一地僵了一下。

"怎么了？"小孙好奇道，"有什么问题吗？"

"没什么，第一次听到这个新闻，有点惊讶。"陶知越正色道，"我们四处看看。"

"好的，两位慢慢看，我刚好去外面打个电话，同事找我有点事。"

这屋子是四室两厅，面积将近两百平方米，所以陶知越并不单是给自己选的。考虑到霍燃的工作需要，这样大小的房子拿来给他居住、办公两用会很合适。

陶知越随便选了一个房间走进去参观，"保镖"霍燃亦步亦趋。

躲开了小孙，陶知越转头八卦道："市政府真的要搬过来吗？"

"我没听说。"霍燃摇摇头，"市长估计也没听说。"

"……我再次对中介的话术有了全新的认知。"陶知越由衷地感叹道，"第二市中心，市政府，闹中取静，捡漏价……我差一点心动了。"

"所以我说要谨言慎行。"霍燃得意道，"小孙肯定看新闻了。"

"你尾巴快翘上天了。"陶知越一边跟霍燃闲聊，一边四处观察，"不过平心而论，这房子装修得很有品质，看起来很舒服。"

"嗯，应该是专门请了设计师，怪不得要价高。"

"你喜欢吗？我觉得非常适合你住，你家里人过来也够用了。"

"喜欢，但是我没感觉采光有多好啊！"霍燃困惑道，"确实是落地窗，可为什么到处都很暗？"

陶知越认同道："其实我也觉得……"

两个人四下扫了一圈，视线在空中交会，这才看到彼此脸上硕大的墨镜。

陶知越："……"

霍燃："……"

相对无言片刻之后，陶知越笑出了声，他决定先发制人："你怎么这么傻？"

"你明明附和我了！"霍燃据理力争。

"我没有，我逗你的。"

"那我也是逗你的。"

"不对，你的语气很认真。'确实是落地窗，可为什么到处都很暗？'因为你戴了墨镜，哈哈哈哈哈哈！"

"……"霍燃在窘迫中转变思路，"趁小孙不在，我摘下来看看。"

陶知越觉得很有道理，伸手去摘墨镜，打算趁此机会欣赏一下全屋落地窗的敞亮光线。

"这也太亮了!!"

"老板，我眼睛痛了。"

于是，在蘑菇汁颜色的世界里待了很久的两个人，突然被闪瞎了眼。

在楼道里打完工作电话，重新打开大门回到屋里的时候，小孙仿佛听到了一阵说话声和笑声。等走到传出声音的房间前，她看到的却是正沉默地望着窗外风景的墨镜兄弟。小孙一度以为自己出现了幻听症状。

她疑惑地回想着刚才听到的动静，问道："两位觉得这房子怎么样呢？要是不合适的话，我们就去看下一套。"

这次，"好脾气"的陶先生没说话，反而是"不高兴"的陶先生转过头，肯定道："挺好的，我很满意。"

小孙第一次听"不高兴"开口说话，他的声音很有磁性，而且有点耳熟。

她还没来得及多想，又听见对方轻描淡写地丢下三个字："我买了。"

小孙惊讶地瞪大了眼睛。这一定是幻听。

作为一名普普通通的房屋中介，小孙接下来的一天就在美梦里度过了。

她小心翼翼地确认了是买之后，"不高兴"的陶先生递给她一张只写了电话号码的名片，表示可以联系这个号码来处理买房的事，现在要去看同一栋楼的两室一厅。

卖房的佣金比租房的要高很多，尤其这是一套总价很高的大房子。这个剧情发展听起来很离谱，但小孙还是慎重地接过名片，把两位陶先生带到了楼下的 1502 室，然后又走到门外打电话去了。

十分钟后，一脸恍惚的小孙回到房子里，终于接受偶遇有钱人的现实了。

但是为什么"不高兴"的陶先生会无所谓地把买房这种事丢给助理，却陪着弟弟十分认真地检查租房合同？这超出了小孙的理解范围。

1502 室是一套格局方正的两居室，业主委托给中介代为打理，装修风格清爽，家具电器一应俱全，可以拎包入住。

陶知越四处看了看，又问了小孙一堆问题，确定没有隐患后，决定马上就签合同，趁着明天是周日，直接搬家。

他的行李一直很少，可自从跟霍燃认识了，各种各样的小玩意儿，比如纪念品，就开始飞速增多。幸好现在只有一个多月的量，搬起来不算累。

今天双喜临门，兴奋得脸发红的小孙连忙让店里的同事送来合同，等霍燃从头到尾检查完之后，陶知越大笔一挥签上名，递上了早就准备好的身份证复印件，时长两小时的看房之旅宣告圆满结束。

目送小孙抱着合同快乐地离开，陶知越感慨道："我们一定是中介最喜欢的那种客户……尤其是你。"

尽管已经见识过霍燃的"钞能力"，但在听到对方用"早饭吃鸡蛋"的语气说要买下一套房的时候，陶知越作为一名平凡的打工仔感觉还是很酸。

霍燃对 1502 室的兴趣远远超过了对 1901 室的，打量着房子里的每一处细节："以后我们就是住在同一栋楼里的邻居了。这房子看起来很温馨，但是没有书房，你要在房间里用电脑吗？"

陶知越倚在房门旁思考了一下："我准备把次卧改成书房，买一个大的书架和桌子，还有电脑椅，坐起来舒服一点。"

"好主意，可以把床搬走，然后并排放两个电脑桌，我们就能坐在一起打游戏了。"

"你的房子那么大，干吗要跑来这里打游戏？"

"邻居当然应该互相串门。"霍燃理直气壮，"我在网上见过别人改造电脑桌的照片，功能很多，还有零食架，等我去定制两个。"

"不行，不要零食架。"

"不用担心，我也贡献出一个卧室，改造成迷你健身房，这样你每天足不出楼就能锻炼了。"

霍燃从次卧里走出来，继续一本正经地思考客厅的改造方案："客厅空间挺大的，可以安个投影仪，再摆上懒人沙发，很适合晚上看电影。

"我觉得这里需要做一面展示架，不然之前买的那些小东西只能分散着放，看起来没有气势。"

陶知越索性不再插嘴，笑着听霍燃一个人碎碎念。

对次卧和客厅的布置发表完重要指示，霍燃又溜达到阳台。两套房子刚好在这栋楼的两侧，所以从窗口望出去是完全不一样的风景。一侧是繁华热闹的市区，另一侧则是宁静空旷的新城，恰好是世界的两极。

"阳台上放两个……哦，两个好像放不下，那放一个躺椅吧！你可以坐在这里看书、发呆。"

霍燃抬头望了望远方，后知后觉地说道："我记得那个位置就是给 TOD 划的地。”

陶知越走过去，站在霍燃身边：“这样看距离很远，你觉得到时候能从这里看到工地上的塔吊吗？看它吊东西，我能看一天。”

“应该可以，我也爱看，不行就用望远镜。”霍燃深有同感，“自从大学旁边开始建小区，塔吊一天到晚挥着长臂，我就没办法在图书馆里专心看书了，看着看着，视线会不自觉地往窗外飘。”

陶知越果断回应道：“那我要买躺椅，每天下班坐在这里监督工地。”

霍燃想象了一下那个画面，笑起来：“我可能会时不时往那里跑，四舍五入，你也在看我。”

“而且不光地上，还会建地铁，一号线会延伸到新城。以后从你公司到新城不用换乘，所以去新城玩会变得很方便。”

霍燃忽然反应过来：“不对，你晕地铁，那就不能坐了。我记得也会有新的公交线路，不过可能稍微慢一点。”

临近正午，阳光强烈，好像能融化一切淤积的病症。

陶知越望着烈日下蕴满生机的新城，轻声说道：“其实我不晕地铁。”

霍燃有点惊讶，转头看他：“那是幽闭恐惧症之类的吗？”

陶知越摇摇头，表情平静：“我有一个朋友，他在地铁上出了意外，给我留下了一点心理阴影。”

“但是现在好像已经克服了。”陶知越笑着看霍燃，“不过我还是不想坐地铁。”

“为什么？”霍燃思路跑偏，“是不是因为公交车坐起来比较催眠？”

陶知越郑重地说道：“有时候我很想把你的脑袋撬开，看一眼构造。”

沉郁气氛随风消散。

“因为我看过一个恐怖片，男主角从地铁来到一个异世界，渡过很多危机，终于过上了平静的新生活，结果在片尾坐地铁去接妻子的时候，又被地铁里跑出来的怪物抓走了。”

“抓走了？有续集吗？”

“不知道，我记不清了。他的妻子还站在约好的地方等他，但他就那样凭空消失了，没有人发现。所以我再也不想坐地铁了，万一我也被抓走怎么办？”

"不要怕，现实世界里没有怪物。要不以后我们少看恐怖片，多看喜剧片吧！"

"然后看你表演睡觉吗？"

"那天我只睡着了五分钟！肯定只有五分钟。"

"四十七分钟，我算时间了。"

"……等一下午饭吃什么好呢？"

周日早晨，搬家师傅把最后一个纸箱从楼上搬下来，抬进车里。

陶知越望了空荡荡的房子一眼，和房东礼貌地道别，下楼上车。

昨天和霍燃吃完午饭，他就赶回来收拾东西，顺便通知房东自己要提前退租，商量之后扣了一半押金作为赔偿。

临走前，陶知越打扫了卫生，把屋子收拾得干干净净，餐桌上放着那只不再有灰尘的玻璃花瓶，里面重新插上了配套的塑料假花。

大早上赶来收房的房东阿姨里里外外检查了一遍，语气很是不舍："你很爱惜这房子呀，卫生搞得也蛮好。如果不是你要搬走了，我都想降点价给你续租的。"

陶知越便朝她微笑："谢谢阿姨，我也很喜欢这个房子。只是换工作了，离公司太远，上班不方便。"

崭新的浅咖色格纹桌布和天蓝色的拖鞋，他都装进纸箱带走了。此刻茶几和鞋架上空无一物，但美好的回忆仍然是从这里开始的。

他坐上面包车，司机放下手刹，熟悉的风景便像流云一样在身后逝去。

总算坐下了，陶知越这才有空从口袋里摸出手机，看霍燃早些发来的消息。

小霍：搬完了吗？

小霍：真的不要我去帮忙吗？

小霍：[发呆.jpg]

陶：不用啦，我已经跟着车出发了，半小时就到。

陶：你又这么早起床了？

小霍：好快！

小霍：你猜我在哪儿？

陶：既然你这么问，那就是在我的新家了。

陶：我怎么有点后悔把钥匙给了你一份……

小霍：[小熊不知道.jpg]

小霍：作为交换，我把楼上密码锁的密码设定权交给你。

小霍：初始密码居然是250250。

陶：说明它跟你注定有缘。

小霍：[打.jpg]

在闲聊里，时间过得很快，陶知越回过神来，车已经停在嘉安名苑的大门口了。他探出脑袋，向门卫出示了通行卡，地下车库的闸门升起放行。

小区不允许机动车在地上通行，这样能让居民放心地在小区里活动。地下车库里有电梯直通每栋楼，搬运大件东西反而更方便。不愧是花园式宜居小区。

陶知越和搬家师傅一起跟着满满一电梯的纸箱到达了十五楼。

1502室的房门没关，电梯门一打开，陶知越就瞥见霍燃坐在餐桌旁对着阳台玩手机的背影。

听见电梯的动静，霍燃连忙站起来迎接他，从窗户漫进来的光线把霍燃的脸部轮廓描摹得十分分明，目光也格外明亮。

霍燃穿着不知道从哪里弄来的居家拖鞋，T恤外面还套了个深棕色的围裙——看起来很有家庭气息。

陶知越忍不住发笑："你干吗穿个围裙？要做饭吗？"

霍燃指了指餐桌上一大堆全新的清洁工具，不确定地问道："做卫生应该要穿吧？我看家政阿姨都会穿的，防止把衣服弄脏。"

霍燃又举起另一条一模一样的围裙："我给你也准备了一个。"

"我不会穿的。"陶知越斩钉截铁，"你可以一个人穿两条，把前后都围上。"

半小时后，两位穿着统一围裙的家政男青年站在纸箱之间发呆。

"先从哪里开始呢？"霍燃环视四周，"我好像没什么经验。"

"我的习惯是先把卧室的家具擦一遍，然后铺床，把衣柜放满，这样至少晚上可以睡觉了。其他地方看心情慢慢收拾。"

"有道理，那我们来打扫卧室吧！"

霍燃提起水桶，兴致高昂地正要往主卧走，却被陶知越拦了下来。

"等一下，我想了想，还是自己收拾主卧比较好。"

虽然大家都是男生，似乎没什么避讳的，但毕竟是每天睡觉的地方，属于隐私，陶知越总感觉有点尴尬。

霍燃迷茫了一下，下意识地抬头望了望主卧，看到正中央两米宽的超大双人床，床头靠着两个抱枕，阳光照到洁白柔软的席梦思上，一看就很舒服。

"……有道理，那我去收拾次卧。"霍燃迅速做出决定，掉头就走。

"你不是说次卧要大改造，把床搬走，再加两张电脑桌吗？"

"……是啊，我忘了，那我去收拾客厅。"

"客厅现在都是纸箱，没法收拾。"

"……"

最后，霍燃坐在客厅的飘窗上，举着玻璃刮水器，认认真真地擦起了玻璃窗。

在一墙之隔的地方，陶知越坐在小凳子上，动作利索地擦着衣柜隔层。他安静地劳动了一会儿，摆在床头柜上的手机忽然亮了。

小霍：报告！擦完一扇玻璃窗了。

小霍：手举得有点酸，我要换成右手擦下一扇。

小霍：报告！

小霍：左手……

小霍：打字好慢……

陶知越看着一条条蹦出来的新消息，笑得停不下来。

陶：今天我的名字是报告吗？

小霍：答对了！

小霍：[小熊鞠躬.gif]

陶：加油！忙完了，晚上给你做饭。

屋子里依然静悄悄的，时不时掺杂一声消息提示音。

小霍：好安静，要不要放点音乐？

小霍：我发现我的左手已经适应单手打字了。

小霍：现在是不是完全看不出这是左手发的？

在霍燃"执着"的消息骚扰中，陶知越十分熟练地擦完衣柜，又开始擦床头靠背，下一步准备铺床。

陶：玻璃窗擦完了吗？

小霍：擦完了，我在擦第二遍了。

小霍：一个人在外面好无聊，我想跟你说话。

小霍：主卧快收拾完了吗？快出来，我们一起收拾客厅。

小霍：〔狗狗打滚.gif〕

陶知越看着这条总是打滚的笨狗，停下动作，十分认真地回复霍燃。

陶：你现在的行为让我想起了一个人。

"谁？"一阵脚步声后，霍燃略带警觉的声音立刻在卧室门口响起。

"我的小学同桌，我记得是个小胖墩。"在霍燃困惑的眼神里，陶知越提起水桶，准备去卫生间换水，"他每次不想写作业，都会在我旁边唠叨，一会儿问我要不要下五子棋，一会儿又跟我说窗户外面停着一只鸟在看我。"

陶知越路过霍燃身边，伸手拍了拍霍燃的头，语重心长地说道："小霍同学，好好写作业，等放学了陪你下五子棋。"

结果这天晚上，忙了一天的陶知越躺在沙发上，没履行诺言做饭，也没下五子棋，而是和霍燃一起吃着外卖看电视。

所有的纸箱都清空归纳完毕，昨天还像个样板房的屋子里，此刻充满了生活气息。

陶知越的手机也换上了新的锁屏——一张霍燃穿着家政围裙坐在沙发上拆纸箱的照片。在他抓拍的时候，霍燃恰好抬起头看他。

白纱帘被晚风吹起，暖黄色的顶灯下，电视机光影闪烁，两个人窝在沙发里聊着天。

在这样温馨的气氛里，霍燃足足赖到晚上十点才依依不舍地跟开始打哈欠的邻居告别，上楼回家。

和远隔重洋的业主签完合同，霍燃迫不及待地搬了进来，助理高效率地替他置办了生活用品，从酒店送来了行李，派人打扫了卫生。

不过对霍燃来说，新房子依然只是一个用来睡觉的地方。而与陶知越成为邻居的好处之一，大概是每天早晨的例行问候会变得更有画面感。

小霍：早上好！

小霍：我在刷牙，看到楼下有个老年人在打拳，好威风。

累了一个周末的陶知越被人形智能小闹钟叫醒，本来还想赖一会儿床，但看到"很威风"这三个字，他努力克服困意，起床走向卫生间。两个户型的卫生间都朝西，所以从某个特定的角度，他们勉强可以看到一样的景观。

陶知越挤好牙膏，探头往窗外看去，果然看到了正在楼下花园里打拳的老人。

陶：看到了，有点帅。

陶：要不你也去学，然后表演给我看？

小霍：……不学。

陶：看一次一顿饭。

小霍：好，我屈服了。一言为定！

十分钟后，门铃响起，正要做早餐的陶知越握着鸡蛋去开门。

门外是西装笔挺，看起来很有精英风范的霍燃。

"你不是有钥匙吗？"陶知越诧异道。

"没事先跟你打招呼，所以要敲门。"霍燃十分自然地走进来，换上鞋架上的天蓝色拖鞋，十分老实地跟在他身后走进厨房。

"我先预支一顿早餐。"

"只有鸡蛋、吐司和牛奶。"

"我要吃一个荷包蛋和一个蛋包荷！"

陶知越随手敲开鸡蛋，打进锅里："那我得煎四个蛋！为了节省时间，你去热吐司。微波炉在那边。这个应该会吧？"

"去掉'应该'！没有我不会的东西。"

"真的吗？那酸汤——"

"那个是意外！"

刚打进小煎锅的鸡蛋在热油的炙烤下，很快散发出浓烈的香气。从冰箱里拿出来的盒装牛奶，在清晨微热的空气里凝出晶莹的小水珠。一片片吐司凌乱地铺在瓷盘里。

美好的周一早晨从愉快的互相攻击开始。

第十四章

交 汇

霍燃怔怔地看着陶知越笑：
"现在有三个月亮了。"
"什么？"
"你的眼睛也像月亮。"

今天陶知越又是掐点到的公司，项目组的其他同事都已经到了。他一进来，大家就非常整齐地抬头看他。

陶知越有些迷茫地走到自己的工位上，跟还在摸鱼的官宇冬对上了视线。

官宇冬读出了他眼神中的困惑，安慰道："别紧张。他们上周五没反应过来，肯定是周末看了很多八卦，才发现'下午茶'有多'现充'。"

自从霍燃在新闻里正式露面，永远对豪门充满兴趣的网友就开始到处扒资料。

有自称霍燃同学的人发帖说他大学时除了上课就是满世界跑，人缘好，对朋友也大方，而且一直单身，心里只有学习和旅游，压根看不出来是那么有钱的富二代。

还有人匿名爆料，说他通过霍氏旗下的影视公司搞潜规则，花天酒地，纸醉金迷。这一条消息因为十分符合常规的富二代人设，所以讨论度很高。

根据这段无凭无据的爆料，有人开始无差别地攻击全天下的有钱人，说他们一样烂；也有人觉得，就凭霍燃的条件，他根本不需要搞潜规则，倒贴的人挤破头才对。

不过这些风风雨雨的爆料帖存活没多久，就全都被处理了，所以当事人和当事人的邻居兼好友反而对此一无所知。

"我也看到了，不得不说，'下午茶'真是顶级'现充'啊！生活好丰富。"官宇冬由衷感叹道，"提前一年完成毕业论文，然后去环球旅行，这是我做梦都不敢想的情节。"

陶知越想了想，点头认可道："确实，如果是我，我肯定在家写一年程序。"

"所以这是真的吗?!好家伙，我现在有一种在第一线八卦的感觉。"官宇冬兴奋地搓了搓手，"我可以问你们上周末去哪儿玩了吗？让我猜一下，现在是夏天，'下午茶'会不会带你去南半球看雪了？或者是去南极看企鹅了？"

"……你真的很有少女心。"陶知越同样由衷地感叹道，"我之前住的房子离公司太远，上班不方便，所以租了新的房子，周末他帮我搬家、收拾卫生了。"

说话间，手机屏幕亮起来，PP上收到一条未读消息。

霍燃穿着家政围裙坐在沙发上拆纸箱的照片霎时映入官宇冬的眼帘。官宇冬终于看到了让自己心心念念的"下午茶"，然后瞳孔"地震"了大半天，记忆里"下午茶"西装革履的形象再一次被颠覆了。

"居然这么朴素！不应该是管家、用人一字排开，像端菜一样搬行李吗？"官宇冬一脸震惊。

"你想多了。"陶知越笑道。

临近中午的时候，方时武在群里向大家宣布了一个好消息：在此前的开发基础结合了陶知越提出的新思路，《新世界》的玩法框架和美术风格已经基本确定，可以开始做吸量测试，以评估这类风格对玩家的吸引力，便于及时调整游戏后续开发方向，避免走弯路。

虽然游戏还没做出来，但可以把人物图和特别制作的几十秒视频投放到特定平台上，测试受众的点击率。

圆时文：周末吸量测试的数据出来了，在泛用户平台上能有15.2%，比小猪高，可以松口气了。

《小猪很忙》是一棵树游戏公司制作的一款因为画风特别而小火，又因为玩法后继无力而凉了的放置类游戏。

小黄小黄：好吧，制作人请吃饭！

我画不完了：好吧，制作人请吃饭！

陶：好吧，制作人请吃饭！

圆时文：……

圆时文：为了庆祝榕总发新芽，我提议江总请大家吃饭。@江野

是官不是呱：附议！薅光臭情侣的羊毛！

江野：什么？

是官不是呱撤回了一条消息。

……

到了中午，陶知越去厨房端来午餐，一边看大家在群里插科打诨，一边上网搜晋北市 TOD 项目的最新消息。毕竟是霍燃接下来要忙上几年的项目，他应该多了解一些相关知识。

陶知越打开网页，还搜了几篇专门研究城市开发模式的论文看。在看到一篇周五那场论坛的文字实录时，他的视线停住了。

主持人：听说这个庞大的综合开发项目还包括与燕平市第一医院联合建设跨省分院。

霍振东：是的，这是首都医疗资源与外省共享的重要一步，同时我们会引入国内外的高精尖技术和先进设备，大力吸引高水平的医疗人才，努力为晋北市民打造一家国际一流的智慧型综合医院。

周围的喧嚣淡去，"与燕平市第一医院联合建设跨省分院"这几个字变得尤为醒目。他沉默地凝视了很久，给霍燃发去一条有些突兀的消息。

陶：我在网上看新闻，要建医院吗？

小霍：什么？

小霍：啊，对！你居然注意到了！

小霍：我本来想等名字定了再告诉你，给你一个惊喜。

陶：什么名字？

小霍：我在试图说服我爸把医院的名字定成晋北市第七医院。

小霍：是综合医院，所以不能按照原版叫精神病院，不过用第七当前缀还是可以努力一下的，陶医生。

小霍：[狗狗打滚 .gif]

陶知越这才恍惚想起已经有点久远的"晋北市第七精神病院陶主任"。没想到霍燃一直记得。

不过，如果没有另一个真正的医生存在的话，这本是一个又傻气又让人感动的惊喜。

陶：我看了你爸的论坛发言，是不是要招很多医生进来？

陶：你会负责这一块吗？

小霍：如果是级别比较高的，我应该会经手吧，以示诚意。

小霍：不过现在还早，地基都没开始打。

小霍：怎么了？

陶知越心绪难平，在对话框里输入文字，又不停地删除。思忖半天，他才发出去一条。

陶：如果有年轻医生接近你，记得告诉我。

小霍：为什么？

陶知越正在想要怎么解释，又看到下一条消息跳了出来。

小霍：年纪大的就不用告诉你吗？

陶：……也可以告诉。

这个人的脑回路真的很神奇。

小霍：好！

小霍：今天阿姨做了什么午饭？让我参考一下。

小霍：晚上不用忙，要不今天请你的同事吃饭吧？拖好久了，今天他们有空吗？

小霍：因为我现在特别高兴，然后我一高兴就想请人吃饭。

陶知越本来有些沉郁的心情，在霍燃跳脱思维的拐带下不翼而飞。

陶：今天中午吃了糖醋排骨和辣子鸡。

陶：我问问。

他切换到"为一棵树激情灌水"的群聊界面，大家还在奋力推选下一位钱包即将大出血的倒霉蛋，发展到了白热化阶段，满屏剪刀石头布和骰子。

陶：那个……"下午茶"说晚上想请大家吃饭。

陶：今天大家方便吗？

群里寂静了几秒钟，立刻飞速刷屏。

圆时文：太方便了，快收了这群祖宗。

是官不是呱：烤肉烤肉烤肉烤肉！

我画不完了：拒绝烤肉！呱呱你能换个花样吗？提议火锅！捞月亮出新品了！！

小黄小黄：我投火锅一票，现在2:1了。

陶知越想了想那天和霍燃在捞月亮各种风味小吃荟萃的盛况，默默补充了一句。

陶：也可以都吃的。

我画不完了：……是啊，差点忘了"下午茶"是一位怎样的"下午茶"。

圆时文：这么快就上前菜了，柠檬真香。

即将见到此前出现在电视里的人宛如追星成功般兴奋，平凡的下午变得躁动起来，办公区的键盘声都比往日要响亮一点。

陶知越高效率地完成今天的工作后犹豫片刻，决定摸个鱼。时隔一年多，他又在网上把沈念的名字检索了一遍，重点筛查了燕平市所有医院的医生名录，依然一无所获。

陶知越记得沈念跟现在的自己年纪差不多，正常情况下，沈念应该还在上大学。不过小说的时间线直接从两位主角相遇开始，并没提到沈念过去的经历。

这个名字不算特别，各个大学历年的录取名单里相同的名字加起来有很多，即使限定了男性和医学院这两个条件，结果也不唯一，很难精确定位。

霍燃或许有这种大海捞针的能力，但这件事绝不能告诉他。

陶知越默默地思考了一会儿，只能先放下，等真的到了医院正式筹备阶段再想办法。

故事舞台被从燕平改到了晋北，也许原来的主角不会再出现了。在自我安慰中，时针缓缓地指向了六点，异常兴奋的同事们齐齐关电脑收工。

方时武清了清嗓子，问他："小陶，是约在公司旁边的那家分店吧？时间定好了吗？我们现在出发？"

陶知越愣了一下："我跟他说了捞月亮，时间好像没约。"

他下午有些心神不定，又要工作，就忘了跟霍燃确认这些细节，抱歉道："我们直接过去吧，位置应该预留了……"

话音未落，别墅里响起一阵门铃声。

同事们集体紧张起来："竟然是上门服务！可恶，又不是我的朋友，为什么我这么激动？"

"啊啊啊，这么快！我以为会给个缓冲时间！"

"陶陶，我可以要签名吗？以后要买彩票的时候，我就拿出来摸一摸。"

在大家期盼的目光里，陶知越走向大门，身后跟着一群八卦的同事。

陶知越莫名其妙地被搞得很紧张，他按下把手，推开大门，高大的身影映入眼帘。

霍燃没穿早上出门时穿的正经西装，换了一身看起来十分清爽的休闲装。一看见陶知越，霍燃的眼睛霎时明亮了起来，像是揽尽了绚烂日色，身后只剩暗淡夕阳。

"晚上好。"霍燃笑着问候道。

今天的黄昏格外美，陶知越恍惚了一下，才应声道："晚上好。"

霍燃眼中笑意闪动，似乎想说些什么，但有旁人在场，又忍住了。

霍燃看向陶知越身后的那群同事，很有礼貌地打招呼："你们好，我是知越的好朋友，我叫霍燃。"

经过这段时间的相处，陶知越通过霍燃的细微表情可以判断，霍燃在说这句话的时候，隐藏起来的尾巴肯定已经翘上天了。

陶知越转过头，本来想介绍一下同事们，结果看到身后的人连成一排，正激动地互相掐手臂。

小宋捧脸说道："为什么只是简单的两声'晚上好'会这么像偶像剧啊?!我脸都红了！"

小黄被她掐得面部扭曲，还不忘严谨地进行总结："我学到了，但又没完全学到。唉，关键还得看硬件。"

小官才接受围裙家政男的形象没多久，这会儿突然进入浪漫偶像剧模式，数据过载，大脑直接乱码死机了："围……裙……"

在场最年长的方时武默默往前走了一步，试图为这群失态的同事挽回尊严："你好，我是小陶的同事，我叫方时武。"说着十分冷静地伸出了手。

每天跟各种人打交道的霍燃对这个动作非常熟悉，条件反射地和方时武握手："幸会。"

场面立刻从偶像剧快进到职场剧。

目睹这一切发生的陶知越，十分努力地忍着，让自己不要笑出声。

"要不……现在出发？"

离别墅区步行十分钟的地方，有一个大商场和一条美食街，包括捞月亮在内的大小餐饮店应有尽有，所以一棵树的员工们会以互相骗饭吃为乐。

幸好可以步行到达，不需要坐车，不然很难想象突然失智的同事们会在空间紧凑的车里犯什么傻。

在夏日晚风的吹拂下，大家渐渐从梦中醒来，互相攻击起来。

"刚才最傻的就是呱呱。什么围裙？你的脑袋是不是出 bug 了？"

"你们根本不知道我承受了什么……无知真好。呜呜呜！"

"这句话有点耳熟，你上次好像也是这么说的。"

"我也想知道为什么受伤的总是我!!!"

"对了，老板怎么没来？"

"他说估计今天会结束得很晚，所以先送榕总回家了，晚点直接去店里。"

"可恶，化肥无处不在！"

陶知越和霍燃走在最后面，前面偶尔飘来只言片语，引人发笑。

霍燃心情很好："你的同事都很有趣。"

"嗯，所以在这里上班很开心。"陶知越打量了霍燃一眼，"你的办公室里是不是有个更衣间？"

"对！"霍燃点头道，"我觉得西装太正式了，不太好，出门前选了半天衣服。这样穿帅吗？"

陶知越面不改色地回道："勉勉强强吧！"

"勉强吗？"

"……帅。"

到了捞月亮火锅店，提前在外等候的四位服务员满脸笑容地迎上来，将他们引入店里最大的包间。

小黄受到了震撼："来的人多，迎接的服务员也多吗？"

"醒醒，显然不是这个原因。"小宋精神振奋地迈出一大步，"今晚我就是偶像剧主角的朋友，机会难得，要好好体验。"

望着一行人长驱直入的背影，门口有人不满道："为什么他们不用拿号排队啊？"

在门口迎宾的服务员保持笑容，解释道："因为是专门预留的用作特殊需求的包间，平时不对外开放。"

"特殊需求？什么意思？"

"因为我们店人气比较高，不光是顾客，店里的员工也经常会有就餐和聚会的需求，所以特别设了一个这样的包间。"服务员继续微笑着说道，"比如，老板请朋友吃饭的时候就会用到。"

走进包间，连陶知越都感到很意外。圆桌中央摆着超大鸳鸯锅和烤盘，桌上摆满了牛羊肉、海鲜、蔬菜等一旁的手推车上整齐地放着品类丰富的小料。

除了餐桌，包间里还有沙发和茶几，茶几上有常见的聚会用品——扑克、骰盅、喝酒转盘，还有一堆休闲零食。

屋外带了一个阳台，阳台上架着烧烤架，一位服务员正在加炭火。

"本店的招牌菜都上齐了，请问各位要喝奶茶或者其他酒水吗？或者需要加菜吗？"

大家神情恍惚地落座，机械地接过服务员逐一递来的菜单。

"原来捞月亮还有这种打开方式……"

"我竟然能在一家火锅店里同时吃到烤肉，发动态的话，会有人信吗？"

偶像剧爱好者小宋的适应程度最为良好，镇定地翻着菜单，对新品念念不忘："听说你们上新了，是这个吗？"

"糖油饼……是甜的饼吗？好吃吗？"

听到"糖油饼"三个字，陶知越不由自主地看向坐在他身边的霍燃。

霍燃热情地推荐道："燕平的糖油饼很好吃，可惜出了燕平就很难吃到了，感兴趣的话可以尝一下。"

"因为现炸的最好吃，所以没先上。"服务员笑眯眯地补充，"如果对口味有什么要求，各位可以跟我说，一定尽力满足。"

陶知越想了想，认同道："我平时不常吃甜食也觉得很好吃。"

"那我要吃！"

"我也要！还要招牌奶茶，加一份奶油。"

"那么大的几个骰盅放在那里，你怎么喝得下奶茶？当然是要冰镇啤酒了！今天一定不能让你直立行走回家。"

"黄程序，你在 PP 上都掷不过我，为什么会妄想换成真骰子就能赢？"

短暂的震撼过后，在食物的诱惑下，大家很快恢复到正常状态，嘻嘻哈哈地闹起来。

陶知越久违地吃了一块糖油饼，味道跟在燕平吃到的几乎一模一样，和霍燃故意在排队的人眼前开吃的记忆霎时浮现在眼前。霍燃显然也想到了那一天，两个人的脸上露出心照不宣的笑容。

为了让肚子装下更多吃的，陶知越决定去阳台上站一会儿："我去烤串，你们要吃什么？"

"玉米和茄子！"

"我要鸡翅，谢谢陶陶！"

"当然是羊肉串！要不要帮你烤？"

霍燃自觉地跟他一起站起来："没事，我帮他烤。"

陶知越迟疑道："你会烤吗？"

"翻翻面撒点调料而已，肯定没问题。"

"说了多少次，不要立 flag……"

从阳台望出去是一大片住宅，此刻万家灯火闪烁，而身后的房间里笑声不断，一张张熟悉的面孔兴奋地聊着天。

陶知越以前很少会想到"幸福"这个词，可后来，他每天都能真切地感受到这种被云朵包裹的心情，而在这一刻，这种心情更是达到了顶峰。

霍燃永远会比他想象的做得更好，再多感谢的话语在霍燃的行动前都会显得苍白无力，但陶知越依然很想说声谢谢。

"谢谢你。"他的声音落进燃烧的火焰。

"不客气。"霍燃浑然未觉，低头专心跟手中的牛肉串搏斗，"我现在有点慌了，你有没有闻到焦味？为什么我明明一直在翻面，结果还是烤焦了？"

"……你放下，我来吧。火太旺了。"

"不行，我吸取教训，下一轮一定可以。"

"那我帮你把火调小一点。"陶知越弯下腰调了调风门，又好奇地问道，"对了，为什么捞月亮会出糖油饼？你不会是把捞月亮也买下来了吧？"

"那倒没有。"霍燃摇摇头。

陶知越刚要松口气，又听见霍燃说："只是投资了而已。"

"……有什么区别吗？"

霍燃沉吟了一下："出全部钱和一半钱的区别？"

陶知越含酸微笑道："有道理。"万恶的有钱人。

说话间，包间门被人推开了，大家齐齐循声望去。

"是我的功夫鹅肠来了吗？哦哦，老板好！"

"老板，你来得好慢，快过来坐。"

江野来了。

包间门正对着阳台，陶知越恰好对上江野的视线，跟江野打了个招呼。江野和往常一样朝他点点头，然后看到了他身边的霍燃，表情似乎僵了一下，随即朝霍燃也点点头，收回视线走向圆桌。

陶知越感到很意外，侧过脸问霍燃："你们认识吗？"

霍燃像是在努力回忆着什么，半晌才问道："他姓江吗？"

"对，江野。"

"那应该是认识吧。我见过一个姓江的叔叔，跟他长得很像。"霍燃见他一脸疑惑，解释道，"我爸认识江叔叔，所以可能江野也知道我吧。"

陶知越以前就对江野的来历深感好奇，猜测江野是自己出来闯荡的富二代，但过于无所谓的人生态度和开公司这种行为又十分矛盾，这差不多是一棵树游戏公司最大的谜团了——和人树恋并列第一。

没想到今天在霍燃这里得到了答案。

"生意归生意，但难免会听到一些八卦……具体内容我就不跟你说了，都是一些烂事。不过他的新生活看起来很好。"

"新生活？"

霍燃思考了一下怎么形容会更贴切："我是一个很乐观的人，但如果把我放在他的位置上，也许我会觉得活着没有意义吧，像行尸走肉一样。"

听到霍燃的话，陶知越错愕了很久，脑海里忽然浮现出那天下班时看到的场景：垂叶榕面朝太阳，叶片随风轻颤，江野坐在它旁边，在速写本上安静地画画，目光专注。

在这一瞬间，陶知越好像明白江野为什么会喜欢一棵树了。

霍燃终于烤出了完美的牛肉串，缩成小团的肥油香气四溢。

霍燃举起调料罐，十分专业地提问："要多少辣？"

陶知越没有反应，霍燃看他的表情像在走神，于是拉起他垂在身侧的手，把牛肉串放进他手里，再帮他把拳头捏起来。

"先来一串原味的。你在想什么？"

炭火的余温从烧烤扦子上蔓延而来。

"我在想，如果没有遇见你，我会把重心放在什么上面。"想了很久，陶知越得出了结论，"我觉得，我应该会把写代码当成生活中最重要的部分。"

这个答案令人意外，霍燃好奇地问道："为什么是写代码？"

"因为这是我唯一的爱好，也是我最熟悉的东西，跟它待在一起，我会觉得很自在，好像每一天都过得很有意义。"

"如果没有它，生活便会千篇一律，起床、吃饭、睡觉，似乎找不到什么动力。"

烧烤架里的橙红色火焰在夜色里晃动。

"对我来说，爱这个世界很难。

"但是爱那个让我和世界产生关联的人或物，就会容易许多。

"牛肉很香，你烤得很好。"

霍燃端着一大盘烤串回到屋里，大家立刻欢呼着接过来。

"好香，虽然肚子里已经装了很多涮肉，但我觉得还可以再装点烧烤。"

"鸡翅是我点的！还给我!!"

"我膨胀了。我居然在吃'下午茶'烤的串……不对，不是'下午茶'。怎么称呼你比较好？"

二字名令人苦恼之处就是不太好叫。直呼其名好像很奇怪，但也想不出更合适的叫法。

霍燃接过话，笑道："就叫'下午茶'吧！我喜欢这个名字，很合适。"

霍燃执意包办了接下来的烤串大业，陶知越不仅没动手，还被不停地投喂，每种烤串都尝了一遍。

消食不成反吃撑。他摸了摸肚子，再看眼前热气腾腾的火锅，沉思片刻，谨慎地用筷子夹起嫩绿的蔬菜。

其他人也吃得差不多了，这会儿开始闲聊或玩游戏，准备休息一阵再继续吃。

方时武和黄程序正在进行骰盅大战，众人纷纷围着看热闹。在PP上丢虚拟骰子遭遇连败的黄程序，切换到现实中依然连连惨败。

连干几杯啤酒的小黄面色红润有光泽："这次一定是大！已经连出三把小了，我不信还来。这不科学，不符合规律。"

官宇冬丢下一颗瓜子押注助威："确实，这把肯定是大。"

方时武也有点纠结，盯着漆黑的骰盅，正在思考这一轮要喊大还是小，就看见默默围观的江野丢下两颗瓜子："小。"

方时武闻言瞬间精神抖擞，毫不犹豫地喊道："小!!"

买定离手，裁判小宋利落地掀开骰盅，映入眼帘的三颗骰子红得耀眼。

一点，一点，一点。

"……这合理吗？"小黄发出不甘的号叫，"小就算了，居然能小成这样!!"

方时武微笑着给小黄倒酒："你可以不相信科学，但你永远要相信老板。"

"老板，你下次能不能在我下注之前就预言，我也想抄答案……"

江野十分淡定："看心情。喝吧，明天上午放假。"

"啊啊啊！老板万岁!!!"

"但是，在绝对的玄学前没法赌大小了，换一个换一个。"

"打牌吧，茶几上有扑克！"

陶知越饶有兴致地看着，感叹道："我们好久没去电玩城了，有点想念推币机。"

霍燃认真地点点头："下次去！我已经研究过投币的诀窍了，一定能行。"

"……不愧是你。"

有了数次前车之鉴，陶知越今天晚上没喝酒，而是很老实地喝着奶茶。霍燃也没喝酒。

在浓厚的劝酒气氛中，陶知越突然想到了一个问题：他从来没见过喝醉的霍燃。

"你为什么不喝酒？"他小声问道。

霍燃面色如常："因为不好喝。"

"真的吗？那你的酒量怎么样？"

霍燃僵了一下，果断回道："当然很好！"

"……我明白了。"陶知越露出和善的微笑。

大家七嘴八舌地商量着，最后决定转移战场，玩简单刺激的梭哈：自愿参加，用瓜子做筹码，输的人罚酒，啤酒、果酒都可以，输光瓜子出局。

陶知越伸手把霍燃拽起来："走，我们也去玩。"

今天的霍燃坐得格外稳，郑重地说道："我打牌非常强。"

"太好了，我们可以一决胜负。"陶知越嘴角上扬，"我打牌也很强。"

每人领取了一百颗瓜子后，牌局正式开始。

第一轮参赛选手：两位程序员、一位美术、一位策划，还有"下午茶"。

没赶上趟的官宇冬狂怒道："小黄，你争气点，赶紧输光瓜子换我来！"

另一个策划妹子好奇地问道："梭哈怎么玩啊？我只玩过斗地主。"

不喝酒的小宋坚定地占据裁判席，一边给在茶几旁围成一圈的五位选手发牌，一边解释规则。

"初始每人发两张牌，一明一暗，然后每轮各发一张明牌，发满五张为止。每轮牌面最大的人叫注，不跟注就算弃牌。

"同花顺最大，往后依次是四张、三带二、散同花、顺子、三条、两对和一对，散牌最小。最后一轮跟注结束后，会翻出那张暗牌比大小，整体牌面最大的人通吃筹码。"

小宋动作熟练地发牌，牌唰唰地飞到每个人面前。

"'梭哈'就是在最后一轮押上所有筹码的意思。因为有一张牌始终看不到，所以大家会诈来诈去，不光看牌的大小，还要玩心理战，很有趣。"

"宋宋好帅！"策划妹子转而面朝黄程序，"小黄，你争气点，我也要玩！"

小黄："……"

千杯不倒的小黄强颜欢笑："扑克的本质就是数学游戏，我将向你们证明科学的力量。"

五分钟后，小黄在第一局就输光了一百颗瓜子，光速出局。

"陶哥，你居然诈我!!"被官宇冬无情拖走的小黄一脸难以置信，"你是我最信任的同事啊!!!"

在这一局里，陶知越拿到的一直是整齐的红心散牌，一路叫注下来完全不眨眼。除了他和小黄，其他人的牌面已经七零八碎、溃不成军了，所以大家在他的气势碾压下纷纷弃牌不跟。

牌面同样乱七八糟的霍燃坚强地跟到了倒数第二轮，贡献了一把友情瓜子。

小黄手握两对，暗中一对，明面一对，于是自信满满地一把把往外撒瓜子。

"第一把怎么可能出同花这么大的牌？散同花也不可能！"小黄如是说道，"这一定是在诈我们。你们别这么早弃牌啊！向'下午茶'学习，多押点瓜子。"

然而一轮轮下来，陶知越的表情始终镇定，小黄不禁产生了一丝自我怀疑。

最后一张红心牌落地，围观群众不由得感慨起来。

"陶陶运气真好啊，第一把就这么大！"

"黄程序，你明面上只有一对，还是别挣扎了吧！难道藏了个三条？"

小黄还是不甘心，紧张地盯着对面的陶知越："你牌面大，你叫！要不要梭哈？还是直接开？"

陶知越微微掀起底牌看了一眼，面上飞快地闪过一丝犹豫，然后提高声音叫道："梭哈！你跟吗？"随后缓缓地推出了面前的全部瓜子。

小黄觉得自己捕捉到了那丝犹豫背后的真相，马上大手一推："跟了！"

小黄翻开自己的牌，亮出藏了很久的两对，自信地说道："我两对，你翻吧！"

"两对啊！也不错了，怪不得你这么猛。小陶反而看起来有点虚，可能真是诈的。"

"第一把就玩得这么大，都梭了，总有一个人要出局。陶陶快开牌！"

在场的所有人都屏住了呼吸，盯着陶知越的动作。

陶知越笑了一下，轻巧地抽出那张暗牌，翻开。

红心 K！

望着五张清一色的红心牌，围观群众倒吸一口冷气，小黄瞳孔"地震"了。

方时武总结陈词并惜别小黄："是真的散同花，科学背叛了你，再见。"

小黄含泪远去，声音淹没在啤酒泡沫里："你牌那么好，干吗犹豫那一下?!"

"不犹豫你就不会跟了。"陶知越将所有瓜子拢到自己面前，沉稳地说道，"幸好你上钩了。"

"厉害！"霍燃啧啧称奇，侧目看他，"果然很强！"

陶知越推了一点瓜子到霍燃面前，笑道："谢谢赞助，你的分红。"

"裁判！快禁止这种行为！"

可惜裁判对此乐见其成，转移话题道："为了避免再出现小黄这样的一轮游，我觉得最后一轮的梭哈应该设个上限，叫注的人可以自由选择梭多少，比如梭一半。"

"为什么把我淘汰了就改？我申请再来一次！"

"别想了，老实排队。没事做可以出去烤点串，我又饿了。"

在陶知越的优秀示范下，这一晚的梭哈玩得比电视剧还精彩，每个人都使出了看家的演戏本领。

其他选手换了又换，陶知越和霍燃岿然不动——虽然中途被罚过几次酒。

陶知越一度以为霍燃的酒量真的很好，脸不红，看起来也没有异样，玩牌的时候思路清晰，时常能看穿其他人的小伎俩。

直到江野上场，局势发生了巨大的变化。江野的个人风格实在过于明显，他无论拿到什么牌，都是无所谓的表情，看起来完全是看心情在跟牌，诈牌诈得不露痕迹，有时候牌好也不梭，行为模式相当不稳定。

屡屡受挫的霍燃肉眼可见地苦恼起来，再加上酒越喝越多，开始不停地露出破绽。

霍燃又一次被罚酒之后，陶知越凑过去低声问："你是不是喝醉了？"

"没有！"霍燃斩钉截铁，"是运气不好，牌不行。我有预感，下把一定行！"

如其所言，下一把果然是好牌，明面上就是一对 K 加一对 J。

然而江野的牌面是一对 A 加一对 9，两方势均力敌。好牌都集中在他们俩手里，其他人几乎全是散牌，陆续放弃。最后一轮，只剩下霍燃和江野对峙。

"好家伙，我愿称之为巅峰之战，燃起来了！"

"根据玄学，我合理怀疑他们都是三带二。老板如果是三个 A 就赢了，其他三条都是'下午茶'赢。"

"我记得刚才呱呱拿到过一张 A，四个 A 都出尽，会这么巧吗？"

"啊啊啊，老板快叫注！一把全梭！我已经热血沸腾了！"

江野的表情毫无波动："哦，那就全梭吧。"随手把面前的瓜子推了出去，在茶几中央高高地垒成一堆。

"标准结局：老板又随机梭了！"

"接下来'下午茶'会做何反应呢？"

在大家吵吵闹闹的声音里，霍燃皱眉盯着对面的江野，试图从其表情里读出些什么。

"你现在很像第一把中的小黄。"陶知越笑道，"慎重考虑一下，这把是全梭，输了你就出局了。"

"我不可能出局。"霍燃语气笃定，"让我仔细分析一下。"

霍燃的神情非常凝重，于是所有人都安静下来，望着不动如山的两个人，恨不得当场掀开暗牌看个究竟。

霍燃沉思了几秒钟，开口就跑到了十万八千里外："你觉得今天的火锅和烧烤哪个最好吃？"

江野古井无波的表情终于出现了一丝裂缝，带着疑惑回道："……烧烤吧。"

"哦，我也觉得。"霍燃摁着牌点点头，"那你为什么会选择开游戏公司？"

江野渐渐适应了霍燃跳脱的思维："抓阄抓的。"

"经营过程顺利吗？"

"顺利。"

"打算再接触其他行业吗？"

"看心情。"

"你是三个 A 吗？"

"……"江野及时收回了将要脱口而出的话，表情变了一下，最后盯着面前高耸的瓜子堆，很难得地笑了起来。

"果然是巅峰之战，是我想都不敢想的神展开。"

"'仔细分析'和'抓阄抓的'，哈哈哈哈哈！一时间我竟不知道该先笑哪个。"

"啊啊啊啊，老板对着瓜子笑了！榕总危险！不要啊！不要喜欢向日葵！"

笑闹声在屋里汇成热浪。

霍燃推出了手边的瓜子，听见陶知越在自己耳边笑道："你肯定喝醉了。"

霍燃和江野几乎同步翻开了牌。

看见对面的牌，霍燃松了口气，转过头回应陶知越："嗯，我可能真的喝醉了。"

霍燃面前是三张 K，江野面前则是三张 9。

"但是我没出局，我赢了。"

捞月亮浅黄色图案的招牌上缀着小灯，小灯在深夜的商场外墙上闪烁着。头顶的夜空里也悬着一弯明月，如银似水，清辉幽幽。

商场已经关门，一层层明亮的灯光尽数熄灭，和周围的住宅区一起陷入静谧的夜。

今晚玩得尽兴的同事们三两成群，站在商场外的马路边上闲聊着等车。

"今天玩得好爽，明天要是周末就好了。"

"我觉得过度伤心的黄程序明天中午肯定起不来。老板，明天休息一整天好不好？你想想，你今天晚上都没陪榕总，不合适吧！"

"……明天如果下雨就休息一整天。"

"太好了！我现在就开始作法祈雨！"

霍燃抬头，看看霓虹灯照耀的招牌，又看看遥远的夜空："有两个月亮。"

陶知越本来想扶着他，但是他走路看起来很稳，所以陶知越只是在旁边小心地观察着他的一举一动。

"嗯，哪个是真的？"

"都是真的。"霍燃笃定地答道，"我喜欢天上有两个月亮。"

陶知越错愕了一下，随即笑起来。看来啤酒的后劲来得比较慢，刚才在扑克博弈中还算清醒的霍燃，这会儿已经彻底醉了。

霍燃怔怔地看着陶知越笑："现在有三个月亮了。"

"什么？"

"你的眼睛也像月亮。"

陶知越想了想，镇定地说道："眼睛是一双，为什么不是四个月亮？"

"三个比较好听。"

"……很有道理。"

陶知越一边陪很会说话的醉鬼聊天，一边跟上车离开的同事告别。

官宇冬叫的车快到了，他在路边张望着，又回头招呼陶知越："陶陶，我记得你说搬到附近了，要我送你一程吗？"

他一晃眼又看到了陶知越身边的霍燃："对不起，我一定是喝高了，忘了还有'下午茶'，当我没问。咦？'下午茶'没叫司机来接你们吗？"

霍燃立刻摇摇头："不能坐车，所以走回去。"

"我住的小区离这里不远，走回去大概二三十分钟。"陶知越补充道，"我跟他一起回去，正好醒醒酒。"

今晚小官虽然被罚了很多酒，牌打得也不太聪明，但对自己吃过的"酸柠檬"印象深刻："陶陶，你不是自己租房住的吗？"

陶知越还没来得及回答，旁边的霍燃就开口了："我在楼上买了一套。我们是邻居。"

"……"官宇冬含泪扭曲了微笑，"对不起，我又问了不该问的话。我为什么要自取其辱?!"

周围还没走的同事嘻嘻哈哈地笑起来，陶知越也忍不住面露笑意。

霍燃加了在场所有同事为好友，从这场聚会起，正式走进了陶知越的生活圈子。现在他们有了共同好友，可以看到一样的消息，还能在下面互动。

比如第二天早晨醒来，窝在被子里赖床的陶知越看到了官宇冬有感而发的动态。

［动态］是官不是呱：你们永远猜不到一位贫穷的单身程序员每天都在经历什么。［凋谢.jpg］［凋谢.jpg］［凋谢.jpg］

［评论］圆时文：改 bug 和脱发！

［评论］小黄小黄：雪糕吃太多，所以上秤发现重了很多！

［评论］我画不完了：又一次被妹子拒绝！

［评论］是官不是呱回复小黄小黄：你还好意思说我，常败将军？昨天半夜做梦的时候，你是不是又掷到了血红的三个一？

……

陶知越略做思考，发表了一条看起来最平和的评论。

［评论］陶：猜不到。［微笑.jpg］

几乎同时，另一条评论弹了出来。

［评论］小霍：猜不到。［微笑.jpg］

陶知越看着这两条完全一样的回复，哭笑不得地给霍燃发消息。

陶：你怎么学我？

小霍：是心有灵犀！

小霍：上次我们也发了一样的表情。

官宇冬的回复同时出现在他们的消息提示中。

［评论］是官不是呱：你们两个罪魁祸首给我走开，啊啊啊啊啊啊!!!

霍燃又给陶知越发了条消息。

小霍：［发呆.jpg］

小霍：原来他在说我们。

陶：是啊！

陶知越一边打字一边笑。

陶：毕竟你随口就是"买了一套房"。

小霍：……都是酒精的错。

小霍：平时我很低调的。

陶：电影院门口的向日葵发出赞同的声音。

小霍：［小熊不知道.jpg］

窗外传来细微的雨声，今天真的下雨了！按江野昨晚承诺过的，今天可以休息一整天。公司群立刻被"谢谢老板"刷屏，这是工作日里最让人快乐的消息。

陶：下雨了！今天放假，我可以休息一整天。

小霍：真好，那我也给自己放一天假。

陶：你为什么放假？

小霍：因为不能只有你一个人赖床。

陶：……

陶：［打.jpg］

晋北市潮湿的雨季就此开始，而等漫长的雨季走入尾声时，夏日将尽。

路边偶见的栀子花在绵绵的雨丝中凋零，坠进褐色泥土，等待来年抽出新的花苞。

陶知越在这个世界里度过了一个最像夏天的夏天。

忙碌的工作，闲暇的玩乐，平淡又温暖的日常。霍燃给他带来了一段最好的时光，也给他带来了一个惊喜——霍燃的妹妹要来了。

某个周六下午，陶知越窝在新换的大沙发上看书，霍燃在公司抽空给他打电话："我妹刚跟我说她下飞机了，她就喜欢搞突然袭击，我以为她月底才会来……"霍燃苦恼道，"我不放心让她一个人在外面住，把楼上的密码报给她了。"

"要不要我去接她？"陶知越问霍燃，"她没有门卡，进不来吧？"

"没事，我叫人去接。"霍燃有点发愁，"她性格太活泼了，出去玩了一阵，彻底玩疯了，完全不像我这么稳重，我怕你单独跟她相处的时候不知道该怎么办。你不用担心，我晚上回来后再介绍你们认识。"

陶知越跟着开玩笑："那我要做一下心理建设。"

在那次内容丰富的捞月亮聚餐之后，霍燃已经完全融入了他的朋友圈子，照理来说，他也应该走进霍燃的生活。但霍燃的交际圈大多在燕平，自从两个人在晋北成为邻居，霍燃就没再回过燕平，所以陶知越没有机会认识霍燃的朋友。

霍振东倒是经常来晋北，不过拜访朋友的父母总是会让人感觉很紧张。

这次霍思涵要来，陶知越心里其实很期待，毕竟妹妹不会像父亲那么严肃，而且她又是跟霍燃关系最近的亲人之一。见过了她，就等于见过了霍燃更私人的一面。

每次听见霍燃很自然地提起妹妹，他都会想起自己从小到大想要一个妹妹的心愿。霍燃的妹妹四舍五入等于他的妹妹。陶知越原本看书的淡定心情消失不见，没来由地紧张起来。

两个月下来，这间两居室变得邋遢了许多。霍燃常常跑过来打游戏，两个大男人难免会把房子搞得很乱，说要打扫，但人性本懒，总是拖延。

陶知越在屋里来来回回转了几圈，正在考虑要稍微收拾一下的时候，响起了哐哐的敲门声。他没多想，走去开门。

"你不是在公司吗？怎么突然回来了——"陶知越一边说话，一边旋开门把手。

"霍燃，你是不是傻了？明明是普通门锁，干吗告诉我数字密码，害我以为走错了——"

门里门外的两个人一见到对方，几乎同时收了声音，面面相觑。

坐在会议室里听一周工作报告的霍燃感到放在口袋里的手机忽然振动了两下。他一心二用，一边听下属汇报，一边思考晚上要怎么帮有些社恐的好朋友和妹妹建立和谐的关系。

算算时间，霍思涵这会儿差不多该到了，应该是她发来的消息。霍燃决定趁机打探一下妹妹此刻的心情，判断晚上可能会出现什么局面。于是他换上处理公务时的稳重表情，滑开了手机锁屏。

柚子虾沙拉天下第一：亲爱的哥哥。

柚子虾沙拉天下第一：房子真不错。

看到一出现准没好事的"亲爱的"三个字，霍燃感到头皮一阵发麻。

HR：好好说话，不要用这种奇怪的语气。

HR：有两个客卧，你自己挑。

柚子虾沙拉天下第一：你确定吗？

霍燃愣了一下。

HR：什么？

柚子虾沙拉天下第一：不过这不重要。

柚子虾沙拉天下第一：因为理想型好帅呀！谢谢你，亲爱的哥哥。

最后一条消息跳出来的时候，霍燃差点从椅子上直接蹦起来。

他的表情僵了又僵，连正在发言的工程部主任都注意到了，尾音一抖，然后十分圆滑地把自己铿锵有力的肯定句改成了谦逊、谨慎的疑问句。

霍燃闭了闭眼睛，往上翻了翻聊天记录。

HR：5号楼1502，密码250250，我叫助理去机场接你。

柚子虾沙拉天下第一：你的密码好傻，建议及时修改。

天昏地暗。想到陶知越百分之百震惊的表情，霍燃的内心世界坍塌了。

努力平复下来的他尝试亡羊补牢。

HR：我报错门牌号了，是1901。

HR：你快出来，上楼，别吵人家。

HR 发送了一个红包。

霍思涵光速收下了这个数额巨大的红包，然后快乐地准备下线了。

柚子虾沙拉天下第一：哇，谢谢老板，老板大气！

柚子虾沙拉天下第一：和理想型一起等你回来哦！〔爱心.jpg〕

HR：……

HR：把红包吐出来！

霍燃心情异常沉重，周围笼罩着一片阴云。

工程部主任战战兢兢地望向他，简直不敢继续说下去，整个会议室的空气都凝固了。

霍燃反应过来，费力地挤出一个赞赏的表情："进度不错，下周继续努力。"

"好……好的，霍总。"工程部主任试图揣摩他话里的深意，"和环监局那边的沟通是慢了点，但下周一定能全部解决。是我监督不力，抱歉，霍总！"

"……"霍燃索性将错就错，"这周大家都辛苦了，抓紧时间开完会，回去好好过个周末。"

其他人闻言，表情霎时轻松起来。

霍燃保持着难以言喻的复杂心情，好不容易挨到开完会。司机为他拉开车门，他却一脸犹疑。这一刻的他既想马上回家，又不敢回家。

照理来说，陶知越会发消息问他该怎么办，再怎么着也要质问一下报错门牌号的事。但是他的手机异常安静，没有来自陶知越的新消息。

手机越安静，霍燃就越慌。

驾驶座上的司机恭敬地问道："霍总，回嘉安名苑吗？"

心惊胆战的霍燃并不是很想回答这个问题。

他靠着真皮椅背苦思冥想了很久，终于想到了一个勉强能将功补过的办法。

"等一下，先去一个地方。"

晚上六点整，夜幕开始降临。

在小区花园里玩耍的小朋友被大人领回了家，稚嫩的声音消失了，家家户

310

户的窗口飘出饭香。花花草草一时间都沉寂下来，路灯准时亮起。

从电梯里出来，走到 1502 室门口，怀里抱着两大捧鲜花的霍燃本来想抬手敲门，犹豫片刻，还是决定采取更保守的策略，先摸清眼下的情况。

他悄悄地用钥匙打开了门。客厅里灯光明亮，厨房里传来一道分外熟悉的说话声。霍燃深呼吸，再深呼吸，然后偷偷往厨房望去。

三小时前，玄关位置，场面一度十分尴尬，空气仿佛都停止流动了。陶知越一眼认出眼前的年轻女孩是霍燃的妹妹。但霍思涵就没那么淡定了，先看着他发呆了几秒钟，接着猛退一步，连连道歉："对不起对不起！我敲错门了。我是在说别人傻了，不是说你，绝对不是！"

说着，她就狂奔去按电梯了："实在对不起，啊啊啊！我这就走！当我没敲过门!!"

不知所措的陶知越反而被她逗笑了，咳嗽了一下，出声叫住霍思涵："不用道歉，你没敲错门。"

霍思涵一脸茫然地回头，看见理想型帅哥朝她露出一个温和的微笑。

"我是你哥哥的朋友。"

霍思涵瞪大了眼睛。

直到走进房间，站在玄关的地垫上，看着哥哥的朋友拿来一双崭新的男款拖鞋，霍思涵还是很恍惚。

陶知越的语气有些抱歉："没提前准备小码的拖鞋，你先穿这个将就一下。是新的。"

"好的，没关系。"霍思涵神情恍惚，"你们是……室友吗？"

"不是。"陶知越否认道，"他的房子在楼上，应该是告诉你的时候说错了。"

他不知道该怎么解释这个乌龙事件，索性转移话题："一路过来很累吧？要不要玩会儿电脑，休息一下？"

霍思涵很好说话："好啊，正好我好久没玩游戏了。"

她换上拖鞋，丢下行李，冲向改造过后的游戏房。

"好大的屏幕！电竞椅也好舒服！"霍思涵惊呼道，"啊，还有零食架！

这个果冻看起来好好吃。可恶，我居然没吃过，回家我也要弄一个这样的房间……"

不知道为什么，听着霍思涵活泼又欢乐的声音，陶知越的心情意外地变得很好。

"要喝饮料吗？冰箱里有牛奶、橙汁和可乐。或者你想喝点别的什么？"

"我要可乐！谢谢……哥哥！"

果然是亲兄妹，口味一致。

陶知越把冰镇可乐送进游戏房，帮她打开空调，然后轻轻关上房门，迅速转身开始全屋大清理。

用抹布到处擦了一遍，地也拖了一遍，总算能喘口气的陶知越坐到沙发上，看着眼前焕然一新的屋子，思考着应该怎么跟初次见面的女孩相处。

玄关地垫上放着霍思涵明黄色的行李箱，箱子上贴满了花里胡哨的贴纸，拉杆上还挂了一只毛绒绒的小熊，从里到外透着可爱。

陶知越看着她的行李箱发了一会儿呆，忐忑不安的心情莫名淡去。

他决定去厨房做个水果沙拉。

盛满苹果、西瓜、梨的玻璃碗被放在了零食架前的小台子上，还配了一管沙拉酱。

看到霍思涵诧异的眼神，陶知越解释道："不知道你吃不吃沙拉酱，所以没直接倒进去。"

霍思涵看了看水果沙拉，又看了看他，表情瞬息万变，最后捧脸哀号起来："真应该让我哥看看什么叫真正的哥哥!!"

陶知越笑起来，在旁边的椅子上坐下，看到她面前的屏幕上显示着动物岛的游戏画面，一只考拉正在吭哧吭哧地挥着锄头。

"你在种田吗？"

"对！我去旅游的时候把考拉托管给朋友了。最近两天她有事忙，跟我说大棚被风吹坏了，我以为我马上能回家打开电脑，不会有什么事。结果万万没想到，就两天工夫，又下暴雨了。啊啊啊，气死我了！我的苗苗!!"

"要不要我帮你种？两个人会快一点。"

"好啊！你也玩动物岛吗？我本来想晚点叫我哥来给我当苦力的。"

"嗯，我种田的技术比他好。"

陶知越打开另一台电脑，登录游戏。霍思涵看着坐船漂来的刺猬，立刻被萌到了。

"对了，你竟然认得我！"霍思涵后知后觉，"我哥是不是给你看我的丑照了？是哪一张？他偷拍了好多！"

"……你吃酸汤肥牛那张。"陶知越笑道，"不丑，很好看。"

"反差，好强烈的反差。"霍思涵默默流泪，"好想换个哥哥啊！"

"我能拥有新哥哥的 PP 号吗？"她鼓起勇气问道，"霍燃太小气了，连照片都不肯给我看，我要气死他！"

"好，我加你。"

陶知越拿出手机，加上了霍思涵，看见她的昵称，好奇地发问："柚子虾沙拉很好吃吗？"

"好吃！天下第一!!"霍思涵瞬间激动起来，"这是我吃过的最好吃的东西！就是不知道回国后还能不能吃到那个味道，好想念啊！"

"做起来难吗？"

"看起来不难，就是很多食材一起拌的沙拉，有柚子、熟虾、一种软软的肉、花生，还有些我不认识的香料。食材很常见，但是堆在虾片上一口吃掉，味道好好啊！我拍了照片，给你看。"

陶知越仔细看了一会儿照片："材料都很常见，一会儿我去买菜，晚上试着做一下。"

"太好了，啊啊啊啊！"霍思涵在快乐中带着酸涩，"我好嫉妒我的傻哥哥啊，我也想要这样的邻居，呜呜呜！"

被嫉妒冲昏头脑的考拉在修整完农田之后，跑到不在线的棕熊的岛上，胆大妄为地捣乱。小刺猬跟在考拉的身后，和她一起推翻小岛的栅栏，然后溜进果园里大肆采摘。

岛中央的小木屋里传出棕熊的呼噜声。

在游戏里胡闹了一通，看时间差不多了，陶知越准备去附近的菜市场买菜。

完全拜倒在新哥哥的魅力下的霍思涵当即表示要一起去。

陶知越几乎每天下班都会顺路去买菜，时间一长，跟很多摊主都混了个脸熟。

卖水果的阿姨第一次见他不是独自过来，惊奇地打量了旁边正在摸柚子的霍思涵几眼，八卦道："小伙子谈对象了啊？"

陶知越摇摇头，笑道："是我妹妹。"

"哦！兄妹俩都这么好看，基因真好！"

陶知越笑意更深了："谢谢！"

一圈转下来，差不多所有人都知道他有妹妹了。

迎着暮色，陶知越心满意足地提着菜往家走，还留心买了一双小码的女式拖鞋。霍思涵低着头跟在他身后，手指飞快地戳着手机键盘，跟姐妹们炫耀今天的奇遇。

厨房里，陶知越在水池边洗虾，细心地挑掉虾线。霍思涵在旁边剥柚子，兴奋地讲述着自己刚结束的旅行。

"那天我跟好朋友喝茶喝多了，超级兴奋，大晚上睡不着觉，在房间里玩消消乐。结果第二天一觉睡到了黄昏，本来做好的计划全乱了。

"该吃晚饭了，我们俩走出酒店，不知道该去哪儿。看到旁边有很多摩的在揽客，我们俩索性坐摩的去兜风。

"开车的小哥看起来特别腼腆，结果他一踩油门，简直像在电影里飙车，特别酷！他载着我们去了游客最多的西贡河边。

"刚好天黑了，哇，周围都是人和车，还有呼呼的风，对岸灯光闪闪，特别好看，我们俩一边尖叫一边笑。"

陶知越专心听着，目光扫过楼下枝叶繁茂的花园，一盏盏路灯恰好在此时渐次点亮。

"河边有家餐厅，明明是夏天了，招牌上还装饰着红色的圣诞老人。我们马上决定去这家餐厅吃晚饭。

"一走进去，里面像另一个世界。有很大的圣诞树，树上挂满了礼物。最前面的舞台上有爵士乐队在现场表演，萨克斯吹得好好听。

"服务员姐姐的眼线画得很好看，笑起来也很温柔。我现在还记得她给我们推荐了柚子虾沙拉。

"柚子、虾肉和其他食物一起堆在脆虾片上，再浇一勺甜辣酱，嗞嗞作响。咬下去特别软，还会爆汁，我差点咬到自己的舌头。

"夏天的圣诞树、大厅里的爵士乐、帮我加冰块的漂亮姐姐，还有全世界最好吃的柚子虾沙拉……我们两个人从餐厅里走出来的时候都晕乎乎的，好像踩在云朵上面。

"现在回想起来，还像做梦一样。"

陶知越被她的描述吸引，心神恍惚。

身后传来索索的动静，他若有所感地回过头，看到了下班回来的霍燃。

霍燃一身西装，怀里抱着两大捧色调柔和的香槟玫瑰。

"怎么买了这么多花？"

"给你们买的，一人一束。"霍燃高悬着的心放了下来，把花放在餐桌上，补上迟了一小会儿的问候，"晚上好，我回来了。"

两束明艳的玫瑰为暖黄色的屋子带来馥郁的芬芳。

霍思涵转头望着突然学会使用糖衣炮弹的哥哥，表情震撼，趁陶知越不注意，顺手往嘴里塞了一瓣剥好的柚子："不可思议！你真的是霍燃吗？"

霍燃盯着妹妹的小动作，露出了和善的笑容："我是不是霍燃不重要，但你一定是边帮忙边偷吃的霍思涵。"

淡定围观兄妹战争的陶知越扑哧笑出了声。

霍思涵丝毫没有被抓现行的自觉，振振有词："跟知知哥哥聊天聊得很开心，所以我口渴了不行吗？"

"什么哥哥？别乱叫。"霍燃一脸迷惑，"快点出来，别捣乱了。"

"我没捣乱，我在帮忙——"

表面上在剥柚子，实际上在跟理想型新哥哥努力搭话的霍思涵，还是被霍燃无情地揪住衣领赶出了厨房。

霍燃脱掉西装外套，系上围裙，光明正大地凑到陶知越身边，满满的求生欲："我不是故意的，一不小心说错了。"

陶知越瞥了他一眼，把一盆带壳毛豆塞到他手里："好好干活，不要偷吃。"陶知越挑完了虾线，开始清洗排骨，按照霍思涵的指示，晚上要做毛豆炖排骨。

霍燃垂死挣扎："好的，知知哥哥。"然后就被陶知越无情地赶出了厨房。

兄妹俩面对面坐在餐桌旁，意味深长地对视一眼，开始一边剥毛豆，一边互相攻击。

霍思涵："哈哈！你也有这一天！"

霍燃："哈哈，你怎么还没找到会给你做饭的男朋友？"

霍思涵："……你有本事你做饭啊！"

霍燃："哦，原来你想吃酸汤肥牛了。明天给你做，不用太感动。"

霍思涵："感动个屁，你不要过来啊！！！"

锅里的排骨在沸水里翻滚，陶知越用勺子撇去浮沫，边听边笑。

在这个格外热闹的夜晚，霍思涵对陶知越复刻的柚子虾沙拉给出了高度评价，然后不顾霍燃反对，把自己的旅行小故事又仔仔细细地讲了一遍。

在笑声里，陶知越比平时多吃了半碗饭。

饭后，完全吃撑的三个人并排坐在沙发上，望着电视机屏幕发呆。

霍燃开始赶人："你吃得这么饱，又奔波了一天，肯定困了，赶紧上楼去睡觉。"

霍思涵不甘示弱："你吃得这么饱，吃完就坐，会长胖的，赶紧去厨房洗碗。"

霍燃面无表情："我明天再洗。"

霍思涵笑眯眯的："我明天再睡。"

坐在两个人中间的陶知越哭笑不得地打圆场："没什么好看的节目，要不看个电影？"

霍思涵无条件附和新哥哥："有道理。虽然我们的身体不动，但只要精神动起来，一样可以达到饭后消食的效果。为了最大程度地激发肾上腺素，我提议看——"

"恐怖片！"

"恐怖片！"

陶知越跟她异口同声。

"原来你也爱看恐怖片，太好了！"霍思涵快乐得冒泡，得意地瞥了霍燃一眼，"我和知知哥哥简直是天生一对……好兄妹！"

霍思涵看着霍燃复杂的表情笑出了声："霍燃，你的脸好臭，好想给你拍照留念。"

人多胆子大，这一次，陶知越和霍思涵共同选择了一部灵异鬼片。

陶知越主动关掉了客厅的顶灯。霍思涵从游戏房里抱来了一大堆零食。霍燃被动地承受着突如其来的一切。

屏幕闪着幽幽的光，映出三个人迥异的表情。左边的霍思涵满脸兴奋，中间的陶知越略带笑意，右边的霍燃脸上写满了不甘。

一个伴着恐怖音效的惊吓镜头过后，发现在场居然无人惊叫的霍思涵很不满足。她视线乱转，看到了电视旁的展示架上摆着一个小画框，画框里有一张素描纸，上面是一个男人半身侧影的速写，眉眼很像霍燃。

"哇，这是知知哥哥画的吗？"霍思涵惊讶道，"画得好像。"

陶知越有点不好意思："嗯，刚学了一段时间速写。"

陶知越和霍燃闲聊时提过好几次学画画的事，而霍燃工作太忙，无暇分心，只能一笑而过。每天准点下班的陶知越倒是有不少空闲时间，所以真的开始学画画了。

第一次以夜晚加班的霍燃为模特画的这张画，被当事人兴奋地裱了起来，摆在展示架的最中央，供随时观赏。

"画得真好！"霍思涵转而继续攻击霍燃，"就是有一点怪怪的。霍燃你干吗要笑啊？还笑得那么奇怪。"

霍燃摸不着头脑："我哪里笑了？明明在很认真地工作。"

陶知越闻言看过去，表情僵了僵："是啊，你怎么笑了？我好像不是这样画的。"

霍燃顿时后背有点发凉，盯着自己的速写画像，半天没看出自己在笑。

在明明灭灭的屏幕中，霍燃看见了霍思涵想笑又努力憋着的表情，旁边的陶知越也是这副表情，嘴角持续上扬。

"……你们两个死心吧！"霍燃看穿了两人的伎俩，不自觉地松了口气，"我是一个坚定的唯物主义者。"

霍思涵大肆嘲讽："哈哈哈哈！你刚才肯定被吓到了，脸都白了！看你以后还好不好意思管自己叫霍大胆！"

陶知越一本正经："我看见你的后背一度离开了沙发，是不是真的很紧张？"

被双重夹击的霍燃忍气吞声，稍稍往左边靠了靠，凑过去小声问："你干吗配合她？"

"因为是妹妹。"陶知越带着笑意回答道。

恐怖片放映结束，意犹未尽的霍思涵没等霍燃二次赶人，就主动说道："今天好开心，连恐怖片都好温馨，看得我都困了。我上楼睡觉去啦，明天见！"

霍燃跟在她身后，按下电梯，又对陶知越叮嘱道："今天早点休息，明天我们来帮你收拾。"

霍思涵点点头，难得跟哥哥达成共识，又朝陶知越郑重其事地挥了挥手："今天我真的很开心。认识你真好，谢谢你，知知哥哥。"

陶知越听着她的话愣了愣，很快又露出温柔的笑容："我也是，晚安。"

夜色浓重，住宅楼的灯光渐渐熄灭，人们安然入眠。

茶几上，颜色柔和的香槟玫瑰在花瓶里寂静地盛放着。星星划过漆黑的长夜，月落日升。行星轮转，徜徉在浩瀚无垠的宇宙里。

早晨六点，天色尚暗，微凉的空气从窗缝渗进来，屋里一片灰蓝。

今天心情格外豁朗的霍燃轻轻打开1502室的门，想趁陶知越还在睡觉的时候，帮他把昨夜的狼藉收拾好。结果他竟然已经醒了，此刻正伏在餐桌前，似乎在写些什么。

霍燃怕突然吓到他，所以低声问他："怎么这么早就醒了？"

"做了一个梦，要赶紧记下来。"陶知越这样回答道，声音里带着愉悦。

"什么梦？"霍燃好奇地走过去，发现陶知越正在画画。

霍燃看到素白的纸面上画着一个很可爱的小女孩。陶知越在仔细勾勒她的脸庞，边上积了一小堆橡皮屑，他已经修改了很多次眼睛的样子，却始终不满意。

"我梦到我的妹妹了。"他笑着抬起头，"她正在过一周岁生日。"

霍燃注意到这个奇怪的时态，但没细问，继续专心地听他说话。

"办周岁宴的酒店很大，到处挂着粉色的气球，抓周的台子上垫了一块红布，上面放了很多东西。

"我爸往上面放了一沓人民币，我妈不知道从哪里弄来了一个听诊器。

"结果她咿咿呀呀地往前爬，抓着一支笔不肯松手，笑得傻乎乎的，口水流到了小围兜上面。

"我拿着手帕给她擦嘴，又看到她短短的小辫子歪了，只好再给她梳头发。她的头发很细很软，我从来不知道，原来小孩子的头发可以这么软。

"我把手绕到她背后，不敢太用力地给她重新扎了辫子，之后再把她转过去。"

说到这里，陶知越忍不住笑起来："然后，我发现这辫子比之前的还歪。

"幸好她自己看不到，依然很高兴，晃着手想让我抱。我伸出一根手指，她马上抓住了。她的手也很软，肉嘟嘟的，像一朵云，很可爱。

"我把她抱起来，轻轻地往空中举，她笑得停不下来，圆圆的眼睛眯成了一条线，露出来的牙齿小小的。

"最后我抱着她回家。她快睡着了，口水糊了我一肩膀。我故意戳了戳她的脸，就听见她口齿不清地叫我哥哥。

"然后我就醒了。"

陶知越讲完了这个漫长又短暂的梦。

"这个梦是不是很真实？"他恍惚许久，如梦初醒，低声说道，"可我明明没有妹妹……"

霍燃想了想，安慰他："也许平行时空里的你真的有妹妹，你梦见了另一个时空里的自己。

"我以前也做过奇怪又逼真的梦。有一次我梦见我有了一个弟弟，家里所有人的性格都变了。我爸也不再是白手起家，而是有很复杂的家族背景。后来我跟弟弟还上演了一出亲兄弟争夺家产的老套故事。具体什么情节我忘了，反正过程很惨烈。

"那时候我应该是十几岁，每天想的都是赶紧长大，这样就可以一个人自由自在地去旅行了。不知道为什么，梦里的我好像很喜欢做生意。我爸要是知道的话，估计会很高兴吧。"

陶知越像是愣了一下。

"醒来后，我决定对妹妹好一点，原谅她的淘气，顺便感谢我妈没生错性别。弟弟太可怕了，一点手足之情都不讲。"霍燃笑了笑，"但是这个念头只维持了一天。在我发现她往我的课本上画了一堆猪头的时候，这个念头马上烟消云散了。画猪头就算了，还画得那么丑，我同桌看见后嘲笑了我半天。"

"思涵也说你画画很丑，所以你们两个到底谁画得比较丑？"

"当然是她，她连小学美术都不及格。"

"那你及格了吗？"

"……我怎么可能有不及格的科目。"

在插科打诨里，惆怅的情绪消散了些许。

陶知越看着笔下模样可爱的小女孩微微失神，他很努力地想要留住梦中的记忆，但它仍然如烟般消失了："我想不起她的眼睛了。"

霍燃坐到他身边，替他想办法："你有小时候的照片吗？可以照着里面的自己画。她的眼睛一定跟你的很像，很好看。"

那是在熙熙攘攘的人群里让霍燃一见难忘的眼睛。

陶知越眸光闪烁，沉默了很久，就像浸没在了清晨灰蓝色的空气里。

他握着笔，很慢很慢地为她画上一双含笑的眼睛。

"我希望她聪明、勇敢、漂亮，这样或许在未来会更幸福。

"如果不是这样，也没关系。

"我希望她永远开心，每一天都能过得很快乐。"

番外

一种过去

在昏沉又温柔的日光里，
所有风景都晕染上了淡金色的光芒，
光芒唯独盖不住眼前之人
明亮、真挚的眼眸。

灰白色调的格子间里永不停歇地回荡着手指敲击键盘的声音，人们弓着背，聚精会神地坐在电脑前办公，不时传出一两声低语。

透过玻璃门望出去，只见同事们步伐极快地穿过走廊，胸前悬挂的工牌摇来晃去，一张张疲惫的面孔上眉头紧蹙。窗外的阳光印在他们身上，又很快被抛落到地面上，一秒钟都不停留。

看着一如既往的忙碌景象，陶知越有些走神，直到制作人的声音将他拉回现实。

"不再考虑一下了吗？"制作人露出为他着想的关切表情，"如果是为了提薪，以你的资历和能力，年后评估时有很大机会上调职级，而且咱们这个 S 级项目再过几个月就上线了，现在离开多可惜……"

陶知越明白制作人的言外之意，无论是这款游戏大火后可能发放的奖金，还是他在这家大厂可能拥有的未来，都将令人艳羡不已。换了别人，绝不会在此刻做出辞职的选择。

但刚刚做了一个噩梦的他会。

"不是为了薪水。"陶知越摇摇头，"只是太累了，想休息一段时间，也许会先回老家。"

游戏上线不仅意味着尚不确定的丰厚回报，还意味着无比确定的加班加点。

听到他这样说，又看到他略显苍白的表情，制作人的嘴唇动了动，终究没再劝下去。

"抱歉，我会做好交接的。"

在突然提出离职之后，作为一款重点游戏的主程序的陶知越经历了部门高层和人力总监的来回谈话，但谁都没能劝动他。

他从大学毕业之后就开始在这里工作，凭着极佳的天赋与能力一路跃升，年纪轻轻就成了部门的核心成员，薪资可观。他曾经以为日子会一直这样过下去，在这座年轻人最向往的巨型城市里买房扎根，建立家庭。

然而这种未来就此转弯了。

在长时间高强度的工作后，陶知越常常会觉得胸痛、心悸，他以为是劳累之后的正常反应，并未把这件事放在心上。在某次跟远在家乡的母亲通电话时，他随口提了一句，结果母亲语气严厉地要求他去医院看看。

陶知越拗不过她，只好周末抽空去了一趟医院。医生没能找出确切的病因，但同样严肃地提醒他不要过度劳累，这样下去很可能会给身体造成不可挽回的损害。

每个为了生活和工作忽视身体的人也许都听过这样的提醒，但大多数人做不到真正将它放在心上。陶知越亦然，总想着忙完这阵就好了。

直到他做了一个梦。

他梦见自己没告诉母亲这件事，也没去医院，依然像往常那样忙碌地工作，然后在回家的路上出了意外。他好端端地坐着，却失去了对身体的控制能力，呼吸凝滞如泥，眼前的世界渐渐陷入一片漆黑，再也透不进一丝光。

他在梦中死去了。

死亡的感觉太过真实，挣扎着醒来之后，陶知越心有余悸，浑身冰冷，久久不能平复。

这简直不像是一个梦，而更像是一段他亲身体验过的恐怖经历。

这是他将要面对的未来吗？

从那一刻起，被这种可怕的预示萦绕的陶知越，突然对原本笃定的梦想失去了信念。如果他不分昼夜地努力拼搏最终换来的是这样一个结局，那这一切的意义又在哪里？

早晨，在永远繁忙的地铁站里，身边人流涌动，唯有他茫然地站立在人海中，任陌生人的衣角擦过自己，辨不清应去的方向。

于是他做出了一个令所有同事都很意外的决定，并且在所有人以前途和金钱为导向的劝慰下，这个决定变得越来越坚定——那些东西不应该是最重要的。

一个月后，陶知越终于彻底告别了这座恢宏但天天亮灯到深夜的大楼，离开了这片承载了无数梦想的广阔土地，回到了潮湿温暖的南方小城。

小城里没有机场，他坐火车回了家。

接到消息的父母在火车站外等他，见到被裹挟在人流里出站的儿子，不住地招手。

"小越，这里！"

母亲同年轻时一样爽利，烫了洋气的短发小卷，看起来四十出头，笑起来时才看得出眼角的皱纹。一旁的父亲神情沉稳，鼻梁上架着多年未换的无框眼镜，朝他点点头。

陶知越拖着行李箱走过去，离他们越近，心里就越鲜明地涌出歉疚之情。

母亲是第一个支持他辞职的，告诉他身体最重要。父亲没表态，只是让他自己想清楚。他们毫无芥蒂地接纳了从大城市匆匆逃离的他，但许多人很难理解这样的选择。

回到父母住了半辈子的老小区，许多面熟的邻居正在小区里散步、闲聊，看见他们一行三人进来，顿时像发现了新大陆，热情地打起招呼。

"知越休假了啊？"看着他长大的阿婆感慨不已，"在北京读书、工作，真是争气！什么时候买房呀？"

以往，父母会笑呵呵地应下这些溢美之词，今天他们则有些不知道该如何回应。

陶知越主动回道："最近不上班了，回来休息一段时间。"

阿婆愣了愣，半晌才反应过来，应道："哦，休息也是应该的……"

他们转身上楼，抛下身后的窃窃私语。

母亲显然习惯了这些闲言碎语，在逼仄的楼道里蹙眉抱怨道："不晓得又要说些什么了，一天天就是闲的。"

推开家门，熟悉的气息扑面而来，旁人的絮语很快被抛诸脑后。

"你爸一大早就去买菜了，带回来好大一条野生鳜鱼，晚上做糖醋鱼好不好？今天我做饭！"母亲的声音渐渐没入厨房，"这几天总是想吃酸的……"

装潢温馨的客厅里只剩下陶知越和父亲。家里面积不大，东西多，但并不显凌乱，电视柜旁放着一个小小的奖杯，多年来一直被保存得很好。

陶知越看着正把行李箱往他房间里搬的父亲，犹豫片刻，还是低声说道："对不起，爸。"

和许多同龄人一样，父亲从小就向往北京，他在单位里有过一次可以调去那里工作的机会，但没能竞争过同事，与令他神往的首都失之交臂，此后便一直留在这座难有作为的小城。

高中时成绩很好的陶知越可以选择去任何一座城市上大学，但为了实现父亲未竟的心愿，他毫不犹豫地选择了北京，在那里念书、工作，并且暗暗下定决心，要在那里安家，把家人也接过来。

可他如今主动放弃了这个父亲梦寐以求的机会。

父亲听见他这样说，怔了怔，又继续着手上的动作，在地板上摊平了旧报纸，垫着行李箱。

"被子都是新晒好的，衣柜也收拾过了。"父亲从房间里走出来，简单叮嘱之后，不太熟练地安慰他，"你已经很优秀了，一直是我和你妈妈的骄傲。这是你自己的人生，没有对不起任何人。"

父亲拍了拍陶知越的肩膀，不再说下去，走进厨房帮忙。

陶知越站在原地，看着父母在厨房里忙碌的身影，良久才轻轻松开紧握的手。

接下来的日子里，他试着适应规律的生活，按时睡觉、吃饭，让长期过劳的身体恢复健康的状态，同时认真地思考自己的未来究竟该往哪里去。

他始终喜欢写程序、做游戏，犹如在搭建一个虚幻又真实的梦中世界，能带给人丰沛的满足与快乐，但实现梦想不该以透支自己的生命为代价。

赋闲的陶知越接过了出门买菜等跑腿的任务，偶尔碰到邻居或是许久未见的同学、老友，免不了一番关于当下生活的寒暄。他如实回答之后，对方的眼睛往往会流露出惋惜的神情。

被这样的惋惜包围久了，陶知越会觉得有些透不过气，所以有时会跑去偏远一些的地方散心。

小城靠海，城郊有一片相当美丽的金色沙滩，散落在蜿蜒的海岸线上，深得游客的喜爱。

热闹的周末，陶知越又一次独自来到这片海风习习的世外桃源，像平时那样慢悠悠地踩着柔软沙粒，漫无目的地走着。

现在的生活其实并不算糟糕，他有很漂亮的简历和足够的能力，也就拥有选择未来的权利。虽然不被外人理解，但他有来自父母的支持，这已经难能可贵了。

可陶知越依然感到迷惘、孤单，他的生活里似乎缺了点什么。

面朝着波光粼粼的海水，他安静地发着呆。周围的喧嚣如雾气般虚幻，咸涩的海风吹拂着面颊。

片刻后，湿润的海风吹来了一顶草帽，草帽边缘装饰着的塑料花朵充满了热带风情，在风里盛放，仿佛正同淡金色的沙粒一起舞蹈。

陶知越的目光下意识地追逐着草帽的轨迹，猜测着它要往哪里去。

远处隐约传来自行车的铃声，海滩上的人们欢声笑语，浪花拍打礁石。

草帽正巧落到了他的脚下。

陶知越有些错愕，随即眼里涌上一丝轻快的笑意，这是大自然俏皮的恶作剧，像秋日里恰好停泊在他肩头的一片落叶。

于是他弯腰拾起了这顶草帽——看起来还很新，不知道它的主人在哪里。

陶知越抬头张望，在慵懒的沙滩上，有人正骑着车向这里赶来。

随着清脆的铃声渐渐靠近，那个人的面孔也愈加清晰起来：浓密的眉毛与英挺的五官使得他相貌出众。明明是个高大、英俊的男人，却追着一顶艳丽又廉价的草帽，怎么想都有点幼稚。

自行车在距离陶知越一米远的地方停下，来人看见他拿在手里的帽子，顿时松了口气，一脚踩在沙滩上，支住车身，小声抱怨道："这里风真大。"

陶知越听见那人的自言自语，忍不住笑着应声："但是太阳不大。"

那人一怔，面上显露出几分不好意思。"草帽是之前在热带海岛上买的，以为在这里也用得上。"从自行车上下来，郑重地跟眼前的人道谢，"谢谢你把它捡了起来，不然我还要追很久。"

陶知越默默地观察着这个陌生人——颇为休闲的衬衫和牛仔裤，自行车车兜里放着一个拉链开了一半的包，露出像是笔记本和录音笔的东西。

他把捡到的草帽递过去，好奇道："你是来这里旅游的吗？"

对方点点头，磁性的声音很好听："也是来工作的。我喜欢旅游，所以会写游记。"

陶知越有些感慨地应声："真好。"

和萍水相逢的陌生人随意地聊了几句之后，陶知越正准备离开，却听见对方有些紧张地发出了邀请。

"我不太了解这里，所以不知道在这个沙滩上散步不需要戴帽子。"男人笑着扬了扬手中的草帽，目光里洋溢着太阳的温度，"你是本地人吗？要是方便的话，你可以跟我聊聊这座城市吗？就当成会写在游记里的采访，后续我会寄书给你。如果你愿意，我想顺便请你吃饭，作为捡帽子的答谢。"男人补充道，"对了，忘记自我介绍了。"

陌生人轻微的局促中带着坦然的真诚，陶知越忽然产生了一种恍惚的感觉，好像这一幕本该发生。

在昏沉又温柔的日光里，所有风景都晕染上了淡金色的光芒，光芒唯独盖不住眼前之人明亮、真挚的眼眸。

"你好，我叫霍燃。"

© 中南博集天卷文化传媒有限公司。本书版权受法律保护。未经权利人许可，任何人不得以任何方式使用本书包括正文、插图、封面、版式等任何部分内容，违者将受到法律制裁。

图书在版编目（CIP）数据

你好，这种情况持续多久了 / 温泉笨蛋著 . -- 长沙：
湖南文艺出版社，2022.7
ISBN 978-7-5726-0655-7

Ⅰ . ①你… Ⅱ . ①温… Ⅲ . ①长篇小说－中国－当代
Ⅳ . ① I247.5

中国版本图书馆 CIP 数据核字（2022）第 079560 号

上架建议：畅销·青春文学

NIHAO, ZHEZHONG QINGKUANG CHIXU DUOJIU LE
你好，这种情况持续多久了

著　　者：温泉笨蛋
出 版 人：曾赛丰
责任编辑：匡杨乐
监　　制：邢越超
策划编辑：郭妙霞
营销支持：文刀刀　周　茜
封面设计：CHyugan
版式设计：李　洁
插图绘制：圣　圣
内文排版：百朗文化
出　　版：湖南文艺出版社
　　　　　（长沙市雨花区东二环一段 508 号　邮编：410014）
网　　址：www.hnwy.net
印　　刷：三河市鑫金马印装有限公司
经　　销：新华书店
开　　本：680mm×955mm　1/16
字　　数：323 千字
印　　张：21
版　　次：2022 年 7 月第 1 版
印　　次：2022 年 7 月第 1 次印刷
书　　号：ISBN 978-7-5726-0655-7
定　　价：49.80 元

若有质量问题，请致电质量监督电话：010-59096394
团购电话：010-59320018